MARA KONRAD

Hotel in den Wolken

ROMAN

KRÜGER

Das Zitat von Tove Jansson vor Kapitel 1 erscheint mit
freundlicher Genehmigung des Arena Verlags, Würzburg

Erschienen bei KRÜGER

© 2024 S. Fischer Verlag GmbH,
Hedderichstr. 114, 60596 Frankfurt am Main
Die Nutzung unserer Werke für Text- und Data-Mining
im Sinne von § 44b UrhG behalten wir uns explizit vor.
Dieses Werk wurde vermittelt durch die
Literarische Agentur Schmidt, Berlin.
Satz: Dörlemann Satz, Lemförde
Druck und Bindung: CPI books GmbH, Leck
ISBN 978-3-8105-3092-9

Für Stefan

*and when you touch the rock
your fingers hold.*
HELEN MORT, »PRAYER«, IN »NO MAP COULD SHOW THEM«

… fast unsichtbar schlüpfte sie den Hang hinauf. Man ahnte nur, dass sich da etwas Entschlossenes und Selbständiges bewegte, etwas, das so unabhängig war, das es sich nicht aufzuspielen brauchte.
TOVE JANSSON, »MUMINS WUNDERSAME INSELABENTEUER«

KAPITEL 1

Ein guter Hotelier erfüllt seinen Gästen alle Wünsche. Und wenn eine russische Fürstin abends um zehn auf der Mansardenetage Quartier nehmen möchte, dann macht er ihr das möglich.

Florian Fernsby war ein guter Hotelier. Der beste.

Ich stelle es mir so vor: Im Foyer war der Kronleuchter aus blankem Messing bereits gelöscht, die Wandlampen gedämpft, nur über dem Empfangstresen brannten ruhig drei Kerzen. Aus der Bel Etage hörte man noch leise Schritte und Stimmen, aus dem Souterrain ganz entfernt das Scherzen der Postillione, die in der Küche ihren Malanser tranken und bald im Nebengebäude schlafen gehen würden, denn am nächsten Tag hatten sie eine weitere lange Strecke zu bewältigen. Es war Sonnenschein vorausgesagt – ein Glück auch für meine eigenen Pläne.

Ich stelle es mir also so vor: Flo Fernsby ging, wie er es jeden Abend tat, die Gästeeinträge durch. Sein Posthotel Sumbriva war keines der Grandhotels, die man über den Bergpass im Engadin fand, doch er brachte seinen Gästen stets eine ganz persönliche Wertschätzung und Dienstfertigkeit entgegen. Sie liebten ihn dafür und blieben bis zum Ende des Sommers, wenn sich die Lärchen langsam gelb färbten.

Ein leises Räuspern ließ Flo aufblicken. Er hatte nicht gehört, wie sich Baronin von Rothenfels genähert hatte, die Hofdame der russischen Fürstin. Sie trug nicht mehr das schwere Gewand aus grauer Seide, in dem sie zum Dinner erschienen war, sondern ein schlichteres, dunkelblaues Kleid, in dem sie sich um die abendlichen Wünsche ihrer Herrin kümmerte, und eine wärmende Paisley-Stola um die Schultern.

Meiner bescheidenen Meinung nach sind die besten Bediensteten so zurückhaltend, dass man nicht durch jeden Schritt gestört, aber auch nicht so lautlos, dass man durch ihre jähe Anwesenheit erschreckt wird. Doch vielleicht gibt es in der russischen Aristokratie andere Vorlieben als in der oberen Mittelschicht Englands.

Die Fürstin, sagte die Baronin auf Französisch, könne in der ihr zugewiesenen Suite nicht schlafen. Das Rauschen des Wasserfalls vor dem Fenster sei einfach zu laut für ihre Ohren.

Für Flo war das keine neue Klage. Zwar liebten die meisten Gästen das Sprudeln des Paslerbaches, kamen sie doch in die Schweiz, um den Sommer in der Natur zu genießen. Aber manchen war er eben doch zu laut. Dann gab Flo ihnen ein anderes Zimmer.

»Ich schaue sofort …«, begann er.

Doch die Baronin unterbrach ihn. Die Fürstin habe sich bereits im Rest des Hotels umgesehen, und die einzigen Zimmer, in denen sie Ruhe finden würde, seien die Dienstbotenzimmer im Nordflügel.

Flo war ein zu guter Hotelier, um auch nur die Augenbrauen hochzuziehen oder gar nachzufragen, ob die

Fürstin tatsächlich bis unters Dach gestiegen sei und die Nachtruhe seines Personals gestört habe.

»Das können wir selbstverständlich gern arrangieren, Baronin«, sagte er stattdessen und strich sich über die glatte Wange, das einzige Zeichen für seine Verwunderung. »Aber unsere Dienstbotenzimmer sind doch bei weitem nicht so komfortabel wie die Suite in der Bel Etage.«

Die Fürstin residierte schließlich im teuersten, größten Zimmer des ganzen Hotels, mit dem neuesten, bequemsten Mobiliar und dem besten Blick hinaus auf die Straße, so dass man immer sah, wer kam und ging.

»Die Fürstin braucht nur wenig, um sich wohlzufühlen«, erwiderte die Hofdame. »Allerdings muss das Bett aus der Suite mit umgezogen werden. Die Vorhänge ebenfalls, und die Fenster sind schmutzig. Wir brauchen vier Räume, aber lassen Sie am besten den ganzen Nordflügel auf der Etage räumen.«

Ich sehe Flos Hotel noch genau vor mir: Zartblau war das eindrucksvolle, gemauerte und verputzte Gebäude damals im Jahr 1875, zwei Türmchen zierten das Ganze, und in großen, goldverzierten Lettern prangte der Name auf der klassizistischen Fassade. Eine schwere, hölzerne Eingangstür in der Mitte, zum Schutz vor dem wilden Alpenregen mit einem Vordach versehen, das gleichzeitig als Balkon für die Suite darüber diente. Drei Etagen, vier Fenster nach links, vier nach rechts, zwei in die Tiefe. Das machte insgesamt fünfzig Zimmer, achtzig Betten. Auf jeder Etage gab es beheizte Bäder. Im Parterre den Speisesaal mit einem Pianoforte, ein separates Musikzimmer für Konzerte, einen Herrensalon zum Lesen und Billardspielen, im ersten Stock einen Damensalon und eine feine, internationale Bibliothek, in der kostbare Bildbände mit Fotografien der Alpen standen.

Ganz oben im Dachgeschoss schließlich lagen die niedrigen Mansardenzimmer für die Dienstmädchen, über eine separate Stiege erreichbar. Auf Flos Schreibtisch breiteten sich in diesem Jahr die kolorierten Pläne für einen Anbau mit weiteren Zimmern und einem noch größeren Konzert- und Festsaal aus. Einen Personenlift sollte es auch geben. Die letzten Sommer waren einträglich gewesen und die kommenden sahen vielversprechend aus. Mit dem Bau wollte er im September beginnen, nach Ende der nur zweiundfünfzig Tage dauernden Saison. Mein Mann Henry, ein begeisterter Hobbyarchitekt, hatte am Tag zuvor noch mit ihm über diese Pläne gefachsimpelt.

»Selbstverständlich«, sagte Flo also zur Baronin von Rothenfels und tat das, was ein guter Hotelier machte. Wünsche erfüllen. Er pochte leise an die Zimmertür seiner Hausdame Elvezia Biert, die nach wenigen Sekunden öffnete und nach zwei Minuten angezogen und frisiert neben ihm stand.

Dann wurden in den Personalzimmern die kleinen Fenster geputzt, die Samtvorhänge an provisorischen Halterungen aufgehängt, ein weicherer Teppich ausgelegt, die Waschschüssel gegen eine ohne Sprung ausgetauscht, gute Bienenwachskerzen angezündet, das Bett mit der weichen Matratze aufgeschlagen und das Jesuskreuz abgehängt, denn die Fürstin war russisch-orthodox und wollte ihre eigene Ikone über der Schlafstatt. Die Baronin und zwei weitere Zofen trugen eigenhändig die prachtvollen Kleider

der Fürstin hinüber, ein raschelndes Bukett aus Farben und Stoffen.

Keine Stunde hatte es gedauert. Flo gab der Baronin von Rothenfels Bescheid. Hinter ihr in der teuren Suite stand die Fürstin im halbleeren Zimmer, das knielange Haar aufgelöst, in Plüschpantöffelchen.

»Ich danke Ihnen«, sagte sie auf Französisch. »Ein grässlicher Bach, aber ein guter Hotelier. Ich werde Sie weiterempfehlen.«

Gegen halb zwölf hörte Flo die letzten Schritte über ihren Köpfen. Die Dienstmädchen, die der unangekündigte Besuch auf ihren Zimmern erst erschreckt und dann doch amüsiert hatte, kamen für die zwei betreffenden Nächte bei Familien im Dorf unter. Zwei von ihnen sahen es als Abenteuer und wollten bei den Pferden schlafen. Flo gestattete es und hoffte, sie würden noch eine freie Box finden, denn die Fürstin war mit drei eigenen Vierspännern angereist, edlen Apfelschimmeln allesamt, und zwar zur selben Zeit wie die reguläre sechsspännige Post, die weitere Gäste auf der Durchreise mitgebracht hatte. Die Kutschen und Fourgons hatten sich am Nachmittag auf der Straße gestaut, bis sie, effizient wie immer, von Flos Bediensteten in den Ställen des Hotels untergebracht worden waren.

Elvezia Biert verabschiedete sich erneut für die Nacht, und Flo dankte ihr für ihre Hilfe. Langsam ging er durchs Haus, ein letzter Rundgang. Er prüfte den Knauf an einer der Hintertüren, der letzte Woche gewackelt hatte und nun wieder festsaß. An einer Ecke des Korridors strich er über die Relieftapete. Sie hatten in dieser Saison gleich drei neue Pagen, die an dieser Stelle öfter mit dem Gepäck an der Wand entlangschrappten. Zugegebenermaßen war die empfindliche Tapete auch nicht besonders geeignet für den Korridor, aber sie sah mit ihrem Lilienmuster so gut aus, dass Flo sie unbedingt hatte haben wollen. Die Schuhe der Gäste standen frisch geputzt und gewichst vor den Zimmern, wo die Herrschaften sie morgen früh finden würden. Mit einem sauberen Tuch wischte Flo über den oberen Rand eines ohnehin blitzblanken Bilderrahmens und dann, als er wieder nach unten ging, über das breite Treppengeländer. Eine Maßanfertigung des Dorftischlers Beat Biert, dunkles Holz wie Schokolade, mit feinen Schnitzereien, das durch den ständigen Gebrauch nur schöner zu werden schien.

Nur die Postillione und Kondukteure saßen noch in der Küche. Als Flo den Kopf durch die Tür steckte, wendete sich ihm ein Dutzend fröhlicher Mienen zu. Er kannte sie nach über zehn Jahren alle, nur ein Gesicht überraschte ihn.

»Setzen Sie sich doch zu uns, Herr Fernsby«, rief Werner Siemens.

Flo lächelte.

Ich neige beim Schreiben nicht zur Schwülstigkeit, doch eins muss ich sagen: Wenn Flo lächelte, fühlte man sich im Schein einer milden Sonne gebadet.

Siemens war mit seiner Frau auf der Reise aus dem preußischen Berlin nach Italien und machte in Sumbriva Station. Mit seinen knapp sechzig Jahren ließ er sich einen Bismarckbart stehen, seine Haare wogten auf dem Kopf wie ein Unwetter im Ärmelkanal, und hinter der Nickelbrille funkelten weinselige Augen.

Die Küche war warm. Der Koch hatte bis spät am Abend ein Ragout köcheln lassen, das sie morgen zum Mittag servieren würden. Auf dem Tisch stand ein ganzer Haufen fast heruntergebrannter Kerzen, die sich die Männer aus allen Ecken zusammengesucht hatten. Ihre Schatten tanzten an den Wänden, als wäre ein großes Fest im Gange.

Flo zog sich einen Stuhl heran. Er saß abends gern noch eine Weile mit den Postillionen hier und hörte sich die Geschichten von ihren Reisen an. Siemens, so stelle ich es mir vor, klopfte Flo auf die Schulter. Männer klopfen einander immer auf die Schultern, und je fester sie klopfen, desto wichtiger nehmen sie sich.

Als Frau habe ich keinen Zugang zu solchen Männerrunden, und so muss hier meine Phantasie herhalten, denn Flo hat mir viel erzählt aus seinem Leben, aber selbstverständlich nicht jedes Detail.

»Ich habe mir vorhin«, sagte Siemens vielleicht, »Ihre Telegraphenstation angesehen. Gut gewartet, Fernsby, sehr gut.«

Siemens hatte im Jahr zuvor die erste transatlantische Leitung verlegen lassen. Dass der große Mann sich in einem kleinen schweizerischen Dorf das Telegraphenbüro ansah, überraschte.

»Danke sehr.« Flo neigte den Kopf. »Es kommt regelmäßig jemand vom Amt und kümmert sich darum, und unser Mann ist auch ein Guter.«

Dieser Mann stammte aus dem Nachbarort Parvis und gehörte zu denjenigen, denen das Posthotel endlich eine Arbeit gebracht hatte, mit der er seine Familie ernähren konnte. Hier hatten die Leute viele Kinder. Trotz all seiner Güte war es Flo freilich nicht möglich, eigenhändig die ganze Auswanderungsbewegung aus Graubünden, nicht einmal aus dem Val Paluonda, aufzuhalten, doch ein wenig konnte er mit seinem Hotel schon helfen.

Einer der Postillione schob Flo ein Glas hin und wollte ihm einen Enzian eingießen, aber Flo lehnte ab. »Danke, Pepi, ich muss ins Bett.«

»Jetzt schon?«, rief Siemens. »Lassen Sie doch die Damen schlafen, und bleiben bei uns Männern sitzen.«

»Unser Fernsby ist doch gar nicht verheiratet«, rief Martegn, dessen Oberlippe geschwollen war, nachdem ihn gestern ein Pferd getreten hatte. »Keine gefällt ihm, obwohl die Mütter im Dorf ständig ihre Töchter auf und ab paradieren lassen.«

Flo stand auf und stellte den Stuhl zurück. Wie ich ihn kenne, wird er diesem Thema mit Würde ausgewichen sein. »Die ersten Gäste verlangen morgen um halb fünf ihr Frühstück, und da muss ich wach sein.«

»Halb fünf?« Entgeistert sah Siemens ihn an. »Warum denn das?«

»Wir haben ein Ehepaar hier, das bergsteigen geht und gern mit dem Sonnenaufgang aufbricht. Manchmal sogar früher, im Dunkeln.«

»Bergsteigen?«, fragte Siemens entsetzt. »Wofür haben wir all den technischen Fortschritt? Bevor mich nicht eine Eisenbahn auf den Berg bringt, wird man mich dort nicht antreffen. Sie kommen aus England, oder nicht, Fernsby?«

»Doch, ja«, sagte Flo, ohne Siemens' Gedankensprung zu verstehen.

»Das muss ein großer Unterschied für Sie sein, hier im abgelegenen Alpental – in England sind sie so viel weiter mit der Technik. Ich habe schon so oft mit Engländern gesprochen, die sich beschweren, wie langsam bei uns noch alles geht, wie unmodern wir sind, richtige Landeier. Und wenn ich ›wir‹ sage, meine ich Berlin. Wie muss es erst hier unten in der Schweiz sein?«

Flo lächelte. »Es hat alles seine Vor- und Nachteile. Jetzt wünsche ich den Herren eine gute Nacht.«

»Gute Nacht«, sagten die Männer, und Siemens hob die Hand.

Ein guter Hotelier lebt und atmet sein Haus und schläft auch darin, und so zog Flo sich in seine Räume im Erdgeschoss zurück, verriegelte zwar sorgfältig die Tür, bevor er den Gehrock abstreifte und das makellos weiße Hemd aufknöpfte, war aber dennoch jederzeit bereit, mitten in der Nacht aufzuspringen und weitere Wünsche zu erfüllen.

Doch es blieb still. Selbst die Fürstin in ihrem Dienstbotenzimmer schien ohne den Lärm des Paslerbaches selig zu schlummern. Den Pferden fielen, den Bauch voller Heu, die langbewimperten Augen zu, oder sie streckten im Liegen alle viere von sich. Die Dienstmädchen schnarchten neben ihnen im Streu. Unter dem Stalldach träumten die Schwalben vom nächsten Sommertag.

Und der begann für mich, meinen Henry, unseren zehnjährigen Douglas und unseren Bergführer Michel Alphonse Couttet wie vereinbart mit einem deftigen Frühstück um halb fünf, damit wir spätestens zu Mittag auf dem Gipfel des sonnigen Piz Parüschla stehen würden.

Während draußen das Horn des Hirten ertönte, der nach

seinen Ziegen rief, begrüßte Flo mich, zart und schmal in seinem perfekt sitzenden Anzug, mit einem Lächeln in den gütigen, braunen Augen. »Guten Morgen, Jane. Habt ihr gut geruht?«

KAPITEL 2

Bevor Maike die Skistiefel in die Bindung klickt, schließt sie gern die Augen. Ein so vielversprechendes Geräusch als letzter Schritt des langen Auftakts, bevor sie endlich die Piste hinunterschießen kann.

Dann knirscht und zischt der Schnee, der Wind faucht in den Ohren, Haarsträhnen schlagen von außen gegen den Helm, mit jedem Schwung schaben die Ski über die noch morgenfrischen Pistenraupenrillen, streicheln die Schneekristalle, und kaum war sie da, ist sie schon wieder weg.

Aus den Augenwinkeln sieht sie, wie Ravi aufholt und neben ihr bergab saust. Sie selbst verlangsamt jetzt, um die Abfahrt zu genießen, große Schwünge unter dem hellblauen Himmel, der Tag liegt vor ihr, es ist mehr als genug Zeit, um dem so süchtig machenden Geschwindigkeitsrausch zu verfallen.

Ravi zieht in der tief stehenden Sonne einen Regenbogen aus aufstiebendem Schnee und den Neonfarben seiner Klamotten hinter sich her. Sie folgt ihm wie ein bunter Schatten, weicht einem schwankenden Dreiergrüppchen aus und merkt, dass die Wärmeeinlagen in den Stiefeln heute nicht nötig gewesen wären. Die weiße Piste schlängelt sich durch das Grünbraun des Alpenhangs. Maike geht in die Knie und nimmt Fahrt auf. Der Wind schnappt nach ihrer Nasenspitze. Wie ein abgeschossener Pfeil sirrt sie den Berg hinunter, ein Pfeil, der sein Ziel niemals erreichen will – aber wenn er es dann doch tun muss, ist es immer gut, als Ziel einen hübschen Freund zu haben, der schon dasteht und auf einen wartet. Sie kommt neben ihm zum Halten, zieht Brille und Helm ab, schlingt ihm die Arme um den Hals und gibt ihm einen knallenden Kuss auf die kalten Lippen. Er streicht ihr mit dem Handschuh ungeschickt die Haare aus dem Gesicht, die sich aus ihrem geflochtenen Zopf lösen.

»Aufgewärmt?«, fragt er mit roten Wangen.

Sie strahlt und sieht sich um. »Sind die anderen schon wieder weg?«

»So sind sie, die Einheimischen. Fahren ungern mit uns Touris.«

»Du kommst ja nicht aus dem Bett.«

»Ich habe Ferien«, erwidert er. »Ich will zum Frühstück mein Gipfeli genießen und erst dann die Gipfel.«

Sie knufft ihn in die Seite, klammert sich an seiner Jacke fest und zieht sich noch einmal näher an ihn. Er küsst sie auf die Wange. Eine Weile blinzeln sie Arm in Arm in die Sonne, bis das Dreiergrüppchen von weiter oben an ihnen vorbeigleitet, stumm und erleichtert wie nach einem zu großen Abenteuer.

Sie schaut Ravi an und zieht den Reißverschluss so hoch es geht. »Wollen wir gleich wieder rauf?«

Maike liebt es hier von Herzen und kommt jeden Winter nach Parvis, mit den Eltern und seit fünf Jahren auch mit Ravi.

Wieder die Augen schließen, wieder die Stiefel in die

Bindung klicken. Es gibt nichts Schöneres als Skifahren. Nicht Snowboarden. Nicht Mountainbiken. Nicht Laufen – wobei das ganz knapp dahinter kommt, ganz knapp.

Ihre neuen Bretter sind ein wenig nervös, wie gute Rennpferde. Die Piste ist voller geworden, sie kurvt an den Langsameren vorbei. Verena mag es nicht, wenn zu viele Menschen unterwegs sind. Sie will ihre Pisten am liebsten ganz für sich, ganz ohne die Touris, was einigermaßen ironisch ist, weil sie für den Tourismusverband arbeitet. *Ganz nah am Paradies*, seit Jahrzehnten der Wahlspruch.

Verena Jegher hat ihre kaufmännische Lehre vor Ort gemacht, dann in einem Mordstempo in Chur Wirtschaft studiert und arbeitet sich nun, zurück in Parvis, durch sämtliche Unternehmensebenen. Sie ist keine eins sechzig und furchtbar niedlich mit ihrer Stupsnase und den weißen Zähnchen, ganz harmlos sieht sie aus, aber innerlich ist sie gnadenlos und kann sich in etwas verbeißen wie ein Bullterrier. Wäre sie nicht so heimatverbunden, könnte sie auch eine internationale Bank leiten, einen Stahlkonzern oder die ganze Welt.

Maike hat nichts gegen volle Pisten. Zugegeben, irgendwann reicht es, und wenn die Leute sich überschätzen, wird es gefährlich, aber im Grunde: the more the merrier. Sie feiert ja auch lieber mit vielen als mit wenigen.

Der Vormittag vergeht viel zu schnell mit Abfahrten, lustigen Gesprächen und der obligatorischen Ovomaltine. Verena und ihre anderen einheimischen Freunde tauchen nicht auf. Bestimmt müssen sie arbeiten, gerade Käsi wird mit seiner Pizzeria-Eröffnung beschäftigt sein.

Ravi zeigt auf die Uhr, aber ein letztes Mal schaffen

sie es vor dem Mittagessen noch auf den Berg und wieder hinab, ein Wettrennen, sie gewinnt. Der letzte Tag für Mama und Paps in Parvis, bevor sie nach Hamburg zurückfliegen. Denn ihr Hotel Reineke kann auf keinen Fall noch eine Woche geschlossen bleiben, sonst verlieren sie all ihre Gäste.

Ihre Eltern und das verdammte Hotel. Wie oft und lange sie sich darüber aufgeregt hat, kann sie gar nicht mehr sagen. Ihre Ausbildung hat sie gemacht, nur für dieses Hotel. Mehrere Jahre hat sie dort gearbeitet, zum Entzücken der Stammgäste: Nein, wie schön, die nächste Generation der Reinekes. Mehrere Jahre hat sie sich bemüht, ihre Eltern zu überzeugen, dass ein wenig Modernisierung nicht schaden würde, um auch mal neue Klientel anzulocken. Jüngere.

Irgendwann meinte die Zahnärztin, Maike brauche eine Beißschiene, sonst seien ihre Zähne bald durch. Irgendwann sagte Verena, sie sähe Maike ja nur ein paar Wochen im Jahr, aber könne es sein, dass sie nicht so ganz glücklich sei? Und sie und Verena, sie reden eigentlich kaum über solche Sachen, ihre Freundschaft besteht aus Spaß und Sorglosigkeit, aus den wenigen Winterwochen, wenn sie zusammen auf die Piste gehen und danach im Blauen Heinrich ein Spezialgebräu aus heißem Kaffee und hochprozentigem Sahnelikör trinken.

Mit müden Beinen und Hunger im Bauch schlurft Maike hinter Ravi zurück ins Dorf. Erst nach einigen Metern fallen ihr die Geräusche auf. Ein mehrstimmiges Geläute, ein Trappeln unzähliger Füße, rätoromanische Rufe. Als sie sich umdreht, staunt sie.

»Schafe?«, fragt auch Ravi ganz verblüfft.

Angeführt von einem schwarzbärtigen Mann mit Mütze und Stab kommt in einem Wahnsinnstempo eine Schafherde auf sie zu. Die Autos aus der Gegenrichtung bremsen und kommen zum Stehen. Der Typ in seinen schweren Wanderstiefeln rennt fast, und die Tiere scheinen trotzdem schneller sein zu wollen als er. Mehrere Hunde helfen, sie in Schach zu halten, die Zungen hängen ihnen seitlich aus den Mäulern, ihre Blicke mit ungeteilter Aufmerksamkeit auf die Herde fixiert.

Schon sind sie vorbei. Eine schmale, blonde Frau, ebenfalls mit einem Stab in der Hand, eilt hinter den letzten Schafen her und stupst sie hier und da an, wenn sie ins Trödeln geraten.

Sie lächelt ihnen im Vorübergehen zu. »Danke.«

»Wofür?« Ravi hat die Neugier gepackt, er läuft ihr hinterher, mit hüpfendem Rucksack und den Ski in den Händen. Maike bleibt nichts anderes übrig als zu folgen. Wie er sich für Sachen begeistern kann. Immer muss er Fragen stellen, Journalistenkrankheit, bis er wirklich alles verstanden hat.

»Fürs Stehenbleiben«, ruft die Frau, kann jedoch selbst nicht stehen bleiben, die Herde wird rennen, bis sie ihr Ziel erreicht hat. Ravi und Maike laufen mit und an ihrer Abzweigung zur Ferienwohnung vorbei. Bei jedem Auto hebt die Frau dankend die Hand.

»Wohin geht es denn?«, fragt Ravi.

»Zurück in den Stall. Da verbringen sie normalerweise den ganzen Winter, aber das Gras sprießt so, dass wir sie eine Weile rauslassen konnten.« Sie ruft einem Hund etwas zu, der blitzschnell reagiert. Dann sieht sie sich nach ihnen um, wie sie immer noch wie zwei Verrückte in Schneeanzügen hinter ihr herrennen.

»Die gehören alle euch?«, fragt Maike.

»Ja, rund dreihundertfünfzig.«

Dreihundertfünfzig Schafe rennen da vor ihnen her. Echt schräg. In Hamburg könnte man sich das nicht vorstellen, aber auch hier bekommt man sonst eigentlich kaum etwas von der Landwirtschaft mit, die es ja noch geben muss.

»Ich bin übrigens Silvana«, sagt die Frau, »und vorn läuft Dani, mein Mann.«

Ravi nennt ihre Namen.

Silvana deutet mit ihrem Stock Richtung Himmel. »Jetzt haben sie es so eilig, weil es gleich heftig zu regnen anfangen wird. Ihr solltet auch lieber nach Hause.«

Braune Wolken haben sich in den letzten Minuten wie schmutzige Laken über die Grate gezogen.

Silvana ist schon längst weiter. »Machts gut, ciao!«

»Tschüs«, ruft Maike hinterher.

Schon spüren sie erste, fette Tropfen.

Ravi zieht den Kopf ein. »Ich dachte immer, Schäfer wären alte mürrische, ungewaschene Männer, aber die waren auch beide erst so in ihren Dreißigern, oder?«

»Ja, supernett.«

Endlich stehen sie unter dem Vordach der Ferienwohnung. Als Ravi aufschließt, steigt ihnen der Duft nach Mamas angebratenen Zwiebeln in die Nase. Maike lässt sich von ihrem knurrenden Magen an den gedeckten Tisch leiten, wo sie sich die ersten Bratkartoffeln in den Mund schaufelt, noch während sie sich hinsetzt.

»Wie war der Vormittag?«, fragt Paps.

Mama schiebt die Salatschlüssel in die Tischmitte. »Bergluft macht hungrig.«

Die beiden sitzen praktisch schon auf ihren Koffern, das Taxi ist für halb drei bestellt, Mama trägt ihre Reisebluse.

»Ab morgen müsst ihr euch selbst versorgen«, sagt Mama. »Aber Ravi ist ja ein fähiger Koch.«

Maike findet es zwar gut, dass Mama ihren zukünftigen Schwiegersohn anhimmelt, aber dieser unterschwellige Vorwurf, dass die Kochkünste ihrer Tochter nicht ausreichen ... Sie kann das schon auch. Hat nur nicht so viel Spaß daran.

»Käsi hat morgen seine Eröffnungsfeier.«

Paps grinste. »Gibt's da besonders viel Käsi auf der Pizza?«

Maike verdreht die Augen. »Jedenfalls hat Verena erzählt, dass er eine inoffizielle Eröffnungsparty macht. Wir sind eingeladen. Richtig los geht es erst übernächste Woche.«

»Cool«, sagt Ravi.

Als die beiden schließlich ins Taxi gestiegen sind, werfen Maike und Ravi sich aufs braune Ledersofa, wo Ravi die Augen schließt. Süß sieht er so immer aus, mit seinen unverschämt langen Wimpern und den entspannten Lippen, die sich manchmal leicht öffnen, so dass ein Pfff entweicht. Sie sieht ihrem schlauen, schönen Freund eine Weile zu, zieht ihr Bein unter seinem hervor, steht auf, wickelt sich in den dicken Wollschal und tritt hinaus auf den Balkon.

Auf der anderen Talseite hüllen sich der Piz Parüschla und seine Nachbarn noch immer in Wolken. Sie kennt die

Aussicht und könnte die langen, geschwungenen Berggrate aus dem Gedächtnis nachzeichnen, mit dem Finger punktgenau auf den kleinen Ort Sumbriva stippen. Pisten und Hotels gibt es da nicht. Der Hang ist so schattig, dass niemand auf der Suche nach Wintersonne dort Urlaub machen will. Hier in Parvis ist alles größer und belebter, es gibt Schulen, Hotels und zwei Supermärkte. Der Ort streckt seine Fühler in Form der Bergbahn und Mountainbike-Trails fast bis zum Gipfel seines Hausbergs aus, des Piz Splerin.

Ein voll beladenes Auto hält vor dem Apartmentgebäude, und sie stützt neugierig die Arme auf dem breiten Holzgeländer ab. Zwei Männer steigen aus, ein Mädchen und ein Junge im Teenageralter kriechen träge wie ausgekühlte Eidechsen von den Rücksitzen.

Der eine Mann blickt zu ihr hoch.

»Hi.« Maike winkt. »Skiurlaub?«

Keine Gefahr falschzuliegen. Die ganze Straße besteht aus Ferienwohnungen.

Der andere Mann klopft auf die Dachbox. »Zumindest im zweiten Versuch.«

Das Mädchen verzieht das ganze Gesicht. »Wär besser, wenn wir gleich nach Hause gefahren wären.«

»Was war der erste Versuch?«, fragt Maike.

»St. Moritz. Aber da werden in zwei Tagen die Pisten geschlossen.«

»Wie bitte?« Maike beugt sich weiter vor.

»Zu nass. Die Wartungsarbeiten sind zu aufwendig und bringen nichts mehr. Der Schnee schmilzt so stark, dass sie nicht weitermachen.«

»Die ganze Saison nicht weitermachen?« Maike kann es nicht glauben. »Mittendrin?«

»Jap.«

Ravi schläft bis um fünf, sie genießen die Zeit zu zweit, endlich, ohne Maikes Eltern nebenan, und schlendern dann unterm Regenschirm durchs Dorf, kaufen kurz vor Ladenschluss Schoki für später und betreten schließlich das Infinity, das coolste Skihotel im Ort, in dem Maike noch nie übernachtet hat, weil ihre Eltern auf einer gediegenen Ferienwohnung bestehen, genauso gediegen wie ihr eigenes Hotel.

Im Erdgeschoss des Infinity gibt es jedoch ein Restaurant, in dem sie öfters mit den anderen essen. Die Fenster zeigen auf die im Dunkeln angeleuchtete, raumschiffartige Bergbahnstation, leise Elektromusik spielt im Hintergrund. Verena, Käsi und Nick warten an ihrem angestammten Tisch.

»Ab nächster Woche treffen wir uns dann in deiner Pizzeria, oder?«, fragt Maike.

»Klar«, ruft Käsi. »Ich mach euch auch einen Freundschaftspreis.«

»Lass mal, sonst kannst du ja gleich wieder zumachen. Wir zahlen voll.«

»Falls die Pizza gut ist«, wirft Nick mit seinem schweren polnischen Akzent ein.

Käsi haut ihm auf den Rücken. »Als ob du nicht schon tausendmal Test gegessen hättest.«

Die Bedienung kommt an den Tisch.

»Oh, hey, Nora«, sagt Verena überrascht.

Nora hat ein Piercing durchs Septum und mindestens fünf pro Ohr. Ihr Pony sieht aus wie selbstgeschnitten, die Haare wie selbstgefärbt. Ziemlich schräg, aber irgendwie auch ziemlich cool. »Was darf's sein?«

Sie schreibt die Bestellungen auf einen schmalen Block Papier und geht wieder.

»Kennt ihr euch?«, fragt Maike.

»Klar.« Verena sieht Ravi an. »Sie hat lange in Indien gewohnt. Ich weiß aber nicht, wo genau.«

Er imitiert ein Gähnen. »Ich hab noch nie in Indien gewohnt.«

»Wir sind zusammen zur Schule gegangen«, erklärt Verena unbekümmert. »Sie war schon immer ein wenig …«

»Alternativ«, sagt Nick.

Ravi wendet sich an Verena. »Hast du gehört, dass sie in St. Moritz die Pisten zumachen werden?«

»Ja, es gab im Büro schon Gerüchte in den letzten Tagen. Und jetzt passiert es also.«

Ravi nickt. Maike sieht, wie es in seinem Kopf rattert: Soll er seiner Chefin etwas schicken, Urlaub hin oder her? Könnte eine interessante Meldung wert sein.

Maike drückt ihm unter dem Tisch die Hand. Seit dem Sommer arbeitet er bei einer überregionalen Wochenzeitung. Das war sein Traum, seit sie ihn, noch als Studenten, kennengelernt hat, und nun hat er es einfach so geschafft: Hat sich als Praktikant beworben, ist als Volontär übernommen worden und jetzt als fester Freier dabei. Eine ganz klassische Zeitungskarriere, an die er eigentlich selbst nie geglaubt hat, noch dazu als Person of Color.

Auf den sozialen Medien ist er selbstverständlich auch

unterwegs. Er öffnet seine App und wendet sich an Verena.
»Bist du in Kontakt mit den Tourismusleuten in St. Moritz?«

»Selbstverständlich.«

»Weißt du jemanden, der mir ein paar Fragen beantworten würde?«

»Ich schick dir wen … Hey, Maike, wie läuft es eigentlich mit deiner Diss?«

Genau mit dem Finger in die Wunde. Aber besser über die Diss reden als über dieses Schneethema.

»Ganz gut«, sagt sie bemüht munter.

Käsi reißt sich ein Stück Brot aus dem Körbchen ab, das Nora hingestellt hat. »Worüber schreibst du?«

»Die Darstellung des Hotelbetriebs in Thomas Manns *Zauberberg* und drei anderen Romanen.«

»Ah.«

»Der alte weiße Dude?«, fragt Nick. »Bin in der Schule immer eingeschlafen.«

»Ich gucke mir an«, erklärt Maike, »was man in seinem fiktiven Sanatorium über den Bereich hinter den Kulissen erfährt. Mit dem Blick der ausgebildeten Hotelkauffrau.«

Nick sieht sie ratlos an.

»Egal«, sagt sie schnell und trommelt auf den Tisch, »wo bleibt das Essen?«

KAPITEL 3

Dass wir im Jahr 1868 zum ersten Mal im Posthotel Sumbriva und bei Flo Fernsby abstiegen, war einem gebrochenen Bein und einem verstauchten Knöchel geschuldet. Unser Bergführer Michel Alphonse Couttet, der uns wie jedes Jahr auf unseren Touren begleiten sollte, musste in diesem Sommer wegen einer Oberschenkelfraktur daheim in Chamonix bleiben und hatte uns seinen jüngeren Bruder geschickt. Der sähe, so schrieb unser Couttet, ihm nicht nur ähnlich wie ein Ei dem anderen, sondern sei genauso erfahren wie er selbst und ebenfalls vom Bergführerverband zertifiziert. Wir könnten ihm unbedingt vertrauen.

Doch leider war das nicht so einfach.

In der zweiten Woche unserer Reise war bereits mehrfach die Dunkelheit hereingebrochen, ohne dass wir auch nur in der Nähe der geplanten Unterkunft gewesen wären. Zweimal hatten wir in einer leeren Maiensäß-Hütte übernachten müssen. Henry und ich hatten geschimpft und im nächsten Ort selbst Erkundigungen eingezogen. Wir sprachen schließlich beide ausreichend Deutsch und Französisch. Doch nun waren wir in einer Gegend gelandet, in der die Menschen nichts als Rätoromanisch oder seltsame italienische Dialekte sprachen. Dementsprechend hatten wir den Wirt am frühen Morgen möglicherweise nicht richtig verstanden, und am Nachmittag begann es in Strömen zu regnen.

Wir krochen à la marmotte unter einen Felsvorsprung. Ich nutzte die Gelegenheit, um meine gesammelten Blumen – Weidenröschen mit rosafarbenen Köpfchen, seidener Eisenhut und Greiskraut mit seinen Goldgelbtönen – zum Trocknen zwischen die Seiten meines Notizbuchs zu legen. Henry zog sich den linken Wanderstiefel aus.

»In anderthalb Stunden haben wir Parvis erreicht«, sagte der jüngere Couttet. »Sie gehen ja so flott.«

»Ich bin mir nicht sicher«, entgegnete Henry, »ob ich das Tempo aufrechthalten kann.«

Sein Knöchel war rot und geschwollen.

Ich legte das Notizbuch zur Seite. »Was hast du gemacht?«

»Bin vorhin umgeknickt. Es hat erst gar nicht so wehgetan.«

Ich nahm mir zwei Stofftaschentücher, rannte über die mit Hasenklee explodierende Wiese bis zum Bachlauf und kam mit angefeuchteten Tüchern zurück. Ich wedelte sie ein paarmal hin und her und legte sie dann zum Kühlen um Henrys Knöchel. Der jüngere Couttet hatte ihm geholfen, sich an die Rückseite der niedrigen Höhle zu lehnen und den Fuß erhöht auf seinem Rucksack zu platzieren. Der Regen ließ nicht nach, Couttet und ich aßen je ein Stück Brot mit Butter, Henry hatte keinen Appetit.

»Soll ich dir einen Tee machen?«, fragte ich und holte den Etna aus der Tasche.

»Mir wäre es lieber, wir würden so schnell wie möglich

eine Unterkunft finden. Gibt es vor Parvis noch etwas anderes, Couttet?«

Ich zog unseren Murray aus dem Rucksack und blätterte. »Hier wird nichts erwähnt.«

»Und im Baedeker?«, fragte Henry.

Ich kräuselte entschuldigend die Nase. »Den habe ich mit dem Gepäck vorgeschickt.«

Als ich den Reiseführer wieder wegsteckte, entdeckte ich die Arnikasalbe und rieb Henrys Knöchel damit ein. Er zog seine Wollsocke über und versuchte, erst mit Hilfe des jüngeren Couttet, dann allein, ein paar Schritte zu gehen.

»Es ist in Ordnung«, sagte er, und auch wenn ich ihm nicht glaubte, machten wir uns wieder auf den Weg. Irgendwie mussten wir schließlich weiter. Auf losen Steinen und über eine Weide mit wiederkäuenden Kühen ging Henry vorsichtig bergab. Die Dämmerung zog herauf. Als wir um eine Kehre kamen, hellte sich das bärtige Gesicht des jüngeren Couttet auf.

»Das ist das Val Paluonda, unser Ziel.«

Schwerer Nebel hing über dem schmalen, grünen Tal. Es verlief von Norden nach Süden und war bezaubernd mit seinen wenigen Dörfern und den schmalen Straßen wie fein gezeichneten Strichen. Zwar verbargen sich die Gipfel der gegenüberliegenden Berge in den Wolken, aber es waren mehrere Wasserfälle zu sehen, und ich meinte sie auch rauschen zu hören. Neben meinen Füßen verlief ein klarer Bach, der sich nicht ums schlechte Wetter scherte.

»Welcher Ort ist Parvis?«, fragte Henry.

Der jüngere Couttet zeigte auf die andere Talseite, und Henry stöhnte. Noch einmal kniete ich mich an den Bach, um unsere Wasserflaschen aufzufüllen. Er war eiskalt und begleitete uns plaudernd ins nächste Dorf.

Es war ein hübscher Ort mit sauberen Wegen und gepflegten Häusern und Blumenkübeln auf einem quadratischen Dorfplatz. In der Dämmerung flackerten die ersten Kerzen hinter den kleinen Fenstern, die so typisch für die Bergregion waren, tief eingelassen in breite Steinmauern, um die Kälte der langen Winter auszusperren.

»Wo sind wir hier?«, fragte ich den jüngeren Couttet.

»Tja«, sagte er. »Das ist Sumbriva. Als ich vor ein paar Jahren hier war, sah es noch anders aus.«

Endgültig hatte ich das Gefühl, in einem Märchen gelandet zu sein, als wir oberhalb des Dorfplatzes ein Hotel entdeckten. Es war überraschend groß und offenkundig recht neu.

Davor wurde eine Postkutsche entladen. Der Kondukteur scherzte, ein Bein auf einer Radspeiche, mit einem Einheimischen, der sich auf seiner Mistgabel abstützte. Die Pferde hatten einen Huf eingeknickt und warteten geduldig. Die Luft roch satt nach Dung und Nässe.

Henry und ich sahen uns an: Wollten wir es wagen? Es war immer riskant, in einem Haus zu übernachten, das nicht in den einschlägigen Reiseführern aufgelistet wurde. Öfters waren wir auf diese Weise in so schlechten Unterkünften gelandet, dass man die Luft anhielt und hoffte, möglichst wenige Flöhe und Bettwanzen mit auf den weiteren Weg zu nehmen. Der einzige Trost war, dass diese Nächte im Nachhinein drollige Geschichten für die Familie daheim ergaben.

Doch dieses Hotel sah angenehm aus und Henry so

elend, dass wir nicht ins Dunkel und bis Parvis wandern würden.

Henry deutete auf meinen Kopf, und ich strich mir die Haare glatt, was immer nötig war, wenn wir von einer Wanderung wieder unter Menschen kamen. Der jüngere Couttet versuchte, seine eigene Mähne zu glätten.

So betraten wir zum ersten Mal das Posthotel Sumbriva.

Damals, 1868, war es noch nicht das, was es sieben Jahre später war, als eine russische Fürstin und Werner Siemens zu Gast waren, außerdem eine Großfürstin, Albert Schweitzer, Friedrich Nietzsche und meine Freundin, die großartige Alpinistin Elizabeth Burnaby, um nur einige Namen zu nennen. Dennoch war bereits zu spüren, was es werden könnte, denn wir fühlten uns gleich willkommen.

Das war Flo Fernsbys Verdienst.

Er stand in diesem Augenblick im Foyer und gab einem Kammermädchen leise eine Anweisung. Sie knickste und eilte die beeindruckende Holztreppe hoch.

Flo wandte sich zu uns.

Ich stelle mir vor, wie er uns wahrnehmen musste: Henry ist ein großer Mann mit breitem Kreuz, ein Riese, ein menschlicher Berg, und dennoch sehr agil. Er muss, mit seinem Wanderhut schief auf dem Kopf, erschöpft ausgesehen haben und stützte sich auf seinem Alpenstock ab. Ich war kurz zuvor in eine tiefe Pfütze getreten, deren Wasser sich hoch in meinen braunen Rock gesogen hatte. Ich war auch damals nicht besonders schön, und die letzten Wochen hatten mir ein wenig Farbe auf den runden Wangen geschenkt. Im viktorianischen England hatten die Damen zwar schlank und bleich zu sein, aber bei mir rechnete ohnehin niemand mehr damit, nicht einmal meine Mutter. Sie war froh, dass wir nicht mehr in den Peak District fuhren, sondern weiter weg ins Ausland. Die Nachbarinnen redeten so viel.

Der jüngere Couttet hielt sich im Hintergrund.

Flo war mit einem Anblick wie dem unseren durchaus vertraut. Viele Wandersleute machten in seinem Hotel halt, wenn auch meist nur Männer – und ob sie aus England oder Deutschland kamen, sah er ihnen vermutlich auch gleich an: die Art, sich zu kleiden, die Gesichtszüge, die Körperhaltung. Irgendwie erkennt man seine Landsleute ja doch immer.

Ich erinnere mich noch genau, wie ich Flo wahrnahm: klein, schmal, tadellos gekleidet, obgleich der Gehrock wirkte, als sollte er für breite Schultern sorgen. Ein wenig eitel schien er also zu sein. Seine warmen, braunen Augen waren es, zu denen ich gleich Vertrauen fasste. Sie machten ihn so präsent, als gäbe es in diesem Moment neben uns, ja, neben mir, niemanden von derselben Bedeutsamkeit.

Er war jung, sechsundzwanzig, wie ich später erfuhr.

Auf Englisch stellte er sich uns als Hotelier vor und legte mit zartgliedrigen Fingern einen Meldebogen auf den Empfangstresen. Da Henry kaum noch stehen konnte, schob ich ihn auf ein Fauteuil, notierte unsere Angaben, unterschrieb für ihn und bezahlte die sechs Franken.

Ich wollte mich gern noch ein wenig mit diesem freundlichen Hotelier unterhalten. »Kommen Sie auch aus England, Mr. Fernsby?«

»Ja, da bin ich aufgewachsen. In der Nähe von London.«

Er hatte einen Oberschichtenakzent, doch es fiel mir schwer, ihn einzuordnen – und was irritiert in England mehr als das?

»Wo genau?«

Er reichte mir den Zimmerschlüssel mit der Nummer 34. »Ein kleines Nest, das Sie bestimmt nicht kennen. Sie sind aus Yorkshire?«

»Beide unsere Familien leben dort seit Generationen. Wie hat es Sie hierhin verschlagen?«

Hinter mir hörte ich Henry ächzen. Normalerweise unterdrückte er jede Klage, wie er es auch den ganzen Weg hierher getan hatte. Dieses Ächzen hieß in Wahrheit: Du redest zu viel, meine Liebe.

Ein Page trug unser Gepäck, und der jüngere Couttet half Henry die Treppe in die Bel Etage hinauf, bevor er in sein eigenes Quartier verschwand.

Henry ließ sich so schwer aufs Bett fallen, dass der Strauß Wildblumen auf dem Tisch wackelte. Das kleine, aber durchaus ansprechende Zimmer schien frisch gelüftet, doch ich öffnete noch einmal das nach Norden gerichtete Fenster, bevor wir uns schlafen legen würden. Der Wasserfall grüßte mit seinem Rauschen.

Heute weiß ich, dass sich über Sumbriva zwei Bäche mit verwirrend ähnlichen Namen treffen: Der Paslerbach entspringt einer Quelle auf halber Höhe zum Gipfel des Piz Parüschla, sein Wasser ist klar und frisch und ernährt Forellen mit rosafarbenen Bäuchen und intelligenten Augen. Der Plazerbach stammt von weiter oben, speist sich aus Schmelzwasser und ist weiß wie Molke. Dort, wo sie zusammentreffen, vermischen sich ihre Farben, der Paslerbach übernimmt, stürzt neben dem Hotel in einem kleinen Wasserfall den Hang hinunter und sprudelt ins Tal.

Morgen war Sonntag, und wir würden ruhen. Montag konnten wir weiterziehen, vorausgesetzt, Henry erholte sich schnell.

»Merkwürdiger Kerl, dieser Fernsby, oder?«, fragte Henry.

»Wie meinst du das?« Ich half ihm, Schuhe, Strümpfe und Hosen auszuziehen und feuchtete einen Lappen mit Wasser aus dem Waschkrug an.

»Ein bisschen weibisch irgendwie, und so eine zarte Stimme.« Er grinste gutmütig. »Aber dir hat er wohl gefallen.«

Mit Schwung warf ich ihm den Waschlappen ins Gesicht. »Ich gehe fragen, ob sie Eis für deinen Fuß haben.«

»Und einen Tee bitte.«

Der verletzte Fuß war ärgerlich, dachte ich, aber es war gut, dass wir schon Erfahrung mit dem Wandern hatten und uns gut einschätzen konnten.

An dieser Stelle darf ich geschwind beschreiben, wie wir überhaupt zum Bergsteigen kamen. Anfang der sechziger Jahre war Henry, wie so oft, geschäftlich in London gewesen. Eines Abends nahm ihn ein Anwaltskollege mit zu einer Ausstellung in die Egyptian Hall. Der ganze Saal war wie eine Schweizer Berghütte dekoriert, an den Wänden hingen die Wappen der einzelnen Bergkantone, und es duftete, so erzählte Henry mir, nach Holz, Heu und frischer Luft – was Einbildung gewesen sein musste, denn in London gab es keine frische Luft, und obgleich ich gern unterwegs bin, war ich damals froh, dass ich ihn nicht mehr in die Hauptstadt begleitete, seit unser Douglas auf die Welt gekommen war.

Es hatte lang gedauert, bis wir mit Nachwuchs gesegnet worden waren: Ich war schon dreißig, Henry zweiunddreißig, und so war ich in der ersten Zeit ein wenig übervorsichtig und blieb mit dem Kleinen im heimatlichen Yorkshire, wo es nach Moor, Torf und Heide duftet und der Regen wie ein lang vergessener Brautschleier über der Landschaft liegt.

Vollends verblüfft war Henry in der Egyptian Hall von einem karussellähnlichen Apparat, der Bergpanoramen an die Wand projizierte. Ich war auf Henrys Beschreibungskünste und meine Phantasie angewiesen, denn Frauen hatten keinen Zutritt. Er geriet ins Schwärmen, was die Alpwiesen, die Gipfel und die Wolken anging. Die Bilder waren schwarz-weiß, doch der Vortragende hatte von grünen Tälern und blauen Gletschern erzählt, die ihr Wasser in wilde Flüsse ergossen. Dazu hörte man Alphörner und Jodelklänge, Kühe muhten, Ziegen meckerten. Ich weiß noch genau, wie begeistert wir uns ansahen und im Grunde schon entschieden hatten, den nächsten Sommer nicht im Peak District und auch nicht in Frankreich zu verbringen, sondern in die Schweizer Alpen zu fahren.

Wie es bei Männern nun einmal so ist, erzählten die befrackten Gentlemen in der Egyptian Hall vor allem, welche hohen Gipfel sie bereits erklommen hatten und welche Erstbesteigungen noch möglich waren, unbedingt vor den Deutschen und den ganzen Hobbyisten. Henry hatte sofort das Aufnahmeformular für den Alpine Club unterzeichnet.

Mein Henry ist nicht ganz so wie die anderen. Selbstverständlich verfügt er über einen gesunden Ehrgeiz, sonst wäre er nicht ein so erfolgreicher Anwalt. Doch als er sich damals beim Schweizer Bergführerverband nach Wanderempfehlungen erkundigte, schrieb er, er suche moderate Touren in eher abgelegenen Gegenden, die auch Frauen gehen könnten. Zu mir meinte er, wir müssten beide erst einmal herausfinden, wie gut wir in den Hochalpen zurechtkämen, und er schlösse nicht aus, dass es mir leichter fallen würde als ihm selbst. Mein guter Henry. Der Schweizer Empfänger hingegen wird erst einmal über den Brief gewischt und seine Brille poliert haben: Frauen auf Bergen? Gab es hin und wieder, das schon, doch zu suchen hatten sie dort fürwahr nichts. Man denke nur an diese verrückte d'Angeville, die angeblich in den Dreißigern den Mont Blanc bestiegen hatte. Ob man das glauben konnte, blieb dahingestellt.

Über diese erste Kontaktaufnahme kamen wir schließlich zu Michel Alphonse Couttet. Ihm ist es zu verdanken, dass wir nicht mehr spazieren gingen, sondern von Jahr zu Jahr anspruchsvollere Bergwanderungen unternahmen. Einmal hörte ich, wie ein Kollege ihn fragte, ob es nicht schwierig sei, mit mir unterwegs zu sein, Frauen seien doch immer so anstrengend zu führen und seine letzte habe ihn fast um den Verstand gebracht.

»Nein«, antwortete Couttet da, »meine hat noch nie Probleme gemacht.«

Und Henriette d'Angeville? Während wir auf einem sonnigen Flecken vor Pontresina pausierten, erzählte Couttet, dass er selbst bei ihrer Mont-Blanc-Tour als junger Träger dabei gewesen sei. Es habe für die gesamte Equipe genug zu tragen gegeben: zwei Dutzend Brathähnchen, zwei Lammkeulen, Schokolade und Pflaumen, außerdem Messgeräte und Kölnischwasser. Eine beeindruckende Frau, diese d'Angeville, sagte er, selbstbewusst, willensstark. Natürlich habe sie es bis auf den Gipfel geschafft, da gäbe es gar nichts zu diskutieren. Allerdings war vor ihr schon eine andere Frau oben gewesen, der sie wiederum nicht den richtigen Respekt habe zollen wollen, denn die habe sich einen Teil des Aufstiegs tragen lassen. Wie es immer so sei, wenn es um Rekorde ging, da seien die Damen nicht anders als die Herren.

Doch zurück ins Jahr 1868, denn eigentlich soll es hier ja gar nicht um mich gehen, sondern um Flo Fernsby.

Ach, wie sehr ich Flo vermisse.

Ich wollte also Eis für Henrys Knöchel holen. Im Parterre des Hotels wanderte mein erster Blick zum Empfangstresen, dort stand ein jüngerer Angestellter. Im Speisesaal fragte ich eine der Saaltöchter auf Deutsch, ob sie Eis zum Kühlen einer Verstauchung hätten.

»Sicher«, sagte sie. »Ich hole Ihnen gleich etwas aus dem Keller.«

Ich wartete im Foyer. Flo kam mit anderen Gästen herein, und ich konnte beobachten, wie fasziniert die Menschen von ihm waren, wie beflissen er Fragen beantwortete, Richtungen wies, Wünsche erfüllte. Er schien mit dem Hotel verwachsen.

Heute weiß ich nicht, ob ich das damals alles schon bemerkte oder ob ich ihn nur auf diese Weise beschreiben kann, weil ich ihn später so gut kennenlernte. Doch dass er etwas Besonderes an sich hatte, das schienen alle zu spüren. Später sprachen wir viel über Fassaden und Masken, darüber zum Beispiel, wie Frauen sich in Schichten um Schichten aus Schweigen hüllen müssen, um von der Gesellschaft akzeptiert zu werden. Wir überlegten gemeinsam, was man von sich zeigen wollte und was nicht – und dass das nicht immer mit dem übereinstimmen musste, was die anderen wahrnahmen.

Aber eines war bei Flo immer echt: die Offenheit, mit der er auf alle Menschen zuging – auf Fürstentöchter genauso wie auf ein Arbeiterehepaar aus Sheffield, das zehn Jahre lang auf seinen Auslandsurlaub gespart hatte und für das die Übernachtung hier keine alltägliche Ausgabe war. Für sie gab Flo sich dann sogar noch mehr Mühe.

Ich hatte inzwischen von der Saaltochter eine Schüssel mit einigen frisch gehackten Stücken Eis bekommen, stand jedoch immer noch in der Eingangshalle und beobachtete Flo. Als es ruhiger wurde, kam er auf mich zu: »Kann ich helfen?«

Ich lachte beschämt. »Entschuldigen Sie, ich wollte Sie gar nicht so belauern. Aber man sieht, wie sehr Sie Ihr Hotel lieben. Wie sind Sie als Engländer daran gekommen? Warum gerade hier? Verzeihung, ich frage schon wieder zu viel.«

Doch dieses Mal war er auskunftsfreudiger. »Das Haus gehörte früher einem Bauernpaar. Auf dem Weg zum Pass sind oft Säumer und Schmuggler vorbeigekommen, und weil das Haus gleich am Saumpfad lag, klopften die Leute recht häufig und baten um Milch oder Brot.«

Die Bilder, die ich mir dazu in meinem Kopf ausmalte,

sahen mittelalterlich aus, doch er sprach vom Beginn unseres Jahrhunderts. Nach und nach hatte das Bauernpaar eine lohnende Gaststätte aufgebaut. Doch sie wurden älter, und ihre Kinder, fünf oder sechs an der Zahl, waren gestorben oder ausgewandert, und das Geld, das einer der Söhne jahrelang geschickt hatte, versiegte, als er auf dem Weg nach Amerika im tiefen Atlantik ertrank.

Vor vier Jahren dann kam Flo hier vorbei. Er erzählte nicht, warum oder mit wem. War er mit seiner Familie unterwegs gewesen? Mit seinen Eltern? Mit einer Frau? Später erfuhr ich, dass es kein Zufall gewesen war, doch damals sagte er einfach nur, er sei vorbeigekommen und habe sich entschieden, die Gaststätte zu übernehmen, das Haus zu vergrößern und Übernachtungsmöglichkeiten anzubieten.

»Es hat eigentlich von Anfang an gut funktioniert«, sagte er ganz bescheiden.

»Werden Sie bleiben?«, fragte ich. »Oder haben Sie ab und zu Heimweh nach England?«

»Ich werde bleiben. Es fühlt sich alles so vertraut hier an.«

Auch an dieser Stelle kann ich nicht zuverlässig sagen, ob da ein Zwinkern in seinen Augen war oder ob ich ihm das nachträglich andichte. Aber selbstverständlich fühlte es sich vertraut für ihn an …

Ich habe so lange gewartet, bis ich Flos Geschichte erzählen kann, und am liebsten möchte ich sofort alles niederschreiben. Aber ich sollte mir Zeit geben, wenngleich das bedeutet, erst noch ein wenig mehr über mich selbst zu berichten. Es dauerte schließlich auch, bis Flo mir vertraute.

Zurück also ins Hotelfoyer, wo ich noch immer die Schüssel mit dem Eis in den Händen hielt. Wie ich zu meinem Schrecken feststellte, war es schon fast weggeschmolzen. Flo lachte leise, ging selbst noch einmal in den Keller und holte Nachschub.

»Gute Besserung an den Gatten. Schlafen Sie gut, Mrs. Brightfield.«

»Sie auch, lieber Mr. Fernsby.«

Ich möchte betonen, dass ich nicht für ihn schwärmte, nicht verliebt war oder dergleichen. Er gab mir vielmehr ein warmes, angenehmes Gefühl, wie die Sonnenstrahlen, die mir bereits als Beschreibung dienten, oder eine Wolldecke, die einen einhüllt, während draußen der Herbst beginnt.

Auf unserem Zimmer kühlte Henry noch eine Weile seinen Knöchel, und ich schrieb meinen Eltern, bei denen wir unseren Douglas und sein Kindermädchen für den Sommer untergebracht hatten. Dann gingen wir zu Bett. Ein paarmal drehte mein Mann sich in der Nacht mühsam um und weckte mich dabei auf, doch wir erwachten einigermaßen ausgeschlafen und überraschend spät. Als wir zum Frühstück nach unten gingen, waren die Postkutschen bereits aufgebrochen, der Speisesaal war fast leer.

Flo war der Erste im Val Paluonda gewesen, der den langen Table d'Hôte aufgegeben und kleinere Tische aufgestellt hatte. Abends wurde zwar weiterhin das für alle gleiche Menü zur selben Zeit serviert, aber die Menschen verlangten nach mehr Privatsphäre als früher, und das konnte er gut verstehen.

Im Handumdrehen standen Brot, Butter, Käse und frischer Kaffee vor uns, und wenig später tauchte auch Flo auf, um nach dem Rechten zu sehen. »Wie geht es Ihrem Fuß, Mr. Brightfield?«

Henry schluckte sein Brot herunter. »Es ging ihm schon einmal besser.«

Der Knöchel war immer noch geschwollen und warm.

»Soll ich Ihnen unseren Dr. Bonifaci rufen?«

Henry schien noch zu überlegen, ob das nötig sei, aber ich ergriff das Wort. »Das wäre nett.«

»Nach der Kirche«, sagte Henry. »Unser Couttet meinte, Ihr Dorf sei protestantisch?«

»Das ganze Tal«, bestätigte Flo.

»Es ist ein schönes Tal«, sagte Henry. »Gefällt mir sehr. Gut zum Bergwandern.«

»Wie sind Sie zu diesem Hobby gekommen?«, fragte Flo.

»Das muss Ihnen meine Frau erklären«, sagte Henry. »Sie ist die Schriftstellerin.«

Überrascht sah Flo mich an. »Sie sind Schriftstellerin?«

Ich merkte, wie ich rot anlief. »Ach …«

»Und bescheiden ist sie auch.« Henry zwinkerte mir zu. Er hatte Spaß, und ich war seinen liebevollen Spott gewöhnt.

»Ich habe im Frühjahr ein Buch veröffentlicht, aber das macht mich noch lange nicht zur Schriftstellerin.«

Flo sah mich erwartungsvoll an.

»Ich habe unsere Reise vom letzten Jahr beschrieben«, erklärte ich. »Welche Routen wir gegangen sind, welche Wege sich für Frauen eignen, welche nicht, wo man gut unterkommt und so weiter.«

»Das klingt sehr interessant«, sagte Flo. »Werden Sie das über Ihren diesjährigen Sommer auch wieder machen?«

»Wenn ja, dann werde ich auf jeden Fall Ihr Haus erwähnen. Es ist eine Schande, dass Sie noch nicht im Murray stehen.«

»Die letzte Edition ist ja schon vier Jahre her. Seitdem bin ich erst dabei, meinen Betrieb aufzubauen. Aber sagen Sie, was fasziniert Sie so am Wandern?«

Ich hob die Hände. »Wen würde es nicht faszinieren? Die Berge sind wunderschön, vor allem, wenn man aus Yorkshire kommt. Unser eigener Landstrich ist zweifellos ebenfalls etwas ganz Besonderes, mystisch geradezu, mit seinen dunklen Tagen und dunklen Farben und Lichtern draußen im Moor.«

Henry zeigte mit dem Daumen auf mich und flüsterte: »Schriftstellerin.«

»Hier ist alles viel fassbarer. Die Luft, der Himmel. Um möglichst viel davon zu sehen, muss man eben wandern. Wir könnten einfach aus dem Kutschenfenster oder vom Pferderücken aus hinschauen, und auch das machen wir zur Genüge. Aber wandern … Beim Wandern finde ich Klarheit. Ich kann über alles und nichts nachdenken, von den Blumen am Wegesrand bis zu den großen und ganz großen Fragen.«

Flo hörte mit ehrlichem Interesse zu, und Henrys Blick hatte sich auch gewandelt. Er liebte es doch genauso wie ich.

In diesem Moment wurde Flo mit einem zurückhaltenden Winken von seiner Hausdame gerufen. Er verbeugte sich, und wieder fiel mir auf, wie grazil und elegant er sich bewegte. »Dann wünsche ich Ihnen einen schönen Sonntag. Wir sehen uns in der Kirche, und ich gebe Dr. Bonifaci Bescheid.«

»Danke«, sagte Henry.

»Wenn Sie sonst Fragen haben, melden Sie sich bitte jederzeit.«

»Danke«, sagte auch ich.

Elvezia Biert, die Hausdame, war Flos wichtigste Mitarbeiterin, der er mehr vertraute als sonst einem Menschen. Auch das war kein restloses Vertrauen, aber für Flo war es viel. Sie war kräftig, bescheiden, doch bestimmt im Auftreten und tadellos gekleidet, von den Fingernägeln bis zu den Haarspitzen einwandfrei gepflegt. Flo hätte gar nichts anderes geduldet. Sie musste viel Zeit damit verbringen, ihre Augenbrauen zu zupfen – auf mich machten sie den Eindruck, dass sie ihr freundliches Gesicht sonst schnell überwuchern würden. Wie ich mit der Zeit erfuhr, hatte sie sogar als stille Teilhaberin ins Hotel investiert, wodurch sie selbst allerdings kaum einen Vorteil hatte. Als alleinstehende Frau durfte sie in Graubünden ihr Geld nicht allein verwalten, sondern war von ihrem Bruder Beat Biert als bestelltem Vormund abhängig. Mit ihm hatte sie es, anders als viele andere Frauen, zumindest gut getroffen. Er war Handwerker, setzte auf den Tourismus, der im Rest der Schweiz schon so viel weiter war als in Graubünden, und hatte für Flo deshalb mit Begeisterung den ehemaligen Gasthof ausgebaut. Vom Dachstuhl bis zum breiten Treppengeländer war alles seine Arbeit.

Überhaupt war das Dorf glücklich über das neue Hotel, das Arbeitsstellen brachte, und Flo hatte alles dafür getan, gerade kleinere Rechnungen sofort zu zahlen, um das Vertrauen der Menschen zu gewinnen.

Wir blieben bis Dienstag. Ich wanderte ein wenig im Tal herum und setzte mich an den schönsten Stellen zum Zeichnen hin. Henry besprach sich mit dem jüngeren Couttet, wie die Reise weitergehen würde, und schonte seinen Fuß. Mit Flo unterhielt er sich lang über Architektur und den Fremdenverkehr. Die Gäste, so sagte Flo ihm zum Beispiel, rechneten immer damit, hier die typischen Holzhütten zu sehen, ganz so, wie das Chalet von Prince Albert, das er sich auf der Isle of Wight hatte nachbauen lassen. Die Leute beschwerten sich, dass die Schweizer dieses Kulturgut aufgaben, um moderner zu bauen. Doch es hatte schon immer Häuser aus Stein gegeben, weniger malerisch, dafür ein viel besserer Schutz vor den langen Wintermonaten, Schnee und Lawinen. Wie sollte man sich gegen Zuschreibungen von außen wehren, die niemals gestimmt hatten? Sollte man eine Kulisse bauen? Wie wahr, wie wahr, sagte Henry, und gelte das nicht für so vieles im Leben?

Als wir wieder fuhren, war auch Henry ganz begeistert von unserem Hotelier.

So war Flo Fernsby. Die Liebenswürdigkeit in Person.

Und später, als er mir gegenüber, nicht ganz freiwillig, seine Zurückhaltung aufgab, wuchs er mir nur noch enger ans Herz. Aber so weit war es noch lange nicht.

KAPITEL 4

Mit konzentriertem Blick kommt Ravi ins Schlafzimmer der Ferienwohnung. Maike beobachtet, wie er sich die Haare zusammenbindet, seinen Laptop nimmt und sich neben sie aufs Bett setzt. Sich das Kissen im Rücken zurechtschiebt und schnell beginnt zu tippen. Sie kennt das. Er will nicht vergessen, was er gerade am Telefon erfahren hat. Seine Redakteurin meinte, er solle ihr doch einmal etwas zur Schneekrise im Skigebiet schicken, und so hat er ein paar interessante Leute gefunden, und auch Verenas St. Moritzer Kontakt will morgen mit ihm telefonieren.

Maike hat sich auf ihren ohnehin schon zerfledderten *Zauberberg* gelegt und deponiert ihn auf den ausgeliehenen Büchern auf dem Nachttisch. Es regnet so unaufhörlich, dass sie gestern in die winzige Parviser Leihbücherei gegangen ist. Dort sind sie genauso analog unterwegs wie diese Nora im Restaurant. Aber sie haben Werke über die regionale Geschichte, von der sie überhaupt nichts weiß. Sie war auch noch nie im Sommer hier, kennt die Schweiz nur im Schnee.

»Wusstest du«, fragt sie Ravi, »dass Arthur Conan Doyle in Graubünden Urlaub gemacht und Skifahren gelernt hat? Dieser ganz neue Wintersport damals, Ende des neunzehnten Jahrhunderts.«

»Hm?«

»Fand er entwürdigend.«

Ravi sieht sie an. »Alles ist entwürdigend, wenn man noch lernt. Neue Sprache – hörst dich an wie ein Kind. Neue Sportart – fühlst dich wie ein nasser Sack. Neues Instrument – klingst wie eine halbtote Katze.«

»Und Friedrich Nietzsche war im Engadin, grad über den Pass in Sils Maria. Da haben ihm die Kinder vom Hotel Alpenrose beim Spazierengehen unbeobachtet Steinchen in den geschlossenen Regenschirm geworfen, und als er ihn dann aufspannen musste …«

Er lacht. »Woher weißt du das?«

Maike hält ihm das ausgeliehene Geschichtsbuch hin, aber Ravi tippt schon wieder. Sie stopft die Bettdecke um sich fest und nimmt doch den *Zauberberg* zur Hand. Nach zwei Seiten wird ihr langweilig. Sie imitiert ein Schnarchen, bis Ravi seinen Laptop nimmt und aus dem Zimmer geht. Maike zieht sich die Bettdecke über den Kopf. Budenkoller. Nach ein paar Minuten wird ihr zu warm, und im Schlafshirt folgt sie Ravi ins Wohnzimmer. Diese Ferienwohnung mag genauso spießig wie ihre Eltern sein, aber der Ausblick ist genial. Endlich einmal ist der Himmel wieder blau.

Sie wird unruhig. »Wollen wir raus?«

Ravi sitzt auf dem Sofa im Schneidersitz und tippt. »Grad nicht.«

Sie geht zu ihm, nimmt ihm den Laptop weg und setzt sich auf seinen Schoß. Schnell löst er die gekreuzten Beine und sieht sie grimmig an.

Sie zieht ihm die Brille ab und nimmt sein Gesicht zwischen die Hände. Aus seinen Stoppeln ist fast ein Vollbart geworden, wie jeden Winterurlaub. »Mir ist langweilig, ich will an die Luft.« Sie küsst ihn auf den Mund. »Bitte nicht sauer sein.«

Er legt seine Arme um sie. »Schon gut.«

»Ich liebe nun mal meine Ferien hier. Seit fünfundzwanzig Jahren.«

»Außer das eine Mal, als ihr nicht gefahren seid.«

»Außer das eine Mal, als mich Lars-Volker aus der Parallelklasse mit seinen Windpocken angesteckt hat.«

»Weil du dich unbedingt mit ihm prügeln musstest.«

»Hatte er verdient.«

Sie grinsen sich an, und Maike küsst Ravi noch einmal. »Hieß er wirklich Lars-Volker?«, fragt er.

»Mit Bindestrich – und weil es drei Lars gab, wurde er auch so genannt.«

»Wie wäre es denn«, fragt Ravi, »wenn wir nach Davos fahren?«

Überrascht sieht sie ihn an. »Was willst du da? Auch recherchieren?«

»Ich dachte eher an die Spuren von Thomas Mann, denen du da folgen kannst.«

Sie steht auf. »Dass ich da selbst noch nicht drauf gekommen bin.«

Weit wäre es nicht, geschätzt eine Dreiviertelstunde. Die Sonne ist zwar schon wieder verschwunden, aber die Wolken sehen relativ freundlich aus.

Aus dem Schlafzimmer hört sie ihr Handy klingeln und läuft hin.

»Hallo?«

»Hallo, guten Tag«, sagt eine weibliche Stimme mit Schweizer Akzent. »Spreche ich mit Maike Reineke?«

»Ja, genau.«

»Mein Name ist Laura Hohlfeld. Haben Sie ein paar Minuten Zeit?«

»Klar. Davos kann warten.«

»Davos?«

»Mein Freund und ich wollten gerade einen Ausflug nach Davos machen.«

»Sind Sie denn ... in der Nähe von Davos?«

Maike weiß immer noch nicht, was die Frau eigentlich will. Sie klingt nicht älter als sie selbst.

»Ja«, sagt sie, »in Parvis, zum Skifahren.«

»Das ist ja witzig.«

»Wieso?«

Ravi kommt ins Schlafzimmer und holt sich die letzte frische Jeans aus dem Koffer.

»Kennen Sie Sumbriva?«, fragt Laura Hohlfeld.

»Das sehe ich, wenn ich aus dem Wohnzimmerfenster gucke.«

»Dann kann ich Ihnen quer übers Tal zuwinken«, sagt Laura. »Ich bin aus Sumbriva und rufe Sie an wegen einer ... « Sie zögert. »Na ja, wegen einer Erbangelegenheit.«

Maike runzelt die Stirn. »Wollen Sie Geld von mir, um Ihre Tante aus Nigeria zu holen?«

Ravi zieht die Augenbrauen hoch und steckt sich das weiße T-Shirt in die Hose.

»Nein, nein«, sagt Laura hastig. »Es ist etwas schwierig zu erklären. Wir haben hier ein altes Hotel stehen, das Posthotel Sumbriva. Meine Familie und ich, wir haben so eine Art Nutzungsrecht, aber die Eigentumsverhältnisse sind gewissermaßen ungeklärt.«

»Aha?«

So zögerlich, wie Laura Hohlfeld spricht, klingt das immer noch wie ein Abzockversuch.

»Jetzt ist es so, dass das Hotel abgerissen werden soll. Aber das … das will ich nicht«, sagt sie heftig. »Es ist unser Hotel. Deswegen habe ich geforscht und herausgefunden, dass Sie, also Ihre Familie, die Erbberechtigten dieses Hotels sein könnten.«

Maike beugt sich vor, um unter dem Bett nach ihren Socken zu suchen. »Wir machen hier zwar regelmäßig Urlaub, aber familiäre Verbindungen haben wir nicht, soweit ich weiß.«

»Ich kann Ihnen die Unterlagen zeigen. Möchten Sie vorbeikommen? Ich weiß, das tönt alles sehr schräg, und dass Sie gerade jetzt in der Gegend sind und schon lange herkommen, das ist ein irrer Zufall. Ich will Ihnen nichts verkaufen, ich mache keine Witze, ich will nur unser Hotel retten.«

»Ich schätze«, sagt Maike, »dann fahren wir nicht nach Davos, sondern nach Sumbriva.«

Während Laura Hohlfeld ihr unnötigerweise den Weg erklärt, geht Maike zur Fensterfront. Zum ersten Mal fällt ihr bewusst das große Gebäude auf, das, in Dunst gehüllt, drüben direkt am Hang steht, mit bester Aussicht über das Tal. Das muss das Posthotel sein, aber viele Details sind aus der Entfernung nicht auszumachen. Es könnte gut sein, dass sie bei einer Wanderung einmal durch den Ort gegangen sind.

»Sehr suspekt«, sagt Ravi, nachdem sie ihm alles erzählt hat. Er zieht sich den blauen Hoodie zurecht. »Waren denn deine Großeltern oder so auch schon hier im Urlaub?«

»Nicht dass ich wüsste. Sollen wir hin?«

»Klar.«

Ihr neugieriger Journalist fährt sie die paar Meter runter ins Tal und auf der anderen Seite den Hang des Piz Parüschla hinauf.

Im Wald oberhalb des Ortes lassen die Fichten und Tannen die Arme hängen. Sumbriva wirkt düster im düsteren Wetter, wobei hier tatsächlich noch deutlich mehr Schnee liegt. Die Häuser scheinen ihr älter als in Parvis, mit sauber gemalten, aber verbleichenden rätoromanischen Versen an den verputzten Mauern, Bibelstellen vermutlich. Dagegen ist die Hauptstraße überraschend breit, fast überdimensioniert. Hinter dem verlassenen Dorfplatz steht die weiß-graue Kirche, flankiert von ein paar gelben Wanderwegweisern. An einem Haus an der Ecke harrt eine uralte Benzinzapfsäule, und über einem aufgegebenen Laden steht *Haushalt & Eisenwaren*.

»Wusstest du«, sagt Maike, »dass man erst 1925 mit dem Auto durch Graubünden fahren durfte?«

»Stand das auch in dem Geschichtsbuch?«

»Vorher mussten die Autos, die durch den Kanton wollten, mit abgestelltem Motor von Pferden gezogen werden.«

Ravi zeigt nach draußen. »Da ist das Hotel.«

Es steht knapp oberhalb des Marktplatzes, wo der Weg über eine kleine Brücke führt und weiter ansteigt. Sie halten auf dem Vorplatz des Gebäudes, ein Halbkreis, in dessen Mitte ein Beet unter dem Schnee versunken zu sein scheint.

»Ob jetzt einer vom Parkservice kommt?«, fragt sie spöttisch. »In Uniform und Dienstmütze?«

Beim Aussteigen hört Maike den Bach und folgt dem Rauschen auf die Brücke. Das Wasser stürzt einen steil abfallenden Hang hinunter. Auch das Hotel sieht von der Seite so aus, als könnte es jede Minute ins Wanken geraten. Aber das muss schon immer so gewesen sein. Grandhotel Abgrund. Wie hat man so etwas gebaut?

Ravi stellt sich neben sie, und gemeinsam betrachten sie den Kasten mit seiner schmutzig blauen Fassade. Drei Stockwerke mit schmiedeeisernen Balkons, ein dunkles Mansardendach und zwei Türmchen, eins links, eins rechts, verziert mit Hüten aus Schnee. Drei Stufen führen zur breiten Eingangstür hinauf, von wo man zu beiden Seiten hin eine langgezogene Veranda betreten kann, ebenfalls mit schmiedeeiserner Verkleidung. An einer Ecke zieht sich eine Efeupflanze nach oben.

»Und das soll also euch gehören?«, fragt Ravi.

»Ich weiß nicht ... warum sollte es? Aber was für ein Unterschied zum Hotel Reineke.«

Ravi stimmt zu. Als sie sich vor fünf Jahren kennenlernten, hatte Maike die Arbeit im Hotel ihrer Eltern schon aufgegeben und zu studieren angefangen, aber sie fahren manchmal zu Besuch vorbei. Es sei, meinte er nach dem ersten Mal, mehr ein Pflegeheim als ein Hotel. Maike hatte wütend geknurrt, weil er so recht hatte und es so traurig war um das Haus, aus dem sie so viel hätte machen können.

Die Tür des Posthotels Sumbriva öffnet sich, eine Frau kommt heraus und winkt.

»Frau Reineke?« Sie sagt es zögernd. »Maike? Wir sind wohl im gleichen Alter, oder?«

»Sehr gern. Hallo, Laura. Das hier ist Ravi, mein Freund.«

Laura trägt eine bunte Haremshose und einen schwarzen Kapuzenpulli. Die langen Haare sind zu einem Zopf geflochten, der ihr über die linke Schulter nach vorn hängt. Auch sie hat ein Nasenpiercing.

»Wollt ihr einen Kaffee? Und ich erzähle euch dazu die verrückte Geschichte?«

Sie betreten das Hotel.

Und damit eine andere Welt.

Aus dem Vorraum mit grau-schwarz gemusterten Fliesen kommen sie in die Eingangshalle, deren Teppich so abgetreten ist, dass man an manchen Stellen den Steinboden darunter sieht. Der am häufigsten genutzte Weg führte unverkennbar direkt zur Rezeption in der hinteren linken Ecke. Es riecht nach Staub und feuchtem Stein, aber nicht so schlimm, wie Maike es sich vorgestellt hat. Fast scheint das Hotel noch belebt. Auf dem dunklen Holztresen steht sogar eine Vase mit frischen Blumen. Die Tür daneben führt laut Messingschild ins *Bureau*.

Geradeaus strebt alles auf die breite Treppe zu, über die vermutlich früher die Damen in ihren Abendkleidern duftend heruntergeschwebt kamen. Jedes Kind wird gehofft haben, einmal das geschwungene Geländer hinunterrutschen zu dürfen. An der Vorderseite reicht die Halle drei Stockwerke nach oben, wo Licht durch Glasfenster im Dach fällt.

»Willkommen im Posthotel Sumbriva.«

»Ich hätte nie gedacht«, sagt Maike, »dass ein Posthotel so elegant sein kann. Posthotel klingt eher einfach.«

»Es ist auch ein ganz besonderes.«

Ravi zeigt nach oben. »Ist da der Kronleuchter von der Decke gefallen?«

Das riesige Loch im Putz sieht brutal aus.

»Ja, leider«, sagt Laura. »Zum Glück war niemand im Haus. Wir haben ihn aufbewahrt. Kommt mit.«

Der Eingang zum Speisesaal liegt ein wenig versteckt hinter der großen Treppe auf der Rückseite des Gebäudes. Maike bleibt in der Tür stehen. Die ganze hintere Wand besteht aus Fenstern, die auf das Tal hinauszeigen. Da ist Parvis unter dem Piz Splerin, geschmückt mit Regenwolken in hundert Grautönen und hier und da einem freien Blick auf seinen Gipfel. Sie geht näher. Die Fenster sind alt, das Glas uneben, so dass man das Gefühl hat, ein bewegliches impressionistisches Gemälde anzusehen, in dem sich die Wolken verändern, Spielzeugautos durch den Ort fahren und verschwinden.

»Wahnsinn.« Ravi tritt noch näher an die bodentiefen Fenster. »Hier ist noch eine Veranda davor.«

»Die würde ich nicht betreten«, sagt Laura schnell. »Vor ein paar Jahren ist ein Stück abgebrochen.«

Maike schnaubt amüsiert.

Eine Bruchbude.

Früher war sie schön, garantiert, und der Ausblick ist es immer noch. Aber … sie sieht sich im Saal um. Der Holzboden ist so abgetreten, dass man jede Menge Wellen und Dellen sieht. An den Wänden leuchten ein paar Lampen, schaffen es aber kaum, gegen die Düsternis von draußen anzukämpfen. Der rechte Teil des Raumes ist leer, im linken stehen sieben zusammengewürfelte Tische und Stühle, die eher nach schwedischem Einrichtungshaus aussehen als nach Möbeln, die sie hier früher genutzt hätten. Wann auch immer dieses Früher war. Der Gipfel der Lächerlichkeit ist eine Küchenzeile, eine typische Einbauküchenzeile für eine Zweizimmerwohnung, die entlang der linken inneren Wand aufgestellt wurde und in der ehemals pompösen Umgebung wie ein Spielzeug wirkt. Laura stöpselt eine Filterkaffeemaschine ein und misst Wasser ab.

»Ist hier denn noch Betrieb?«, fragt Ravi.

»Kein Hotelbetrieb«, sagt Laura zögerlich.

Sie schaltet die Maschine ein, und mit einem Knall gehen die Lampen aus.

»Ach, verdammt.« Sie lacht verlegen. »Nicht parallel den Toaster und die Kaffeemaschine eingesteckt lassen. Bin kurz im Keller, um die Sicherung wieder einzuschalten.«

Sie nimmt sich eine bereitstehende Taschenlampe und verschwindet.

»Guck mal.« Ravi ist in den leeren Teil des Raumes gewandert und zeigt auf die lange Wand. »Schöne Bilder.«

Jeder Schritt lässt die Fenster klirren. An der Wand hängt eine Reihe von jettschwarzen Kohlezeichnungen, mit Schnappklemmen an einem Bindfaden befestigt.

»Das ist doch das Val Faller«, sagt Ravi, »wo wir letztes Jahr die Schneeschuhwanderung gemacht haben.«

Selbst im Halbdunkeln erkennen sie die gesamte Gegend auf den Bildern.

Das Licht geht wieder an, und schon ist Laura zurück.

»Die Bilder hat eine italienische Künstlerin gemalt, die jeden Sommer herkommt und bei uns wohnt.«

Laura zieht den Stecker des Toasters aus der Dose und stöpselt erneut die Kaffeemaschine ein, die zu gurgeln anfängt.

»Ich weiß gar nicht genau, ob ich euch das alles erzählen sollte, weil uns eben nie jemand diese Nutzung erlaubt hat. Aber wenn es ums Erben geht, sind Geheimnisse eh immer hässlich. Also: Wir beherbergen hier schon seit Jahrzehnten Künstler:innen. Meine Eltern haben damit angefangen. Sie sind so richtige Hippies.« Laura lacht liebevoll. »Sie waren schon immer mit Tausenden Leuten befreundet, die künstlerisch tätig sind und nie wussten, wohin sie sollten. Seitdem ist hier im Sommer immer etwas los. Reine Mundpropaganda. Alle zahlen, so viel sie können, und verpflegen sich selbst.«

»Und was haben wir damit zu tun?«

»Das Haus gehört uns nicht.« Laura zieht den Kopf ein. »Der Grund auch nicht. Wir hatten immer so eine Art Hausmeisterrolle, würde ich sagen, und haben die ein kleines bisschen ausgenutzt.«

»Ein kleines bisschen.« Maike grinst.

Sie setzen sich an einen der Tische. Laura stellt ihnen den Kaffee in angeschlagenen, aber sauberen Porzellanbechern hin. Einer hat ein Blumenmuster, der andere ist dunkelblau mit der Aufschrift BITCH. Den schiebt Maike mit einem Augenaufschlag zu Ravi rüber. Dazu gibt es die obligatorische Bündner Nusstorte. Als Letztes legt Laura einen schmalen Aktenordner auf den Tisch und klappt ihn auf.

»Ich habe geforscht. In der Gemeinde kann man das Grundbuch einsehen. Der letzte bekannte Eigentümer des Hotels war ein gewisser Andri Cavegn aus Sumbriva, der aber den größten Teil seines Lebens als Zuckerbäcker in Bordeaux und Genf verbracht hat.«

»Zuckerbäcker«, sagt Ravi amüsiert.

»Konditor. Patissier. Wie auch immer ihr das auf Hochdeutsch nennt.«

»Sorry«, murmelt Ravi.

»Noch nie gehört, den Namen«, sagt Maike. »Andri wie?«

»Cavegn. Ein typisch rätoromanischer Name. Früher sind viele junge Männer aus Graubünden ausgewandert«, fährt Laura fort, »weil die Familien zu viele hungrige Mäuler zu stopfen hatten. Venedig, Mailand, Paris, bis nach Sankt Petersburg. Manche sind reich wiedergekommen und haben ihre Familie versorgt und sich ein Haus gebaut. Andri Cavegn ist aber wohl im Ausland geblieben und dort gestorben. Hinterbliebener war ein Neffe, der alles geerbt hat.«

»Von welcher Zeit sprechen wir eigentlich?«, fragt Maike.

»1911 ist Andri Cavegn verstorben.«

»Als Hans Castorp auf dem Zauberberg weilte.«

»Den kenne ich nicht«, sagt Laura.

»Thomas Mann.«

»Ach so.« Laura lächelt. »Ja, diese Thomas-Mann-Zeit war generell wahnsinnig wichtig für die Hotels in der Gegend. Da ist ja quasi der Tourismus entstanden, die ganzen Grandhotels im Engadin.«

Maike springt auf und stellt sich ans Fenster, denn die Wolken reißen auf. In Parvis fahren drei dicke Tanklaster über die Hauptstraße. Die weiße Skipiste wirkt zwischen Braun, Grau und Schwarz wie ein Fremdkörper. Die Belle Époque scheint weit entfernt.

»Und wir sind verwandt mit diesem Andri Cavegn?«, fragt sie schließlich. »Wie soll das passiert sein?«

»Sein Neffe Conrad ist von hier aus nach Hamburg gezogen. Warum, weiß ich nicht. Das habe ich auf einer Website für Ahnenforschung gefunden. Jemand aus deiner Familie mütterlicherseits hat da ganz schön was zusammengestellt. Deine Mutter ist wahrscheinlich die offizielle Erbin.«

Ravi sieht Maike verblüfft an. »Wusstest du das mit der Website?«

»Ich glaube, ein Cousin von Mama hat das gemacht.« Sie setzt sich wieder hin, lehnt sich zurück und verschränkt die Arme. »Okay. Mal angenommen, das stimmt.«

Laura nickt. »Das müsste man alles offiziell bestätigen lassen. Aber der Cousin muss die Daten ja aus irgendeinem Archiv haben.«

Maike sieht sich im Speisesaal um. Wer war Andri Cavegn? Warum hat er oder ein Nachfahre sich nicht mehr um sein Hotel gekümmert? Ob Thomas Mann es kannte? Oder Friedrich Nietzsche, wenn er genug hatte von den Steinchen in seinem Regenschirm?

»Warum hast du das jetzt erforscht?«, fragt sie.

»Das Hotel soll abgerissen werden, und ich hoffe, dass ihr das verhindern könnt.«

»Ist es baufällig?«, fragt Ravi.

»Nein, ist es nicht«, sagt Laura. »Das macht es ja noch gemeiner. Aber Sumbriva gehört zur Gemeinde Parvis, und Parvis hat Sorge, dass ihnen der Skitourismus im Matsch versickert.«

Dieses Thema schon wieder.

»Deswegen haben sie eine Menge Geld lockergemacht und wollen uns damit ködern. Hier, sagen sie, großes Budget für neue Straßen, neue Wasserleitungen, neue Häuser. Dafür dürfen wir bei euch ein paar Wohnklötze bauen und eine nagelneue Piste mit großen Liftanlagen einrichten. Wir erschließen euer Gebiet. Ihr habt noch so viel Schnee.«

Ravi, der auf seinem Stuhl gekippelt hat, fällt nach vorn. »Ernsthaft?«

»Und du willst das nicht«, sagt Maike.

Laura bohrt in ihrem Zopf herum. »Ich will, dass alles so bleibt. Schon klar, das ist nicht zukunftsträchtig und so, aber ...«

»Skitourismus ist ja auch nicht mehr zukunftsträchtig«, wendet Ravi ein.

»Eben.« Laura sieht ihn dankbar an.

»Aber er macht verdammt viel Spaß.« Maike springt erneut auf, eilt aus dem Saal und durch die Eingangshalle. Die Wolken steigen, und der Piz Parüschla klettert vor ihr nach oben.

Dahin ein Lift bis zum Gipfel. Eine ordentlich steile Piste. Sie dreht sich um und muss lachen: So ein schnörkeliger Kasten, so hübsch er auch mal ausgesehen haben mag, würde dazwischen altmodisch wirken. Draußen nur Kännchen und Bürgersteig hoch um halb zehn. Die Gemeinde hat schon recht, dass sie ihn abreißen will. Man könnte etwas ganz Neues bauen, etwas architektonisch Innovatives, und sie ... der Gedanke überrollt sie fast wie eine Lawine ... sie könnte es leiten. Sie könnte endlich genau das Hotel haben, von dem sie immer geträumt hat.

Ob Mama als Erbin auch das Grundstück gehört? Oder nur das Gebäude? Können Deutsche überhaupt Eigentum in der Schweiz besitzen?

Ravi und Laura kommen ihr hinterher.

»Wie lange steht das Hotel hier schon?«, fragt Ravi.

»Esthi Murger meint, ihre Oma habe erzählt, wie sie als junges Mädchen hier gearbeitet hat, und Esthi ist inzwischen selbst Oma. Es liegen viele Papiere im Keller, Rechnungen, Briefe, Baupläne, aber da hat sich noch niemand durchgekämpft.«

Maike sieht im Zeitraffer einen neuen Ort entstehen, eine moderne Bergbahn mit rundum verglasten Gondeln, oben ein Sessellift. Neue Apartments, eine Dependance von Käsis Pizzeria – und eben ein richtig geiles Hotel, mit allen Annehmlichkeiten. Mit einem Restaurant und einem Spa. Sauna. Club-Musik.

Laura sieht sie so skeptisch an, als könne sie ihre Gedanken lesen. Sie erhofft sich schließlich das komplette Gegenteil: bloß nichts verändern.

»Und was machen wir jetzt?«, fragt Maike.

»Ich muss mich erst einmal verabschieden«, sagt Laura. »Ich habe eine Elternveranstaltung drüben in Parvis. Ich bin Grundschullehrerin.«

»Können wir deine Unterlagen haben?«, fragt Ravi. »Die Kopien vom Grundbuchamt?«

Laura zögert. Sie scheint es plötzlich zu bereuen, um

Hilfe gerufen zu haben. Trotzdem eilt sie zurück ins Haus und übergibt ihnen den Ordner mit den Kopien und Ausdrucken der Ahnenforschungswebsite. Ravi legt alles auf den Rücksitz, und Laura fährt mit einem kleinen Jeep davon.

Sie gehen Hand in Hand durchs Dorf. Maike ist aufgekratzt und hüpft mehr, als dass sie geht.

»Ich dachte, du wolltest nichts mehr mit Hotels zu tun haben«, sagt Ravi.

»Ich weiß.«

»Außer literarisch gesehen.«

»Ich weiß.«

Sie schlenkert seinen Arm hin und her.

»Du kannst nicht in echt ein hippes Skihotel aus dem alten Kasten machen wollen«, sagt er. »Das ist wie … wie meinen indischen Opa in die Klamotten von Harry Styles zu stecken.«

»Doch, genau so dachte ich mir das.« Maike lacht. »Alles, was meine Eltern so hassen.«

Ravi bleibt stehen, hebt eine zerdrückte Coladose vom Straßenrand auf und wirft sie in einen Mülleimer. »Den Eltern eins auswischen, das war schon immer der beste Grund für alles.«

»Du hast ja auch keine fünf Jahre mit ihnen zusammengearbeitet«, sagt Maike. »So haben wir das schon immer gemacht, so wird es auch immer bleiben.«

Ravi hat sich das alles schon oft anhören müssen.

Links von ihnen öffnet sich eine Haustür.

»Oh, es gibt also doch Leben hier«, flüstert Maike.

Zwei Jungen, vier oder fünf Jahre alt, kommen, dick

eingepackt, auf die Straße gerannt. Sie rufen etwas auf Rätoromanisch, springen in ihren Plastikschlitten und rodeln die Straße hinunter. In der Haustür steht eine alte Frau und winkt ihnen nach.

»Bun de«, sagt sie, als sie Maike und Ravi entdeckt. »Suchen Sie etwas?«

Als könnten Fremde in Sumbriva eigentlich nichts zu suchen haben.

»Wir gucken uns nur um«, sagt Maike. »Wir waren bei Laura im Hotel.«

Der Blick der Frau hinter den Brillengläsern hellt sich auf. »Sind Sie die aus Hamburg? Das ging aber schnell.«

Sie stellt sich als Esthi Murger vor, etwas zurückhaltend, aber neugierig.

»Sind Sie hier aufgewachsen?«, fragt Ravi.

»Ja, ja, meine Familie wohnt schon seit Generationen in Sumbriva. Wir kennen nichts anderes. Die beiden Jungs sind meine Enkel. Zwillinge. Sie sind die letzten Kinder im Dorf. Wir sind insgesamt nur noch zweiundzwanzig.«

»Das belebt sich ja wieder«, sagt Maike, »wenn die Skipiste gebaut wird.«

Esthi Murger wickelt sich die Strickjacke enger um den Körper. »Hat Laura das erzählt? Ja, ja, wir müssen mit der Zeit gehen. Aber das Hotel könnten sie den jungen Leuten mit ihrer Kunst ruhig lassen. Die Wohnungen kann man woanders bauen.«

Maike muss unbedingt mit Verena reden. Warum hat sie ihr noch nichts von diesen Plänen erzählt? Sie ist doch im Gemeindevorstand aktiv und sicherlich daran beteiligt. Wie cool das alles ist!

»Meinen Sohn Cla und meine Schwiegertochter wird es freuen«, sagt Esthi Murger. »Die arbeiten im Tourismus.«

»Man könnte es ganz sanft renovieren«, murmelt Ravi. Über den Häuserdächern sieht man gerade noch eines der Türmchen des Hotels.

»Das Dach muss neu gemacht werden«, sagt Esthi Murger. »Damit kämpfen die Hohlfelds schon seit Jahren.«

»Aber wie soll so ein Ökoding ins neue Sumbriva passen?«, wendet Maike ein. »Dann kannst du Laura gleich ihre ungewaschenen Hippies lassen und deinen Opa in seinen eigenen Klamotten.«

Esthi Murger zieht sich ins Haus zurück. »Ich glaube, das Telefon klingelt.«

»Jetzt hast du sie vergrault«, sagt Ravi.

Maike verdreht die Augen. »Komm, lass uns fahren. Falls das alles wahr sein sollte, brauchen wir erst mal ordentliche Beweise.«

Statt einzusteigen, bleiben sie noch einmal vor dem Hotel stehen, und Ravi geht zur Tür. Nicht abgeschlossen. Sie schlängeln sich ins Haus, und Maike zieht Ravi hinter sich her die breite Treppe hoch, deren Stufen in der Mitte ausgetreten sind. In der ersten Etage sind die Decken niedriger als im Parterre, und es riecht staubig.

Ravi öffnet eine beliebige Tür. Das Zimmer ist mit billigem Linoleum ausgelegt.

»Ach du Schande«, sagt Maike.

»Man kann überhaupt keine Zeit ausmachen, wann das mal renoviert wurde.«

»Wahrscheinlich nie einheitlich, sondern immer dann, wenn gerade etwas Neues nötig war.«

Ein Bett steht in einer Ecke des Zimmers, eine Plastikplane darüber gebreitet. Ein Tisch, ein Stuhl davor, wie er in einem Klassenzimmer stehen könnte. Auf der Fensterbank ein Fliegenfriedhof. Aber vor dem Fenster, gen Osten, blickt man auf Sumbriva, auf ein paar alte, malerische Bauernhäuser, dahinter den Berghang, und auch hier hört man den Bach rauschen und plätschern.

Am hinteren Ende des Korridors finden sie Türen, auf denen *WC* und *Dusche* steht. Abgeschlossen. Sie sehen sich noch ein paar andere Räume an, entweder leer oder mit zusammengewürfelten Möbelstücken, verlassen und vernachlässigt. Sie steigen noch eine Etage höher, dann noch eine und noch eine, bis die letzte Treppe hoch zum Dachboden führt, vor dem sie eine aus Latten zusammengezimmerte Holztür erwartet. Auch die lässt sich öffnen. Mief von hundert Jahren und die Kälte des gesamten Winters umfangen sie. Wenig Licht fällt durch die Luken, und aufgewirbelter Staub tanzt in den Strahlen.

Ravi niest zweimal. An einer Wand lehnen Gemälde in schweren Rahmen, ansonsten auch hier viele Laken und große Stoffbahnen, um ausrangierte Möbel abzudecken. Ein Vogelnest ist von der Decke gefallen. In der Ecke links neben der Tür lehnen Holzski.

»Die sind ja geil«, sagt Ravi. »Ob man damit noch fahren kann?«

»Vielleicht sind das die von Arthur Conan Doyle.«

Da raschelt es weiter hinten.

»Ratten?«, fragt Maike. »Oder Mäuse?«

Sie starren beide in die Dunkelheit und entscheiden sich dann, die Treppen wieder hinunterzusteigen.

»Wo wohl die alte Küche ist?«, fragt Ravi.

Sie betreten noch einmal den Speisesaal, wo Ravi den Stecker der Kaffeemaschine aus der Steckdose zieht. »Sicher ist sicher.«

Hinter einer unscheinbaren Tür auf der rechten Seite führt eine Treppe ins Untergeschoss. Sie tasten sich in der Düsternis an der Wand entlang und gelangen in die Küche. Ein langgezogener Raum, hell, weil das Gebäude so am Hang steht, dass es auch hier unten noch große Fenster gibt. Die Küche scheint noch mehr aus der Zeit gefallen als der Rest des Hotels. Der uralte Herd muss mit Holz angefeuert werden. Das Ofenrohr führt durch die Wand nach draußen. Daneben hängen angelaufene Kupfertöpfe und -pfannen. Die Spüle ist aus Stein. Es riecht nach Rauch.

Maike schiebt die Hände in die Jackentasche und starrt aus dem Fenster.

»Alles okay?«, fragt Ravi.

»Klar. Ich weiß nur nicht, was ich denken soll. Komm, wir fahren. Ich muss Verena und meine Eltern anrufen.«

KAPITEL 5

Mein zweites Buch über unsere Reisen durch Graubünden schrieb ich im Laufe des Winters. Ich erwähnte das Posthotel Sumbriva und seinen zuvorkommenden Besitzer Flo Fernsby. Oft träumte ich von der Schweiz und ihren satten Wiesen, den Arven, den Roten Tannen, den Lärchen. Wenn die Arven älter werden, hängt silbriges Moos in langen Zöpfen von ihren ausgebreiteten Ästen, und sie sehen aus wie alte Druiden.

Stundenlang erzählte ich unserem Douglas davon, der noch zu klein war, um sich dafür zu interessieren, und lieber seine Bauklötze stapelte.

Schon nach unserer Rückkehr hatte ich Mr. Fernsby schreiben wollen, einen Dankesbrief, aber Henry meinte, er habe uns gewiss schon wieder vergessen. Wir seien doch nur drei Nächte dort gewesen. Erst nachdem ich im März das fertige Manuskript an meinen Londoner Verleger gesandt hatte, griff ich zu Papier und Tinte. Wir mussten schließlich unseren nächsten Sommerurlaub planen.

Zwei Wochen später erhielt ich eine Antwort.

Hochverehrte, gnädige Frau,
in höflicher Erwiderung Ihres geschätzten Briefes darf ich Ihnen mitteilen, dass der Winter in den Alpen in

*der Tat sehr lang sein kann. Doch wir vertreiben ihn uns damit, das Hotel noch schöner zu machen und Sie hoffentlich im kommenden Sommer wieder empfangen zu dürfen – dann auch auf unserer neuen Veranda in Erweiterung unseres Restaurants. Um Ihnen die Wartezeit ein wenig zu verkürzen, erlaube ich mir, Ihnen unseren neuen Prospekt zukommen zu lassen.
Ergebenst,
  Florian Fernsby*

Ein sehr freundlicher Brief, aber auch ein sehr höflicher. Er erinnerte sich an uns, hatte aber fraglos nicht den ganzen Winter an mich gedacht. Warum sollte er auch?

Im Juli kehrten wir zurück nach Graubünden, froh, dass wir unseren Couttet wiederhatten, dessen Knochen völlig geheilt waren, obgleich er noch ein wenig o-beiniger zu gehen schien als zuvor. Er war ein kleiner Mann, unglaublich kräftig, und seinem wachen Blick war noch keine Gletscherspalte entgangen. Mit kurzen Schritten, leicht gekrümmten Knien und ein wenig nach vorn gebeugtem Körper brachte er uns Meile um Meile vorwärts. Seine Aufmerksamkeit verließ ihn erst, wenn wir abends im Gasthaus saßen, und er sich eine Pfeife gönnte. Voller Sehnsucht schaute er dann nach draußen, als wollte er lieber unter dem Sternenzelt übernachten, und ich nehme an, dass er das manchmal sogar tat, nachdem Henry und ich zu Bett gegangen waren. Wer kann es ihm verdenken? Der Sternenhimmel in Graubünden ist so klar und funkelnd, dass man meint, einen Atemzug lang die Unendlichkeit Gottes erhaschen zu können.

Im Jahr 1869 trafen wir uns am Churer Bahnhof. In der ältesten Stadt der noch jungen Eidgenossenschaft endete die Zugverbindung aus Basel und Zürich, und wir wollten gemeinsam mit der Kutsche südwärts reisen. Doch noch an der Poststation stießen zwei Kutschen zusammen, und eines der Pferde wurde so schwer von dem anderen Wagen gerammt, dass es im Geschirr hing und schwer atmete. Die Kutscher fluchten und beschuldigten sich gegenseitig, die Einfahrt war versperrt, niemand konnte den Vorplatz verlassen, so dass es zu Verspätungen kommen würde. Die Passagiere begannen ebenfalls zu schimpfen, während die Postmitarbeiter den aufgebrachten Kutscher dazu drängten, sich endlich um sein verletztes, inzwischen schreiendes Pferd zu kümmern.

Henry führte mich von dem ganzen Chaos und dem armen Pferd weg, ein Stück hin zum Fluss, auf dessen schmutzigem Wasser die drückende Sonne glitzerte. Die Schweiz mochte als sauberes Land gelten, aber ihre Flüsse behandelte sie genauso als Kloake wie wir. Couttet folgte uns und begann gleich wieder vom Piz Fo zu sprechen. Mein Mann hatte sich fest vorgenommen, dieses Jahr den Aufstieg zu wagen. Seit Anfang des Frühjahrs hatte er viel trainiert und war fit genug. Zu meiner Überraschung nahm Couttet ganz selbstverständlich an, dass ich mit hinaufwollte.

»Könnten Sie …« Er räusperte sich verlegen in den Schnurrbart. »Nun, könnten Sie sich vorstellen, Mrs. Brightfield, zu diesem Zweck ausnahmsweise einmal Hosen zu tragen?«

Verblüfft sah ich ihn an.

»Henriette d'Angeville«, fuhr er fort, »ist immer im Kleid aufgebrochen und hat sich umgezogen, sobald sie die Dörfer hinter sich gelassen hat.«

In diesem Moment ertönte ein Schuss. Sie hatten das Pferd getötet und mussten es nun mit mehreren kräftigen Männern zur Seite räumen. Die Postmitarbeiter waren bereits wieder damit beschäftigt, die Menschen auf die Kutschen zu verteilen. Wie immer gab es Leute, die unbedingt in Fahrtrichtung sitzen mussten, andere, die nicht damit zufrieden waren, wie ihr Gepäck verstaut war, es würde doch beim ersten Schlagloch herunterfallen, sie wollten es selbst neu aufladen. Auf einem Zusatzwagen war neben den üblichen Utensilien der wohlhabenderen Reisenden, wie Essenskörben, Staffeleien und Leinwänden, Büchern und Teppichen, ein Sarg aufs Dach geschnallt worden, und eine Dame äußerte sich zweifelnd über eine mögliche Geruchsbelästigung bei den vorherrschenden Temperaturen, bis ihr einer der Mitarbeiter ungeduldig mitteilte, der Sarg sei leer.

»Noch«, sagte er drohend, und die Frau verstummte.

Mit einer Stunde Verspätung ging es los. Ich saß gegen die Fahrtrichtung am linken Fenster, Henry in der Mitte, am rechten Fenster Couttet, der lieber draußen auf dem Bock Platz genommen hätte. Uns gegenüber saß ein Ehepaar und ein allein reisender junger Mann, der noch ein wenig Babyspeck herumtrug. Er stellte sich auf Französisch als Andri Cavegn vor. So erschöpft sah er drein, dass meine Muttergefühle erwachten und ich mit einem Mal meinen kleinen Douglas schmerzlich vermisste. Doch Dougie war noch zu jung für das Reisen. Wenn seine Beinchen ein wenig gewachsen waren, würden wir ihn mitnehmen.

»Woher kommen Sie, Monsieur Cavegn?«, fragte ich den jungen Mann. Er war bescheiden gekleidet, aber durchaus hochwertig. »Sind Sie schon lang unterwegs?«

Die Pferde fielen in einen gleichmäßigen Trab, und das anfängliche Schwanken des Wagens ließ nach. Couttet wurde ebenfalls ruhiger.

»Aus Bordeaux.« Andri Cavegn strich sich über das Hosenbein. »Ich fahre meine Eltern besuchen. Mein Vater ist erkrankt.«

»Hoffentlich nichts Schlimmes«, erwiderte ich.

Er wiegte den Kopf hin und her, und ich ärgerte mich über meinen Kommentar. Der Sohn würde kaum den weiten Weg aus Bordeaux auf sich nehmen, falls der Vater eine einfache Erkältung hatte.

»Und wo leben Ihre Eltern?«, fragte ich schnell.

»Im Val Paluonda.«

Erfreut sahen Henry und ich ihn an.

»In Sumbriva?«, fragte mein Mann.

»Ja, tatsächlich«, sagte Andri Cavegn verwundert. »Kennen Sie es?«

»Ein schönes Fleckchen Erde«, sagte Henry. »Wir waren letztes Jahr ein paar Tage dort im Posthotel.«

Unvermittelt meldete sich der Herr zu Wort, der Henry gegenübersaß. »Bei Fernsby?«

»So ist es.«

Ich musterte das Paar. Ob sie auch Hotelgäste waren? Die Frau trug eine Art Tracht mit braunem Rock und schwarzem Samtkorsett mit weißen Ärmeln und weißem Kragen und einen runden Hut mit Krempe. Der Mann war in viel Seide gehüllt.

»Fernsby ist ein Kollege«, sagte der Herr. »Mir gehört das Kurhotel Bad Salesch. Caspar Laurent Huonder mein Name. Und meine Frau Annamaria, sie spricht leider kein Französisch.«

Henry stellte uns auch vor, Couttet eingeschlossen, aber Huonder würdigte den Bergführer kaum eines Blickes.

»Wie hat Ihnen Fernsbys Posthotel gefallen?«, fragte er.

Damit seine Gattin auch etwas verstand, wechselte ich ins Deutsche. »Es ist sehr schön. Er hat etwas Besonderes daraus gemacht.«

Annamaria Huonder blieb stumm.

»Das hat er nicht zuletzt uns zu verdanken«, erklärte Huonder.

»Ach?«, sagte Henry.

»Wir haben ihn beraten«, erklärte Huonder. »Kurhotels sind derzeit besonders gefragt, und er wollte wissen, ob er in seinem Haus auch etwas in der Art anbieten soll. In Bad Salesch haben wir gleich drei Heilquellen und bieten maßgeschneiderte Kururlaube an.«

»Nur nicht für Tuberkulose«, ergänzte seine Frau.

Die Kutsche hatte die lange Steigung hinauf in die Berge erreicht, und ich würde mich auf besonders steilen Passagen mit den Füßen auf den Boden stemmen müssen, um nicht vom Sitz und dem jungen Cavegn auf den Schoß zu rutschen. Couttet hatte seinen Wanderstock mit in den Wagen genommen und konnte sich damit abstützen. An der Poststation hatte ich mich so über all die Extrawünsche der anderen Reisenden geärgert, dass ich selbst nicht daran gedacht hatte, mich in die angenehmere Richtung zu setzen.

»Für Tuberkulose liegen wir nicht hoch genug«, sagte Caspar Laurent Huonder, »aber bei nervösen oder allgemeinen Schwächezuständen, Dyspepsie und Blutarmut sind unsere Mineralwässer die besten. Wir bieten Trinkkuren und Bäder, alles kombiniert mit der passenden Diät und genug Bewegung. Unser Kurarzt, Dr. Bühler, gehört zu den besten seines Faches.«

Henry und ich nickten höflich.

»Für Fernsby ist das aber nichts. Er hat ja eher ein Transithotel. Eine Unterkunft für Bergsteiger, nichts für ungut. Es bleibt niemand lang.«

Ich wollte protestieren, hörte sich seine Einschätzung doch so negativ an. Flo hatte da ein wunderbares Hotel, das einen mit seinem Komfort regelrecht verblüffte – gerade weil es als Zwischenstopp angefangen hatte. Vielleicht war Huonder einfach lang nicht mehr da gewesen. Jetzt zog er mit Schwung einen Prospekt aus seiner Ledertasche und reichte sie meinem Mann.

Falls sein Kurhotel jemals eine schlechte Saison haben sollte, läge es zweifellos nicht daran, dass sein Besitzer zu wenig Werbung machte. Ich fand ihn ein wenig lächerlich, aber überlegte amüsiert, wie gut sich mein Reisebuch verkaufen würde, wenn mein Verleger so begeistert dafür werben würde wie Huonder für sein Hotel.

Luft- und Badekuren waren tatsächlich in Mode. Man las kaum noch von etwas anderem. Je höher der Ort, desto klarer und gesünder die Luft, daran zweifelte ich nicht – man musste diese Luft nur einmal selbst atmen, um zu erfahren, wie gut sie der Lunge und der Seele tun konnte. Doch dazu literweise Schwefelwasser trinken und unter

Anleitung stundenlang baden? Nein, das war nichts für uns. Umso überraschter war ich, wie interessiert Henry sich den Prospekt ansah.

»Kommen Sie doch für ein paar Tage nach Bad Salesch«, sagte Huonder und beugte sich eifrig vor. »Wir machen Ihnen einen Freundschaftspreis.«

»Was meinst du?«, fragte Henry mich leise. »Hättest du Lust? Schau, wo es liegt.« Er zeigte mir die abgedruckte Landkarte mit einem Ausschnitt von Graubünden. »Von da aus können wir dann noch einmal in Ruhe überlegen, von welcher Seite wir den Piz Fo angehen.«

»Aber wir haben doch nach Sumbriva geschrieben, dass wir kommen«, erwiderte ich mit einem Blick auf Andri Cavegn. Plötzlich beneidete ich ihn, dass er den Ort – und Flo – früher sehen würde als ich. Er lächelte mir etwas ratlos zu.

Ich neigte mich noch ein Stück zu Henry. »Bitte lass uns gleich nach Sumbriva fahren. Bitte, Henry.«

KAPITEL 6

Es ist nicht einfach, Mama und Paps zu erreichen. Gestern Abend waren sie mit einem befreundeten Pärchen im Theater, heute Morgen haben sie im Hotel zu tun, Gäste reisen ab, das Personal muss organisiert werden, neue Buchungsanfragen sind zu bearbeiten, Maike kennt das ja. Es ist schon beachtlich, dass sie das mit ihren sechzig Jahren immer noch alles selbst machen, ohne jemals müde zu wirken. So sehr Maike sich auch über ihre fehlende Vision ärgert, so empfindet sie doch Bewunderung für ihre Eltern.

Am späten Vormittag erreicht sie ihren Vater, der sie auf Lautsprecher schaltet, und sie erzählt von der möglichen Erbschaft. Überrascht sind sie beide, aber wenig enthusiastisch.

»Aber wie toll wäre das denn?«, fragt Maike.

»Ach, ich glaube nicht, dass das stimmt«, sagt Mama schließlich. »Man könnte Dinge in die Wege leiten, aber gerade in der Schweiz werden sie uns so einen Vermögenswert nicht einfach überlassen.«

»Könntet ihr herausfinden«, fragt Maike, »wo man in Hamburg alte Geburts- oder Heiratsurkunden findet? Muss es doch geben, oder, Paps? Oder warte, das Erste wäre der Meldeschein von Andris Neffe Conrad. Falls es so etwas damals schon gab.«

»Das ist ja erst hundert Jahre her«, sagt Paps, »und nicht Mittelalter.«

»Eben.«

»Das lohnt doch nicht«, sagt Mama.

Maike hat das Gefühl zu betteln. »Paps?«

»Ich kann mal gucken, ob ich was rausfinde. Aber ein paar Tage kann es dauern. Die Hoffmanns aus Recklinghausen sind zu Besuch.«

Maike verdreht die Augen. »Mama, hast du die Telefonnummer oder Mailadresse von diesem Cousin?«

»Welcher Cousin?«

»Der diese Ahnenforschungswebsite erstellt hat.«

»Ach so. Das war kein Cousin.«

»Sondern?«

»Der Sohn eines Cousins, denke ich.«

»Hat der denn eine Telefonnummer oder Mailadresse?«

»Bestimmt.«

»Und könntet ihr die herausfinden?«

»Bestimmt.«

Maike bedankt sich für die Begeisterung und beendet das Gespräch. Es regnet noch immer. Ravi sitzt im Wohnzimmer und tippt. Sie legt sich neben ihn, die Beine auf der Sofalehne.

Richtig geschämt hat sie sich damals im Hotel Reineke, wenn sie am Empfang stand. Für die unmoderne Einrichtung genauso wie für die fehlenden Freizeitaktivitäten. Manchmal war ihr nach Weinen zumute gewesen, allerdings nicht bei denjenigen Gästen, die selbst von ihrer Hotelwahl enttäuscht waren, sondern bei denen, die sich freuten, wie jedes Jahr ihre wohlverdienten zwei Wochen

Urlaub dort zu verbringen. Sie lieben ihr Hotel Reineke und die Ruth und den Rainer.

Man hätte so viel daraus machen können.

Es liegt nicht am Alter ihrer Eltern – sie sind ja noch gar nicht so alt –, nein, sie müssen schon immer so gewesen sein. Mit zwanzig oder so sind sie erwachsen geworden und haben sich seitdem nicht mehr verändert.

Paps hatte in den frühen Achtzigern als Lehrling in der norddeutschen Hotelkette Arena von Mamas Eltern angefangen, im Arena Ottensen. Dort lernte er Mama kennen, die als Zimmermädchen und Kellnerin arbeitete, überall dort, wo ihre Eltern sie hinsteckten. Als Paps mit der Lehre fertig war und Mama heiratete, bekamen sie das Hotel in Ottensen überschrieben, während Mamas Eltern sich noch einige Jahre um die anderen vier Häuser in Harburg, Bremen, Bremerhaven und Lübeck kümmerten. Doch sie starben beide früh, Mama und Paps erbten das ganze Unternehmen und verkauften sofort alle Niederlassungen außer eben die in Ottensen. Sie waren zufrieden mit dem einen, kleinen Haus, mit dem sie schon vertraut waren, und das ganze Geld aus dem Verkauf, mit dem man die großartigsten Modernisierungen hätte in Angriff nehmen können, war irgendwo in festverzinslichen Wertpapieren angelegt.

Dass Maike ins Geschäft einsteigen würde, war selbstverständlich. Sie war schon als Kind im Hotel herumgetobt und hatte als Jugendliche in den Ferien mitgeholfen. Sie fand all die Menschen spannend, die zu ihnen kamen, und konnte sie sammeln wie Schnappschüsse aus fremden Leben. Auch die Verwaltungsarbeit lag ihr. Schon damals konnte sie gut mit Zahlen und Terminen.

Also machte sie ihre Ausbildung zur Hotelfachfrau und wurde zu einem festen Bestandteil des Hotel Reineke. Doch ihre Eltern waren noch lang nicht bereit aufzuhören. Im Nachhinein fragt Maike sich, warum sie nicht einfach in einem anderen Haus gearbeitet hat, bis sie das Reineke allein hätte führen können. Eine Antwort weiß sie bis heute nicht.

Stattdessen gab sie nach fünf Jahren gemeinsamer Arbeit auf. Sie hatte innerlich lang gekämpft, aber irgendwann beim Aufwachen an einem x-beliebigen Dienstag unvermittelt gedacht: Ich komme nicht an gegen den Tran der beiden. Es tut weh, aber es geht nicht anders.

Und Mama und Paps schienen erleichtert! War das zum Lachen oder zum Weinen?

Immerhin haben sie sich im Guten getrennt, sprechen jede Woche am Telefon, besuchen sich regelmäßig und fahren zusammen in den Winterurlaub. Besonders dankbar ist sie dafür, dass die beiden ihr als vorzeitiges Erbe einen ziemlich beachtlichen Teil des angelegten Geldes gaben. Ein wenig davon hat sie für ihr Studium ausgeben, aber das hat kaum einen Unterschied in der Bilanz gemacht. Man könnte sie als so etwas wie reich bezeichnen, zumindest fühlt sie sich selbst manchmal so, und sie kann noch viel anstellen mit der Kohle. Zum Beispiel ein ultramodernes Skihotel in den Bündner Alpen bauen.

Ravi streicht ihr über die Haare. »Alles klar?«

Sie reckt sich. »Keine Ahnung. Dieses Hotel spukt mir im Kopf herum. Ich würde so gern wissen, ob es wirklich uns gehört.«

Sie traut sich kaum, es sich einzugestehen, aber manchmal vermisst sie es. Nicht das Hotel Reineke, aber die Art der Arbeit. Den Kontakt mit Menschen und wie sie dafür sorgen kann, dass sie sich wohlfühlen. So oft hört sie aus ihrem Freundeskreis, dass es bei ihr immer so perfekt und gleichzeitig ungezwungen sei, ob Party oder Sonntagsbrunch. Bei dir fühlt man sich immer gut umsorgt, sagen sie, und wenn Ravis Eltern in die Stadt kommen, sucht sie stundenlang danach, welches Hotel im Moment am besten ist.

»Kommt Verena gleich für euren Wellness-Nachmittag?«, fragt Ravi. »Hast du ihr schon von der Sache erzählt?«

Maike setzt sich auf. »Noch nicht.«

Er sieht sie fragend an.

»Irgendwie ein Bauchgefühl. Verena ist manchmal so unberechenbar. Lass uns erst mal herausfinden, ob etwas dran ist.«

»Auf seinen Bauch sollte man hören.« Ravi legt den Laptop zur Seite. »Den Artikel über St. Moritz habe ich fast fertig. Ich glaube, ich fahre noch nach Chur ins Kantonsarchiv und gucke, was ich da so finde.«

In dem Moment klopft es, Maike öffnet Verena die Wohnungstür und sucht rasch ihre Sachen zusammen. Als sie sich vorbeugt, um die Schuhe zu schnüren, sieht sie, wie Verena Ravi eine Hand auf die Schulter legt. Maike verzieht den Mund. Sie mag es gar nicht, wenn Verena ihn anfasst.

»Kommst du mit, Ravi?«, fragt Verena. »Kleine Massage?«

»Ich fahre nach Chur.«

»Warum das?«

»Recherche.«

Maike ist froh, dass sie vereinbart haben, nichts vom Hotel zu sagen. Auf dem Weg ins Infinity erzählt Verena stattdessen so von ihrer Affäre mit Nick, dass Maike Bauchweh vom Lachen bekommt.

»Meine Männer eignen sich immer für absurde Storys.« Verena zieht eine Grimasse. »Immerhin.«

»Apropos Story. Stimmt es, dass ihr Sumbriva kaufen und das halbe Dorf abreißen wollt?« Maike übertreibt mit Absicht, um davon abzulenken, was ihr eigentlich wichtig ist.

Verena schnalzt mit der Zunge. »Wir wollen den Standort Sumbriva entwickeln und zu einer Wintersportdestination machen. Meinst du das?«

»Ist das nicht viel zu klein da?«

»Wir sehen das als Außenstelle für Parvis. Shuttlebusse von Bahn zu Bahn, einen Skipass, der für beide Berge gilt. Die Skischule könnte rüberziehen.«

»Und Unterkünfte?«

»Ein Hotel und ein Apartmentkomplex. Davon hast du wahrscheinlich gehört, was das Abreißen angeht. Wir werden das alte Posthotel abreißen und die beiden Gebäude daneben, die Dependance und die Remise.«

Laura hat gar nicht erwähnt, dass es noch Nebengebäude gibt.

»Gehört euch das denn alles? Also, der Gemeinde oder wie?«

Sie erreichen den Parkplatz vor dem Infinity und müssen warten, bis ein Reisebus es mit zweimaligem Rangieren auf die Straße schafft.

»Nein.« Verena lässt ihr den Vortritt. »Aber das Ding steht schon so lang besitzlos und ungenutzt herum, dass unser Anwalt meint, das wird kein Problem sein. Ist doch ein Dienst an der Allgemeinheit.«

»Klingt super.«

»Aber?«, fragt Verena.

Die Schiebetüren öffnen sich automatisch, und ein Schwall warmer, trockener Luft heißt sie willkommen.

»Ich meine nur: Du sagst, es steht ungenutzt herum. Aber das ist es doch gar nicht.«

»Du meinst die Hohlfeld-Hippies?«

Antworten muss Maike nicht mehr, denn sie werden sofort begrüßt, Verena wird umringt, sie kennt hier alle.

Die Hohlfeld-Hippies. Maike selbst kann mit so künstlerischen Typen eigentlich auch nichts anfangen, und sie will sie ja auch rauswerfen, um ihr Skihotel zu bauen. Das mag fies sein, nach so vielen Jahren, aber wenn ihr – oder Mama – das Ding und das Grundstück gehört, wäre sie ja schön blöd, es weiter verfallen zu lassen.

Wie absurd ist es eigentlich, dass sie solche Gedanken hat? Sie muss ihre Dissertation schreiben und will dann an der Uni bleiben und lehren. Sie ist doch jetzt Germanistin. Akademikerin. Sie kann doch nicht in die Berge ziehen.

Nach der Massage trifft sie Verena im Ruheraum wieder, aber mit Ruhe kann Verena nur wenig anfangen. Sie hat ihr Handy dabei, hockt sich neben Maikes Liege auf den Boden und macht ein Selfie. Wie immer sieht sie wunderhübsch aus, während Maike Abdrücke von der Massageliege auf der Schläfe hat.

Verena postet das Bild und atmet scharf ein. »Dein Freund hat es auch irgendwie darauf abgesehen, uns zu schaden, oder?«

»Wie bitte?« Maike sieht sie verwundert an.

»Er postet in den letzten Tagen immer so einen Scheiß. Hier schon wieder: So sah Parvis vor fünfzig Jahren um die Jahreszeit aus – und so heute.«

Maike sieht sich auf Verenas Telefon die zwei Fotos an, die Ravi nebeneinandergestellt hat. Dass Verena darüber nicht glücklich ist, kann sie verstehen. Aber...

»Folgst du ihm?«

Verena schaut weiter auf ihr Handy. »Ist mein Job.«

Für den Rest des Nachmittags versucht Maike, nicht an den Winter vor zwei Jahren zu denken, als Ravi ihr schwören musste, dass nichts passiert sei zwischen ihm und Verena. Aber in solchen Situationen kommt es ihr eben doch wieder in den Sinn. Dabei glaubt sie ihm eigentlich. Er ist ihr genauso treu wie sie ihm, sie hat nie Grund, eifersüchtig zu sein.

Ravi kommt kurz nach ihr nach Hause, wirft sich auf die Couch, öffnet den Laptop und klemmt einen USB-Stick dran.

»Ich war noch gar nicht im Archiv«, sagt er, »sondern in der Kantonsbibliothek und habe alte Zeitungen gewälzt. Das Hotel Sumbriva wird erstmals im Jahr 1865 erwähnt.«

»Das war aber noch weit vor der Belle Époque.«

»Ja.«

»Und von wem wurde es erwähnt? Warum?«

»In einer Werbeanzeige. *Mittelpunkt zwischen Chur*

und St. Moritz, daher günstig gelegene klimatische Übergangsstation zwischen Engadin und Tiefland. Mildes Alpenklima. Täglich mehrmalige Postverbindung mit Chur und angenehme Spaziergänge in den nahen Lärchen- und Tannenwäldern.«

»Süß.«

»*Lohnende kleinere Exkursionen und Gelegenheit zu größeren Bergtouren mit herrlichen Aussichten. Kuh- und Ziegenmilch und Molken.* Hä?«

»Trinkkuren.«

»Mit Milch?«

»Jap. Frag Hans Castorp und seine Freunde.«

Ravi öffnet das nächste Bild. »Und im Jahr darauf heißt es dann schon Posthotel.«

»Was bedeutet das eigentlich genau?«

»Dass die Pferdepost dort hielt. Ich weiß nicht ganz, wie das funktionierte, aber man musste sich als Poststation bewerben, teils auch selbst Pferde und Kutschen stellen, die dann im Dienst der Post fuhren. Die Kutscher hießen Postillione.«

»Und die transportierten Briefe und Pakete.«

»Und Menschen. Reisende. Im Jahr darauf …« Ravi klickt weiter. »Kam ein Telegrafenamt dazu. Supermodern also.«

»Traut man Sumbriva heute gar nicht mehr zu. Andererseits ist mir aufgefallen, wie breit die Hauptstraße da drüben ist.«

Ravi lehnt sich zu ihr herüber und gibt ihr einen Kuss auf die Wange. »Schlau kombiniert. Heute ist zwar Parvis der wichtigere und größere Ort, aber das scheint damals andersherum gewesen zu sein. Damals sind alle durch Sumbriva.«

»Und warum heute nicht mehr?«

Ravi will gerade den Mund öffnen, als es ihr doch noch einfällt.

»Die Eisenbahn«, sagt sie.

Er hebt die Hand, und sie klatschen ab.

»Ist 1903 hier unten angekommen, durch den Tunnel unter dem Albulapass.«

»Dem Nachbarpass.«

»Genau. Damit wurden die Kutschfahrten überflüssig. Wer würde sich das noch antun? Als Parvis größer wurde, haben sie auch die Straße zum Pass rübergelegt. Schon ab 1907 habe ich nichts mehr über unser Posthotel gefunden. Natürlich habe ich aber auch nur einen Tag lang recherchiert.«

»Dafür hast du verdammt viel gefunden.« Maike springt auf. »Wir gehen heute Abend zu Käsis Eröffnung, oder?«

»Logo.«

»Okay. Bis dahin laufe ich noch eine Runde.«

Die Mondsichel steht von einem fahlen Halo gerahmt am noch hellen Himmel über dem Piz Parüschla, und Maike läuft nach Sumbriva. Die Eingangstür des Hotels ist wieder nicht verschlossen, und Maike steckt den Kopf ins Halbdunkel des Foyers.

Auf dem Empfangstresen brennt eine Schreibtischlampe. »Hallo?«

Laura hebt den blonden Kopf. »Hallo, Maike.«

Hastig schiebt sie Papiere auf dem Tisch hin und her.

»Was hast du da?«, fragt Maike neugierig. »Unterlagen zur Erbschaft?«

»Nein.« Aber dann zeigt sich Begeisterung in Lauras Augen, als wollte sie unbedingt über das sprechen, was sie da hat. »Die alten Gästebücher. Schau mal. Die habe ich im Keller gefunden.«

Drei in Leder gebundene Bände hat sie dort liegen. *Fremden-Buch* steht in schnörkeliger Schrift auf der Vorderseite. Maike blickt noch einmal auf. Hier wurden diese Fremden, diese Gäste empfangen, hier wurden Schlüssel verteilt und Übernachtungen bezahlt. Vermutlich nur bar damals, und die Schlüssel waren noch keine Chipkarten.

Maike fährt über die Prägung und schlägt das Buch auf. »1872. Irre.«

Seite um raschelnde Seite sind mehrere Spalten vorgedruckt: *Tauf- und Geschlechtsname, Geburtsort, Stand und Beruf, Bemerkungen*. Die Einträge sind teils mit Bleistift, meist mit Tinte geschrieben, in dieser altdeutschen Schreibschrift, die sie nur mit Mühe lesen kann. Einige der Gäste schrieben mit großen, schwungvollen Buchstaben, anderes sieht aus wie Fliegenbeinchen.

»Meist haben sich freilich die Männer verewigt«, sagt Laura, »und dann steht dabei: mit Familie und Bediensteten. Die meisten schreiben, wo sie herkamen und wo sie hinwollten.«

»Über den Pass, nehme ich an?«

»Genau.« Laura zeigt auf ein paar Einträge. »St. Moritz. Oberengadin. Noch mal St. Moritz, Sils Maria. Ganz interessant ist, dass sie in den frühen Jahren immer nur für eine Nacht oder zwei hier waren …«

In den Grandhotels im Engadin hat man damals viele Wochen oder sogar Monate Urlaub gemacht, viel länger als heute.

»Aber je weiter man blättert«, sagt Laura, »desto länger schienen sie geblieben zu sein. Ganze Sommer sind da auch keine Seltenheit mehr. Vielleicht musste sich das Hotel erst entwickeln. Schau mal hier.« Laura pikst auf das Blatt. »W. Röntgen.«

»Wilhelm Röntgen? Meinst du, der war das wirklich?« Laura nimmt das Handy und googelt.

Maike versucht, die zugehörige Notiz zu entziffern. »Mit Ehefrau Anna … irgendwas.«

»Ha«, ruft Laura. »Im Januar 1872 hat er eine Anna Bertha Ludwig geheiratet.«

»Da waren sie auf Hochzeitsreise.« Maike sieht auf. Ob er hier in dieser Eingangshalle stand? Fehlt noch, dass sie Nietzsche finden. Oder Thomas Mann, Gott, das wäre großartig. Sie greift nach dem zweiten Band.

»1869.«

»Im Keller liegen noch ein paar andere, ich habe einfach welche rausgegriffen«, sagt Laura.

Sie blättern sich langsam durch die Bücher und weisen sich hin und wieder auf interessante Einträge hin. Jede Menge Adlige waren dabei, all diese winzigen deutschen Fürstentümer, aber auch aus England kamen die Gäste.

»Warum gerade England?«, fragt Maike nachdenklich.

Laura zieht eine ratlose Grimasse. Wieder hat sie etwas entdeckt und beugt sich vor, um es zu entziffern. »Mr. und Mrs. Henry Brightfield. Die haben viel geschrieben. *Today we climbed Piz Fo. As always, we were accompanied*

by our dear friend Michel Alphonse Couttet, and his colleague Flurin Vital, a very capable guide. Started around 4:30, took the northern route and arrived on the summit at 9. First ascent successful. Went down ... was heißt das?«
»East?«
»*Went down East and returned to Posthotel Sumbriva on horseback. Mr. Fernsby has been a lovely host. Will continue on to Pontresina tomorrow.*«

Maike beugt sich erneut über den Eintrag. »Interessant, dass die Frau mitgeklettert ist. Na, oder es liest sich nur so. Und Mr. Fernsby? War das der Eigentümer? Das ist aber kein rätoromanischer Name.«

»Nein, auch eher englisch«, sagt Laura.

Maike sieht auf die Uhr. Sie hat Hunger. »Darf ich mir die Bücher mitnehmen? Ich würde sie gern Ravi zeigen.«

Lauras Misstrauen ist zurück. »Ich glaube, es wäre schöner, wenn sie im Haus blieben. Einfach so ein Gefühl.«

»Hast recht. Hier gehören sie hin. Aber ich mache mir ein paar Fotos von den Einträgen, ja? Fernsby, Brightfield, ich könnte Ravis Spürnase darauf ansetzen.«

»Es gibt auch noch Geschäftsbücher, wo sie aufgeschrieben haben, wie viel Wein, Mehl, Bettwäsche und so sie bestellt und was sie dafür bezahlt haben und die Streckenbücher mit den Postrouten.«

Als sie zurück in die Ferienwohnung kommt, ist Ravi unter der Dusche. Sie möchte ihm am liebsten sofort von diesen alten Gästebüchern erzählen. Das wird ihn interessieren. W. Röntgen. Spannend. Und dieser Henry Brightfield. Sie gibt den Namen ins Suchfeld ein, ohne viel zu erwarten.

Mrs. Henry Brightfield, liest sie, *A Summer Tour in the Grisons*. Mrs. Henry? Und die hat ein Buch geschrieben? Reiseerinnerungen von einer Sommertour? Erstaunlicherweise gibt es die digitalisiert über die Unibibliothek.

Seltsam, nicht einmal den eigenen Vornamen zu nutzen und sich völlig dem Mann unter- oder zuzuordnen. Mrs. Henry Brightfield. Frau Ravi Singh Satti, nein, danke, zum Glück hat sich das geändert. Nicht einmal Maike Singh Satti muss sein, weder eine Hochzeit noch der gemeinsame Name, aber da ist sie noch unentschieden.

Mrs. Henry jedenfalls ging offenbar regelmäßig mit Mr. Henry und später ihrem Sohn Douglas in der Schweiz wandern und zog die Blicke der Einheimischen auf sich, die sich wunderten, dass eine englische Lady auf Berge stieg. Das war doch eigentlich für die sportlichen Männer vorgesehen, und selbst das mussten die Leute aus den Dörfern absurd finden, war ihr Land für sie doch einfach nur die Grundlage fürs Überleben. So stellt sie es sich zumindest vor, aber wer weiß?

Ihr Sohn Douglas, schreibt Mrs. Brightfield, war, seitdem sie ihn 1872 das erste Mal mitgenommen hatten, genauso begeistert wie sie selbst von den grisonischen Alpen. Maike sieht schnell nach: Grison ist Graubünden. Dann googelt sie Douglas Brightfield und findet heraus, dass er später Mitglied der Royal Geographical Society und des englischen Alpine Club war. Interessant.

Die Dusche läuft immer noch. Wäre doch gelacht, wenn sie nicht genauso gut recherchieren könnte wie ihr Freund. Wenig später findet sie eine Kontaktadresse des Alpine Club und schreibt eine Nachricht.

KAPITEL 7

Die neue Veranda am Hotel, die Flo in seinem Brief erwähnt hatte, erstreckte sich über die ganze Länge des Hauses, überdacht, mit einem schmiedeeisernen Geländer, an dem sich, noch etwas mühsam, Wein emporrankte. Wo die Fensterrahmen im letzten Jahr dunkel gewesen waren, hatte Flo sie weiß streichen lassen, wodurch das gesamte Haus noch etwas eleganter wirkte. Ich wusste partout nicht, warum Caspar Laurent Huonder so auf das Posthotel hinabsah.

Es war kühl, und ich war froh um meinen Mantel, doch der Himmel war dunkelblau, die Blumen blühten verschwenderisch. Mir schwindelte es vor Glück. Mein Mund war trocken, hier oben hatte ich ständig Durst.

Ein neues Schild, nah an der Straße, warb für Milchkuren.

»Ich bin auch noch nicht überzeugt«, sagte eine warme Stimme neben mir, und ich drehte mich zu Flo, um dessen gütige, braune Augen sich feine Fältchen bildeten. »Willkommen zurück.«

Henry trat zu uns. »Wir kommen mit Grüßen von den Huonders.«

Flo bedankte sich überrascht, und Henry erklärte, dass wir mit ihnen in der Kutsche gesessen hatten.

»Hat Ihnen Herr Huonder etwa auch zu diesem Milchkurangebot geraten?«, fragte ich entrüstet.

Die Männer lachten.

»Heilquellen haben wir leider nicht in der Gegend«, sagte Flo, »aber Milch gibt es mehr als genug. Sumbriva ist ein Bauerndorf, und wir haben auch selbst ein paar Kühe gekauft. Die Milch kommt frisch von der Alp. Gesund ist sie.«

»Gewiss«, sagte ich.

Er zog die schmalen Schultern hoch. »Die meisten Deutschen sind begeistert. Wir haben auch Spazierwege angelegt.«

Nun stieg Andri Cavegn, der uns den Vortritt gelassen hatte, aus der Kutsche und setzte seinen Schlapphut auf. Flo sah ihn aufmerksam an, und ich hatte das Gefühl, einen ganzen Gewittersturm durch seine Augen ziehen zu sehen, bevor er in Sekundenbruchteilen wieder zu demselben ruhigen, freundlichen jungen Mann wurde, den ich kannte.

Ich fragte mich, ob die beiden sich kannten, aber Andri wurde sogleich von einer jungen Frau abgeholt, die seine Schwester sein musste. Sie luden sein Gepäck auf einen Handwagen, Flo sah ihnen zu und schien uns in diesen Momenten fast vergessen zu haben. Einer seiner Angestellten kümmerte sich um unsere Truhen.

»Monsieur Cavegn besucht seine Familie«, sagte Henry zu Flo, »und ist im Übrigen Zuckerbäcker.« Das hatte er uns in der Kutsche erzählt, nachdem die Huonders in Bad Salesch ausgestiegen waren und es unversehens angenehm still im Wagen gewesen war. »Wir haben schon gescherzt, dass er Ihnen seine Dienste anbieten könnte. Edles französisches Gebäck und Dessert im Posthotel Sumbriva.«

Ihm schien nichts aufgefallen zu sein.

Im Laufe der nächsten Tage sah ich öfter, wie die Menschen aus dem Dorf auf Andri Cavegn reagierten, einen der Ihren, der schon so jung im Ausland erfolgreich war und bald dorthin zurückkehren würde, hatte er doch gerade mit einem Partner eine eigene Konditorei mit Café eröffnet. Sie waren ehrfürchtig. Auch ein wenig stolz, aber vor allem ehrfürchtig. Er stammte zwar von hier, gehörte aber nicht mehr ganz dazu, war über sie hinausgewachsen.

»Sie haben sich für dieses Jahr also den Piz Fo vorgenommen«, sagte Flo schließlich zu Henry.

»Couttet meint, es wird ein Kinderspiel. Gute Bedingungen.«

»Wir hatten vor zwei Wochen schon drei Herren vom Alpine Club hier, die wegen eines Sturms leider nicht erfolgreich waren. Aber für Sie sehen die nächsten Tage gut aus.«

»Wissen Sie noch, wie die Männer hießen?«, fragte Henry neugierig. »Waren es mein Freund Burgh, Smith und … wie hieß er noch?«

»Wir können im Gästebuch nachsehen.« Flo lud uns mit einer Geste ein, ins Hotel zu kommen. »Gehen Sie mit auf den Piz Fo, Mrs. Brightfield?«

»Selbstverständlich kommt sie mit«, sagte Henry. »Sie ist doch die bessere Bergsteigerin von uns beiden.«

Ich fand immer, dass der Weg das Ziel sei, und musste nicht die höchsten Berge bezwingen, nur um mir – oder irgendjemandem sonst – etwas zu beweisen. Doch wenn ich ganz ehrlich war, war da auch die Sache mit den Hosen. Ich konnte mir einfach nicht vorstellen, Hosen zu tragen. Selbst wenn ich sie mir erst fern von allen Menschen – außer Henry und Couttet – anzöge, würde ich mich furchtbar unwohl fühlen. Ja, Röcke waren umständlich und konnten auf dem Berg bei starkem Wind gefährlich sein. Couttet wollte alle Risiken minimieren. Aber ich in Hosen? Mir stieg die Schamesröte ins Gesicht, wenn ich es mir nur vorstellte.

Flo hielt mir noch immer die Tür auf. Doch jetzt ging sein Blick an mir vorbei, und ich drehte mich um. Auf der anderen Straßenseite, in respektvollem Abstand, wartete ein ärmlich gekleideter Mann mit einem dunklen Schnurrbart. Flo machte eine Geste nach links, woraufhin der Mann erfreut seine schwere Tasche hochhob.

Ich sah Flo fragend an.

»Einer der Jenischen, die ab und zu am Ende des Tals lagern. Er kommt zum Kesselflicken und Messerschleifen.«

»Einer der was?«

»Fahrendes Volk«, erklärte er.

Ich sah dem Mann hinterher. Er ging mit einem leichten Humpeln den von unzähligen Pferdehufen ausgetretenen Weg zur Remise hinunter, wo er mit einem fröhlichen Zirpen von einem spindeldürren Mann mit einem grotesk großen Kropf empfangen wurde – kein seltener Anblick in den abgelegenen Alpentälern, wo den Menschen oft Mineralien fehlten.

»Das ist Adi Biert«, sagte Flo, »der jüngere Bruder meiner Hausdame. Er hilft im Stall. Aber nun kommen Sie herein, Mrs. Brightfield, Sie müssen nach der langen Fahrt erschöpft sein. Ich habe Ihnen dasselbe Zimmer bereitmachen lassen wie letztes Jahr.«

Am nächsten Tag probierten wir, süchtig nach Sonne und Bewegung wie immer, die neuen Spazierwege aus, die über Wiesen und durch den Nadelwald führten. Es gab sogar Wegweiser und Ruhebänke. Flo hatte sich Mühe gegeben, die Pfade einigermaßen eben zu halten, so dass sie auch von den Gästen genutzt werden würden, die wenig wanderbegeistert waren und meist nicht einmal daran dachten, das Hotel zu verlassen und sich in die Natur zu begeben. Diese Art Urlaub habe ich nie verstanden. Sehen und gesehen werden, davon hatten wir doch den Rest des Jahres genug.

Weiter oben am Hang fing der Bannwald an, der als Schutz vor Lawinen und Erdrutschen gepflanzt und gehegt wurde. Wir schlenderten umher, bis wir einen allein gehenden Mann einholten, der sich ab und zu bückte und Tannenzapfen aufhob. Es war Andri Cavegn. Bald hörte er unsere Schritte und sah auf.

»Gewöhnen Sie sich wieder an Ihre Heimat?«, fragte Henry.

Andri lächelte im Schatten seines Schlapphuts. »Als ich meiner Mutter sagte, dass ich spazieren gehen will, hat sie mich ganz entgeistert angesehen. Dann bring wenigstens Holz mit, hat sie gesagt.«

»Im Dorf geht man wohl nicht zum Spaß in den Wald«, sagte ich.

»Genauso wenig, wie man auf Berge klettern würde, wenn man dort nichts zu tun hätte.«

»Man hört so oft, dass die Menschen hier abergläubisch seien«, meinte Henry, »und Angst hätten vor den Berggeistern oder gar Drachen.«

»Ach was. Dafür gehören die Berge viel zu sehr zum Alltag. Wir gehen mit den Tieren auf die Alp, wir heuen, wir schlagen Holz im Wald, wir jagen das Wild, stellen Fallen, schmuggeln – oder hoffen, die Schmuggler zu erwischen. Da ist kein Platz für Geister. Nur für Jägerlatein.«

»Wie geht es Ihrem Vater?«, fragte ich.

»Er hat eine schwache Lunge. Ich werde eine Weile bleiben müssen und für ihn anpacken.«

»Wie lang sind Sie weg gewesen?«, fragte Henry.

Andri nahm den Hut ab und wischte sich über die Stirn.

»Meine Eltern haben mich mit vierzehn nach Bordeaux geschickt, zu einem Onkel, bei dem ich in die Lehre gegangen bin. Jetzt bin ich zwanzig und habe seit sechs Jahren keine Mistgabel mehr in der Hand gehalten. Aber es hilft ja nichts.«

Er setzte den Hut wieder auf und wollte sich auf den Rückweg machen. Wir mussten ihm auf dem schmalen Pfad ausweichen. Da drehte er sich noch einmal um, und seine Augen wurden wieder lebendiger. »Immerhin werde ich für das Hotel Torten und Plätzchen backen. Mr. Fernsby hat mich engagiert.«

»Haben Sie denn Zeit dafür?«, fragte ich verblüfft. »So viel zusätzliche Arbeit?«

»Das ist für mich keine Arbeit. Beim Backen erhole ich mich.«

Wir versprachen ihm, all seine Kreationen mit Freuden zu kosten, und tatsächlich kam er öfters zu uns und fragte, ob wir dieses und jenes einmal probieren wollten, bevor er es Flo vorstellte. Für ein ganz zartes Biskuit mit viel Eiweiß und Kokos verriet er mir sogar das Rezept, aber mir ist es nie so wolkig zart gelungen, dass es sich im Mund auflöste, als wäre es nie da gewesen.

Am Abend suchte ich mir einen Vorwand, um erneut beobachten zu können, wie Flo seine Gäste bezauberte. Ich fand ihn auf dem Vorplatz und lehnte mich gegen eine niedrige Steinmauer. Drei Deutsche schimpften auf ihn ein, aber Flo gelang es innerhalb weniger Minuten, sie zu beruhigen und auf die Veranda zu leiten, wo sie freudig Bier bestellten.

Flo kam zu mir herüber.

»Waren die Herren unzufrieden?«, fragte ich.

»Es ließ sich ja zum Glück lösen.« Er musterte aufmerksam mein Gesicht, bevor er sich neben mich stellte und den Blick den Piz Parüschla hinaufwandern ließ, der sich bereits die Nachtmütze aufgesetzt hatte.

»Warum sind *Sie* unzufrieden, Mrs. Brightfield?«

Erstaunt sah ich ihn an. »Bin ich das?«

»Gefällt es Ihnen dieses Jahr in meinem Posthotel nicht?«

»Doch, sehr sogar. Wie können Sie nur etwas anderes denken? Es ist nur so … Mein Mann und unser Bergführer meinen, ich solle Hosen tragen, um den Piz Fo zu besteigen. Das wäre sicherer.«

Flo rieb sich den Nacken.

»Machen Sie das doch«, sagte er dann. »Wenn Couttet meint, es ist sicherer, dann hören Sie auf ihn.«

»Haben Sie schon einmal Röcke getragen, Mr. Fernsby?«

Flo lachte leise, verstummte und lachte dann noch einmal auf. »Das ist etwas anderes.«

»Inwiefern?«

»Männer in Frauenkleidern, das ist doch lächerlich.«

»Und Frauen in Männerkleidern nicht?«

Er richtete sich auf und zog sich den Gehrock glatt. »Sie wollen ja nicht die Oxford Street auf und ab flanieren oder sich in die Politik einmischen. Niemand wird Sie sehen. Niemand wird etwas Schlechtes über Sie denken.«

»Mein Mann wird mich sehen.«

»Hören Sie, Mrs. Brightfield«, sagte er leise. »Ich verstehe, was Sie umtreibt. Aber lassen Sie sich diese Gelegenheit nicht entgehen. Wer weiß, vielleicht kommen Hosen für Frauen auch irgendwann in Mode, und wenn Sie in reifem Alter mit Silberhaar am Kamin sitzen, fragt Ihr Sohn Sie, warum Sie eigentlich damals nicht mit auf den Piz Fo geklettert sind. Dann sitzen Sie da, in den schicksten, modernsten Hosen und sagen: Ich habe mich nicht getraut, weil ich meine Beine nicht zeigen wollte.«

»Trägt mein Sohn in Ihrer Vorstellung dabei einen Rock?«

»Nicht unmöglich.« Er reichte mir die Hand, wie er sie sonst nur Henry gab. Warm und trocken war sie, und ich hätte sie gern noch länger gehalten. In Flos Augen blitzte der Schalk, und er klopfte mir mit der freien Hand zweimal auf die Schulter. »Schlafen Sie gut, mein Freund.«

Oben auf unserem Zimmer schnarchte Henry bereits leise, und ich ging auch endlich zu Bett. Warum machte Flo diesen Unterschied, und warum stimmte ich ihm instinktiv zu? War ein Mann in Frauenkleidern noch unschicklicher als eine Frau in Männerkleidern? Ich stellte mir vor, wie Henry eines meiner Kleider anziehen und damit am Morgen im Speisesaal auftauchen würde. Alle würden lachen, aus vollem Hals lachen und glauben, er würde gleich mit hoher Stimme anfangen zu sprechen und um mehr Zucker für seinen Tee bitten. Man würde denken, er spielte Theater, nie im Leben würde er es ernst meinen. Dann stellte ich mir vor, wie ich in seinen Hosen zum Frühstück ginge und nach mehr Brot und Schinken verlangte. Niemand würde lachen. Sie würden scharf die Luft einziehen und entweder vor Schreck wegschauen oder mich beschimpfen: Was ich mir anmaßte. Dass ich gefälligst sofort zurück auf mein Zimmer zu gehen und mich so zu kleiden habe, wie es meinem Status entsprach.

Das war der Unterschied. Männer in Frauenkleidern waren lächerlich, weil sie sich kleiner machten. Frauen in Männerkleidern hingegen waren anmaßend und forderten etwas, das ihnen nicht zustand.

Ich drehte mich zum zwanzigsten Mal im Bett herum und drückte das Kopfkissen zurecht. Flo hatte recht, dass ich es später – in reifem Alter, Gott bewahre – bereuen könnte. Wenn ich nur dieses eine Mal … Couttet würde die Rücksicht in Person sein, und eine schlimmere Figur als die d'Angeville würde ich auch nicht abgeben. Henry hingegen war Brite, er konnte nicht anders, als seine Gefühle durch Spott oder Ironie auszudrücken. Doch er war schließlich davon überzeugt, dass ich mitkommen sollte.

Ich stieß ihn an. Er bewegte sich nicht. Ich stieß ihn kräftiger an.

»Hm?« Er drehte sich von mir weg.

»Henry?«

»Das ist Paragrafenreiterei«, sagte er indigniert.

Ich rückte näher an ihn heran und legte mein Kinn auf seinem Arm ab. »Da stimme ich Ihnen zu, Herr Anwalt.«

Jetzt wurde er wach. »Was?«

»Henry, versprichst du mir, nicht über mich zu lachen, wenn ich in Hosen auf den Berg klettere?«

Er drehte sich auf den Rücken und zog mich zu sich herunter. »Müssen wir schon los?«

»Versprich es mir.«

»Ich verspreche es dir, Kleines. Falls sich ein Murmeltier erdreistet zu wiehern oder ein Steinbock kichert, werde ich sie eigenhändig erschießen.« Er drückte mich an sich. »Couttet wird stolz auf dich sein.«

So sah ich mir am nächsten Morgen mein braunes Reisekleid an, aus dem eine Hotelbedienstete über Nacht den Dreck gebürstet hatte. Ich hatte es mir aus einem ganz leichten Stoff schneidern lassen, ohne zusätzliche Fülle, und der Rock endete zehn Zentimeter über dem Boden. Schon damit hätte ich mich daheim nicht vor meiner Mutter oder den Nachbarinnen gezeigt. Es war mein liebstes Reisekleid, eignete sich aber leider auch am besten für mein Vorhaben. Außerdem war mir klargeworden, dass ich ohnehin meinen knielangen Mantel darüber tragen würde: Auf dem Piz Fo lag schließlich ewiges Eis, und wir würden einen Gletscher überqueren, einen von dreihundert in Graubünden.

Ich machte mich auf die Suche nach der Hausdame Elvezia Biert und bat sie, eine Nähmaschine benutzen zu dürfen.

»Kann ich helfen?«, fragte sie. »Wir erledigen gern Flickarbeiten für Sie.«

Ich versuchte eine Weile, um den heißen Brei herumzureden. Selbstverständlich wollte sie mich nicht in die Hauswirtschaftsräume lassen, wo ich als Gast nur den Betrieb störte, doch sie war zu höflich, um es so auszudrücken. Wie sollte ich ihr erklären, was ich vorhatte? Zum Glück kam in diesem Moment Flo dazu. Ich wollte, sagte ich mit erzwungener Heiterkeit, meinem Sohn später eine Geschichte erzählen.

Flo verstand.

Alles verstand er.

Wenig später saß ich im Hauswirtschaftsraum. Der Wasserfall war noch viel lauter zu hören als oben in den Goisträumen und übertönte fast das Rattern der Nähmaschine.

KAPITEL 8

Ravi hat die ganze Nacht im Schlaf gestöhnt, und irgendwann ist Maike aufs Sofa umgezogen. Auf dem Handy wischt sie durch die Fotos von gestern Abend. Käsi hat sie gebeten, Bilder von seiner Eröffnungsfeier zu machen. Eine Pizza nach der anderen hat er an seine Gäste verteilt, ein strahlendes, mit Tomatensoße verschmiertes Gesicht nach dem anderen blickt ihr entgegen. Das ganze Dorf war da. Ein Bild zieht sie größer. Da sitzt Verena eng neben Ravi und flüstert ihm etwas ins Ohr. Er hat die Augen gesenkt.

Maike schaltet das Handy aus und starrt an die Decke. Sie vertraut Ravi. Sie wird das Bild einfach löschen. Sobald es hell wird, zieht sie sich an, um laufen zu gehen.

Als sie sich passende Musik aussuchen will – vor allem laut soll sie sein –, blinkt ihr eine frühe E-Mail entgegen: Der Alpine Club hat einen direkten Nachfahren von Douglas Brightfield ausgemacht. Jonas Brightfield heißt er, wohnt in London und ist auch Mitglied. Mit Adresse, E-Mail, Telefonnummer und allem. Datenschutzrechtlich nicht so angemessen, aber gut.

Es ist halb neun, in England erst halb acht.

Sie läuft langsam los und liest währenddessen weiter E-Mails. Paps hat ihr die Telefonnummer von Mamas Cousin geschickt, nein, vom Sohn von Mamas Cousin, namens Pascal, außerdem habe sich einer der Stammgäste auf seinen Stammsessel gesetzt, der unter ihm zusammengebrochen sei. Es gehe beiden jedoch den Umständen entsprechend gut.

Ach, was soll's, sie ruft diesen Jonas Brightfield einfach an. Auf die Handyrechnung freut sie sich jetzt schon: mit einem deutschen Anschluss aus der Schweiz nach England telefonieren. Es tutet seltsam, erst weiß sie gar nicht, ob es das Klingel- oder das Besetztzeichen ist, doch da nimmt schon jemand ab.

»Hello?«

»Hi, hello«, sagt sie, räuspert sich leise und stellt sich auf Englisch vor. »Mein Name ist Maike Reineke. Spreche ich mit Jonas Brightfield?«

»Ja, wie kann ich helfen?«

»Ich bin Hotelfachfrau und mein Freund ist Journalist. Wir erforschen die Geschichte eines alten Hotels in der Schweiz und sind auf den Namen Brightfield gestoßen.«

»Ah, die gute Jane«, sagt Jonas Brightfield vergnügt.

Maike merkt auf. »Ist das ihr Name? Hier steht immer nur Mrs. Henry.«

»Ja, Jane und Henry, meine Urururgroßeltern. Haben sie in Ihrem Hotel die Zeche nicht bezahlt? Ich bin demnächst wieder mal in Zürich und könnte das nachholen.«

Maike muss lachen. »Doch, ich denke schon. Sie sind jedenfalls jedes Jahr wiedergekommen.«

»Haben Sie schon Janes Reiseerinnerungen gelesen?«

»Die habe ich im Internet gefunden. Deswegen rufe ich an – in der Hoffnung, dass es noch mehr Tagebücher gibt oder irgendwelche Geschichten in der Familie.«

»Was wollen Sie damit machen?«, fragt er.

»Wir suchen nach einem bestimmten Namen, Andri Cavegn, und seinen Nachfahren. Außerdem möchte mein Freund ein Dossier für seine Zeitung schreiben«, behauptet sie. Sie kennt Ravi doch.

»Ach, wie schön. Spannend!«

Dass dieser Typ superpositiv ist, macht ihr gute Laune. Im Hintergrund hört sie bei ihm ein Türklingeln.

»Meine Nichte ist da und will bespaßt werden«, sagt er entschuldigend. »Aber hören Sie: Meine Schwester hat die Originale der Reisebeschreibungen gut verpackt im Keller liegen, und es gibt auch noch ein paar andere Notizbücher und wohl auch ein fertiges Manuskript, für das sich noch nie jemand die Zeit genommen hat. Wenn ich meine Nichte heute Abend zurückbringe, kann ich mal nachsehen. Wie wäre das?«

Sie hört, wie er die Tür öffnet, und eine Mädchenstimme etwas ruft.

»Das wäre super. Das wär total nett von Ihnen, danke, Mr. Brightfield.«

»Jonas, bitte.«

»Danke, Jonas. Viel Spaß mit der Nichte.«

Als Nächstes wählt sie die Nummer von Mamas Cousins Sohn Pascal. Der ist kurz angebunden und erklärt, dass man all das, was er auf der Website zusammengetragen hat, im Staatsarchiv finden könne, einiges digital, das meiste vor Ort in Hamburg.

Das wäre eine Aufgabe für Ravi, denn Paps wird sie nicht überzeugen können.

Pascal legt auf, ohne sich weiter für die Tochter der

Cousine seines Vaters zu interessieren. Maike ist zwei Minuten lang beleidigt, bis Verena schreibt: Parvis beendet die Saison auch! Ende der Woche ist Schluss.

Maike bleibt endgültig stehen. Verdammt!

Lass uns mountainbiken gehen! Wenn der Scheißwinter schon nicht will, machen wir eben Sommersachen.

Ravi trinkt Tee und winkt sie zu sich ins Bett. »Guck mal, wen ich in Bordeaux gefunden habe.«

»Wie meinst du das?« Sie setzt sich zu ihm.

»Laura hat doch gesagt, Andri Cavegn sei in Bordeaux gewesen. Genf und Bordeaux. Hier sind seine Meldeanträge. Im Jahr 1863 ist er hingekommen und hat bei seinem Onkel in der Rue de la Porte Basse gelebt. 1867 ist er in eine eigene Wohnung in der Rue Sainte-Catherine gezogen, alleinstehend, wenn ich das mit meinem Schulfranzösisch richtig entziffere.«

Er vergrößert die Ansicht, und sie richtet ihre Aufmerksamkeit auf die nächste Spalte des gescannten Dokuments. »Heißt das *patissier*?«

»Dann ist er das also wirklich.«

Sie berichtet Ravi von ihren Telefonaten, und er küsst sie. »Toll, dass du das gemacht hast, Füchschen. Bin echt gespannt, ob dieser Jonas was findet. Was auch immer das sein mag. Und ich habe wohl im Hamburger Archiv einiges zu tun.«

»Willst du wirklich morgen nach Hause fahren?«

»Ja.« Er streicht ihr über den Rücken. »Kommst du mit?«

»Ich glaube, ich will noch nicht nach Hause. Ich muss gucken, was mit diesem Hotel ist. Das geht besser von hier. Auch falls sich rausstellen sollte, dass wir anwaltliche Hilfe brauchen oder so.«

»Anwaltlich … meinst du?«

»Na ja. Bei Erbsachen? Keine Ahnung.«

Ravi steht auf und streckt sich. »Ich muss zurück wegen der Arbeit. Soll ich das Auto nehmen?«

Maike springt auf, als es an der Tür klingelt. Sie hat die Zeit vergessen, und nun müssen Verena und Nick wenig geduldig warten, während sie schnell eine Scheibe Brot isst.

»Wollt ihr wirklich mountainbiken gehen?«, fragt Ravi. »Ist das sicher? Die Wege sind doch nicht instand gesetzt.«

»Wird matschig sein«, sagt Verena. »Aber wenn deine Freundin einen Helm aufsetzt, ist es sicher. Was machst du in der Zeit?«

»Ich fahre noch mal nach Chur ins Archiv.«

»Hoffentlich nicht wieder, um Material zum Ablästern zu suchen.«

Ravi sieht Maike an, die versucht, so unauffällig wie möglich den Kopf zu schütteln. Sie will Verena immer noch nichts erzählen.

»Nein«, sagt Ravi, und Maike merkt wieder einmal, dass ihr grundehrlicher Freund nicht gern lügt, »das ist für etwas anderes, keine Sorge.«

Verena mustert ihn argwöhnisch, und Maike springt schnell dazwischen. »Ich bin so weit. Los geht's. Habt ihr E-Bikes?«

Nick gackert. »Spinnst du?«

Maike gibt Ravi einen Abschiedskuss und flüstert ihm dabei ins Ohr. »Ich sage es ihr schon noch.«

Die Biketour den Piz Splerin hoch ist der absolute Wahnsinn. Es weht ein eisiger Wind, ab und an kommen zwei oder drei Schneeflocken vom Himmel, die Wege sind matschig, kein vernünftiger Mensch würde um diese Jahreszeit mountainbiken gehen. Maike ist nicht vernünftig. Maike liebt es. Ihr Atem geht stoßweise. Auf den letzten Höhenmetern gerät sie in eine Art Erschöpfungsflow.

Oben auf dem Gipfel des Piz Splerin bleiben sie stehen und stürzen ihre gesamten Wasservorräte herunter. Verena ist knallrot im Gesicht, aus Nicks Locken tropft der Schweiß.

»Fuck«, sagt er, »ist das geil.«

Verena trinkt den letzten Schluck und schiebt die Flasche zurück in die Halterung. Sie zeigt quer übers Tal. »Da ist Sumbriva. Tausendsiebenhundert Meter, das ist noch safe, was den Schnee für die nächsten Jahre angeht.«

»Eure neue Destination«, sagt Nick mit Betonung auf jeder Silbe.

Verena sieht Maike an. »Was meinst du dazu?«

Maike tut so, als wäre sie immer noch außer Atem, und wischt sich ausführlich mit dem Halstuch das Gesicht trocken. Der Wind ist so kalt, dass sie versucht, die Mütze unter dem Helm noch tiefer über die Ohren zu zupfen.

»Was meinst du dazu?«, fragt Verena noch einmal.

»Zu euren Plänen? Puh, keine Ahnung«, sagt Maike.

Die breite Straße führt vom Talboden hinauf nach Sumbriva. Vielleicht muss sie neu geteert werden, aber für viel Autoverkehr und eine regelmäßige Busverbindung scheint sie auszureichen. Dann kommt das Hutzeldorf mit den schweren Häusern, die kreuz und quer stehen. Früher hatte die Anordnung zweifellos einen Sinn, je nachdem, wohin sie mit ihren Heuwagen auf welches Feld oder mit den Kühen auf die Bergalpen mussten. Mit moderner Stadtplanung hat das natürlich nichts zu tun. Schnee liegt auf den Dächern, aus den Schornsteinen steigt Rauch in die Wolken.

Das alte Hotel steht gleich am Hang, so dass man die komplette Rückseite sieht. Die Fenster wirken matt, die Türmchen erschöpft. Der Wasserfall ist gut zu erkennen, der Bach, der ihn speist, jedoch kaum. Dafür wacht der weiß gepuderte Bannwald über Sumbriva. Das ist schön. Idyllisch.

Und langweilig.

»Wo wollt ihr die Seilbahn bauen?«, fragt sie.

Verena gibt Nick ihr Fahrrad zum Festhalten und hakt sich bei Maike unter, um möglichst eng neben ihr zu stehen. Sie streckt den Arm und den Zeigefinger aus. »Siehst du, wo sich da rechts neben diesen drei Schuppen ein V bildet?«

»Ja.«

»Da soll die Talstation hin. Es wird sechs oder sieben Zwischenpfeiler brauchen, und die Bergstation soll ...« Sie fährt einen Weg mit dem Finger nach. »Da auf diese Ebene. Da sind wir bei 2309 Metern. Vorgesehen sind zweihunderttausend Ersteintritte im Winter, fünfzigtausend im Sommer.«

»Habt ihr die Planung schon rausgegeben?«

Maike drückt sich noch enger an Verena, um nicht völlig auszukühlen. Verena rubbelt ihr über den Rücken und nimmt sie dann fest in die Arme.

»Eine Machbarkeitsanalyse. Wir müssen den Ganzjahresbetrieb berücksichtigen. Schlepplifte werden zum Beispiel nicht mehr bezuschusst.«

»Und die Unterkünfte?«

Verena erklärt, wo eine Reihe von Apartmentgebäuden hinkönnte, eine Tiefgarage, ein Parkplatz für Tagesgäste. »Und wo jetzt das alte Hotel steht, könnte gut ein neues hinpassen. Das Grundstück ist nicht groß, aber man könnte es wie das Infinity in die Höhe bauen. Das sieht in Parvis ja auch modern und attraktiv aus.«

Maike blickt auf das fast quadratische Infinity mit seiner silbern glänzenden Glasfassade. Im Schnee sieht es immer wahnsinnig cool aus, im Moment wirkt es etwas fehl am Platz. Wie man sein Hotel so nennen und dann keinen Infinity-Pool aufs Dach bauen kann, versteht sie eh nicht. Dennoch nimmt sie es zwischen die Finger und trägt es hinüber nach Sumbriva. Schnippst das alte Posthotel weg und stellt das Infinity an seine Stelle.

Verena lacht. »Und? Wie sieht es aus?«

»Mega. Ich glaube, so direkt am Hang würde es noch viel besser zur Geltung kommen. Wenn es dann voll belegt ist und alle Zimmer leuchten.«

»Man könnte«, sagt Verena eifrig, »auch noch eine Sonnenterrasse vorbauen, weißt du, praktisch über den Hang? Wie geil wäre das denn?«

»Sehr.« Maike drückt sie noch einmal. »Sehr geil wäre das. So machen wir es.«

Bergab ist es noch rutschiger und gefährlicher, Maike muss sich stark konzentrieren. Was ganz gut ist, weil sie sich so keine Gedanken darum machen kann, dass sie Verena immer noch nichts von ihrem möglichen Erbe erzählt hat.

Verena würde es doch endlos cool finden, wenn dieses Traumhotel unter Maikes Führung entstehen würde, oder etwa nicht? Sie sind schließlich Freundinnen, seit sie sich damals mit fünf Jahren beim Skikurs kennengelernt haben, oder besser beim Spielen im Schnee danach, denn Verena war nicht in Maikes Anfänger-Kiddie-Kurs, hatten ihre Eltern sie doch schon auf Bretter gestellt, bevor sie überhaupt richtig laufen konnte. Trotzdem fanden die beiden Mädchen sich beim Spielen und wollten sich am Abend gar nicht mehr trennen. Haben sich ganz fest gehalten, die Arme umeinandergeschlungen. Das erzählen ihre Eltern heute immer noch.

Maike lernte schnell, aber eingeholt hat sie Verena niemals. Eine Weile lang wollte Verena sogar Profi werden, fuhr auch einige Rennen in irgendeinem Kader, aber für mehr reichte es dann leider doch nicht. Da war sie fünfzehn oder sechzehn, und es dauerte einige Jahre, bis sie den Spaß am Sport wiederfand. Eine Weile dachte Maike, dass sie, hätte sie dieselben Voraussetzungen gehabt, besser gewesen wäre als Verena. Es lag nur an ihren Eltern, die sich weigerten, nach Parvis zu ziehen – oder wenigstens ins Sauerland oder so, wo auch Schnee lag.

In Wahrheit mochte sie Hamburg so gern, dass sie gar nicht hätte wegziehen wollen. Sie hatte ihre Freundinnen, mit denen sie zum Leichtathletiktraining und zum Reiten ging und als Jugendliche am Elbstrand saß oder an der Alster, mit einem Bier in der Hand.

Und jetzt überlegt sie ernsthaft, ein Hotel in Graubünden zu eröffnen? Hier zu leben, auf dem Schweizer Land? Was, wenn im Sommer das Meer lockt und sie surfen gehen will? Und Ravi mit seinem neuen Job bei der Zeitung? Das geht doch alles nicht.

»Ich glaube«, sagt Ravi und lässt seinen Rucksack fallen, »es könnte tatsächlich stimmen.«

»Dass uns der Kasten gehört?« Maike zieht ihm die Jacke aus.

»Im Graubündner Staatsarchiv gibt es all die alten Eintragungen aus den Standesämtern und Einwohnermeldeämtern und so. Die heißen hier Zivilstandsamt und Einwohnerkontrolle. Ich habe Kopien.« Er gibt ihr einen raschen Kuss und legt Lauras Ordner auf den Esstisch. Die Papiermenge darin ist gewachsen. »Hier eine Schenkungsurkunde von Florian Fernsby an Andri Cavegn von 1872. Fernsby hat dann aber noch zweiundzwanzig Jahre gelebt. Seine Sterbeurkunde habe ich auch gefunden.«

»Schenkungsurkunde über …?«

»Das Posthotel Sumbriva.«

Maike strahlt und blättert zurück. »Okay. Dann haben wir vom Grundbuchamt von Laura den Nachweis, dass Florian Fernsby das Hotel 1865 gekauft hat, und jetzt den Beweis, dass er es an Andri Cavegn vererbt hat.«

»Verschenkt«, korrigiert Ravi.

»Jetzt müssen wir noch bestätigen, dass Andri Mamas Vorfahre war.« Maike hüpft vor Aufregung auf und ab. »Gehst du in Hamburg ins Archiv? Sofort wenn du ankommst?«

KAPITEL 9

Zum Frühstück um vier Uhr morgens wurde eine große Portion Rührei aufgetischt.

Die Nacht hatten wir bei einer Bauernfamilie am Fuß des Piz Fo verbracht. Die Bauersfrau legte mir noch etwas nach, Sorge in den Augen, dass die Anstrengung, auf einen Dreitausender zu klettern, für eine kleine Frau wie mich zu viel sein könnte. Ich selbst hatte diese Angst eigentlich nie. Wir hatten unseren erfahrenen, zuverlässigen Couttet, der es meist noch vor Henry oder mir sah, wenn wir eine Rast brauchten.

Heute würden noch zwei Männer dazukommen. Als wir aus der Hütte traten, standen sie dort mit den gesattelten und bepackten Pferde. Eine braune Stute mit breitem Rücken trug den Großteil unserer Ausrüstung, und wir hatten je ein Reitpferd pro Person.

Im schwachen Licht sah ich Atemwolken vor unseren Gesichtern. Kalte Luft griff mich im Nacken, und mir schauerte. Der Mond stand hoch am Himmel und beobachtete mit schmalen Lächeln, wie Couttet uns seinen Kollegen vorstellte. Sie hießen Beni und Flurin Vital. Zwei Berggestalten. Beni war noch ein Junge, Flurin sein Großvater, einer dieser abgehärteten, alten Männer, die früher als Hochwildjäger unterwegs gewesen waren und nun mit leichter Herablassung Bergtouren führten, weil das wesentlich lukrativer war. Er sagte kein Wort dazu, dass ich eine Frau war, doch ich nahm an, dass Couttet ihn entsprechend angewiesen hatte, denn sein abschätziger Blick meinen gesamten Körper herunter war Hinweis genug. Sein Enkel starrte auf den mit Raureif bedeckten Boden.

Nicht zuletzt dank Flos Zuspruch trug ich tatsächlich meine selbstgenähte Hose. Henry hatte taktvoll geschwiegen, der Bauer hatte große Augen gemacht und war von seiner Frau schnell in den Stall geschickt worden. Wie gut, dass sie beide nicht wussten, dass ich auch kein Korsett trug, sondern nur ein eng geschnürtes Leibchen.

»Es tut mir leid«, hatte ich der Frau dennoch zugeflüstert, aber sie hatte mir nur noch mehr Rührei aufgetan und eine Scheibe Brot dazugelegt.

Hier draußen, im Mantel, fühlte ich mich gefeiter. Nun würden wir noch ein ganzes Stück reiten können, bis es zu steil wurde. Dort würde der junge Vital mit den Pferden auf unsere Rückkehr warten, während Couttet und der ältere Vital mit uns weitergingen.

Der treue Falbe, der mich gestern den ganzen Weg getragen hatte, war heute mit einem Herrensattel ausgestattet. Ich blickte mich um – wollte Couttet mir ein anderes Pferd geben?

Flurin Vital sah mir zu. »Sie können nicht im Damensattel da hoch«, sagte er mit knarziger Stimme. »Zu gefährlich bei der Steigung. Für Sie und das Pferd.«

Hatte er mit mir gesprochen? Ich sah mich nach Couttet um, der sich versunken den Bart kratzte.

Henry legte mir eine Hand auf den Rücken. »Nur heute.«

Ich ließ mir aufs Pferd helfen. Es war nun auch schon irgendwie gleich, und ich wollte vor den Männern keinesfalls hysterisch wirken. Dabei hätte ich mich im Damensattel, auf dem ich völlig routiniert die Beine um das Horn klammerte und das Pferd einseitig lenkte, viel sicherer gefühlt als im so ungewohnten Spreizsitz. Ich redete mir ein, dass es eine gute Geschichte für mein nächstes Buch werden würde – obgleich ich sie darin, wie die wenigen wissen, die es gelesen haben, mit keiner Silbe erwähnte.

Wir ritten eine Weile, bis es zu steil für die Pferde wurde. Uns blieb nichts anderes übrig, als unser Gepäck auf vier Paar Schultern zu verteilen. Die beiden Bergführer mit ihren Rucksäcken aus abgewetztem Murmeltierfell trugen den größten Teil der Last. Couttet schob mir noch einen kleinen Eispickel unter zwei Laschen.

Ich fühlte mich gut, von einem leichten Ziehen in den Waden abgesehen. Die Sonne war aufgegangen, es war leicht bewölkt und immer noch kühl, doch der Weg sah so steil aus, dass wir bald schwitzen würden. Wir hatten die Baumgrenze überschritten, es wurde still ohne Vögel, und der Fels des Piz Fo zeigte sich in warmen Farben, die mir das Gefühl gaben, hier willkommen zu sein. Weiter oben war ein sauberer Streifen grauer Steinwüste zu sehen, der hässliche Teil der Bergwelt, bevor der Schnee begann.

Nach einem ausdauernden Anstieg erreichten wir ein Plateau, auf dem wir uns zu einer Pause niederließen. Henry reichte uns verdünnten Wein und ein Stück Brot. Couttet setzte sich neben mich, um sich den Oberschenkel zu massieren, den er sich letztes Jahr gebrochen hatte.

»Brauchen Sie die Arnikasalbe?«, fragte ich ihn.

»Danke, nein, mir geht es gut. Ihnen?«

»Auch. Wie hoch sind wir inzwischen? Mir fällt das immer so schwer zu schätzen.«

»2400 Meter?«, fragte Henry an die Bergführer gewandt.

Vital brummte. »Ziemlich genau.«

Ich reichte dem stolzen Henry einen Tee, den ich auf meinem alten Etna kochte.

Inzwischen hatten sich die morgendlichen Wolken verzogen, und der Piz Fo präsentierte sich in seiner ganzen Pracht. Das Wetter würde uns, anders als den Herren der letzten Tage, von denen Flo berichtet hatte, jedenfalls nicht im Wege stehen.

Bald hatten wir den Schnee erreicht. Couttet legte seinen Rucksack ab und holte die vorbereiteten Seile heraus. Ich musste an die Matterhorn-Tragödie vor vier Jahren denken, als vier Bergsteiger gestorben waren. Es wurde gemunkelt, einer von ihnen habe das Hanfseil durchgeschnitten, um als Erster auf dem Gipfel stehen zu können. Oder war es einfach gerissen? Königin Victoria hatte sogar überlegt, den Engländern – und Engländerinnen, nehme ich an – das Bergsteigen zu verbieten, um weitere Tote zu verhindern.

Couttet und Vital knüpften uns ins Seil. Vital ging an der Spitze, dann Henry, dann ich, als Letzter Couttet. Wir waren mit ihm schon über drei verschiedene Gletscher gegangen, harte und zarte, was jedoch im Vergleich zu diesem hier ein Spaziergang gewesen war. Dennoch hatte Couttet uns mehrfach bekräftigt, dass es nicht zu schwierig werden würde.

Er bestand noch darauf, meinen Rucksack zu nehmen. Mit meinen fest geschnürten, leicht benagelten Schuhen kam ich auf dem Eis gut vorwärts. Couttet zeigte mir, wie ich meinen Pickel einsetzen sollte, um mir zusätzlichen Halt zu holen. Nach einer Weile fühlte es sich fast meditativ an, während mich das Seil wie eine Nervenbahn mit den anderen in Verbindung hielt.

Flurin Vital ganz vorn gab knappe Befehle und wies auf schwierige Stellen hin. Regelmäßig machten wir kurze Pausen und bestätigten uns gegenseitig, dass alles gut lief. Jedes Mal überschwemmte mich Freude, wenn ich einen Moment lang das Eis vor mir aus den Augen lassen und die Landschaft um mich herum aufnehmen konnte. Ich war noch nie so hoch gewesen. An einem Punkt konnte man den gesamten Gletscher entlang bis nach unten zu seiner Zunge sehen. Wenn wir hier, Gott bewahre, in eine Spalte fielen, würde es Jahrzehnte oder Jahrhunderte dauern, bis uns die wandernden Eismassen dort unten wieder ausspuckten.

Glücklicherweise waren wir gut gesichert. Ich grinste Henry an, und er, mit seiner dunklen Brille im Gesicht fast ein fremder Mensch, grinste zurück.

»Du bist noch nicht einmal außer Atem«, schnaufte er.

»Mir ist ein bisschen schwindelig«, sagte ich. »Aber es ist nicht schlimm.«

Couttet reichte mir Wasser, von dem ich in großen Schlucken trank. Das Gelände wurde schwieriger. Bei jedem Schritt mussten wir aufpassen, und unsere Eispickel kamen stärker zum Einsatz als bisher.

Die Hose war eine gute Idee gewesen. Es waren große

Schritte über große Höhenunterschiede nötig, hier und da sogar ein Sprung, bei dem Couttet mich anleitete. Henry und Vital schienen auch eine gute Verbindung gefunden zu haben, manchmal hörte ich sie scherzen.

Unverhofft war es so weit.

»Schauen Sie nach oben, Mrs. Brightfield«, sagte Couttet.

Ich hob den Kopf – noch einige Meter Eis und Schnee, und dann der Himmel. Noch nie hatte ich ihn in einem so dunklen Blau gesehen. Ich wollte ihn um mich wickeln wie ein Ballkleid.

Vital änderte geflissentlich die Reihenfolge im Seil und ließ meinem Mann den Vortritt. So stand Mr. Henry Robert Brightfield aus Eggborough in Yorkshire als erster Mensch auf dem Gipfel des Piz Fo. Er reichte mir die Hand, und ich stellte mich neben ihn.

»Gratulation«, sagte Vital. Ich meinte, endlich nicht nur die übliche Bergführerhöflichkeit, sondern auch ein wenig Respekt aus seiner Stimme zu hören.

Wir rückten eng zusammen, so dass Couttet und Vital neben uns stehen konnten, und drehten uns, einander festhaltend, langsam einmal um die Achse.

»Hier sieht man, dass die Erde rund ist«, sagte Henry ehrfürchtig.

Ich schwieg. Noch heute kann ich kaum beschreiben, was ich fühlte. Glück war es, einfach erst einmal nur Freude, es geschafft zu haben. Dankbarkeit, diesen Anblick genießen zu können, diese Welt zu sehen, die so weit weg schien. Da unten lebten wir, und doch standen wir zwischen Eis und Schnee, der Fels unter uns ewig und durchaus brutal. Wir würden ihm nur eine Weile trotzen und ihm so lang dankbar sein, bis uns im Alter die Erinnerungen verließen – für die Alpen selbst nur ein Wimpernschlag.

Aber all das hätte ich dort oben nie in Worte fassen können. Ich weiß noch, dass ich an meinen Douglas dachte, der viele, viele Kilometer entfernt gerade seinen Mittagsschlaf hielt oder mit dem Nachbarsjungen auf dem Schaukelpferd saß. Wenn er nur auch hier sein könnte, mein Kleiner, damit ich ihm diese unwirkliche Welt zeigen könnte.

Couttet begann, nacheinander die Berggipfel zu benennen. Es dauerte eine Weile, bis ich ihm überhaupt zuhörte, und dann klang es wie ein Gebet oder ein Gedicht, eine Ode auf den Gipfel der Welt. Ich legte ihm die Hand auf den Arm. »Warten Sie noch ein bisschen, Couttet, ich muss noch schauen.«

Was eine richtige Bergsteigerin war, zückte ihr Schreibheft und notierte all die umliegenden Berge. Eine Gipfelbesteigung war nichts ohne die dazugehörige Beschreibung.

Couttet ließ uns gern Zeit und suchte die ersten Steine, um das obligatorische Steinmännchen zu bauen. Wir würden einen Zettel mit unseren Namen in eine Flasche und die in das Männchen legen, um allen folgenden Bergsteigern deutlich zu verstehen zu geben, dass wir zuerst da gewesen waren.

Mir tanzten helle Flecken vor den Augen, und Henry reichte mir das Wasser.

»Atmen, Kleines, atmen.«

Ich holte tief Luft. Ein metallener Geschmack im Rachen ließ mich aufmerken. Henry reichte mir sein Taschentuch. »Deine Nase blutet. Setz dich lieber hin.«

Ich atmete ganz bewusst weiter, bis es mir besser ging und das Nasenbluten aufhörte.

»Bei dir alles in Ordnung?«, fragte ich Henry.

Er nahm mir das Taschentuch ab und steckte es zurück in seine Manteltasche. »Ja. Mir geht es gut.«

Ich riss eine Seite aus meinem Notizbuch, auf die wir unsere vier Namen und das Datum schrieben. Das Datum, an dem wir als erste Menschen den Gipfel des Piz Fo erreicht hatten.

Viele Stunden später waren wir zurück im Posthotel. Henry fiel ins Bett und schlief gleich ein. Ich war genauso zerschlagen, wollte aber warten, bis es spät wurde, damit ich Flo Fernsby allein erwischte, denn ihm hatte ich es zu verdanken, dass ich mich auf den Berg getraut hatte.

Er stand hinter dem Empfangstresen und studierte, wie jeden Abend, die Namen der Gäste. Als er mich sah, kam er mir lächelnd entgegen. Ich war so glücklich, so stolz auf mich, so dankbar für seine Ermutigung, dass ich die letzten Stufen hinabsprang und mich, halb stolpernd, in seine Arme stürzte.

Ich weiß noch genau, wie sich der Stoff seines Gehrocks anfühlte, die Form seiner schmalen, regelrecht zarten Schultern und Oberarme darunter. Wie er sich versteifte und mich, bevor ich auch nur einen Atemzug tun, geschweige denn mich entschuldigen konnte, von sich stieß. Die so harten Muskeln, sein so böser Gesichtsausdruck.

Ich gab einen erstickten Laut von mir.

Selbstverständlich ziemte es sich nicht für eine Lady, einen Gentleman zu berühren, doch Flos Reaktion war so heftig, dass mir die Tränen in die Augen traten. Auch das ziemte sich nicht. Mit einer gestammelten Entschuldigung eilte ich zurück auf mein Zimmer, wo mich mein schnarchender Mann empfing.

So gingen wir in diesem Jahr auf seltsame Art auseinander.

Flo stand – das erzählte er mir später – eine ganze Weile zitternd hinter seinem Tresen wie hinter einem Schutzwall und wartete darauf, dass die Welt unterging, weil sich ihm eine Engländerin in die Arme gestürzt hatte.

Am nächsten Morgen – Henry wunderte sich, dass Flo nirgendwo zu finden war – folgten wir dem Weg so vieler Reisender und ließen uns mit der Post nach Pontresina bringen.

KAPITEL 10

Ravi hat das Auto vollgepackt und drückt den Kofferraum zu. Es ist still um sie herum, leer nach der frühzeitigen Beendigung der Saison, von der Regionalradio und -fernsehen nur ganz verschämt berichten. Maike ist verlockt, sich mit ins Auto zu setzen und zu ihrem Hamburger Schreibtisch zurückzukehren, um weiter Thomas Mann auseinanderzunehmen. Aber sie weiß einfach nicht, was genau es ist an diesem Hotel, dass sie den Gedanken daran nicht loslassen kann.

Sie schlingt Ravi die Arme unter der offenen Jacke um die Taille und atmet seinen Duft am Hals ein.

Er legt das Kinn auf ihrem Scheitel ab. »Du kannst jederzeit nachkommen. Setz dich einfach in den Zug.«

Maike braucht noch eine Weile, bis sie ihn fahren lässt. Sie ist nicht besonders gut im Alleinsein und eigentlich immer mit Ravi zusammen – seit ihrem ersten gemeinsamen Morgen. Ganz verzaubert fühlte der sich an, nachdem sie zuvor so lang in diesen Freund eines Freundes mit seiner Intellektuellenbrille und dem brennenden Verstand verliebt gewesen war. Er war irgendwann in ihrem Freundeskreis aufgetaucht, hatte ab und zu und immer öfter mit am Elbstrand gesessen und ein Bier getrunken, immer mit der halben Aufmerksamkeit auf dem Handy. Süchtig nach Twitter, wie sie sah, als sie einmal hinter ihm stand. Elif und Lisa hatten sie irgendwann gefragt, warum sie so still sei, denn Maike und still, das gab es eigentlich nicht. Sie musste in diesem Kreis nicht die ganze Show tragen, aber als Dritte oder Vierte würde sie wohl in den Credits gelistet werden. Ravi war der attraktive Neue, von dem man noch nicht wusste, ob er in zukünftigen Staffeln eine größere Rolle spielte.

Jedenfalls mochte sie die sozialen Medien nicht, war lieber live mit Menschen in Kontakt und fand es entsprechend blöd, wie er da ständig über seinem Telefon hockte. Gleichzeitig hatte er die wohlgeformtesten Ohren der Welt und lächerlich knöchrige Knie mit so vielen Narben darauf, dass er als Kind auf Inlinern jede Bordsteinkante mitgenommen haben musste. Er konnte nicht immer schon so bildschirmfixiert gewesen sein.

Als er dann zum ersten Mal mit ihr sprach, gab sie sich kratzbürstig und spöttisch, nur um in kürzester Zeit zu merken, was für ein intelligenter Mensch er war und anständig im allerbesten Sinne. Immer im Bilde, was Gesellschaft und Politik anging, wo sie meist nur die Schlagzeilen las. Groß geändert hat sich das bis heute nicht. Wenn sie etwas nicht versteht, fragt sie Ravi.

Sie schlichen eine Weile umeinander herum, saßen zwar immer häufiger zusammen, wenn sie sich mit den anderen trafen, aber es dauerte fast ein halbes Jahr, bis sie zum ersten Mal allein ausgingen und sie ihm mit Herz und Hirn verfiel. Er hatte ein unabhängiges Minitheater ausfindig gemacht, das ein Stück über Katia Mann aufführte. Der Saal roch nach Trockeneis aus der uralten Nebelmaschine, so trocken, dass sich die Innenseiten ihrer Nase anfühlten wie Schmirgelpapier. Die Kulissen fielen in sich zusammen, und Ravi entschuldigte sich bereits für die Einladung, bevor das Licht gedimmt wurde, besser gesagt, bevor jemand den Lichtschalter neben der Tür umlegte und es stockdunkel wurde. Doch dann war die Aufführung so großartig, dass sie sich gleich am nächsten Morgen – an diesem zauberhaften Morgen – Tickets für das nächste Stück reserviert hatten und nun regelmäßig dort hingehen.

Sie winkt ihm hinterher, als würden sie sich jahrelang nicht mehr sehen. Bevor er um die Ecke biegt, streckt er den Arm aus dem Fenster. Adieu, adieu. Sie springt die Stufen zur Wohnung hoch und zieht sich die Laufschuhe an. Da klingelt das Telefon, und Jonas Brightfields Name steht auf dem Display.

»Hallo?«, fragt sie.

»Hallo, Maike! Ich muss mich kurz halten, weil mein Flieger gleich geht, aber ich habe interessante Neuigkeiten. Finde ich zumindest.«

»Was denn?« Sie läuft die Steinstufen hinab, um auf die Straße zu gelangen.

»Ich habe mir die Nacht mit den Unterlagen von der guten Jane um die Ohren geschlagen, und dieses unveröffentlichte Manuskript, das ich erwähnt habe …« Er macht eine Spannungspause.

»Ja?«

»Wie heißt euer Hotel?«

»Posthotel Sumbriva.«

»Großartig. Ich komme vorbei.«

»Wie bitte?« Sie hält sich das rechte Ohr zu, als sie ein Auto überholt. »Du kommst vorbei?«

»Ich fliege geschäftlich nach Zürich und habe dort morgen früh einen Termin. Aber am Nachmittag komme ich nach Sumbriva. Wo kann ich euch treffen?«

»Am besten am Hotel. Sag einfach Bescheid, wann du ankommst.«

»Alles klar, ich melde mich. Jetzt muss ich zum Gate. Bye.«

Der macht es ja spannend.

Verena schreibt: Ich hoffe, du bist nicht allzu einsam ohne deinen Ravi. Kommst du heute Abend in die Pizzeria?

Maike runzelt die Stirn. Gestern hat Verena gefragt, wann Ravi wieder fährt, und Maike hat ihr geantwortet, sie wüssten es noch nicht genau, und seitdem haben sie sich nicht mehr gesprochen. Also muss Ravi ihr tschüs gesagt haben. Aber na ja, warum auch nicht?

Es zieht sie noch einmal nach Sumbriva. Dieses Mal hält sie sich an die Wanderschilder, die sie mit einigen Windungen den dichtbewachsenen Fuß des Piz Parüschla hinaufführen. In regelmäßigen Abständen stehen Bänke zum Ausruhen, an anderen Stellen plätschern die typischen Trinkwasserbrunnen.

Vor dem Hotel steht ein Mann mit dünnem Pferdeschwanz, hat eine Zigarette im Mundwinkel hängen und fegt die Schneereste mit einem Reisigbesen zur Seite. Als Maike langsamer wird und auf ihn zukommt, hält er inne und stützt sich auf dem Besen ab. »Du musst Maike sein. Ich bin Robin Hohlfeld, Lauras Vater.«

»Ach, Tag«, sagt sie. Das ist also ein Hohlfeld-Hippie. Er sieht auch so aus, ziemlich lustig eigentlich. Die fisseligen Haare beginnen weit hinten auf dem Kopf, und er trägt eine ausgebeulte Fleecejacke.

»Und das hier ist Carola.« Suchend sieht er sich um.

Um die abgekaute Ecke des Hotels kommt eine zwanzig Jahre ältere Version von Laura in Gummistiefeln und Jeans mit Löchern, gefolgt von einer mittelalten Frau mit Spaten in der Hand.

»Das ist Caro«, wiederholt Robin Hohlfeld, »und Nina Murger.«

»Hallo«, sagt Maike. »Verwandt mit Esthi Murger?«

»Meine Schwiegermama.« Nina wischt sich mit dem Unterarm die dunklen Haare aus der Stirn. Als sie Maikes Blick auf dem Spaten ruhen sieht, klopft sie damit zweimal auf den Steinboden, ein Geräusch, das Maike durch Mark und Bein geht.

»Ratten«, sagt Caro Hohlfeld angeekelt. »Wir waren gerade erfolgreicher als jeder Terrier.«

Maike verzieht das Gesicht. »Wir haben es neulich schon rascheln gehört. Das waren also wirklich Ratten?«

»Vielleicht auch nur Mäuse«, sagt Nina Murger. »Die haben wir noch laufen lassen.«

Ein Mann in schweren Arbeitsstiefeln kommt die Straße heruntergestürmt, gefolgt von drei rostbraunen, zotteligen Kühen und einer blonden Frau.

»Ciao, Dani«, ruft Robin Hohlfeld. Der Schäfer sagt etwas auf Rätoromanisch in die Runde, und schon ist er vorbei. Auch Silvana grüßt nur knapp. Kühe bleiben offenbar genauso wenig stehen wie Schafe.

Mit ein wenig Abstand kommt noch jemand hinterhergebummelt, die Maike sofort an ihren knallengen Jeans erkennt.

»Marietta«, sagt sie verwundert. Aus dem Kosmetiksalon in Parvis.

»Bun de.« Beim Lächeln zieht sich ihr einer Mundwinkel immer höher als der andere.

»Wohnst du auch hier?«

»Bin hier aufgewachsen.«

»Habt ihr eigentlich schon etwas zum Hotel herausgefunden?«, fragt Nina Murger.

»Wir sind dabei.« Maike fühlt sich unwohl zwischen den strengen Blicken der vier.

»Man hört ja«, sagt Robin langsam, »dass du in Kontakt mit dem Tourismusverband bist.«

Maike zieht die Augenbrauen hoch. »Wie bitte?«

»Mit der Jegher.«

»Ach so. Verena und ich sind privat befreundet.«

Die vier sehen sie abwartend an. Ihr macht das Kopfweh. Verena will sie nichts von ihren Nachforschungen erzählen, weil sie ... ja, warum eigentlich? Weil sie irgendwie das Gefühl hat, dass Verena doch nicht so positiv reagieren wird. Aber warum sollte sie das nicht? Oder liegt es doch an der Sache mit Ravi, die keine Sache ist?

Und den Hohlfelds will sie auch nichts erzählen, weil sie ... ja, warum? Was sollten sie unternehmen, wenn sich herausstellt, dass sie – beziehungsweise Mama – die Erbin ist und etwas ganz Neues anfangen will? Die Hohlfelds haben kein Recht auf diesen Kasten.

Seit wann geht sie Konflikten aus dem Weg? Sie ist doch

immer die, die den rostbraunen, zotteligen Stier bei den Hörnern packt.

»Für Sumbriva ist das ganze Bauprojekt schon eine große Sache«, sagt Marietta in die Stille.

»Absolut«, sagt Nina. »Und es wäre schön, wenn nicht der Tourismus herkäme, sondern auch Familien mit Kindern. Dann wären die Zwillinge nicht mehr die einzigen Kinder im Dorf.«

Robin klopft mit dem Besen auf den Boden. »Laura ist nicht glücklich darüber.«

Maike zieht sich das Halstuch fester. »Ist sie da?«

»Sie ist noch in der Schule«, sagt Caro Hohlfeld.

»Ich wollte eigentlich nur noch mal in die Gästebücher gucken.«

»Geh nur«, sagt Robin Hohlfeld. »Wir müssen auch los, oder, Caro?«

Maike drückt die schwere Tür auf und steht in der Empfangshalle des Posthotels. Über ihrem Kopf knackt etwas, aus dem Speisesaal summt es. Sie zieht noch einmal Schal und Jackenkragen zurecht.

Wie soll man dieses Ding stehen lassen? Es gibt Ratten und herausspringende Sicherungen. Das Dach muss neu gemacht werden, hat Esthi Murger letzte Woche gesagt. Für das Geld kann man garantiert das ganze Gebäude abreißen. Sie legt den Kopf in den Nacken und inspiziert die Decke des Foyers, an der sich, abgesehen von der Stelle, wo einmal der Kronleuchter hing, unter einer fleckigen Schicht Weiß bunte Verzierungen ausmachen lassen. Entlang der Kanten zwischen Decke und Wände bröselt der Stuck.

Sie schließt die Augen. Stimmen schwirren herum, die Tür öffnet sich und bringt einen Schwall nach Gras und Heu duftende Sommerluft mit. Ein englisches Paar tritt ein, sie mit einer schwingenden Feder am Hut, er mit einem steifen Kragen.

Guten Tag, Mrs. Brightfield, Mr. Brightfield, wie schön, dass Sie uns auch dieses Jahr beehren. Kommen Sie herein, Ihr übliches Zimmer ist schon für Sie vorbereitet. Welche Bergtouren haben Sie in diesem Sommer geplant? Nachdem Sie den Piz Fo bestiegen haben, geht es in Graubünden eigentlich nur noch auf den Piz Palü – oder den Piz Bernina. Wäre das Ihr erster Viertausender?

Maike öffnet die Augen, zieht die Laufjacke aus, legt sie auf die zweitunterste Treppenstufe und setzt sich darauf. Stützt sich mit den Ellbogen auf den Oberschenkeln ab.

Sie stellt sich vor, wie sie den Kammermädchen im Weg sitzt, die frische Handtücher in die Bel Etage bringen und Extrawünsche hinunter zur Hotelleitung tragen. Aber nein, das würde alles über eine Hintertreppe geschehen, und dort würde Maike ihnen niemals im Weg sitzen, weil sie weiß, wie viel Arbeit das ist. Die Bediensteten im Berghof – also auf Manns *Zauberberg* – sind eine ruhige, stille Macht, die kaum je Namen bekommen. Da *wird* serviert und abgeräumt, im Passiv, und Hans Castorp oder sonst einer der reichen Gäste hat kaum jemals einen Dank übrig. Hier wird es nicht anders gewesen sein, nicht um die Zeit, aus der sie die Gästebücher gesehen hat.

Ihr Handy piept. Hey, Füchslein, kein Stau, alles läuft gut. Bei dir? Kuss-Emoji.

Hey, Hase, möchte sie zurückschreiben, hast du hinter

meinem Rücken mit Verena geschrieben? Aber sie legt das Gerät zur Seite. Was soll das überhaupt heißen, hinter ihrem Rücken?

Die Eingangstür öffnet sich, und die alte Esthi Murger kommt herein.

»Bun de«, sagt Maike, und Esthis Augen müssen sich erst eine Weile an das Halbdunkel gewöhnen, bevor sie Maike entdeckt und auf sie zugeht.

»Robin hat mir gesagt, dass Sie hier sind. Haben Sie Hunger?«

»Immer«, ruft Maike überrascht.

»Dann kommen Sie.« Esthi dreht sich schon wieder zur Tür. »Ich habe Essen für die Zwillinge gemacht, aber vergessen, dass sie heute einen Kindergartenausflug haben.«

Maike folgt ihr und meint, schon auf der Straße Tomatensauce riechen zu können. Erst jetzt merkt sie, dass sie richtig hungrig ist.

Wenig später sitzen sie an Esthis Küchentisch. Maike schlingt einige Gabeln voll Nudeln herunter, bevor sie sich umsieht. Es ist keine schöne Küche, aber eine, in der gekocht und gelebt wird. Die bunten Plastikbecher sind wohl für die Kinder, die heute nicht gekommen sind. Eine ziemlich neue Kitchen Aid hat den Ehrenplatz, aber auch eine uralte Brotschneidemaschine steht herum.

»Nichts Besonderes«, sagt Esthi, als sie Maikes neugierigen Blicke bemerkt. »Aber mein Eigen.«

»Gemütlich.«

»Meine Familie wohnt schon seit Generationen in diesem Haus. Seit meine Mutter gestorben ist, bin ich ganz allein hier. Ich habe sie lang gepflegt, und so war es auch eine Erleichterung. Ja ja … Cla und Nina haben etwas Eigenes gebaut.«

»Ich wette, dass sich Ihre Enkel später an das gemütliche Haus ihrer Oma erinnern werden.«

»Ach, das hoffe ich.«

»Die Sauce ist übrigens köstlich. Sind die Tomaten aus dem Garten?«

Esthi schnaubt. »Nein, tut mir leid, die sind aus der Migros.«

Da erinnert Maike sich an etwas, das Laura gesagt hat. »Und Ihre Oma hat noch im Posthotel gearbeitet?«

Esthi steht auf. »Ja, ich habe ein Foto.«

Sie verschwindet im Wohnzimmer. Maike schiebt mit den letzten Nudeln den letzten Rest Sauce zusammen, nimmt einen Finger zur Hilfe und schleckt ihn ab.

»Hier.« Esthi legt ihr ein bräunlich verfärbtes Foto hin und das Album, aus dem sie es entnommen hat, auf einen freien Stuhl. Drei Menschen sind auf dem Bild zu sehen, alle mit ernstem Gesichtsausdruck, wie das damals, als man nicht alle drei Sekunden ein Selfie machte, eben so war. Esthi zeigt auf die Frau in der Mitte, die ein schwarzes Kleid mit einer weißen Schürze trägt, dazu ein weißes Häubchen auf den hochgesteckten, krisseligen Haaren. Die Uniform eines Zimmermädchens. Die etwas kleinere Frau daneben sieht genauso aus. Der Mann auf der anderen Seite scheint kein Angestellter zu sein, er trägt Anzug mit etwas zu kurzen Hosenbeinen, aber das kann damals Mode gewesen sein. Er hat den Kopf schiefgelegt und wirkt nachdenklich. Maike wischt über seine dunkle Hose, wo sich Staub angesammelt hat, doch der Dreck lässt sich nicht entfernen.

»Das gehört zum Foto«, sagt Esthi. »Meine Großmutter meinte, der Besitzer habe immer irgendwo Mehl gehabt. Er war eigentlich Zuckerbäcker.«

»Wissen Sie, wie er hieß?«

Esthi dreht das Foto um. »A. Cavegn.«

»Wirklich?« Maike reißt ihr das Bild fast aus der Hand und sieht sich den nachdenklichen Mann noch einmal ganz genau an. Er ist vielleicht vierzig, vielleicht fünfzig, das lässt sich immer so schwer sagen. Seine Ohren stehen ein wenig ab, aber er trägt die Haare so, dass es nicht groß auffällt. »Andri Cavegn … mit dem bin ich verwandt. Wenn er es denn ist. Darf ich …« Sie will das Bild am liebsten behalten. »Darf ich das abfotografieren? Vorn und hinten?«

»Meinen Sie, es hilft nachzuweisen, dass das Hotel Ihnen gehört?«

»Möglich. Werfen Sie es bloß nicht weg«, sagt Maike mit einem Zwinkern. »Was hat denn Ihre Großmutter von ihrer Arbeit erzählt?«

»Sie hat immer gesagt, dass man für die Landwirtschaft verdorben ist, wenn man einmal im Hotel gearbeitet hat. Das Hotel war so aufregend, so mondän. Sie hat sich immer über die englischen Gäste gefreut und *Good morning* und *Thank you* gesagt.«

Maike sieht sich die junge Frau noch einmal an. Auch sie ist die Stufen hoch- und heruntergeeilt, auf denen sie vorhin gesessen hat. Hat den Brightfields einen Tee und einen Gin Tonic aufs Zimmer gebracht, aber nein, die waren ja schon in den Sechzigern hier, da war Esthis Oma wahrscheinlich noch nicht einmal geboren.

»Außerhalb der Saison«, sagt die alte Frau, »musste sie trotzdem beim Ausmisten helfen, weil ihre Familie ja im selben Ort lebte. Wenn die Frauen woanders arbeiteten, war das etwas anderes.«

Wer will schon noch Kuhmist schaufeln, wenn … tja, wenn man stattdessen fremde Nachttöpfe leeren kann? Aber sie versteht schon, dass die Plackerei auf den Feldern und im Stall, jahrein, jahraus, etwas ganz anderes gewesen sein muss.

»Darf ich die anderen Fotos auch sehen?«

Zögerlich nimmt Esthi das Album und legt es auf den Tisch. »Na ja …«

Sie streicht darüber und sucht mit den Fingern nach einem Stück Papier, das sie offenbar zwischen die Seiten gelegt hat. »Ein anderes von meiner Omi habe ich noch.«

Den Rest will sie Maike nicht zeigen, aber das ist okay, sie kennt sie ja gar nicht.

»Hier ist sie noch einmal, aber da hat sie sich bewegt, und man erkennt ihr Gesicht nicht. Damals musste man ja noch länger stillhalten, um fotografiert zu werden.«

Geisterhaft sieht es aus. Der Rest ist scharf, dasselbe schwarze Kleid, die Hände gefaltet, aber das Gesicht ist ein Schemen. Neben ihr eine ältere Frau mit hochgesteckten, grauen Haaren, einem breiten Mund und schweren Augen, auch sie in einem dunklen Kleid und einem Schlüsselbund am Gürtel.

Esthi Murger dreht das Bild um. »Elvezia Biert. Den Nachnamen gibt es auch nicht mehr im Dorf.«

»Die Frau von Andri Cavegn? Aber nein, dafür ist sie zu alt. Oder von seinem Vorgänger? Florian Fernsby?«

Esthi Murger sieht sie ratlos an. »Hieße sie dann nicht auch Cavegn oder Fernsby?«

»Stimmt.«

»Möchten Sie das Bild auch abfotografieren?«

Maike wäscht mit Esthi ab, bevor sie zurück nach Parvis läuft. Sie öffnet noch einmal das Foto von Esthis Oma. Eine verwischte Frau auf einem verblassenden Foto. Alte Bilder und Geschäftsbücher sind schon sehr spannend, aber irgendwie findet sie keine Verbindung dazu. Vielleicht braucht sie fertige Geschichten, wie den *Zauberberg*, um sich auf die Vergangenheit einzulassen.

KAPITEL 11

Im nächsten Sommer waren wir zurück in Graubünden. War ich die Jahre davor bereits im Spätwinter davon besessen gewesen, Routen zu planen und unseren Couttet erneut zu engagieren, damit er sich bloß niemand anderem gegenüber verpflichtete, so fragte Henry mich dieses Mal an einem Tag Ende April, als ich aus der Stadt von einer Armenspeisung wiederkam, ob ich denn bisher gar nichts organisiert hätte.

Immer noch überkam mich heiße Scham, wenn ich an meine letzte Begegnung mit Flo dachte. Henry gegenüber hatte ich sie nicht erwähnt. Warum hatte Flo nur so extrem reagiert? Und warum eigentlich war ich von ihm so beeindruckt?

Für ihn war ich nur ein beliebiger Gast, dem er ein paar freundliche Worte zukommen ließ. Für mich sollte er deshalb auch nichts weiter sein als einer von vielen Hoteliers, bei dem ich mich beflissen bedankte, statt ihn auf unangemessene Weise zu überfallen.

Ich schlug vor, dass wir nach Zermatt fuhren, das zwar überlaufen sein sollte, aber wunderschön. Doch nach wenigen Tagen vor Ort merkten wir bereits, dass wir dort niemals die Ruhe finden würden, die uns die Bergtouren in der Ostschweiz schenkten. Hatte ich mich bislang über die ach so ernsthaften Herren Bergsteiger aus dem Alpine Club lustig gemacht, die so arrogant auf die Ausflügler in ihren Knickerbockerhosen hinabsahen, so merkte ich nun, dass ich nicht anders war. Ich war ungehalten über meine Landsleute, die meinten, en masse in die Schweiz kommen zu müssen. Henry und mir stand das viel eher zu. Wir waren erfahren in den Bergen und stolperten nicht über den nächsten Stein, von denen es hier so überraschend viele gab.

So sehr wir auch versuchten, uns mit ausreichend Spott die Ferien schönzureden, so sehr misslang es uns. Couttet sah uns bei unseren inneren Kämpfen zu. Daneben war ich seit einer Lungenentzündung im Mai kurzatmig und merkte, dass es leider besser war, dieses Jahr nicht über zweitausend Meter zu steigen.

Schließlich entschied ein Freund von Henry für uns. Mein Mann war vom SAC, dem Schweizer Alpen-Club, als Erstbesteiger des Piz Fo eingetragen worden und hatte all seinen Bekannten stolz davon erzählt. So meldete sich in diesem Sommer sein alter Freund Burgh, der ebenfalls wieder in der Schweiz unterwegs war und Henry darum bat, den Aufstieg noch einmal mit ihm zusammen zu wagen.

Wir packten also die Koffer und fuhren aus Zermatt nach Graubünden ins Posthotel Sumbriva, wo ich Flo Fernsby wiedersehen würde. Ich ein ganz normaler Gast, er ein ganz normaler Hotelier. Vermutlich hatte er unsere seltsame Begegnung längst vergessen oder würde zumindest so tun, als sei nie etwas gewesen.

Ich sollte recht behalten, zumindest mit Letzterem. Er begrüßte uns herzlich und verkündete, dass sogar unser übliches Zimmer Nummer 34 verfügbar sei.

Ich überließ Henry das Reden und beobachtete Flo. Nichts hatte sich geändert, und er wich mir auch nicht aus. Wir sprachen über das Wetter und Henrys Pläne, und als Flo dann einen Pagen rief, der unser Gepäck aufs Zimmer tragen sollte, war ich beruhigt. Es war alles in Ordnung. Warum hatte ich mir so viele Gedanken gemacht?

Henrys Freund Burgh kam am Tag darauf und brachte den alten Flurin Vital als seinen Bergführer mit. Gemeinsam wollten sie erst noch zwei niedrigere Gipfel mitnehmen und würden einige Tage weg sein.

Wegen meiner empfindlichen Lunge wollte ich im Hotel bleiben, Briefe schreiben, meine Notizen und meine Blumensammlung ergänzen und mit dem Malkasten die nähere Umgebung von Sumbriva durchstreifen. Ich konnte mich anderen Wanderbegeisterten anschließen, die kleinere Touren geplant hatten.

An demselben Tag, an dem mein Mann aufbrach, sah ich Flo auf dem Vorplatz des Hotels stehen. Es war ein nasser Tag, doch der Regen machte eine Pause. Ein Mann redete auf Flo ein, daneben stand eine Frau und hörte stumm zu. Nach einer Weile erkannte ich die beiden: Es waren Caspar Laurent Huonder und seine Frau Annamaria, das Hotelierspaar aus Bad Salesch, mit dem wir im letzten Jahr gereist waren.

Flo entdeckte mich in der Tür und lud mich mit einem Winken ein dazuzukommen. Ich lavierte um zwei große Pfützen herum, um sie zu erreichen.

»Mrs. Brightfield kennen Sie ja«, sagte er.

Caspar Laurent Huonder sah mich zweifelnd an, aber zumindest Annamaria wusste noch, wer ich war.

»Was sagen Sie, Fernsby?«, fragte Huonder. »Nur für ein paar Tage.«

Flo fuhr sich durchs Haar. »Es ist Hochsaison.«

»Ich weiß, ich weiß! Die Engländer überschwemmen uns wie immer.« Huonder sah mich an. »Aber die Prinzessin kommt mit ihrer ganzen Entourage. Vierunddreißig Leute. Eine Landsmännin von Ihnen, Fernsby. Sie können mich nicht im Stich lassen. Das schulden Sie mir.«

»Welche Prinzessin?«, fragte ich neugierig.

»Prinzessin Mary Adelaide«, sagte Huonder, und seine englische Aussprache war ungefähr so schlecht wie meine deutsche.

Überrascht zog ich die Augenbrauen hoch. »Die Cousine von Queen Victoria?«

»Kommen Sie doch erst einmal herein«, sagte Flo.

Er führte die Huonders ins Foyer. Ich folgte ihm, gespannt, ob die Prinzessin wirklich nach Bad Salesch kommen würde. Sie hatte vor wenigen Jahren geheiratet, und man hörte, dass das adlige Paar weit über seine Verhältnisse lebte. Eine Reise durch die Schweiz mit viel zu viel Personal passte ins Bild. Ach, Geschichten über prassende Royals waren doch immer interessant. Nur gut, dass Henry nicht hier war und mich in meiner Neugier zügelte.

Die Huonders sahen sich in Flos Hotel aufmerksam um, nahmen gierig alle Details auf – die Möblierung, die Wandfarben, den Lichteinfall.

»… gar nicht so groß in Erinnerung …«, hörte ich Caspar Laurent Huonder murmeln und dann als Antwort auf eine Frage Annamarias, »… aber nicht mehr als unser …«

Während wir in einer Sitzgruppe in der Empfangshalle auf den von Flo mit einem unauffälligen Handzeichen bestellten Mokka warteten, verstand ich nach und nach, worum es ging: Die Huonders hatten Angst, der Prinzessin nicht gerecht zu werden. Schon jetzt waren so viele Anforderungen per Brief eingegangen, sie wollte eine ganze Etage für ihr Gefolge, das beste Essen – und die Huonders verstanden nur die Hälfte der Anweisungen. Wie sollte das erst werden, wenn die Prinzessin vor Ort war?

Deshalb sollte Flo sie in Bad Salesch unterstützen. Zwar hatte er mitten im Sommer in seinem eigenen Hotel genug zu tun, doch ich sah ihm schon an, dass er sich überreden lassen würde. Ich war nicht dabei, als er mit seiner Hausdame Elvezia Biert sprach und ihr die Leitung für die nächsten Tage übertrug. Ich war auch nicht dabei, als er Andri Cavegn bat, Elvezia zu unterstützen. Erfahrung im Hotelwesen hatte Andri zwar nicht, aber es gab durchaus Parallelen zum Cafébetrieb, und zusammen würden sie zurechtkommen.

Ich hatte am Tag zuvor mit Andri gesprochen: Seinem Vater ging es ein wenig besser, doch die schwere Sommerarbeit auf dem Hof konnte der alternde Mann nicht mehr leisten, und so war Andri nach einem Jahr immer noch in Sumbriva. Sein Geschäftspartner leitete das Café de l'Aube in Bordeaux allein und berichtete, dass Andris inzwischen perfektionierte Cremeschnitte der neue Liebling aller Gäste war.

Andri und Flo schienen über den Winter gute Freunde geworden zu sein. Ihr Verhältnis wirkte anders als im Jahr zuvor. Wenn sie miteinander sprachen, standen sie ebenbürtig und vertraut nebeneinander. Etwas verband sie, und ich fragte mich, was das war. Eine gewisse Art von Kreativität vielleicht, der Andri in seinem Gebäck Ausdruck gab und Flo in seinem Posthotel? Sumbriva hatte an den beiden Männern jedenfalls gewonnen.

Nach dem Dinner, das ich mit einem älteren englischen Ehepaar eingenommen hatte, winkte Flo mich beiseite. »Darf ich Sie etwas fragen? Möchten Sie vielleicht mitkommen nach Bad Salesch? Dann müssen Sie nicht hier herumsitzen und sich langweilen, bis Ihr Mann wiederkommt.«

Bei diesen Worten ging mein Herz auf. »Ich langweile mich hier nie, lieber Mr. Fernsby. Aber mitkommen möchte ich trotzdem gern.«

Ich muss zugeben, dass Bad Salesch wunderschön war. Das Kurhotel war ein elegantes Gebäude mit fünf Etagen und einem Ost- und Westflügel, die rechtwinklig zum Hauptgebäude standen. Es strahlte cremeweiß wie eine Sahnetorte. Der ganze Komplex wurde von einem geometrisch gestalteten Garten umgeben, der vor der wilden Bergkulisse doppelt so gepflegt wirkte. Die Blumenrabatten waren geschmackvoll, neben einer Flaggenstange plätscherte in der Mitte eines Rondells ein Brunnen, und mehrere Lauben boten Schatten für die Flanierenden.

Als Flo und ich ankamen, empfing uns Caspar Laurent Huonder und übernahm es persönlich, uns freie Zimmer zuzuweisen. Mir fiel jedoch auf, dass Annamaria im Hintergrund stand und unauffällig hierhin und dorthin wies, als hätte sie uns viel besser und schneller registrieren können als er.

Schließlich nahm er Flo beiseite und bat Annamaria, mich herumzuführen.

Sie wurde ein wenig gesprächiger, als ihr Mann verschwand. Im Haus fand sie vor allem die neue Kegelbahn im Untergeschoss zeigenswert, und nach einem Rundgang durch den Garten mit einer künstlichen Felsengrotte führte sie mich zur Trinkhalle, für die man einige Minuten durch einen Nadelwald gehen musste. Dort stand zwischen Tannen, Fichten und Bergkiefern ein langgestrecktes Gebäude, das an beiden Enden mit je einer achteckigen Kuppel gekrönt war. Es wirkte fremd mitten im Wald. Annamaria Huonder ließ mich eintreten und wies auf das sanfte Licht hin, das durch die bodentiefen, die ganze Längsseite einnehmenden Fenster fiel.

Zahlreiche Menschen, meist in Paaren, wandelten in der Halle auf und ab und blieben an den Brunnen mit Quellwasser stehen. Sie unterhielten sich, aber die Halle schien so gebaut zu sein, dass die Stimmen kaum trugen und alles sehr leise wirkte. Ich fragte mich, wie viele dieser Paare sich auch daheim so zusammen gezeigt hätten oder ob eine Kur in einem anderen Land nicht immer auch eine Flucht vor unseren gesellschaftlichen Konventionen war. Eine Nachbarin meiner Eltern zum Beispiel kurte gern und ausführlich in der Auvergne, ließ ihren Ehegatten aber stets daheim.

»Kommen Sie, probieren Sie«, sagte Annamaria Huonder.

»Ich bin aber doch gar nicht krank«, erwiderte ich.

Sie nahm mich am Ellbogen und führte mich zu dem Brunnen, um den die meisten Gäste herumstanden. Ich versuchte, mir meinen Widerwillen nicht anmerken zu lassen, nahm einen winzigen Schluck und sprach mich ausreichend begeistert über das Wasser aus, und nachdem wir die Halle einmal abgeschritten waren und Annamaria Huonder mich auf die Wandgemälde mit römischen Motiven hingewiesen hatte, durfte ich wieder ins Freie.

»Wie lang gehört Ihnen das Hotel schon?«, fragte ich.

»Meine Eltern haben es vor vierzig Jahren gebaut«, sagte sie. »Mein Mann hat es dann vor einigen Jahren übernommen.«

»Hat er auch einen Hintergrund im Gastgewerbe?«

Sie presste kurz die Lippen aufeinander und drehte sich in Richtung des Pfads zurück zum Haupthaus. Ich folgte ihr durch den duftenden Wald.

»Mein Mann ist Jurist. Er hat in München studiert.«

»Ach, so ein Zufall. Mr. Brightfield ist Anwalt. Er würde jetzt sagen: Jura ist immer hilfreich, auch als Hotelier.«

Sie gab einen unverbindlichen Laut von sich. Ich meinte zu verstehen, was in ihr vorging. Oft war an einem Hotelbetrieb die ganze Familie beteiligt, und auch die Kinder übernahmen schon Aufgaben. Bei Annamaria mochte es genauso gewesen sein, und dann wusste sie mehr von den Geschäften als ihr in Seide gewickelter Ehemann, konnte jedoch nicht eigenständig agieren.

Oder es gefiel ihr alles genauso, wie es war – ich kannte sie wahrhaftig nicht gut genug, um das einschätzen zu können.

Flo ließ sich so von den Huonders einspannen, dass ich ihn die nächsten Tage nicht zu Gesicht bekam. Was hatte ich auch anderes erwartet?

Ich ging auf einfache Wanderungen, aß Erdbeeren am Wegesrand und bekam in Wirtshäusern frische, wie immer leicht überteuerte Milch. Die Menschen wunderten sich, dass ich allein unterwegs war, aber ich lächelte sie alle in Grund und Boden oder tat so, als ob ich sie nicht verstand. Die Berge in dieser Gegend waren besonders malerisch mit roten Gesteinsschichten durchzogen und hellgrünen Flechten besetzt. Mir fielen die hübschen Wagen auf, mit denen die Bauern ihr Heu transportierten. Sie wurden weit über ihren Rand beladen und die Last mit ineinander verschränkten Fichtenzweigen abgestützt. Dann setzten sich die graubraunen Kühe in Bewegung, um die Ernte nach Hause zu bringen.

Gäste waren im Hotel offenkundig weniger als sonst, da bereits eine ganze Etage für die Prinzessin reserviert war. Es waren ausnahmslos wohlhabende Ehepaare, die aussahen, als seien sie alle aus demselben Ei geschlüpft. Sie sprachen über dieselben Themen – Königin Viktoria, Aquarellmalerei und welche Blumen derzeit im Kurgarten blühten. Nichts, worüber ich mich eigentlich nicht auch gern unterhielt, aber das fehlende Interesse an allem, was außerhalb des Hotels zu sehen, zu riechen, zu schmecken war, erstaunte mich. Sie hätten genauso gut nach Bath fahren oder daheim bleiben können.

Erst am Nachmittag des dritten Tages sah ich Flo wieder, als er mit suchendem Blick in die Bibliothek kam. Ich hatte mir einen Schluck Portwein eingießen lassen und las die *Illustrierte Modenwelt*. Am liebsten wäre ich aufgesprungen und hätte ihn am Ärmel festgehalten, damit er nicht wieder verschwand. Doch ich durfte ihn keinesfalls erneut so erschrecken wie im Jahr zuvor, als ich ihm nach dem Aufstieg auf den Piz Fo viel zu überschwänglich hatte danken wollen. Also faltete ich die Zeitschrift sorgsam zusammen und stand in damenhafter Geschwindigkeit auf. Durch die Jalousien fiel das Sonnenlicht in Streifen.

»Nun haben Sie mich mitgenommen, damit ich mich nicht langweile«, sagte ich gespielt vorwurfsvoll und doch irgendwie echt, »aber Sie sind nirgendwo zu finden.«

»Es tut mir so leid, Mrs. Brightfield. Aber ich war gerade auf der Suche nach Ihnen.«

»Kommen Sie mit mir raus. Haben Sie überhaupt schon die schöne Natur genossen?«

»Kein bisschen.«

Wir traten hinaus in den hellen Tag. Flo nahm seine Augengläser ab, die er üblicherweise nur zum Lesen trug, und schloss die Lider, um die Wärme auf dem Gesicht zu genießen. Doch ich war ungeduldig und wollte ihn weg vom Hotel haben, damit nicht die Huonders mit neuen Forderungen kamen. Ich ging los, und er folgte mir in den Wald.

»Darf ich Sie etwas fragen?«

Er neigte den Kopf. »Natürlich.«

»Warum lassen Sie sich von den Huonders so einspannen? Was meinte Herr Huonder, als er sagte, Sie würden ihm etwas schulden?«

Flo bummelte neben mir her. »Er hat mir in den ersten Jahren geholfen. Mir Ratschläge gegeben.«

»Erwünschte?«

Flo verbiss sich ein Grinsen. »Natürlich.«

Ich lachte. »Und durch diesen Gefallen sind Sie jetzt quitt?«

Immer noch schien er sich zu amüsieren. »Was heißt das schon?«

Fragend sah ich ihn an.

»Die Prinzessin kommt morgen«, sagte er, »und alles ist vorbereitet. Ich werde bleiben, bis sie sich eingelebt und gemerkt hat, dass ich, der Besitzer des Posthotels Sumbriva, mich viel besser um sie kümmern kann als die Huonders.«

»Oh«, sagte ich langsam, »und falls sie nächsten Sommer wieder in die Schweiz kommen sollte ... «

»Kennt sie meinen Namen und den meines Hotels.«

»Sie sind mir einer.«

Nun grinste er über das ganze Gesicht.

Ich wäre am liebsten losgerannt, so froh war ich, dass er mir vertraute, und wir einfach Zeit miteinander verbrachten. Wie ein junger Hund fühlte ich mich, einer von Henrys Beagle-Welpen, die nicht nur mit der Rute, sondern mit dem ganzen Körper wackelten, wenn sie sich freuten.

»Mögen Sie Hunde, Mr. Fernsby?«

»Zum Jagen und zum Schafehüten sind sie sehr praktisch, aber ich muss nicht unbedingt meine Zeit mit ihnen verbringen.«

»Bei uns in Eggborough«, sagte ich, »stolpert man alle zwei Meter über einen Beagle. Das wäre dann nicht das passende Heim für Sie.«

»Es ist bestimmt trotzdem sehr nett bei Ihnen.« Er stieg über eine Baumwurzel, die sich quer über den Pfad streckte, und reichte mir seine Hand, damit ich ihm folgte. Bevor ich zugreifen konnte, zog er sie zurück. »Als geübte Bergsteigerin brauchen Sie wohl keine Hilfe für solch ein kleines Hindernis.«

Empört blieb ich stehen und stemmte die Hände in die Hüfte. »Sie werden doch einer Lady Ihre Hilfe nicht verweigern.«

Es war kokett und entsprach gar nicht meiner Art, doch er machte gute Miene zum albernen Spiel und streckte lächelnd die Finger aus. Ich stieg über die Wurzel und drückte ganz sanft – und gewissermaßen entschuldigend – seine Hand, bevor ich sie wieder losließ.

Hinter einer Kehre tauchte die Trinkhalle auf. Ich beschleunigte meine Schritte, so dass wir wenig später die Stufen hinaufgingen und der langgestreckte Raum vor uns lag.

Ich hakte mich bei ihm unter. Wie die anderen Paare spazierten wir unter den pseudorömischen Fresken herum. Es war angenehm kühl nach der feuchten Wärme des Waldes, und Flo entschied sich, einen der Brunnen aufzusuchen. Fragend hielt er mir einen Becher hin.

Ich schüttelte mich theatralisch. »Nicht noch einmal. Da trinke ich doch lieber aus dem Bach – und ich finde, das ist eine ganz großartige Idee. Kommen Sie.«

Er musste mich für leicht verrückt halten, aber folgte mir auch dieses Mal. Wir duckten uns unter schweren Tannenzweigen hindurch und näherten uns dem Plätschern des Baches, der, wie ich bei einem Spaziergang herausgefunden hatte, ganz in der Nähe in einen malerischen See mündete. Ich nahm meine Röcke zusammen und sprang ans andere Ufer. Der Wasserlauf war schmal, es war nichts Schwieriges daran. Flo blieb auf seiner Seite und kniete sich hin. Ich hockte mich ihm gegenüber und formte meine Hände zu einer Schale, fing das Wasser auf und führte es zum Mund.

Es war eiskalt. »Schmeckt auch nicht besonders gut.«

»Weil wir so nah an der Quelle sind.« Er kostete ebenfalls und verzog den Mund. »Dann doch lieber einen guten Malanser.«

Schön war es mit ihm. Er verströmte immer diese Ruhe, und auf niemanden passte das Sprichwort vom stillen Wasser besser als auf ihn. Warum war er eigentlich nicht verheiratet? Ich konnte mir gut eine Frau an seiner Seite vorstellen, genauso ruhig und kompetent, die ihn bei allem unterstützte. Doch als ich überlegte, wie diese Frau aussehen könnte, stand mir mit einem Mal Andri Cavegns Gesicht vor Augen.

Erstaunt über die Richtung, die meine Gedanken eingeschlagen hatten, richtete ich mich auf und wollte auf die andere Seite des Baches springen. Wie oft war ich in meinem Leben schon über einen Wasserlauf gesprungen? Doch ich strauchelte, kam neben Flo zum Stehen, mein Fuß knickte um, Flo hob instinktiv die Arme, um mich zu stabilisieren – und in genau diesem Moment wusste ich, dass es genauso kommen würde wie letztes Jahr.

Oder schlimmer.

Flo geriet aus dem Gleichgewicht, versuchte, mit einem Schritt nach hinten auszuweichen, stolperte und fiel.

Ich klammerte mich instinktiv an ihn und fiel mit.

Fiel auf ihn drauf.

Versuchte mich abzustützen, mit der rechten Hand auf seiner Brust.

Erstarrt sahen wir uns an.

Aus seinen sonst so ruhigen Augen sprach die pure Angst.

KAPITEL 12

Jonas Brightfield ist knapp über vierzig und der fröhlichste Mensch, den Maike jemals getroffen hat. Seine halbmondförmigen Grübchen sind sogar zu sehen, wenn er ausnahmsweise einmal nicht lächelt. Rotblonde Haare und Wimpern, rote Wangen hat er, und Maike stellt sich vor, wie er im heimatlichen Yorkshire über die Moore stapft und möglicherweise jagen geht. Jetzt steht er vor dem Hotel, lässt den Blick über Berg und Tal schweifen und steckt behaglich die Hände in die Sakkotaschen.

»Hier sind meine Vorfahren also herumgeklettert«, sagt er. »Hast du von den Dreitausendern gelesen? Douglas war sogar auf einem Viertausender. Und ich fahre in London mit dem Porsche zum Supermarkt.«

»Aber du bist doch Mitglied im Alpine Club«, sagt Maike.

»Nur aus Tradition.«

Maike lässt ihm noch ein wenig Zeit, sich die Landschaft anzusehen. Es gibt Leute, die das stundenlang können, ihr Paps sitzt bei Sonnenschein auch gern auf dem Balkon der Ferienwohnung und blickt in die Ferne, ganz ähnlich wie der träge Hans Castorp. Maike kribbelt es in den Füßen. Sie will lieber loslegen. Loslaufen.

»Willst du …«, sagt er.
»Hast du …«, fragt sie.
Er zwinkert. »Du zuerst.«
»Hast du das ominöse Manuskript von Jane dabei?«
Er zeigt auf sein Mietauto. »Natürlich. Willst du mir dein Hotel zeigen? Können wir reingehen? Kommt dein Freund noch?«
»Ravi musste leider zurück nach Deutschland. Aber ich habe Laura Hohlfeld Bescheid gesagt, dass du kommst. Sie ist bestimmt gleich hier. Was machst du eigentlich in der Schweiz?«
»Ich kümmere mich für unser Unternehmen um die DACH-Region und hatte in Zürich mit einem Lieferanten zu tun, der … Ist das Laura?«
»Ja, genau.«
Laura parkt ihren dreckigen Jeep auf dem Vorplatz und steigt aus. Maike meint zu sehen, dass der Stress des Schulvormittags wie ein großer Klumpen Knete von ihr abfällt, als sie auf das große, alte Gebäude blickt. Inzwischen ist Maike die Fassade auch vertraut, die Fenster wie Augen, aus denen die erstarrte, vergessene Vergangenheit im Inneren die winterliche Gegenwart auf der Straße belauert. Im Erdgeschoss ist das Glas schlierig, als hätte es jemand vor Jahren einmal ungeschickt geputzt. Die Holzfensterrahmen bröckeln.
Zu Maikes Überraschung hat Laura jemanden mitgebracht.
»Das ist meine Freundin Nora«, sagt sie, »die Bergsteigerin, von der ich erzählt habe.«
»Die Kellnerin aus dem Infinity«, sagt Maike.

Nora scheint zurückhaltend, aber freundlich. »Ich hoffe, es ist okay, dass ich hier bin. Laura hat von Jane Brightfield erzählt, und ich finde es interessant, von so frühen Bergsteigerinnen zu hören.«

»Da darfst du gespannt sein.« Jonas reibt sich die Hände. »Aber jetzt zeigt ihr mir erst einmal das Hotel, oder?«

Laura spricht ein beneidenswert klares Oxford-Englisch. Gemeinsam führen sie den fröhlichen Engländer durchs Haus. Laura weiß natürlich mehr zu erzählen, aber Maike berichtet ebenfalls, was sie herausgefunden haben, von den Anzeigen und alten Fotos. Mit jedem Zimmer, das er sieht, strahlt Jonas mehr, und als Laura ihm einen Raum zeigt, in dem im letzten Sommer ein bulgarischer Künstler die Wände und Decke vollständig mit bunten Blumen bemalt hat, streckt er vor Freude beide Arme aus. Für Maike ist das Zimmer auch neu, und als die Sonne durch das Fenster strolcht, unterstützt sie den Eindruck, dass so der Sommer in den Bergen sein muss. Der Sommer, den Maike immer irgendwo am Meer zum Surfen oder eben an der Elbe verbringt.

»Ihr seht aus wie Schwestern«, sagt Jonas an Maike und Laura gewandt.

»Findest du?«, fragt Maike gedehnt und betrachtet Laura. Sie sind beide groß und schlank, haben beide lange, blonde Haare, aber ansonsten sieht sie nicht viel Ähnlichkeit. Oder will sie nicht sehen, weil sie Laura nicht zu nahe kommen will. Ravi sagt immer, er finde es schön, was für eine ehrliche Haut Maike ist. Im Moment ist sie das leider gar nicht. Lauras Lächeln wird schmaler, als sie Maikes verhaltene Reaktion bemerkt, und Maike zieht beschämt den Kopf zwischen die Schultern.

Schließlich setzen sie sich an einen der Tische im zusammengewürfelten Speisesaal, und Maike übernimmt das Teekochen. Die Sicherungen tun erst ganz harmlos und springen doch raus, als das Wasser anfängt zu sprudeln. Nora übernimmt den Weg in den Keller, während Laura Tee macht.

»Meine Schwester«, sagt Jonas, als sie wieder zurück ist, »hat mich die Unterlagen von der guten Jane erst mitnehmen lassen, nachdem ich ihr geholfen habe, den halben Keller auszuräumen.«

Maike stellt die Teebecher auf den Tisch. Für einen Engländer ist Earl Grey aus dem Beutel vermutlich ein Frevel, aber zum Glück ist sie hier ja nicht die Gastgeberin.

Noch nicht.

»Danke.« Jonas reibt sich die Hände. »Wollt ihr erst einmal ein Foto von Jane und Henry sehen?«

»Gern«, sagt Laura.

»Allerdings waren sie da schon ein altes Ehepaar.« Er zieht einen Umschlag aus seiner Ledermappe und holt mit zwei spitzen Fingern ein altes Foto heraus, das er noch einmal in Plastikfolie eingeschlagen hat. »Der Aufdruck sagt 1908, Fotostudio Harwood. Ich glaube, das gab es sogar in meiner Kindheit noch.«

Laura, Nora und Maike stoßen fast mit den Köpfen zusammen, als sie sich über das Bild beugen.

Jane und Henry Brightfield in Sepia. Er ist groß und breit, weißhaarig, aber aufrecht und wach. Sie wirkt kräftig, als könne sie noch immer lange Touren zu Fuß unternehmen. Ihre Haare sind dunkel. Der Hintergrund ist unauffällig, ein Studiofoto. Maike konzentriert sich auf die Details. Janes Hände, die sie gefaltet vor dem Körper hält. Unter dem braunen oder blauen Kleid muss sie ein Korsett tragen, am weißen Kragen stecken Blümchen.

»Enzian«, sagt Laura und tippt auf die Stelle. »Für Liebe und Treue.«

»Wie süß.« Maike lächelt. »Hoffentlich haben sie sich wirklich noch geliebt.«

»Urururopa Henry wird seine Hunde mit ins Fotostudio genommen haben«, sagt Jonas. »Davon erzählt man sich noch in der Familie. Er hatte eine ganze Horde Beagles und ist damit überall aufgetaucht.«

»Waren die auch mit in der Schweiz?«, fragt Nora.

»Bestimmt nicht. Damals gab es strenge Quarantäneregeln in England.«

Jonas erzählt ihnen von Kutschfahrten und Fähren, aber das wissen sie selbst alles, und Maike ist so ungeduldig, was er denn nun im Manuskript seiner Urururgroßmutter gefunden hat. Sie springt auf und öffnet ein Fenster. Endlich unterbricht Jonas sich.

»Aber jetzt wollt ihr wissen ... «

»Ja!«

Jonas freut sich wie ein kleiner Junge. »Schon gut, schon gut.« Er zieht einen dicken braunen Umschlag aus der Mappe. »Da ist das gute Stück.«

Zwei dicke Hefte sind es, schwarzer Deckel, ein vergilbtes Namensetikett darauf, mit drei Buchstaben: *FLO*. Jonas schiebt eins zu Maike und eins zu Laura hinüber, und sie schlagen sie andächtig auf, noch vorsichtiger als die alten Gästebücher. Janes Schrift in schwarzer Tinte ist altmodisch, aber gut zu entziffern.

Maike hat das erste Heft bekommen.

Ein guter Hotelier erfüllt seinen Gästen alle Wünsche. Wenn eine russische Fürstin abends um zehn auf der Mansardenetage Quartier nehmen möchte, dann macht er ihr das möglich.
Florian Fernsby war ein guter Hotelier. Der beste.
Ich stelle es mir so vor …

»Das liest sich ja wie ein Roman«, sagt sie verblüfft.

»Ja, sie war eine gute Schriftstellerin«, bestätigt Jonas. »In den Reiseerinnerungen merkt man das gar nicht so, weil sie ganz nüchtern schreibt, wo sie untergebracht waren, und welche Berge man von welchem Gipfel aus sieht. Man hat nicht den Eindruck, sie darin kennenzulernen.«

»Das dachte ich auch« sagt Maike. »Wie schade, dass sie das hier nicht veröffentlicht hat.«

Jonas' Augen funkeln.

»Oder?«, fragt sie langsam.

»Tja«, sagt er, »sie wollte eine gute Freundin vor übler Nachrede schützen. Vor einem Skandal. Flo Fernsby … Aber ihr müsst das selbst lesen.«

»Hat er Dreck am Stecken? Der beste Hotelier?«

Jonas tut so, als ob er einen Reißverschluss vor dem Mund zuzieht.

»Bist du gemein!« Maike lacht, er lacht zurück und verschränkt die Arme vor der Brust.

Laura hat inzwischen einige Seiten in ihr Heft hineingeblättert und tippt nun mit dem Finger auf eine Seite. »Dass du genau an dieser Stelle hier ein Neon-Post-it eingeklebt hast, hat nicht zufällig etwas zu bedeuten?«

»O nein!« Jonas stürzt über den halben Tisch und zupft es aus dem Manuskript. Aber es ist zu spät. Sie beugen sich über die markierte Seite.

KAPITEL 13

Endlich kann ich die Wahrheit über Flo Fernsby schreiben. Über meine geliebte Freundin Floriana Fernsby. Einmal habe ich sie gefragt, woran sie sich aus ihren frühesten Jahren erinnern könne, bevor sie aus Sumbriva nach England geschickt wurde. Da leuchteten ihre Augen sehnsüchtig auf. Denn selbst wenn wir als Erwachsene in unsere Heimat zurückkehren, wie sie es tat, ist die Kindheit doch stets ein anderer Ort, einer, der mit der realen Welt oft nicht mehr viel zu tun hat.

Sie erzählte mir von einem Sommermorgen, als sie als vierjähriges Mädchen barfuß aus der Tür lief und fünf Steinadler über dem Piz Parüschla kreisten. Fünf! Das war auch in den Bündner Bergen nicht alltäglich. Sie wollte am liebsten mitfliegen und sah den majestätischen Vögeln zu, bis ihr Freund Giovanni die Dorfstraße hochgerannt kam.

»Kommst du mit?«

Die kleine Flo nahm seine Hand. Am Tag zuvor hatte er mit einem Stock eine Forelle aus dem Bach gefangen. Wasser und Blut waren ihm den Arm entlanggelaufen, und am Abend hatte sie ihrer Mutter gesagt, dass sie Giovanni doch nicht heiraten werde.

Heute hatte sie das Blut schon wieder vergessen. Sie sprangen über den Paslerbach und folgten dem ausgetretenen, schmalen Weg bergan. Selbst die Schafe und Geißen gingen hintereinander den Pfad entlang, statt auf die Wiesen auszuweichen. Erst oben auf den Matten verteilten sie sich. Auch die zwei Geißen von Flos Familie wurden morgens nach dem Melken aus dem Stall gelassen und mit dem Hirten mitgeschickt, Giovannis älterem Bruder Alessandro.

»Nächstes Jahr muss ich für Alessandro auf die Alp«, rief Giovanni, der vor ihr den Pfad hochrannte.

»Dann können wir ja gar nicht mehr spielen.« Flo eilte ihm hinterher. Er war zwei Jahre älter und hatte so viel längere Beine als sie.

»Alessandro soll ins Schwabenland«, sagte Giovanni.

Flo stolperte und schlug hin. Sie setzte sich auf und untersuchte ihr brennendes Knie. Der Schorf von vorgestern war wieder aufgegangen, und sie wischte ein paar Steinchen von der Wunde.

Giovanni kehrte um und zog sie hoch.

Im Schwabenland war es schlimm für Kinder. Dort mussten sie den Sommer über hart auf den Höfen arbeiten und kamen erst im Herbst zurück, mit ein bisschen Geld für die Eltern oder zumindest neuer Kleidung und Stiefeln für sich selbst. Ob Flos Eltern sie auch schicken würden, wenn sie größer wurde?

Aber Giovannis Familie, die Pallis, waren noch ärmer als Flos Eltern und hatten fünf Söhne, während Flo Einzelkind war. Der älteste Palli war schon gegangen, aber er war in Mailand, wo es besser war als im Schwabenland, weil er dort einen Beruf erlernte. Koch sollte er werden, wie sein Onkel und sein Großonkel.

Als ihnen von oben zwei Frauen entgegenkamen, verließen Flo und Giovanni den Pfad und wichen auf das Gras aus. Die beiden Frauen trugen je ein dickes Bündel Holzkohle auf dem Kopf, die sie auf dem Markt verkaufen wollten. Sie sagten *bun de* und stiegen weiter hinab.

Anfang des Sommers war Flo einmal mit Alessandro und Giovanni auf der anderen Seite des Berges gewesen, wo der alte Vater der beiden Frauen die Holzkohle in seinem Kugelofen herstellte. Das Brennmaterial durfte er sich aus dem angrenzenden Waldstück holen, und daneben hatte er sich aus gebogenen Tannenzweigen eine Art Schlafplatz gebaut. Alessandro kannte ihn gut, den Mann, der Peder hieß. Sie hatten sich zu ihm gesetzt, und Flo hatte ihm ihr Stück Wurst gegeben. Aus einer Quelle, in der Peder eine Flasche Milch kühl hielt, holten sie sich eiskaltes Wasser, und er erzählte ihnen Geschichten von früher. Als Säumer sei er damals mit seinem Esel über den Pass gegangen, breit beladen in einem Treck bis ins Veltlin, wo sie den besten Wein der Welt machten. Heute trugen ihn seine Beine nicht mehr, und die Holzkohle sei sein einziger Verdienst. Ob die Kleine mit der guten Wurst ihm jetzt seine Milch holen würde? Flo sprang auf und brachte die Flasche, von der sie alle einen großen Schluck nehmen durften.

Zurück musste Alessandro die müde Flo tragen.

»Du bist eben doch noch ein Winzling«, sagte er, als sie fast daheim waren, ließ sie von seinem Rücken rutschen und kitzelte sie durch.

»Ich bin vier!«

»Winzling! *Nanign!*«

Sie versteckte sich kreischend hinter Giovanni, und die beiden Jungs balgten sich, bis sie außer Atem auf der Wiese lagen. Flo hatte einen Stängel Wegerich abgezupft und Giovanni damit am Ohr gekitzelt.

Das war zu Beginn des Sommers gewesen, nun ging er bereits zu Ende. Am Abend schlief die Mutter mit Flo im Bett ein, obgleich es so viele Socken zu stopfen gab. Sie hatte den ganzen Nachmittag Marmelade eingekocht und war noch immer erhitzt. Ihre weichen Wangen fühlten sich heiß an. Der Vater hatte bis zum Eindunkeln geheut und war beim Abendessen für ein paar Minuten eingeschlummert, bevor er wieder in den Stall gegangen war.

Dann kam der Herbst mit vielen Gewittern und Schlammlawinen. Der Vater hustete, und Flo langweilte sich, weil sie nicht allein raus durfte: Ein Bär war in der Gegend und riss Schafe und Rehe.

»Uns Dorfkinder will der doch nicht«, sagte Giovanni bei einem von Flos Regenbesuchen. »Wir sind doch viel zu mager.«

Stolz drehte er sich in der Stube der Pallis hin und her, hatte sein großer Bruder ihm doch aus Mailand ein neues Hemd geschickt. Giovanni hatte noch nie ein neues Hemd besessen, und Flo fand ihn so schön wie noch nie. Aus ganz feinem weißen Leinen war es gefertigt und mit Knöpfen aus Hirschhorn verziert, die sie vorsichtig anfassen durfte. Die Ärmel waren zu lang, und Flo versuchte, sie ihm hochzukrempeln, bis seine Mutter kam und half. »Wirst du noch reinwachsen.«

»Gehst du diesen Winter in die Schule?«, fragte Flo, aber er hörte nicht hin.

Bald musste sie wieder heim, um der Mutter bei der Wäsche zu helfen.

Auch die Mutter hustete immer schlimmer.

Noch vor Weihnachten legten sie und der Vater sich gemeinsam ins Bett und standen nicht mehr auf.

Nachdem ich mich am Bachlauf in Bad Salesch so unsittlich auf Flo gestürzt hatte, waren wir einige Schrecksekunden liegen geblieben.

Aus Flos sonst so ruhigen Augen sprach die pure Angst. Denn was ich mit meinen Händen auf Flos Brust spürte, das war keine flache Männerbrust, sondern ein weiblicher Busen. Fest eingeschnürt, aber unzweideutig.

Flo versuchte panisch, mich wegzustoßen, aber ich musste erst Halt abseits von seinem – ihrem – Körper finden, bevor ich mich aufrichten konnte. Ich spürte mein eigenes Herz gegen die Rippen klopfen, fühlte meinen eigenen weiblichen Körper so bewusst wie selten. Wir standen uns gegenüber wie zwei Waldtiere, deren Wege sich versehentlich gekreuzt hatten und die nicht wussten, ob sie einfach wieder zwischen den Bäumen verschwinden konnten. Trockene Tannennadeln hatten sich in meine Handflächen gedrückt, und Flo, erstarrt, seit er – sie – sich aufgerichtet hatte, musste Blätter und Zweiglein am Rücken haben. Ich hörte uns beide atmen.

Ich öffnete den Mund, um etwas zu sagen, aber ich wusste ja nicht einmal, wie ich Flo ansprechen sollte. Mr. Fernsby war ganz offensichtlich falsch. Ich wollte ihm – ihr – so gern die Angst nehmen. Meine Reaktion war ja nur der Überraschung geschuldet.

»Ich werde nichts sagen«, flüsterte ich schließlich.

Flo sackte in sich zusammen. Ich stürzte auf sie zu, konnte sie aber nur noch hilflos an einem Arm fassen. Als sie mit der Hüfte auf dem Waldboden aufkam, entfuhr ihr ein Schmerzenslaut.

»Hast du dich verletzt?« Ich sah ihr forschend ins Gesicht, das so vertraute und nun so fremde Gesicht. Es war das Gesicht einer Frau, ganz klar und deutlich das Gesicht einer Frau, aber ich hatte Mr. Fernsby so lang als Mann – gewiss, als zierlichen, zarten Mann – betrachtet, dass ich auch diese Sichtweise, diese Interpretation, wenn man so will, nicht aus dem Kopf bekam. Zwei Menschen in einem Körper saßen vor mir und ließen sich auf die Füße helfen. In der Nähe lag ein vor langer Zeit umgekippter Fichtenstamm, mit Moos und Pilzen bewachsen, auf den wir uns setzten. Ich hielt ihre – seine – schmale Hand, ganz klar und deutlich die Hand einer Frau. Wie konnte man das nicht sehen? Wie hatte ich das nicht sehen können?

»Bist du sehr erschrocken?«, fragte sie.

Ich stieß die Luft aus. »Nein. Ja.«

Mehr fiel mir erst einmal nicht ein.

»Mein Name ist Floriana«, sagte sie leise und hektisch. »Mein Onkel in England hatte den verrückten Gedanken, mich als Jungen aufzuziehen, und ich wollte es nie wieder anders haben. Ich durfte Dinge lernen, ich durfte allein unterwegs sein. Ich durfte Geld handhaben und ausgeben.«

»Du durftest dir ein Hotel kaufen und es leiten.«

Sie zeigte sogleich Richtung Kurhotel Bad Salesch. »Wir Frauen sollten genau das gleiche Recht haben. Denk an Annamaria Huonder. *Sie* sollte dieses verdammte Hotel leiten, *sie* hat das Wissen und das Talent. Ihr affiger Mann, dieser trübe Tümpel, hätte das Haus ohne sie längst totgewirtschaftet.«

Ich musste unfreiwillig kichern.

»Oder denk an Elvezia«, fuhr sie eindringlich fort, »meine Hausdame. Sie kann rechnen wie keine Zweite. Sie hätte nach Zürich zur Universität gehen und Ingenieurin werden sollen. Stattdessen addiert sie mir meine Ein- und Ausgaben.«

»Weiß sie davon?« Ich flüsterte noch immer.

»Nein. Niemand hier weiß ... *davon*.« Flo atmete scharf ein, als würde ihr erneut bewusst, was geschehen war. »Nur du.«

»Ich werde nichts verraten, Floriana, ich verspreche es dir bei allem, was mir heilig ist.«

»Nenn mich bitte Flo.«

»Flo.« Noch immer hielt ich ihre Hand und strich noch einmal darüber, bevor ich sie losließ und Flo aufstand. Es war unumgänglich, dass ich, bevor ich mich selbst erheben konnte, ihre in anthrazitfarbenen Hosen steckende Beine vor den Augen hatte. Mir schoss das Blut in den Kopf. Was hatte ich mir Gedanken um meinen Aufstieg auf den Piz Fo in Hosen gemacht. Ich hatte ja sogar mit Flo darüber gesprochen. Nun verstand ich, dass er – sie – die ganze Zeit als Frau in Männerkleidern lebte.

Wieder hörte ich Flo heftig atmen. Sie musste noch immer Angst haben, denn, das wurde mir mit jeder Minute klarer, ich konnte ihr gesamtes Leben zerstören. Mein eigenes Herz schlug so schnell, als wollte es vor dem Wissen davonlaufen.

»Du erlaubst.« Um nachdenken zu können, bedeutete ich Flo, sich von mir wegzudrehen, und zupfte ihr die Blättchen und Tannennadeln vom Rücken. Dass die Schulterpartie der feinen Gehröcke, die sie trug, breit geschnitten waren, war mir ja gleich zu Anfang aufgefallen. Ein bisschen eitel ist er, hatte ich gedacht. Ich wollte mir gar nicht genauer vorstellen, wie sie ihren Oberkörper schützte, wie sie ihre Brüste schnüren musste, um nicht weich und rundlich zu wirken.

»Ich werde dich nicht verraten«, wiederholte ich. »Niemals.«

»Du wirkst doch sehr entsetzt.«

»Überrascht«, wandte ich schnell ein und stockte dann. »Ja, doch, auch entsetzt. Du … du verstößt gegen … gegen den Anstand. Ich weiß selbst gerade nicht, ob ich lächerlich klinge.«

»Du klingst wie eine Frau aus gutem Hause. Ich hätte nichts anderes erwartet.«

»Aber«, sagte ich und hielt inne, um mich umzuschauen. Uns beobachtete doch niemand, oder? Nein, wir waren allein. »Aber es geht um dich, Flo. Ich mag im Allgemeinen entsetzt sein, aber nicht im Speziellen, was dich angeht, dein Hotel, dein Leben, hier in Sumbriva. Das würde ich dir niemals zerstören. Niemals … Jetzt verrate ich dir auch etwas. Ich hatte von Anfang an das Gefühl, an dir ist etwas Besonderes. Manchmal habe ich überlegt, ob ich verliebt bin, auch weil ich Eifersucht oder Neid auf deine Hausdame und auf Andri verspürt habe, aber nein, das war es nicht. Trotzdem habe ich so oft an dich gedacht. Irgendetwas war da immer, und vielleicht war es einfach vorbestimmt, dass ich dein Geheimnis erfahren sollte.«

Ich schämte mich für mein Geständnis, aber was war das schon im Vergleich zu ihrem Geheimnis? Genau deshalb erzählte ich es ihr ja. Ich wollte, dass sie sich sicherer fühlte.

»Und nein«, ergänzte ich lächelnd, »ich glaube eigentlich auch nicht an diese Art von Vorbestimmung.«

Ich hatte sie die ganze Zeit angesehen, und nun hob Flo die Hände und berührte mich an den Ellbogen – zum ersten Mal, seit ich sie kannte, berührte sie mich von sich aus. Wenn niemand *davon* wusste, dann nahm niemand sie jemals in den Arm. Sie musste sich nach zwischenmenschlichen Berührungen sehnen, denn tun wir das nicht alle?

»Darf ich?«, fragte ich vorsichtig.

Wir nahmen uns in die Arme. Eine Weile standen wir dort, hörten unseren Atem, das Gluckern des mineralreichen Baches, die Stimmen der Vögel und das Rascheln des Laubs, wenn ein Tierchen an uns vorbeihuschte. Langsam spürte ich, wie sich ihre Anspannung löste.

Erst als wir still zurück zum Kurhotel Bad Salesch gingen, fiel mir auf, dass sie errötet war, als ich den jungen Andri Cavegn erwähnt hatte.

Ich musste es mir wieder und wieder sagen: Flo war eine Frau. Dabei gab es Momente, in denen ich sie ansah und nicht glauben konnte, dass es mir nie aufgefallen war. Dann wiederum vergaß ich es völlig, auch in ihrer Gegenwart, sah nur, wie Mr. Fernsby mit den Gästen und den Huonders sprach, ganz der gewandte, elegante Hotelier, den ich vor zwei Jahren kennengelernt hatte. Seine Bewegungen gehörten einem Mann, jede Verbeugung, jede gerunzelte Stirn gehörte einem Mann. Der Tonfall. Keine Kleinigkeit verriet ihn. Sie.

Ich stellte mir vor, dass ich, wollte ich mich als Mann verkleiden, am ehesten versuchen würde, Taille und Brust zu verstecken. Die Taille war kein Problem, wir trugen alle so viel Kleidung, dass es mit dem richtigen Schnitt nicht auffallen würde. Tat es bei Flo ja auch nicht. Aber die Brust? Ich würde mir wohl eher angewöhnen, einen Buckel zu machen, um die Rundungen zu verbergen. Flo tat das nicht. Allerdings, und das fiel mir jetzt erst auf, trug sie stets ein breites Halstuch, um zu verbergen, dass ihr der Adamsapfel fehlte.

Doch offenkundig war das rein Körperliche gar nicht das Wichtigste. Man schien es zu übersehen, wenn das Verhalten stimmte. Weil es außerhalb jeder Vorstellungskraft lag, dass jemand sich so verkleiden würde. Ich hatte es nicht gemerkt. Niemand hatte es je gemerkt. Einmal, erzählte Flo, hatte sie sich jedoch verraten müssen. Doch dazu später mehr.

In den folgenden Tagen drehte sich im Kurhotel Bad Salesch erst einmal alles um Princess Mary Adelaide, Duchess of Teck. Mit ihren fast vierzig Jahren war sie eine mehr als stattliche Erscheinung, die Wünsche über Wünsche hatte und stets gierig wirkte, sowohl was das Essen als auch die Aufmerksamkeit anging. Mehr Luxus, mehr Knickse, mehr Kissen, mehr Fleischgerichte, mehr Desserts. Ihren Mann hatte sie daheim gelassen, ihre zwei Kinder auch. Ich rätselte, ob sie erneut in anderen Umständen war.

Man wusste, dass sie gern reiste, so dass es noch verwunderlicher war, dass sie nicht einmal Französisch sprach. Flos Hilfe war den Huonders deshalb mehr als willkommen, und Flo holte mich, als die Prinzessin eine weibliche Begleitung für einen Streifzug suchte.

Es war ein schöner Spaziergang. Nach zehn Minuten überholte uns eine Schnecke. Die Prinzessin redete und redete, während ihre Hofdame einige Schritte hinter uns her trippelte. Ich hegte den Verdacht, dass die Schnecke nur so lang gebraucht hatte, weil sie sich zuvor ausführlich mit der Hofdame über das Wetter unterhalten hatte.

»Aber sagen Sie, Mrs. Brightfield, dieser Mr. Fernsby, ist er verheiratet?«

Ich hatte gerade an den Fransen meines Schultertuchs herumgespielt und hielt abrupt inne, um es mir enger um den Körper zu ziehen.

Die Prinzessin kam näher. »Erzählen Sie, erzählen Sie.«

»Da gibt es nichts zu erzählen, Königliche Hoheit. Er ist mit seiner Arbeit verheiratet.«

»Was für eine Verschwendung.«

Dann sprach sie über anderes. Ich musste nur hin und wieder zustimmende Geräusche machen.

So schnell konnte es gehen. Nur ein Zucken, eine Geste, und schon fragte jemand nach. Ich durfte Flo keinesfalls verraten. Meine Bewunderung für sie wuchs in diesen frühen Tagen mit jeder Minute, aber auch mein Mitleid. Sie war nicht verheiratet und würde es niemals sein. Sie würde nicht einmal die Anfänge einer Beziehung kennenlernen, diese ersten Blicke und Berührungen, die einem so wunderbar die Knie schwach machten.

Ihr Onkel war es also gewesen, der sie zum ersten Mal in Jungenkleider gesteckt hatte. Flo erinnerte sich noch, wie sehr sie sich schämte, als sie in diesem Matrosenanzug vor ihm stand, den er ihr aus London mitgebracht hatte.

Sein Wiehern drang in alle Ecken des Landhauses. »Das sieht wirklich lächerlich aus!«

Da wurde aus der Scham Empörung. Die sechsjährige Flo stemmte die Hände in die Hüften. »Das liegt an diesem Anzug. Kronprinz Edward sieht damit auf dem Bild doch auch lächerlich aus. Im Alltag trägt der bestimmt ganz normale Hosen.«

»Kaufen Sie ihr normale Hosen«, sagte Agnes bestätigend, »dann haben wir einen erstklassigen kleinen Jungen.«

Onkel George kratzte sich am Kopf und wippte auf den Fußspitzen, noch immer ein Schmunzeln im Gesicht. »Ich kann da nicht hingucken.«

Er prustete los.

Die Haushälterin drückte die vor Wut bebende Flo an sich. Agnes war sowieso viel lieber als der Onkel, der manchmal wochenlang nicht da war, sondern in London seltenen Fossilien hinterherstöberte. Er war Sammler und gab viel Geld dafür aus. Als junger Mann hatte er noch selbst in Lyme Regis am Strand gegraben, doch das ließen seine Knochen nicht mehr zu.

Agnes war lieber als er, aber es war furchtbar langweilig hier draußen. Seit zwei Jahren lebte Flo nun schon bei ihrem Onkel, der sie nur zögerlich aufgenommen hatte. Nach dem Tod ihrer Eltern hatte sie in Sumbriva keine Verwandten mehr gehabt, alle waren jung gestorben: Schwindsucht wie ihre Eltern, Arbeitsunfälle, Typhus, Grippe. Flo hatte gebettelt, bei Giovannis Familie bleiben zu dürfen, aber die konnten sie nicht durchfüttern, nicht einmal mit den zwei zusätzlichen Geißen, die sie von Flos Eltern übernahmen. Das ganze Dorf überlegte gemeinsam, was mit dem Mädchen zu tun war, auch Pfarrer und Ammann. Briefe wurden geschrieben, Erkundigungen eingeholt, und obgleich Flo sich mit Kratzen und Beißen gewehrt hatte, stand sie eines Tages an der Hand eines ihr fremden jungen Mannes an Bord eines Schiffes.

Man hatte einen Achtzehnjährigen aus Chur gefunden, der nach England zum Studieren ging. Etwas so Außergewöhnliches hatte man im ganzen Val Paluonda noch nicht gehört: nach England zum Studieren. Vom Pfarrer hatte der Junge die Aufgabe bekommen, Flo mitzunehmen, und er kümmerte sich während der Reise gut um sie, hatte zwei Schwestern und wusste, wie man mit Mädchen umging, selbst wenn sie weinten.

Denn in England hatten sie einen entfernten Verwandten von Flo gefunden, einen Großcousin des Vaters. Er lebte nördlich von London in der Grafschaft Hertfordshire – in einem Schloss, wie Flo dachte, als sie das Haus zum ersten Mal sah. Schließlich kannte sie nur die Holzhütten aus Sumbriva. Trotzdem wollte sie zurück, sofort zurück.

Sie hatte lediglich eine kleine Tasche dabei, in der wenig Kleidung lag und darauf eine bereits verbleichende Fotografie vom Vater als Buben und eine grün leuchtende

Murmel, die Giovanni ihr geschenkt hatte. Von der Mutter hatte sie gar nichts, nur ihre Erinnerungen.

Das Schloss war ein einsam stehendes Haus. Der junge Mann klopfte an der Tür, und eine ältere Frau öffnete, die grau-blonden Haare zu einem Dutt gebunden. Flo verstand nicht, was die beiden sprachen, aber die Dame – denn sie musste eine Dame sein, so elegant, wie sie gekleidet war – bat sie mit einem Winken hinein.

Doch der junge Mann wies auf seine Uhr und ging dann in die Knie, um Flo ins Gesicht zu sehen. »Das ist Agnes. Sie ist die Haushälterin von deinem Onkel Georgin und hat dich schon erwartet. Der Brief ist also angekommen. Sie sieht doch nett aus, oder? Ich muss gleich wieder los, um rechtzeitig zum Zug zu kommen. Aber ich wünsche dir alles Gute, mein Mädchen. Jetzt bist du ja bei deiner Familie.«

Ein dicker Kloß bildete sich in Flos Hals. Agnes legte ihr eine Hand auf den Scheitel, wie sie es in den kommenden Jahren unzählige Male machen würde, und nahm sie mit ins Haus. Es war sehr dunkel in allen Zimmern, durch die sie kamen, auch in der Küche, in die Agnes sie führte. Dort bekam Flo ein Glas Milch und ein Stück Gebäck. Noch nie hatte sie so etwas Gutes gegessen. Nur zu gern hätte sie ihrer Mutter einen Bissen abgegeben, und bei diesem Gedanken blieb ihr der Keks im Hals stecken, und sie musste mit viel Milch nachspülen. Sowieso: sie wollte nicht das Gebäck von dieser Agnes essen, sie wollte nach Hause.

Agnes strich ihr über die Haare, redete mit ihr, recht freundlich, so schien es Flo, aber sie verstand nichts. Flo musste dringend auf die Toilette und wusste nicht, wie sie fragen sollte. Da kam ein großer Mann in einem flatternden, bunten Mantel in die Küche gefegt.

»Buna seira, barba Georgin«, sagte Flo hoffnungsfreudig, obschon sie nicht wagte, ihm ins Gesicht zu sehen.

Ihr Onkel sprach auf Englisch auf sie ein. Das Einzige, was sie verstand, war: George. George. Er legte sich die Hand auf die Brust und sagte: George. So sollte sie ihn wohl nennen, weder Onkel, noch Georgin. Auch in den kommenden Tagen und Wochen weigerte er sich, ihre Sprache zu sprechen, und sie musste ständig ein Schluchzen unterdrücken. Was, wenn sie ihn und Agnes niemals verstehen würde? Wenn sie nie wieder mit jemandem reden konnte? Ob der Student irgendwann noch einmal zu Besuch kommen, sie mit nach Hause nehmen würde, weil endlich alle erkannten, dass sie hier nicht hergehörte?

Die nächsten Wochen verbrachte sie in einem unheimlichen Traum, mit zwei Menschen ohne Gesicht. Agnes war lieb, hatte aber immer viel zu tun, denn ihr Arbeitgeber war anspruchsvoll, und George wurde unwirsch, wenn Flo nicht begriff, was er wollte.

Doch nachdem Agnes ihr einige Begriffe beigebracht hatte – *good morning*, *milk*, *honey*, *bread*, *bed*, *wash* – entdeckte Flo mit einem Mal, dass sie keine Angst vor diesem Englisch haben musste, und Kinder lernen schnell. Alles wurde deutlicher, klarer, die Gesichter erkennbar, das Schloss weniger dunkel. Sie machte sich auf, die Räume zu erkunden.

Agnes brachte ihr Spielzeug aus Holz, ein geschnitztes Pferd, einen Kreisel, mit dem Flo sich stundenlang beschäftigen konnte. In Sumbriva hatte sie mit Steinen, Zweigen und Tannenzapfen gespielt und daraus mit Giovanni ganze Zwergendörfer gebaut. Sie vermisste ihn, sie vermisste ihre Eltern, und da war ein riesiges Loch in ihrem Bauch, in dem sich all ihre schwarze Traurigkeit sammelte und hin und her schwappte.

Die Fossiliensammlung ihres Onkels erstreckte sich über drei Räume im Erdgeschoss des Ostflügels, die Wände hinter Holzschränken mit Schubladen aller Größen und mannshohen Glasvitrinen verborgen. Im Zentrum des mittleren Raumes stand ein hoher Tisch, höher als Flo selbst, so dass sie, wenn sie ihrem Onkel beim Arbeiten zusehen durfte, auf einen Stuhl klettern musste. Aber das war nicht besonders interessant: Er pinselte an Steinen herum und schaute sie sich von allen Seiten unter einem Mikroskop an. Flo war es verboten, irgendetwas anzufassen. Flo war es verboten, sich allein in diesen Räumen aufzuhalten. Flo war es auch verboten, allein nach draußen zu gehen, obgleich sie nie verstand, warum. In Sumbriva hatte sie kaum Zeit im Haus verbracht, und hier gab es nicht einmal einen Bach, in den sie hätte fallen können. Sie vermisste das Sprudeln und Gurgeln, das sie Tag und Nacht begleitet hatte.

Eines Nachmittags war ihr besonders langweilig, und sie strich mit ihrem Kreisel in der Hand durch das Haus. Sie hörte Georges dröhnende Stimme aus seinen Sammelzimmern. Da er nie Besuch hatte, musste er mit Agnes sprechen, und tatsächlich hörte Flo auch sie ab und zu ein Wort einwerfen.

»Es liegt ja nicht daran«, sagte George, »dass wir nicht

direkt verwandt sind, Agnes. Die Kleine kann ja nichts dafür, dass so ein schräger Vogel wie ich ihre einzige Rettung ist.«

Flo blieb unbeweglich stehen.

»Aber mein Leben ist einfach nicht für ein Mädchen gemacht. Was soll ich denn mit ihr anfangen? Wenn ich sie mit nach London nehmen könnte. Wenn ich ihr etwas beibringen könnte, Rechnen, Schreiben, Lesen.«

»Das sollte sie ohnehin bald lernen«, sagte Agnes mit ihrer weichen Stimme. »Sie ist jetzt sechs.«

Flo hörte ihn schnaufen. »Nun gut, Schreiben und Lesen. Aber mehr ist an Frauen einfach verschwendet. Was soll sie denn damit?«

»Zumindest hätte sie«, entgegnete Agnes, »dann die Aussicht, ihr eigenes Geld zu verdienen, falls sie keinen Mann findet.«

»Das auch noch.«

Wenn sie Geld hätte, würde sie sofort zurück nach Sumbriva fahren und Giovanni heiraten. Dann müsste George sich keine Gedanken mehr um sie machen.

In diesem Moment seufzte er. »Wenn sie nur ein Junge wäre. Florian statt Floriana.«

Wenn sie ein Junge wäre, dürfte sie raus. Dann würde sie die Gegend um das Schloss durchstreifen, von der sie kaum wusste, wie sie aussah.

Sie öffnete die Tür und stellte sich vor George, der in seinem Lieblingssessel hing, die Beine über die Lehne geworfen.

»Dann *will* ich ein Junge sein«, sagte sie.

George lachte laut auf. »Wer lauscht denn da?«

»Ich will ein Junge sein. Florian.«

»Wie soll das denn gehen?«, fragte Agnes leise.

George sah Flo eine Weile nachdenklich an. »Das finden wir schon heraus.«

Flo sprang auf und ab und rannte aus dem Sammelzimmer. Sie lief in den roten Salon, um sehnsüchtig aus den bodentiefen Fenstern zu schauen, die so undicht waren, dass einem der Wind um die Füße fuhr. »Hallo, lieber Wind, ich bin ein Junge namens Florian und kann bald mit dir um die Wette rennen!«

Wenige Wochen später kam ihr Onkel von einer Reise aus London zurück und hatte einen lustigen weißen Anzug mit blauen Streifen dabei. Agnes erzählte Flo, dass der Sohn von Queen Victoria kürzlich so porträtiert worden sei und seitdem ganz England ihre Kinder in solchen Matrosenanzügen sehen wollte. Doch nachdem Onkel George genug gelacht hatte, hörte er auf Flo und seine Haushälterin, und als er das nächste Mal zurückkam, hatte er einen ganzen Koffer voller normaler Hosen und Hemden dabei, die aus Floriana einen Florian machten, den man überall hin mitnehmen konnte – und der zwei Jahrzehnte später, getrieben von einem nie gestillten Heimweh, zurück in Sumbriva, ein Hotel eröffnet hatte.

Aus dem porträtierten Edward, Prince of Wales, war inzwischen ein Lebemann und dennoch ein würdiger diplomatischer Vertreter der Königin geworden, die sich seit dem Tod ihres Mannes kaum noch in der Öffentlichkeit zeigte – im Gegensatz zur reisewütigen Prinzessin Mary Adelaide, die Flo und mich noch eine ganze Woche in Bad

Salesch festhielt. Ich kam kaum dazu, mich mit Flo zu unterhalten, versicherte ihr aber jedes Mal mit einem Blick, einem Lächeln, einem Händedruck, dass alles in Ordnung war. Erst als wir in der Kutsche zurück nach Sumbriva saßen, konnten wir wieder offen sprechen.

»Vielleicht solltest du bleiben«, sagte sie lächelnd.

»In Bad Salesch?« Entgeistert schaute ich sie an.

Flo wirkte amüsiert. »Besser bei mir in Sumbriva. Wir haben doch gut zusammengearbeitet, oder?«

»Unbedingt.«

Die Prinzessin hatte uns beim Abschied gelobt. »Ich werde Ihnen eine Überraschung schicken«, hatte sie versprochen und sich vertraulich vorgebeugt, obgleich niemand außer ihrer Hofdame in der Nähe gewesen war, »und bei meiner nächsten Reise werde ich gleich bei Ihnen Rast machen. Geben Sie meiner Zofe doch Ihre Karte, Mr. Fernsby.«

Flo hatte ihr Ziel erreicht. Die Huonders konnten es sich mutmaßlich denken, sagten jedoch nichts.

Ein Wind zupfte Wolkenbänder über die Gipfel, und man fragte sich, ob der Schnee auf den höchsten Graten in den nächsten Tagen zu uns nach unten kommen würde. Der Sommer in den Bergen war nie berechenbar.

»Zumindest würde ich gern länger bleiben«, sagte ich, »und einmal einen Herbst hier erleben. Aber dann müssten wir Douglas dabei haben. Du kannst dir nicht vorstellen, wie ich meinen Dougie mit seinen Käsefüßchen vermisse.«

Flo lächelte, und mich überkam schon wieder tiefstes Mitleid.

»Fehlt dir das?«, fragte ich flüsternd – und so unverhohlen direkt, wie ich sonst nur mit meinem Mann oder meiner Mutter sprach. »Familie?«

»Nicht genug, um irgendetwas aufzugeben«, antwortete sie ebenso leise und ebenso direkt. Warum, so dachte sie wohl, sollte sie jetzt noch etwas abschwächen oder verbergen?

»Ich weiß noch genau«, fuhr sie fort, »wie ich vor sechs Jahren dem Ehepaar die alte Gaststätte abgekauft habe.« Sie unterbrach sich. »Nein, nicht dem Ehepaar, sondern dem Ehemann. Er war natürlich allein geschäftsfähig. Wir sind uns mit einem kräftigen Handschlag einig geworden und haben zusammen einen Schnaps getrunken, dann gehörte das Hotel mir. Seine Frau saß daneben. Frauen sitzen, wenn überhaupt, immer daneben. Ich kann nicht daneben sitzen, Jane, ich muss …« Wieder stockte sie, ihre Augen glänzten fast fiebrig. »Kannst du daneben sitzen, Jane?«

»Ich muss gestehen, dass ich nie darüber nachgedacht habe, dass es anders sein könnte. Frauen werden nun einmal …« Ich suchte nach dem richtigen Wort. »Verhätschelt?«

»Verhätschelt?« Sie lachte, geradezu verzweifelt.

»Ich schon. Aber ja, sie werden auch nicht für voll genommen und ignoriert.«

»Ärgert dich das nicht?« Mit den Händen umklammerte sie ihre Oberschenkel. »Auch die Tatsache, dass dir nichts gehört? Dass du nichts besitzen darfst? Nicht einmal dein Sohn gehört dir.«

Ich merkte, dass ich mich sogleich verteidigen wollte. »Henry ist gut zu mir, sehr gut. Er würde mir Dougie niemals wegnehmen. Ansonsten brauche ich nicht viel.«

Flo zog die Augenbrauen hoch.

»Ich höre selbst, wie naiv das klingt.« Nachdenklich rieb ich mir den Arm. »Ich glaube, ich will über so etwas einfach nicht nachdenken. Was müsste alles passieren, dass es dazu käme, dass wir uns um Douglas streiten müssen? Und ich kann doch an diesen großen Dingen nichts ändern. Aber ich glaube, es hat mich verärgert, dass nur Henry beim SAC als Erstbesteiger des Piz Fo eingetragen wurde. Wiewohl ich das selbst vorgeschlagen habe. Kurz vorher haben zwei Schwestern erstmalig einen Alpengrenzpass bestiegen, und es hat gedauert, bis die Tour anerkannt wurde. Es musste erst ein Herr aus dem italienischen Alpenclub … « Ich unterbrach mich selbst. »Egal. Das Hin und Her wollte ich Henry jedenfalls nicht antun, so stolz, wie er war.«

»Ja, du hast es gut mit Henry.« Flo wirkte müde. Doch dann beugte sie sich vor, ihr Blick dunkel und gehetzt. »Ist das abstoßend? Stößt es dich ab, Jane?«

Ich versuchte, ihr zu folgen. »Was genau meinst du?«

»Meine Dreistigkeit. Mein Egoismus.« Sie hob die Hände. »Mein Erscheinen. Stößt dich das ab?«

Ich musste daran denken, wie ich mir vorgestellt hatte, dass Henry in meinem Reisekleid im Frühstückssaal erscheint, ich in seinem Herrenanzug, und wie ungerecht die unterschiedlichen Reaktionen sein würden.

»Nein«, sagte ich und streckte meine Hände aus, die sie bereitwillig ergriff. »Nein.«

Dankbar sah sie mich an. So sehr sie der Alltag bestätigen musste, so gut musste es ihr vermutlich tun, es ausgesprochen zu hören.

»Ich finde sogar ...« Meine Mundwinkel zuckten. »Ich finde dich sogar sehr attraktiv. Die Prinzessin war auch ganz angetan von dir. Ist er verheiratet, der Mr. Fernsby? Und wenn man deine ganzen weiblichen Hotelgäste beobachtet und wie sie dich anhimmeln ...«

Flo verdrehte die Augen. »So habe ich das nicht gemeint. Die wissen ja nichts davon.«

Ich kicherte. »Ich verstehe schon. Aber das wollte ich dir schon immer mal sagen. Auch wenn ich meinem lieben Henry selbstverständlich immer treu sein werde.«

»Wirst du es ihm sagen?«

Darüber hatte ich in den letzten Tagen viel nachgedacht. Henry und ich sprachen eigentlich über alles, so ungewöhnlich das auch sein mochte in der besseren britischen Gesellschaft, und ich hätte so gern mit ihm darüber geredet. Was für eine Entdeckung! Was für eine Erklärung!

Doch jetzt saß Flo mir gegenüber im Zwielicht der Kutsche. Der erwartete Schneeschauer war längst über uns hineingebrochen. Sie sah so zart und verletzlich aus. So sehr ich Henry auch vertraute – je mehr Menschen von Flos Geheimnis wussten, desto gefährdeter war sie. Ich hatte Angst um sie.

KAPITEL 14

»Der beste Hotelier war also eine Frau.« Maike lehnt sich auf dem Stuhl zurück.

Laura murmelt etwas auf Rätoromanisch, auch sie erstaunt.

Jonas Brightfield breitet die Arme aus. »Ist das nicht eine spannende Geschichte?«

Maike blättert zurück. »*Erst als wir still zurück zum Kurhotel Bad Salesch gingen, fiel mir auf, dass sie errötet war, als ich den jungen Andri Cavegn erwähnt hatte. Interessant. Flo hatte also ein Auge auf meinen Urahn geworfen. Ob sie ihr Geheimnis jemals gelüftet hat, bevor sie ihm das Hotel überschrieb?*«

Laura nestelt an ihrer schmalen goldenen Armbanduhr. »Ich würde am liebsten sofort weiterlesen, aber ich muss noch so viel für meine dritte Klasse vorbereiten.«

»Wie spät ist es?« Verwundert sieht Maike, dass es bereits dunkel wird.

Sie tippt auf ihr Handy und sieht eine Nachricht von Verena: Lust auf Käsis Pizza?

Ihr Magen knurrt, und so gern sie mehr über Flo und Andri erfahren möchte, weiß sie doch, dass sie rasende Kopfschmerzen bekommt, wenn sie nicht bald etwas isst. Noch bevor sie Jonas fragen kann, ob er Hunger hat und mitkommen will, reißt er den Mund so weit auf und gähnt, dass er sich beide Hände vor das Gesicht halten muss.

»An wen muss ich mich wenden, wenn ich eine Nacht hier verbringen möchte? Gibt es noch ein freies Zimmer?«

»Geniale Idee«, ruft Maike, froh, dass sie ihn nicht gefragt hat, weil Verena ja immer noch nichts von der Hotelsache weiß.

Laura lächelt. »Die Zimmer sind eisig, wir heizen nur so viel, dass wir Schimmel vorbeugen, und das ist eigentlich schon viel zu teuer. Vor allem, weil die Heizung uralt ist. Der Speisesaal ist noch am wärmsten. Die meisten Sommergäste bringen ihren Schlafsack mit, aber wir haben ein paar Daunendecken und Kissen. Wenn du willst, kann ich dir welche bringen.«

»Unbedingt! Für die Beletage bitte. Zimmer 34, in dem auch Jane und Henry am liebsten übernachtet haben.«

Maike schreibt rasch Verena zurück und hilft den beiden dann, Jonas' Nachtquartier einzurichten. Die Hohlfelds bewahren die Decken und Wäsche in ihrem eigenen Haus auf, in einem großen Wandschrank im Hausflur, damit sie im Hotel über den Winter nicht klamm werden. Carola Hohlfeld hört ihr Rumoren und drängt dem beschämten, aber glücklichen Jonas noch eine Heizdecke und ein Paar selbstgestrickte Wollsocken auf.

Im Hotel trampeln sie hintereinander die Stufen hoch, das leise Huschen des Dienstpersonals haben sie einfach nicht drauf. In der ersten Etage bleibt Maike vor einem Kasten an der Wand stehen. »Was ist denn das hier eigentlich?«

In einem dicken Rahmen stehen auf braunen Etiketten Zahlen, darunter ist jeweils ein Lämpchen zu sehen.

»Die Sonnerie«, erklärt Laura und stopft Maikes Last zurecht, die ihr fast von den Armen rutscht. »Wenn ein Gast in einem Zimmer an der Kordel zieht, leuchtet das entsprechende Licht, und das Personal kann nachfragen gehen, was gewünscht wird.«

Jonas eilt vor und sucht in seinem Zimmer nach einer Kordel, wird aber nicht fündig.

»Die Anlage funktioniert schon lang nicht mehr«, sagt Laura, nimmt vorsichtig das alte Laken hoch, das über das Bett gelegt ist, und schüttelt es aus dem Fenster aus. Maike und Jonas kämpfen mit dem Spannbettlaken. Die Matratze sieht beruhigend neu und sauber aus, und die Flanellbettwäsche mit Blumenmuster ist so weich, dass sie schon unendliche Male gewaschen sein muss.

Während Jonas sein Zeug aus dem Auto holt, bleibt Maike mitten auf der Treppe stehen.

»Am liebsten …«, sagt sie zögernd.

Laura hinter ihr weiß offenbar genau, was sie meint. »Wir hätten genug Decken.«

Maike dreht sich zu ihr um und flüstert, obwohl Jonas ohnehin kein Deutsch kann und komplett außer Hörweite ist. »Glaubst du, dass er das falsch verstehen könnte?«

»Nein, ich denke nicht. Er scheint mir ziemlich harmlos. Ich könnte euch morgen Frühstück vorbeibringen, bevor ich zu meinen Kiddies muss. Du musst mir nur versprechen«, sagt Laura mit einem fröhlichen Zwinkern, als hätte nie etwas zwischen ihnen gestanden, »dass du nicht ohne mich Janes Geschichte weiterliest.«

»Erwischt. Na gut. Aber es wird mir schwerfallen.«

Eine halbe Stunde später sitzt sie mit Verena und Nick an einem Tisch in Käsis Pizzeria. Jonas wollte ohne Abendessen ins Bett, er würde intervallfasten und nach vier Uhr nachmittags ohnehin nichts mehr essen.

»Bist du verrückt?«, hat Maike gerufen.

»Alles Gewöhnungssache, und für den Notfall habe ich einen Müsliriegel.«

Doch Laura ist heimlich zu Esthi Murger gelaufen, und Esthi hat Jonas mit zu sich genommen, um ihm Rösti zu machen. Maike ist nur davongekommen, weil sie eine Verabredung vorweisen konnte.

Eigentlich hätte sie den Abend lieber mit Jonas und der alten Frau verbracht. Vielleicht hätte sie noch ein paar mehr Familienfotos gezeigt. Die Aufzeichnungen von Jane Brightfield haben Maike jedenfalls richtig in frühere Zeiten versetzt. Zum ersten Mal scheint ihr das Hotel mit seiner staubigen Luft mehr als ein alter Kasten zu sein.

Dennoch gelingt es ihr einfach nicht, ihn aus der Vergangenheit in die Gegenwart zu bringen, in die Zukunft gar. Alles so lassen, nein, den Wunsch kann sie Laura und ihren Künstlerinnen nicht erfüllen. Renovieren? Ergäbe wirtschaftlich vermutlich überhaupt keinen Sinn.

Das Bild von einem strahlend neuen Hotel mit Glas und klaren Linien ist so viel stärker. Dort hängen noch keine Gerüche fest, dort bekommt man die Kosten für eine funktionierende Heizung innerhalb einer Saison wieder rein, dort könnte man Erlebnisse gestalten, junge Gäste anziehen, all das, was sie bei ihren Eltern nicht umsetzen durfte. Am Abend könnten Verena und die anderen ins Restaurant kommen, wie sie es bislang im Infinity gemacht haben – und nun in Käsis Pizzeria.

Vielleicht würde es ja Laura auch irgendwann gefallen.

»Ich bin todmüde«, sagt Verena, während Nick hinter ihr steht und ihr den Nacken knetet.

Maike sieht ungeduldig an ihm vorbei. »Ist die Pizza schon aus dem Ofen?«

»In St. Moritz«, fährt Verena fort, »mögen sie gelähmt vor Schreck sein, aber das können wir uns hier in Parvis nicht leisten. Wir sind schon dabei, ein neues Werbekonzept für das Val Paluonda zu entwickeln. Nachhaltiger Tourismus, aber trotzdem spaßig.«

»Muss sich ja nicht ausschließen«, sagt Nick.

Verena runzelt die Stirn.

»Und Sumbriva?«, fragt Maike.

»Sumbriva wird integriert. Da fängt der ganze Spaß mit der neuen Infrastruktur erst an.«

Nick setzt sich, als Käsi die Pizza bringt, und Maike sich darauf stürzt.

»Wow ...« Er lacht. »Die reinste Wölfin. Willst du ein Bier? Und du auch, Schatz?«

Maike bejaht, Verena ebenfalls, mit düsterer Miene. Als er weg ist, beugt sie sich zu Maike. »Ich mach Schluss mit ihm. Der ist ja nicht mehr auszuhalten.«

»Oh.« Maike wischt sich die Finger an der Serviette ab. »Ja? Nein? Wieso nicht? Ist doch süß. Schatz nennt er dich?«

Verena verdreht die Augen. »Ich bin so was von kein Schatz.«

Wo sie recht hat, hat sie recht. Maike überlegt noch,

was sie antworten soll, als Verena ihr begeistert auf den Unterarm klopft.

»Willst du bei mir übernachten? Wie früher? Wir können die Reste der Pizza essen ... falls du welche übrig lässt ...«

»Ich denke nicht.«

»Oder Kartoffelchips und Schokolade. Hab ich alles da. Einen Film schauen? Wie früher!«

Das haben sie damals in den Ferien so gemacht. Maike durfte jeden Winter mindestens einmal, meist auch öfter bei Verena übernachten, auf einer zusätzlichen Matratze vor dem Bett ihrer Freundin. Sie spielten mit ihren Stofftieren, aßen heimlich Süßigkeiten und quatschten und kicherten bis spät in die Nacht.

Nick stellt die drei Flaschen auf den Tisch und sieht Verena enttäuscht an. »Schläfst du heute etwa nicht bei mir, Schatz?«

»Heute kann ich eh nicht«, sagt Maike schnell.

»Bist du verabredet?«

»Nein, Quatsch.« Maike trinkt einen Schluck Bier. »Mit wem denn?«

»Was machst du eigentlich die ganze Zeit?« Jetzt ist Verenas Misstrauen endgültig geweckt. »Ohne Ravi?«

»Ich ...« Soll sie es ihr endlich sagen? Nick könnte allein durch seine Gegenwart als Puffer wirken, aber das Bier in ihrem Magen protestiert. »Ich beschäftige mich mit der Vergangenheit.«

»Der alte weiße Dude?«, fragt Nick.

»Was?«

Hat er sie vorhin mit Jonas vor dem Hotel stehen sehen?

»Na, Dings. Thomas Mann.«

»Ach so.« Maike streckt erleichtert die Beine aus. »Ja, genau. Ich war immer noch nicht in Davos, aber das ist der Plan. Ansonsten bin ich auch einfach faul.«

»Hm«, sagt Verena. »Na dann viel Spaß dabei.«

Eigentlich rechnet sie fest damit, dass die schwere Eingangstür des Posthotels quietscht und knarrt, als sie gegen zehn Uhr mit einem Rucksack in Sumbriva ankommt. Im Dunkeln mit Taschenlampe ist sie hergelaufen. Aber die Tür bewegt sich lautlos in den Scharnieren. Laura hat innen den Schlüssel ins Schloss gesteckt, und Maike dreht ihn um.

»Jonas?«, sagt sie laut.

Sie geht in den Speisesaal. Da ist er nicht. Schläft er schon? Auf der Beletage fällt im Korridor ein Streifen Licht auf den abgetretenen Teppich.

»Jonas?«, wiederholt sie.

»Hey, Maike.« Zwei Sekunden später steht er im Türrahmen.

»Wie waren die Rösti?«

Jonas streckt den in einem karierten Pyjama steckenden Bauch vor und klopft darauf. »Ich bin so voll, dass ich noch eine Weile nicht werde schlafen können.«

»Ich auch.« Maike hat noch Verenas halbe Pizza mit Pilzen gegessen und ist mehr als satt.

Sie bringt ihre Sachen in Zimmer Nummer 30, das sie sich ausgesucht hat. Es hat das Fenster zum Tal hinunter, und sie freut sich schon auf den morgigen Sonnenaufgang. In langer Schlafanzughose, Schlafshirt und einem dicken Pulli darüber läuft sie auf Socken zurück zu Jonas.

Der sitzt in seinem Bett, die Beine angezogen und liest auf einem Tablet. Quer durchs Zimmer geht sie zu einem wacklig aussehenden Stuhl und setzt sich.

»Wie sorgsam Jane in ihren Reiseerinnerungen das Panorama jedes bestiegenen Berges beschreibt«, sagt er und streckt die Beine aus. »Das gehörte dazu. In den privaten Memoiren spielt es dann gar keine Rolle.«

»Ich erinnere mich, dass sie auch oft die Menüs aufgelistet hat, die es am Abend in den Hotels gab.«

Jonas wischt auf seinem Gerät, bis er gefunden hat, was er sucht. »Ochsenschwanzsuppe, Forelle mit Sauce Cardinal, Rebhuhn à la Moderne, Spargel mit Butter, Ananas-Champagner-Sorbet, Poularde, Sarah-Bernhardt-Torte, Käse. Das kann doch kein alltägliches Essen gewesen sein. Wahnsinn.«

»Na ja«, sagt Maike.

Jonas zieht die Augenbrauen hoch.

»Wenn ich den ganzen Tag Ski fahre, esse ich danach auch zwei Pizzen und gern noch ein Dessert hinterher.«

»Man müsste das alles mal nachkochen«, sagt er. »Das wäre bestimmt witzig.«

Es wird kalt. Zum gemütlichen Beisammensitzen hätte sie sich ihre eigene Decke mitnehmen sollen. »Ich glaube, ich mache mir noch einen Tee. Willst du auch?«

»Gern.«

Auf Socken laufen sie die Treppe hinunter. Jonas nutzt sein Handy als Taschenlampe und bleibt auf halbem Weg stehen. »Ob es hier Geister gibt?«

Er schaltet das Licht aus, und sie lauschen in die Dunkelheit.

»Der Bach rauscht«, flüstert sie.

»Die Holzwürmer schmatzen.«

»Flo Fernsby schläft und träumt von …«

»Von Andri«, ergänzt Jonas.

Sie überlegt. »Wo hat Flo überhaupt geschlafen? Jane hat doch etwas von einer eigenen Wohnung im Hotel geschrieben.«

Während sie im Speisesaal auf den Wasserkocher warten, blättert Jonas vorsichtig durch das Manuskript, das sie auf dem Tisch liegen gelassen haben.

»*Ein guter Hotelier*«, liest er vor, »*lebt und atmet sein Haus und schläft auch darin, und so zog Flo sich in seine Räume im Erdgeschoss zurück, verriegelte zwar sorgfältig die Tür, bevor er den Gehrock abstreifte und das makellos weiße Hemd aufknöpfte, war aber dennoch jederzeit bereit, mitten in der Nacht aufzuspringen und weitere Wünsche zu erfüllen.*«

»Und Elvezia Biert muss ja auch ihre Zimmer gehabt haben«, sagt Maike.

Jonas schüttet Wasser über die Teebeutel. Kamille, für die überfüllten Bäuche.

Maike streicht über die Manuskriptseiten. »Ich möchte so gern weiterlesen.«

»Mach doch.«

»Ich habe Laura versprochen, bis morgen zu warten.«

»Dann lass uns diese ominösen Räume suchen.«

Letztendlich ist das ganz leicht. Hinter dem Empfangstresen führt eine Tür mit wackeliger Klinke in einen schmalen Korridor, dem man ansieht, dass hier niemals Gäste entlanggegangen sind. Die Wände sind bloß gekalkt, es gibt ein funzeliges Deckenlicht, dessen Glühbirne leise schnurrt und nach ein paar Sekunden mit einem Plopp den Geist aufgibt. Jonas macht erneut die Taschenlampe an, Maike öffnet die erste Tür auf der linken Seite und tastet nach einem Lichtschalter. Nichts. Der Mond scheint durchs Fenster und lässt sie die Umrisse von abgedeckten Möbeln erkennen.

»Die gleichen Geistermöbel wie überall«, sagt Maike leise. »Ob Flo hier wirklich gewohnt hat?«

Jonas setzt sich wortlos im Schneidersitz auf den Boden. Maike tut es ihm nach, bevor er die Taschenlampe ausschaltet. Silberne Stille umfängt sie.

Jetzt wird ihr auch klar, warum Jane von Flos Gehrock und dem weißen Hemd geschrieben hat, das sie erst hier aufgeknöpft und ausgezogen hat. Allein in ihren Privaträumen konnte sie wieder zur Frau werden, konnte die enge Kleidung loswerden und das Druckgefühl, das sie auf der Brust haben musste – wortwörtlich durch das Abbinden der Brüste und im übertragenen Sinne, weil sie ständig allen Leuten etwas vorspielte. Maike fühlt sich ja schon schlecht, weil sie weder Verena noch Laura die Wahrheit sagt, und das ist ein Geheimnis, das sie erst seit wenigen Tagen mit sich herumträgt – und das definitiv nicht ihr Leben zerstören wird, falls es jemand herausbekommt.

»Ob sie glücklich war?«, fragt sie in die Dunkelheit.

»Einfach kann es nicht gewesen sein«, sagt Jonas, »aber sie hat sich ja dafür entschieden, als Mr. Fernsby zu leben, und hat die ständigen Lügen in Kauf genommen.«

»Nichts verraten! Ich will die Geschichte selbst noch lesen.«

»Okay.«

Jonas setzt sich umständlich zurecht und ächzt so laut dabei, dass Maike lachen muss.

»Entschuldige«, sagt er. »Ab vierzig darf man das. Aber bis dahin hast du ja noch ein paar Jahre.«

»Zehn, um genau zu sein.« Sie seufzt. »Ob ich bis dahin weiß, was ich will vom Leben?«

Sie spürt, dass er sie im Dunkeln von der Seite ansieht. »Du scheinst mir auf einem ganz guten Weg zu sein.«

Maike lacht leise auf. »Du hast ja keine Ahnung.«

»Willst du es mir erzählen?«, fragt Jonas.

»Glaubst du«, fragt sie, »dass dieses Hotel eine Zukunft hat?«

Er überlegt. »Kommt auf die Art und Weise an.«

»Laura will, dass alles so bleibt. Ravi würde es nur ein wenig renovieren.«

»Und du?«

Sie seufzt. »Wenn man sich vorstellt, wie wichtig Flo das Ding war. Wie sie hier gelebt und Gäste empfangen hat. Wer alles hier übernachtet hat.«

»Ja.«

»Aber wenn man es ...« Sie wagt es kaum auszusprechen. »Wenn man es abreißen würde, ist das dann alles verschwunden? Wenn man ein neues Hotel bauen würde, in das neue Gäste kommen und in dem sie Neues erleben?«

»Oh ...« Jonas sagt nichts mehr.

Sie springt auf. »Ich muss mal.«

Ihr ist vor allem heiß vor Scham. Ob er gleich morgen mit Laura darüber spricht? Ob er sich persönlich beleidigt fühlt, weil sie die Verbindung zu seinen Vorfahren gewissermaßen auslöschen will?

Im Foyer scheint alles im Dunkeln zu flüstern: Maike Reineke hat keinen Respekt. Sie will uns nicht mehr. Sie will uns vernichten.

Jonas bleibt stehen. »Wie wäre es, wenn wir das verrückte Menü wirklich nachkochen?«

»Wie meinst du das?«

»Ein Dinner am Table d'Hôte. Neunzehntes Jahrhundert, alle schick in Frack und Fliege. Wir laden Laura und ihre Eltern ein. Die gute Esthi, die ich genauso vollstopfen werde wie sie mich.«

Maike schließt die Augen. Es ist überraschend einfach, sich all das vorzustellen. »Hinten im Speisesaal, nein, im Ballsaal. Alle müssen sich verkleiden. Wir brauchen Musik, am besten live. Klassik. Kein elektrisches Licht, nur Kerzen. Und mehr Leute. Silvana und ihr Dani müssen kommen. Nina Murger und Ehemann.«

»Ganz Sumbriva.« Jonas lacht. »Wir laden ganz Sumbriva ein.«

KAPITEL 15

Flo und ich waren nach den Tagen mit der Prinzessin in Bad Salesch endlich zurück in Sumbriva, und am folgenden Nachmittag kam auch Henry von seiner Gipfelexpedition zurück. Er und sein Freund Burgh waren schmerzhaft sonnenverbrannt und so entkräftet, dass sie kaum einen Satz sagen konnten, ohne sich zu verhaspeln. Selbst unser Couttet wollte nur noch schlafen. Sie hatten es auf den Piz Fo geschafft, und morgen würde Henry mir alles im Detail erzählen.

Ich war froh, dass er von seinen eigenen Abenteuern noch so gefangen war, dass er nicht zu viel danach fragte, wie ich meine Zeit verbracht hatte. Flos Geheimnis beschäftigte mich Tag und Nacht.

Ein Feuer knisterte im Kamin unseres Zimmers, auf Henrys Nachttisch stand eine Tasse Tee, die er nicht hatte leeren können, bevor er, alle übermüdete viere von sich gestreckt, eingeschlafen war. Seine Haare waren wild, seine Gesichtshaut glühte rot und musste spannen. Ich setzte mich auf den Bettrand und tupfte ihm etwas von meiner Lotion auf Wangen, Stirn und Nase. Er regte sich nicht, nur der Brustkorb hob und senkte sich regelmäßig. Mein lieber Henry. Seine starken Lungen und sein kräftiges Herz hatten sich Ruhe verdient.

Ich trank einen Schluck Tee, stand auf und nahm Henrys verschmutzte Kleider und legte sie neben der Tür auf den Boden, um sie morgen zum Waschen zu geben.

Auf nackten Füßen ging ich zum Kleiderschrank. Vorsichtig öffnete ich die Tür, damit sie nicht quietschte, aber ich hätte einen Eggborougher Langschwerttanz aufführen können, ohne dass mein Mann aufgewacht wäre.

Ich nahm einen Bügel von der Stange, an dem seine braune Jacke und die dazu passende Hose hingen. Zögerlich warf ich einen Blick über die Schulter. Er schlief. Ich nahm die Hose, hob mein linkes Bein, dann mein rechtes, zog sie an. Allzu lang war es nicht her, dass ich das, um auf den Berg zu klettern, bereits ausprobiert hatte. Ich raffte mein Nachthemd und machte auf Taillenhöhe einen Knoten in den Stoff. Dann nahm ich die Jacke und zog sie mir ebenfalls über. Meine Hände kamen aus den zu langen Ärmeln nicht heraus. Ich kicherte leise – *Lady aus Yorkshire ertrinkt in Tweedjacke* – und schloss die Schranktür, um mich im Spiegel zu betrachten. Ich sah einfach nur wie eine Frau in zu großen Männerkleidern aus, die versuchte, irgendwie breitschultrig und breitbeinig dazustehen. Hastig zog ich mich wieder aus, hängte den Anzug auf den Bügel und strich den Stoff glatt. Es war erleichternd, den Saum meines Nachthemds über meine Füße gleiten zu spüren. Ich stieg ins Bett und kuschelte mich an Henrys Seite.

Das Frühstück am nächsten Morgen nahmen wir auf dem Zimmer ein. Henry blieb im Bett sitzen, nachdem er dreizehn Stunden geschlafen hatte.

»Ich glaube, ich brauche noch einmal dreizehn«, sagte

er mit vollem Mund und nahm mir das Glas Fruchtsaft ab. »Burgh, Couttet und ich haben vereinbart, dass wir als Nächstes den Piz Palü schaffen.«

Es klopfte an der Tür, und ich übergab dem Dienstmädchen die schmutzigen Kleider. Dann setzte ich mich in den Sessel, dem Bett gegenüber.

»Dieses Jahr noch?«, fragte ich ihn.

»Könntest du dir vorstellen, dass wir noch ein wenig länger bleiben? Zwei Wochen, drei?«

»Wenn ich nur unseren Dougie nicht so vermissen würde.«

Henry aß gierig sein Rührei. »Ich vermisse ihn auch, Liebes, aber ich würde so gern …«

»Ich weiß.«

»Und nächstes Jahr nehmen wir ihn mit.«

»Das habe ich mir auch schon gedacht.«

Er wischte mit einem Stück Brot den Teller sauber. »Willst du mit rauf?«

»Auf den Piz Palü?«

»Ja.«

Ich legte mir eine Hand auf die Brust. »Dieses Jahr nicht.«

Henry legte die Gabel ab. »Verdammt. Ich vergesse immer wieder, dass du krank warst. Du bist doch nie krank. Du bist meine robuste, kräftige, rotwangige Frau aus Nordengland.«

»Ich fühle mich auch nicht mehr krank. Aber nächsten Sommer geht es mir besser. Keine Sorge, ich helfe euch bei den Vorbereitungen und bleibe gern hier.«

Er runzelte die Stirn. »Wird es dir nicht langweilig?«

»Keineswegs. Übermorgen kommt eine englische Reisegruppe. Eventuell kann ich mit denen Ausflüge machen.«
Er verzog den Mund. »Reisegruppe ...«
»Es ist in Ordnung, Henry.« Ich stand auf. »Ihr klettert auf den Piz Palü. Ich bleibe einfach im schönen Sumbriva. Du weißt, dass es mir hier gefällt.«
Ich freute mich, mehr Zeit mit Flo verbringen zu können und noch viele ihrer Geschichten zu hören.
»Allerhöchstens drei Wochen«, versprach Henry. »Danach wird es so oder so zu kalt.«
Nach dem Mittag sah ich Flo und Andri in ein Gespräch vertieft. Die heutigen Gäste waren abgereist, die neuen würden erst mit der Nachmittagspost kommen. Die beiden standen nebeneinander auf der Brücke und beobachteten, die Ellbogen auf dem Holzgeländer abgestützt, den unermüdlichen, sich ins Tal stürzenden Paslerbach. Sie sahen so vertraut aus. Ob sie sich als Kinder gekannt hatten? Aber nein, Flo war ja bereits mit vier Jahren aus Sumbriva weggeschickt worden, und Andri war fünf oder sechs Jahre jünger als sie.
Warum eigentlich war Flo von sonst niemandem in ihrer Heimat wiedererkannt worden, als sie zurückkam, um den Gasthof zu kaufen? Lag das erneut daran, dass wir einfach nicht damit rechneten, dass äußeres und inneres Geschlecht nicht zueinanderpassten und dass Flo schon so lang als Mann gelebt hatte, dass sie alle ausgesprochenen und unausgesprochenen Kodizes beherrschte? Außerdem war sie nicht als jemand aus dem Dorf wiedergekommen, sondern als reicher Ausländer von hohem Stande, der als Hotelier die weite Welt ins Dorf brachte.

»Damals war es Ewigkeiten her«, hatte Flo mir erzählt, »dass ich meine Muttersprache gehört hatte. Über zwanzig Jahre. Als ich aus England flüchten musste, bin ich nach Paris gegangen und habe dort zufällig in der Nähe eines Cafés gelebt, das einer rätoromanischen Familie gehörte. Dort bin ich immer frühstücken gegangen.«

»Du musstest aus England flüchten?« Ich sah sie entsetzt an. Doch die Erklärung konnte ich mir gleich selbst geben: »Jemand hat es herausgefunden.«

Sie nickte. »Aber das ist eine andere Geschichte. Dieses Café ...«

»... war aber nicht das von Andri Cavegn, oder?« Kurz war ich wirklich unsicher, aber vor allem wollte ich noch einmal Flos Reaktion sehen, wenn ich seinen Namen erwähnte.

»Andri lebt doch in Bordeaux, nicht in Paris.«

»Richtig, richtig.«

Lag da eine besondere Wärme in ihrer Stimme? Oder bildete ich mir das ein?

Paris war einsam, Flo war nach der Sache in England vorsichtiger denn je und hatte noch niemanden kennengelernt, obgleich sie sich nach Menschen sehnte. Paris war wie ein Loch in der Zeit, die Gesichter der Leute genauso dunkel wie damals, als sie zu ihrem Onkel auf den Landsitz gekommen war. Sie wusste nicht, wohin mit sich, und zu allem Übel schrieb Agnes eines Tages, George sei an einem Herzinfarkt gestorben. Habe tot auf dem Boden in seinem Sammelzimmer gelegen. Flo solle besser nicht zur Beerdigung kommen, weil gewisse Gerüchte bis nach

Hertfordshire vorgedrungen seien. Sie könne später sein Grab besuchen, wenn sich die Lage beruhigt hätte.

Flo hatte Agnes' Brief in der Tasche, als sie sich im Café Colani an ihren üblichen Tisch setzte. Seit über drei Monaten kam sie schon zum Frühstücken hierher. Doch an diesem Tag hörte sie zum ersten Mal, dass sich der Besitzer und seine etwa vierzigjährige Tochter leise auf Rätoromanisch unterhielten. Aus Flos Muttersprache war nach all den Jahren genauso eine Erinnerung geworden wie aus ihrer Mutter selbst. Der Klang war dennoch sofort wieder vertraut und drang in sie ein. Sie spürte, wie ihre Mutter ihr die Haare kämmte und ihr Vater beim Flicken seiner Socken vor sich hin summte. Sie rannte mit ihrem Freund Giovanni über die Bergwiesen und hörte das Geklingel der Ziegenglocken. All diese elementaren Kindheitserinnerungen, die sie so zärtlich verpackt und weit weg von jedem Zugriff aufbewahrt hatte. Der Pfad den Piz Parüschla hoch. Die Forellen im Paslerbach und wie sie sich als Vierjährige breitbeinig in das Wasser hatte stellen müssen, um von der Strömung nicht umgerissen zu werden. Du Zwerg, hatte Alessandro gerufen.

»*Nanign*«, flüsterte Flo vor sich hin.

Ob er ins Schwabenland hatte gehen müssen? Was war aus Giovanni geworden? Lebte er noch in Sumbriva? Sie hatte ihm nie geschrieben – mit vier hatte sie noch nicht schreiben können, und als George sie zwei Jahre später lernen ließ, war Sumbriva ihr wie eine Geschichte erschienen, die sie einmal vor langer Zeit und seitdem nie wieder gehört hatte.

Sie hielt den Kopf gesenkt und verwirbelte mit dem

Löffel das helle und dunkle Braun ihres Milchkaffees. Sie verstand nicht alles, was Vater und Tochter sprachen, und doch mehr, als sie nach so langer Zeit erwartet hätte.

Mit einem Mal stand die Tochter neben dem Tisch. »Kann ich Ihnen noch etwas bringen?«

»Nein, danke«, sagte Flo auf Französisch und dann, ganz behutsam und dennoch ganz und gar nicht wohlüberlegt: »*Na, angraztg.*«

Die Frau faltete die Hände vor dem Bauch. »*En cum patriot?*«

Es gab so viele rätoromanische Dialekte, doch die Sprache dieser Frau war Flos eigener so ähnlich, dass sie auch aus dem Val Paluonda kommen musste. Wie dumm es gewesen war, sich zu erkennen zu geben. Man kannte sich dort unten doch. Die Tochter hatte bereits den Vater herangewinkt, und die beiden sahen Flo freudig an.

»Woher kommst du?«, fragte der alte Mann und verfiel gleich ins Du. »Wir sind aus Parvis.«

Flo nahm ihr höfliches britisches Lächeln zur Hilfe. Sie wusste doch genau, wie man nicht auffiel, wie man Abstand hielt, wie man Neugier abwehrte.

»Meine Großeltern«, sagte sie, langsam nach den Wörtern tastend, »kamen aus Sumbriva.« Das brachte noch eine Generation zwischen sie und ihre Herkunft. »Aber ich war noch nie dort und kann die Sprache kaum.«

»Wie hießen sie denn?«, fragte der Mann. »Wir sind die Colanis. Wie du ja weißt.«

Sie sah ihn fragend an.

Er zeigte nach draußen. »Es steht doch über unserer Eingangstür.«

Natürlich: Café Colani.

Ihr Herz schlug so schnell, vor Angst und vor Sehnsucht.

»Mein Name ist Florian Fernsby. Meine Großeltern hießen Palli.«

Dieses Mal eine echte Lüge, denn das war doch Giovannis Familie.

Vater und Tochter setzten sich zu ihr. Es war nicht viel los im Café, doch sie hätten vor lauter Fragelust wohl auch alle anderen Gäste warten lassen. Nacheinander schoben sie Flo einige Namen aus der Familie Palli hin – seien ihre Großeltern diese und jene gewesen? Oder von der anderen Seite der Familie?

»Die Pallis waren immer eine der kinderreichsten«, sagte die Colani-Tochter amüsiert.

Flo hatte Angst, sich Namen auszudenken, die es dann – bei so vielen Kindern – wahrscheinlich wirklich gab. Oder eben nicht. Schließlich blieb ihr jedoch nichts anderes übrig.

»Georgin«, sagte sie leise. »Georgin und Cathrina.«

Cathrina war Flos Mutter gewesen und Georgin ihr Onkel, der nicht mehr so hatte heißen wollen und der nun ohne sie beerdigt wurde. Ob überhaupt jemand am Grab stehen würde außer der treuen Agnes? Flo fühlte sich noch einmal mehr als Waise.

Die Colanis sahen sich nachdenklich an.

»Aber sie waren … «, stotterte Flo, »ich weiß nicht, sie sind früh gestorben. In der Fremde. Vielleicht erinnert ihr euch deshalb nicht.«

Der Vater schmunzelte. »Bei euch Pallis behält man ja nie den Überblick.«

»Wirst du denn«, fragte die Tochter, »deine Heimat einmal besuchen? Meine Mutter, mein Bruder und ich fahren im Sommer hin. Vater muss dieses Jahr leider in Paris bleiben.«

Der Mann seufzte. »Man lebt doch nur, um zurück in die Heimat zu fahren.«

»Es gibt«, sagte die Tochter, »in Sumbriva sogar ein Gasthaus, wo du übernachten könntest.«

»Zwischen den Schmugglern?«, sagte der Vater. »Das ist keine gute Adresse. Außerdem habe ich gehört, dass es geschlossen hat. Aufgegeben.«

»Dann musst du bei uns in Parvis übernachten. Wir haben ein Zimmer für dich, wenn dir das komfortabel genug ist.«

Man lebt doch nur, um zurück in die Heimat zu fahren. Das war für Flo keine Option mehr, aber es brachte in ihr etwas zum Klingen.

Da kamen Gäste ins Café, so dass Flo die Chance ergreifen konnte, zwei Münzen für das Frühstück auf den Tisch zu legen und sich ins Freie zu schlängeln.

Der Klang der Sprache ließ sie in den nächsten Tagen und Wochen nicht mehr los. Heimweh wuchs in ihr, obgleich sie ganz genau wusste, dass im Val Paluonda nichts mehr so sein würde, wie es damals gewesen war. Nicht für sie.

Doch sie hatte nicht widerstehen können und war aufgebrochen.

Nun lebte sie hier und hatte mit dem Erbe ihres Onkels aus dem alten, aufgegebenen Schmugglergasthaus ein luxuriöses Hotel gemacht. Hatte langsam ihr Romanisch wiedergefunden, wobei sie sich nach außen hin mehr Zeit damit gelassen hatte als nötig. Hatte behauptet, schon immer ein Sprachtalent gewesen zu sein. Französisch und Deutsch konnte sie schließlich auch fließend, was ihr bei den Reisenden aus ganz Europa, die die Schweiz als malerisches Urlaubsziel entdeckt hatten, zugutekam.

An diesem Nachmittag, keine Stunde, nachdem sie mit Andri auf der Brücke geplauscht, und ich sie dabei beobachtet hatte, war jedoch vor allem ihr Englisch gefragt, denn die angekündigte Reisegruppe quoll aus den Postkutschen vor dem Hotel. Ich hatte mich mit einem Stück Kuchen und einer Tasse Tee in den Schatten der vorderen Veranda gesetzt und konnte das Treiben ganz genau beobachten. Mein Ausdruck musste zwischen großem Vergnügen und noch größerem Entsetzen wechseln, als Andri Cavegn neben mich trat.

»Um Himmels willen, Andri, bitte sagen Sie mir, dass mein Mann und ich nicht auch so auftreten wie diese Personen. Und bitte, setzen Sie sich zu mir.«

»Für seine eigenen Landsleute schämt man sich in der Fremde doch immer.«

»Ach ja?«

»Das ist ein Naturgesetz. Sie sollten mal die romanische Auswanderergemeinde in Bordeaux sehen.« Er zwinkerte. »Nur man selbst ist ganz anders.«

Ich merkte, wie mein Gesicht heiß wurde. Hatte ich so arrogant geklungen?

Er hob beschwichtigend die Hand. »Keine Sorge, Sie treten wirklich anders auf.«

»Jetzt sind mir nicht nur die anderen peinlich, sondern auch ich selbst. Ich sollte mich einfach freuen, dass Mr. Fernsby so ein gutes Geschäft macht.«

Andri stimmte zu. »Er hat Sie gern«, sagte er dann. »Ihre Freundschaft tut ihm gut.«

Das zu hören, freute mich sehr.

»Aber Sie beide verstehen sich auch gut«, sagte ich.

»Durchaus.« Andri schlug ein Bein über das andere, löste es wieder und schlug das andere Bein über das erste. »Wir sind beide in einer ähnlichen Lage. Wir gehören zwar irgendwie dazu, irgendwie aber auch nicht.«

»Die Leute im Dorf mögen Mr. Fernsby doch, oder?«

»Sehr. Flo tut viel Gutes für sie. Allerdings sagte neulich jemand, die Gäste seien zu freigiebig den Kindern gegenüber.«

»Wie ist denn das gemeint?«

»Sie geben den Kindern Trinkgeld, wenn sie kleine Aufgaben erledigen. Ihnen zum Beispiel die Tasche oder die Staffelei tragen. Oder sie schenken ihnen einfach so eine Münze, weil sie gar so herzig aussehen.«

»Das stimmt allerdings.« Ich lachte. »Sie lassen mit Absicht die Schuhe daheim und stellen sich barfuß mit großen, treuen Augen an die Straße.«

»Gern mit einer Katze auf dem Arm oder einem Hündchen neben sich.«

»Bringen sie sich das schon untereinander bei?«

»Und dann arbeiten sie ihren Eltern nicht mehr genug. Sie haben schließlich Geld.«

»Müßiggang ist aller Laster Anfang«, sagte ich gespielt streng. »Aber sagen Sie, neulich hat jemand von der Familie Palli gesprochen ...«

Er sah mich verhalten an.

»Welche Familie ist das?«, erklärte ich meine Frage. »Ich erkenne langsam die Gesichter im Dorf wieder und frage mich nur, wer die Pallis sind.«

Andri Cavegn streckte den Arm aus, über die immer noch gackernden Touristen hinweg. »Wenn Sie dort runtergehen, das dritte Haus links. Ein älterer Mann, Witwer, mit einem weißen Haarkranz. Drei Söhne und die jüngste Tochter, alle dunkelhaarig. Carlotta humpelt auf dem rechten Bein. Dazu eine Horde Kinder.«

»Jetzt weiß ich es«, sagte ich. »Und die Söhne?«

»Alessandro, Adriano und Pietro.«

»So schöne italienische Namen.«

»Einen Giovanni und einen Luca hatten sie auch noch, aber die sind beide mit zehn oder elf an den Windpocken gestorben. Pietro hat sie nur gerade so überlebt.«

»Furchtbar.«

»Jemima«, rief einer der kollernden Engländer. »Miss Morrell! Hier steht noch eine Reisetasche. Ist das Ihre?«

Also hätte die kleine Flo ihren Giovanni gar nicht heiraten können, selbst wenn sie in Sumbriva geblieben wäre. Diese furchtbaren Kinderkrankheiten. Douglas hat sie auch alle durchgemacht, und als Eltern stirbt man jedes Mal tausend Tode.

Die sechsjährige Flo – der sechsjährige Florian – in Hertfordshire war nun stets wie ein Junge angezogen, ein normaler Junge, kein Matrosenanzug mehr, die Haare kurz geschnitten, sie durfte das Haus verlassen und herumstreifen, wie sie es in Sumbriva getan hatte. Sie sammelte Tannenzapfen und zerbrochene Schalen von blau gesprenkelten Vogeleiern. Sie klebte sich die zu Boden getrudelten Propeller der Ahornbäume auf die Nase. In einiger Entfernung fand sie einen Bach und lernte mit größter Geduld, selbst Fische zu fangen, wenn auch mit den Händen und nicht mit einem Stock, wie Giovanni es gemacht hatte. Meist ließ sie die Tiere wieder frei, nur manchmal brachte sie Agnes ihre Beute in die Küche. Langsam musste sie nicht mehr weinen, wenn sie an ihre Eltern dachte. Agnes war ihr eine Ersatzmutter geworden.

Zur Schule ging Flo niemals, da Onkel George ihr die vollständige Maskerade im jungen Alter noch nicht zutraute. Anfangs bettelte sie, gehen zu dürfen, ob auf eine Tagesschule oder ein Internat, war ihr gleich – sie vermisste Gleichaltrige zum Spielen.

»Viel zu gefährlich«, sagte George. »Vielleicht wenn du älter bist.«

Stattdessen kamen Privatlehrer, junge, bescheidene, gebildete Männer, die Flo sich zum Vorbild nahm: Körperhaltung, Gesichtsausdruck, Akzent. Sie übte das Visuelle vor dem Spiegel, die Sprache auch mit Agnes, die – vom Land und aus den unteren Schichten – ganz anders klang als die jungen Männer. Flo versuchte eine Weile, sie dazu zu bringen, ihre Aussprache zu verändern, aber Agnes winkte entsetzt ab. »Das geht nicht. Ich kann doch nicht wie die Herrschaften klingen.«

Onkel George hatte sich zwar seit seiner Ankunft in England einen akzeptablen Oberschichtenakzent zugelegt, war den alteingesessenen Familien in seinem Distrikt jedoch viel zu sonderbar, als dass er je zu ihnen hätte gehören können. Oder: zu *anders* sonderbar, denn natürlich brüstet sich das vornehme England mit seiner lang kultivierten Exzentrik. Doch das ist ein anderes Thema.

George selbst brachte Flo alles über Naturwissenschaften bei und reiste mit ihr nach Südengland an die Juraküste, um Fossilien zu finden. Flo interessierte sich nicht für die Dinger, und auch diese neu entdeckten und gleichzeitig uralten Saurier, von denen alle sprachen, waren ihr gleich. Dennoch war sie froh, mehr von der Welt zu sehen und mit echten Menschen in Kontakt zu kommen.

Deswegen gefiel es ihr vor allem in London, wo sie Vorträge in Museen oder bei der Royal Society besuchten, und Onkel George traf andere Sammler, die »den jungen Neffen« bald kannten, den ernsten, ein wenig frühreif wirkenden Neffen, der Tausende Fragen stellte und den man einfach gernhaben musste. So war Flo schon damals: Sie passte sich an, fügte sich ein, mehr als so manch anderer, blieb aber immer sie selbst, ein grundehrlicher, herzlicher Mensch, als ob sie wegen ihrer einen großen Lüge alle anderen Lügen verabscheute.

Anfangs besaß Onkel George eine Wohnung in der Stadt, die jedoch eines Tages bei einem Brand im Nachbarhaus so schwer beschädigt wurde, dass George entschied, sie ganz aufzugeben. Sie zogen ins Hotel Bristol, ein schmales, aber hohes Gebäude in Mayfair, das sich zwischen zwei Häuser schmiegte.

Für Flo war es eine Offenbarung.

Was für eine faszinierende Einrichtung solch ein Hotel war. Jeden Tag kamen Menschen aus der ganzen Welt – wirklich und wahrhaftig aus Indien und China, aus Korsika und Rumänien. Flo hatte von seinen jungen Privatlehrern noch nie von Rumänien gehört, von den Ländern des großen Empire umso mehr.

Sie beobachtete, wie der Hotelbesitzer und die Angestellten die Fremden umwarben und ihnen ihre Wünsche erfüllten. Sie beobachtete, wie manche Gäste auf die Dienstmädchen herabsahen oder sie zu intensiv beäugten, aber auch, dass der Großteil sich stets dankbar zeigte, gut untergebracht zu werden. Verschiedene Sprachen schwebten in der Lobby, in der Flo in einer Ecke stand oder in einem der Sessel versank. Wenn nicht viel los war, sprach sie mit dem Personal, das den wissbegierigen Jungen bald ins Herz schloss.

George rümpfte die Nase – Gastgewerbe, das sei doch nichts für ihre Gesellschaftsschicht.

Der Hotelbesitzer, Scott hieß er ... nur an den Nachnamen erinnere ich mich nicht mehr, wiewohl Flo ihn mir genannt haben muss ... dieser Scott jedenfalls fand Flos Interesse zuerst amüsant und schickte ihn weg.

»Hast du keine Freunde?«, fragte er und ließ mit einem Runzeln der Stirn sein Pincenez fallen. Alle, die das zum ersten Mal sahen, schossen unwillkürlich nach vorn, um die Gläser rechtzeitig zu fassen zu bekommen, doch Scott ließ seine Lesehilfe Dutzende Male am Tag fallen und fing sie jedes Mal in der hohlen Hand auf.

»Ich habe zwei Freunde«, sagte Flo. »Eddie und William.« Eddie war der Neffe eines Sammelfreundes von Onkel George, zwölf Jahre alt und ein begnadeter Schachspieler. William war der Sohn eines Universitätsprofessors, elf Jahre, und durfte keinen Schritt ohne Kinderfrau gehen, aber die beiden Jungs machten sich einen Spaß daraus, ihr zu entkommen und sich hinter Büschen und Bäumen zu verstecken und zu kichern – Flo konnte mit ihrem Kichern jedes Kind und im Zweifelsfall einen ganzen Raum ernster Herren aus der Royal Society anstecken. »Aber Gleichaltrige langweilen mich.«

Scott steckte schmunzelnd die Hände in die Westentaschen. »So, so.« Er beäugte Flo eine Minute. »Nun gut, was willst du denn wissen?«

Flo ahmte Scotts Haltung nach, nur dass bei ihr der kugelrunde Bauch fehlte. »Eigentlich … alles.«

Ab diesem Zeitpunkt durfte Flo mit kleinen Dingen helfen: Botengänge, Gepäck tragen, die Halle mit Blumen dekorieren. Es war immer das Schönste, wenn die Gäste sich bei ihr bedankten und sogar ein Trinkgeld gaben. Über die Wochen und Jahre wollte sie immer mehr Zeit dort verbringen und gar nicht zurück auf den Landsitz oder gar an die lahme Fossilienküste.

»Lass mich ruhig allein hier«, sagte sie zu Onkel George, der gerade dabei war, mit wenig Talent eine Gruppe Ammoniten abzuzeichnen. »Ich habe doch alles, was ich brauche. Du kannst deine Fossilien jagen gehen.«

George klopfte sich mit dem Bleistift gegen die geschürzten Lippen. »Agnes würde mir ordentlich den Marsch blasen.«

»Ich bin vierzehn, ich bin fast erwachsen.«

George schmunzelte. »Na, das dauert wohl noch etwas.«

Dennoch sprach er mit Scott – konnte er seinen jungen Neffen eine Weile allein hier lassen?

Scott legte Flo eine schwere Hand auf die Schulter. »Der junge Mister hier ist doch schon lang der Sohn, den ich niemals hatte.«

Flo merkte, wie sie rot anlief, so stolz war sie, diesen Satz zu hören. Gleichzeitig biss sie etwas in die Seite. Sie hätte von Scott niemals als dem Vater gesprochen, den sie nie hatte – denn sie hatte ja einen Vater gehabt, den beim Sockenstopfen summenden Vater. Außerdem belog sie Scott, tagein, tagaus. Es war kein ehrliches Verhältnis. Konnte es nicht sein. Dennoch: Onkel George, der die Wahrheit kannte und immerhin mit Flo verwandt war, hatte so etwas nie zu ihr gesagt, und das merkte er in diesem Moment offenkundig selbst, denn seine Gesichtsfarbe veränderte sich ebenfalls.

»Na«, sagte er, »dann werde ich mal mit Agnes sprechen ...«

Flo fühlte sich wohl in London. Sie war schließlich ein begüterter junger Mann, neugierig, aber höflich, wurde überall respektiert, fand zwar keine engen Freunde, aber durchaus Bekannte, und durfte seine Meinung sagen. Agnes ängstigte sich trotzdem ein wenig, so dass sie oft in die Stadt kam, um nach dem Rechten zu sehen.

»Du musst keine Angst um mich haben, Agnes«, sagte Flo, wenn sie sie zum Abschied wieder einmal nicht loslassen wollte.

»Ich weiß«, sagte Agnes schnüffelnd. »Und ich bin ja auch nur die alte Haushälterin ...«

»Du bist so viel mehr als das.« Nun drückte Flo sie ihrerseits an sich, ganz vertraut der Duft nach Gewürznelken und Seife. »Ohne dich wäre ich mit George doch total verloren gewesen. Du bist doch wie eine Mutter für mich.«

Auch ihre echte Mutter, an die sie nur so wenige, aber so innige Erinnerungen hatte, konnte niemand ersetzen. Aber mit Agnes war es etwas ganz anderes als mit Scott. Agnes hatte sie all die Jahre wie ihr eigenes Kind behandelt, und zudem kannte sie die Wahrheit über Flo.

So viele verwirrende Gefühle.

Agnes gab ihr einfach einen Kuss auf die Wange. »Sei vorsichtig, mein Mädchen. Bleib vorsichtig. Bald werden sich die jungen Damen für dich interessieren.«

Sie behielt recht. Immer öfter wurde Flo von jungen Frauen angelächelt und eingeladen, mit ihnen und einer Anstandsdame spazieren zu gehen. Dieses streng regulierte Ritual muss ich nicht näher beschreiben, wir kennen es alle. Flo war neugierig auf alle Menschen und akzeptierte die Einladungen, doch sie blieb distanziert, was sollte sie auch sonst tun? Verliebt war sie nie in eines der Mädchen.

War sie überhaupt jemals verliebt gewesen?

O ja, gestand sie mir, aber immer in Jungen, die natürlich nichts davon wissen durften. In Eddie, den Schachspieler, zum Beispiel. Sie kannte dieses flatternde Gefühl in Herz und Händen und den Wunsch, ganz viel Zeit mit einem Menschen verbringen und ganz viel reden und erfahren oder einfach nur zusammensitzen und sich anschauen zu wollen.

Hatte sie Eddie ihr Geheimnis preisgeben wollen?

Nein, sagte sie, das hätte ich nie gemacht. Meine Freiheit war mir immer wichtiger. Auch wenn es manchmal weh tat.

Und hatte, fragte ich sie, einer dieser jungen Männer etwas damit zu tun, dass sie aus England flüchten musste?

Nein, da sei sie immer übervorsichtig gewesen.

Es war ein Unfall, ein dummer Unfall.

Scott war Witwer, schon seit mehreren Jahren. Dann kam Flo und wurde nach und nach zu seinem Ersatzsohn, und auf Flos Nachfrage sagte er einmal, das und seine alten Eltern reiche ihm völlig an Familie, er brauche nicht unbedingt eine Frau.

Doch dann verliebte er sich.

Aus heiterem Himmel konnte er nicht mehr richtig rechnen und ließ Gäste irgendwo stehen, weil er nur noch an diese Frau dachte. Es war lustig, und Flo freute sich für ihn.

Vicky hieß sie, Victoria, wie unsere Königin – und sie war königlich, von breiter Statur, mit hochgetürmten Haaren und einer tiefen Stimme, die durch die Korridore schallte. Flo mochte sie in ihrer überbordenden Allgegenwart und übernahm gern die Dinge, die der duselige Scott liegen ließ. Eine offizielle Position im Hotel hatte Flo nicht, aber alle behandelten sie wie Scotts Assistenten oder Stellvertreter, gar seinen möglichen Nachfolger.

So wurde sie auch eines Abends von einem der Dienstmädchen zu Hilfe gerufen, als der Speiseaufzug im siebten Stock festhing. Rütteln und klopfen half nicht und störte zudem die Ruhe.

»Eine Etage tiefer gibt es einen Zugang zum Schacht«, sagte Flo. »Bertha, könnten Sie währenddessen bitte das Tablett über die Treppen nach unten bringen? Dann muss Herr Roth aus der 703 den Fisch nicht mehr riechen.«

Ein sehr anspruchsvoller Gast, viel gereist, ein Schriftsteller.

»Und ich hatte gedacht, das muss ich auf meine alten Tage nie mehr machen ...« Berthas Schritte wurden schnell von den blau-grün gemusterten Teppichen geschluckt.

Flo eilte eine Etage tiefer und musste erst noch einen Vierkantschlüssel für die Zugangsklappe suchen. Auch bei geöffnetem Schacht ließ der Kasten, dessen Unterseite sie gerade so mit ausgestrecktem Arm erreichen konnte, sich nicht bewegen. Allerdings sah sie, als sie mit einer Laterne leuchtete, dass er nirgendwo klemmte und also die Transportseile beschädigt sein mussten. Sie ging in den Keller, wo sich die Mechanik befand, und kroch halb in den Schacht hinein. Der Aufzug machte nie Probleme, und so war ihr die ganze Vorrichtung ein Rätsel. Sie rüttelte an einem der Zugseile und überlegte noch, ob eigentlich das ganze Konstrukt abstürzen könnte – als genau das geschah. Sie hörte ein lautes Knirschen und dann eine Art schabendes Rauschen, gepaart mit Druck auf den Ohren, als der Holzkasten der Schwerkraft folgte und sieben Stockwerke hinunterzischte. Eilends versuchte sie, aus dem Loch herauszukriechen, und so blieb der Kopf zum Glück heil, aber der Schmerz fuhr ihr in den rechten Fuß, als das Gewicht auf ihn krachte. Ihr entfuhr ein Stöhnen, und der Schwindel überwältige sie. Ganz langsam schlossen und öffneten sich ihre Lider, bevor sie, wie nach einer Ewigkeit, wieder ein- und ausatmen konnte.

Mit einiger Mühe bekam sie den Fuß heraus, löste die Schnürsenkel und zog Schuh und Strumpf aus. Der Fuß schwoll bereits an, und sie spürte das Blut mühsam durch die Adern pumpen. Zum Glück war es keine offene Wunde, aber als sie versuchte aufzustehen, merkte sie schnell, dass sie den Fuß nicht belasten konnte. Ihr eigenes Wimmern kam ihr viel zu laut vor, doch sie musste erst angestrengt rufen, bis Ignatz sie hörte, einer der Pagen.

»Ich kann Sie stützen«, sagte er zappelig, »kommen Sie, ich stütze Sie.«

Doch Ignatz war so unruhig – was wenn er sie versehentlich falsch berührte?

»Ich kann Sie auch tragen«, fügte er an. »Ich kann Sie tragen, Mr. Fernsby, Sie wiegen ja nichts.«

Mit Sicherheit konnte er das, er war groß und kräftig. Aber so unruhig. Sie wehrte jeden Versuch ab. Was nun? Onkel George war weit weg in Lyme Regis, Agnes draußen auf dem Landsitz. Niemandem sonst vertraute sie. Doch wenn sie sich für irgendwen entscheiden musste …

»Können Sie bitte schauen, ob der Chef wieder da ist?«, fragte sie.

Schon rannte Ignatz die Treppen hoch, und noch einmal überkam Flo ein Schwindel.

Zum Glück war Scott gerade von seinem Essen mit Vicky zurückgekommen, um vor Beginn der Nacht noch einmal nach dem Rechten zu sehen. Er stemmte die Hände in die Hüften, als er Flo auf dem Boden sitzen sah. Sie biss die Zähne zusammen und ließ sich helfen. Scott schimpfte die ganze Zeit vor sich hin.

»Und was hättest du überhaupt machen wollen, hm? Von allen Menschen, die mir jemals begegnet sind, hast du am wenigsten handwerkliches Geschick, du Dummkopf von einem Mann.«

Er schob Flo ohne Umstände einen Arm um die Taille, und als sie nach drei Stufen fast vor Schmerzen in Ohnmacht fiel, hob er sie hoch, mit einem Arm unter den Knien und dem anderen am Rücken. Unter Schnaufen trug er sie in ihr Zimmer. Er merkte nichts, und Flo wollte vor Erleichterung weinen.

»Soll ich dir einen Arzt rufen?«

Flo schüttelte energisch den Kopf. »Nur etwas zum Kühlen – und einen Schnaps.«

Scott verschwand, kam schnaufend wieder, brachte ihr alles, was sie brauchte, und noch viel mehr. Sie wurde umrundet von Essen und Trinken, von weichen Kissen, Zeitungen und Büchern, einem Glöckchen für den Notfall.

»Jetzt hast du alles für die Nacht«, sagte er schließlich.

»Danke«, sagte Flo. »Du bist ein echter Freund.«

»Stimmt.« Scott drehte sich zum Gehen, hielt dann doch noch einmal inne und zeigte unters Bett, wo der Nachttopf stand. »Dafür kannst du dich schon aufsetzen, oder? Oder dich zur Seite rollen und zielen?«

Flo sah ihn entsetzt an. Wie sollte sie das nur bewerkstelligen?

Er lachte. »Ist egal, wenn was danebengeht. Ich mache dir morgen persönlich sauber.«

Sie würde warten müssen, bis sie den Fuß wieder ein wenig belasten konnte. Sie würde einhalten müssen – oder aber ins Bett machen. Nein, sie würde einhalten.

Die Nacht über ließ es sich dank der Schmerzen und kurzer Schlafphasen verdrängen, doch am nächsten Morgen hatte sie das Gefühl, ihre Blase würde platzen. Der Fuß war noch dicker geworden, trotzdem setzte sie sich auf, wartete, bis ihr Kreislauf stabil war, und zog den Nachttopf hervor. Dann öffnete sie ihre Hose, versuchte, sie im Sitzen auszuziehen und sich irgendwie über den Nachttopf zu halten. Aber es ging nicht, sie knickte weg, fiel um, landete auf dem blanken Hintern neben dem ebenfalls umgekippten Porzellanpott und biss sich dabei auf die Zunge. Mit dem Geschmack nach Rost im Mund hievte sie sich wieder ins Bett. Ihr Unterleib verkrampfte sich, und sie glaubte, wirklich nicht mehr einhalten zu können.

Scott musste das Gepolter gehört haben. Er klopfte und wartete nicht einmal eine halbe Sekunde, bevor er die Tür öffnete. Flo zog sich rasch die Bettdecke über den entblößten Unterkörper.

»Brauchst du Hilfe?«

Flo musste Tränen wegblinzeln.

Scott sah sie stirnrunzelnd an, kam auf sie zu und stellte den Nachttopf wieder auf, direkt zwischen Flos Füße. »So müsste es gehen, oder?«

Sollte sie einfach ins Bett machen? Aber wie sollte sie ihm das wiederum erklären?

»Ich kann rausgehen.« Scott klang belustigt.

Flo atmete tief ein und zittrig wieder aus. »Ich brauche deine Hilfe.«

Mit der Eilpost hatte sie Agnes eine Nachricht geschrieben, und zwei Tage später war die Haushälterin endlich, endlich in London. Zwei Tage hatte Flo nicht geschlafen, hatte das Zimmer nicht verlassen, hatte gezittert und geweint.

Scott sah an ihr vorbei, voller Verachtung, Ekel. Er sprach nicht mehr mit ihr, erlaubte ihr aber immerhin zu bleiben, bis sie wieder einigermaßen auftreten konnte. Vicky hingegen überschüttete Flo mit Hass und Häme. Ausgenutzt hätte sie den gutmütigen Scott, gegen allen Anstand verstoßen, wenn sie morgen nicht endlich hier raus sei, würde sie allen davon erzählen, schlimmer als die niedrigste Prostituierte sei sie, eine Hexe.

Flo erbebte unter jeder Beschimpfung und konnte sich doch nicht bewegen. Als Agnes da war, ließ sie sich in eine Umarmung ziehen und weinte in ihr Umhängetuch.

»Komm, Engelchen«, sagte Agnes, »komm nach Hause.«

Sie packten Flos wenige Sachen. Agnes hatte ihr einen von Georges Gehstöcken mitgebracht, die er nur aus modischen Gründen nutzte. Mit dem Stock auf der einen und Agnes auf der anderen Seite schaffte sie es den Korridor entlang und sich am Geländer festkrallend, auch die Treppen hinunter. Es schmerzte so sehr, dass ihr blaues Feuer vor den Augen brannte.

Unten am Empfang stand Vicky mit zwei Freundinnen, alle drei starrten ihnen entgegen, ihre Wut ähnlich blau wie Flos Schmerzen.

»Eine Schande ist das«, sagte die eine.

»Ganz London sollte davon erfahren«, ergänzte Vicky.

»Und die Leute draußen in Hertfordshire auch«, sagte die Dritte, »ich kenne da jemanden. Sie darf sich nicht einfach dahin zurückziehen.«

»Es würde mich nicht wundern«, zischte die Erste wieder und zeigte auf Agnes, »wenn die da eigentlich ein Mann wäre.«

»Und der komische Onkel eine Frau«, rief Vicky. »Grundgütiger! Wie der sich schon anzieht!«

Endlich waren sie an ihnen vorbeigehumpelt, Agnes half Flo in die bereitstehende Kutsche, und sie fuhren davon. Scott hatte sich vor ihr versteckt, und Flo ballte die Fäuste, um nicht zu sehr zu zittern. Fast zehn Jahre hatten sie sich gekannt, Scott hatte ihr so viel beigebracht, sie hatten so oft über den Büchern zusammengesessen und ein Glas Rotwein getrunken und sich dann für die Nacht zurückgezogen. Bis morgen, mein Sohn. Das hatte Scott so oft gesagt.

Während Flo mir die Geschichte erzählte, zitterte ihr immer wieder die Stimme. An dieser Stelle lief ihr eine Träne die Wange hinab, sie wischte sie weg und schniefte.

»Als du …«, fing sie an, »… als du es herausgefunden hast … Ich habe gedacht, du wirst genauso reagieren.«

Ich schüttelte heftig den Kopf.

»Ich habe gedacht«, sagte sie, »ich müsste weg von hier und alles aufgeben.«

»Nein, niemals«, beschwor ich sie. »Ich bin deine Freundin. Ich verrate dich nicht. Du hast doch nichts falsch gemacht.«

»Doch.« Sie sah mich fest an. »Ich lüge. Ich lüge die ganze Zeit.«

»Aber niemand hat einen Nachteil dadurch«, argumentierte ich. »Nicht einmal Scott hatte einen Nachteil dadurch.«

»Ich habe ihn die ganze Zeit belogen.«

Flo war von ihrem Standpunkt nicht abzubringen, und ich verstand sie – und auch wieder nicht. Ich wusste selbst nicht, was ich denken sollte.

»Ich werde dich nicht verraten«, sagte ich.

Damals hatte Flo jedoch noch lang ganz andere Stimmen im Ohr, Vickys Hass, die Gier ihrer Freundinnen nach Klatsch und Tratsch und Bösartigkeit. Agnes hatte Flo beruhigend eine Hand auf das Knie gelegt, das immer noch in Männerhosen steckte. Flo besaß überhaupt keine Frauenkleider.

»Die werden schon nichts machen«, sagte Agnes. »Die reden nur.«

Flo sah auf. Agnes' Blick war nicht so ruhig wie ihre Worte.

»Ich glaube, ich muss erst einmal verschwinden«, sagte Flo hilflos. »Wohin kann ich verschwinden, Agnes?«

An einem Septembermorgen öffnete ich die Fensterläden hinaus in den ersten Schnee.

Es war Herbst geworden im Val Paluonda. Wir waren immer noch nicht heimgefahren, und ich wollte unbedingt hinaus in diese Pracht, die ich hier zum ersten Mal zu Gesicht bekam. Ein Rotkehlchen saß auf einem Ast unter meinem Fenster und sah mich mit seinen schwarzen Äuglein an.

Zum Frühstück erschien ich bereits mit Wanderkleid und festen Stiefeln. Henry war mit Burgh und Couttet auf einer mehrtägigen Tour, immer mit Blick auf das Wetter am Piz Palü. Noch hatten sie kein Glück gehabt. Ansonsten war im Tal nicht mehr viel los. Die letzten Gäste aus dem Engadin hatten auf dem Weg gen Norden noch einmal kurz im Posthotel durchgeschnauft. Jetzt machten Flo und sein Personal die meisten Zimmer winterfest und schlossen sie ab, doch anders als die meisten Häuser blieb das Posthotel Sumbriva geöffnet, um die tägliche Postkutsche und deren Passagiere zu versorgen.

Ich aß nun stets mit Flo und seinen Angestellten in der Küche. Elvezia Biert war mir gegenüber zuerst furchtbar reserviert, und ich merkte, wie normal es war, dass man sich »oben« so überhöflich und beflissen begegnete – und wie steif und unnormal es hier unten schien. Doch mit der Zeit wurde sie wohlwollender und der Rest des Personals mit ihr.

Nach dem Frühstück war der Schnee allerdings schon fast wieder weggetaut, und die goldgelben Lärchen übernahmen noch einmal die Landschaft. Sobald es am Abend dämmerte, schneite es erneut und mit einer Eile, dass das ganze Tal im Gestöber verschwand. So viel Schnee gab es im September sonst nie, sagte Beat Biert, der mit den ersten Ausbesserungen an den Hotelfenstern begonnen hatte. Flo hatte in diesem Herbst noch einiges für den Tischler geplant.

Mit dieser seltsamen Andacht, die man jedem einzelnen Schneefall entgegenbringt, sah ich vor dem Schlafengehen von meinem Fenster aus in die Dunkelheit und fragte mich, wie es Henry ging. Sie waren gut ausgerüstet, und Couttet würde kein Risiko eingehen, aber Beat Biert meinte, sie würden bald unverrichteter Dinge wiederkommen. Es war zu spät im Jahr für so ein Unternehmen.

Da bemerkte ich draußen eine Bewegung. Zwei Silhouetten eilten die Straße hinauf und trugen dabei etwas über die Schultern. Stäbe? Stöcke? Schnell gerieten sie außer Sicht.

»Warum müssen wir das im Dunkeln machen?« Flo steckte die langen Holzbretter mit dem flachen Ende in den Schnee. Sie waren über zwei Meter lang und ragten ihr hoch über den Kopf. Das obere Ende hatte Andri spitz zugesägt und rund abgeschliffen.

Sie hatten den obersten Punkt der Dorfstraße erreicht, danach hob der Weg steil zu den ersten Serpentinen an, die schließlich auf den Pass führten.

»Drei Gründe«, sagte Andri und nahm Flo die Bretter ab. »Erstens weil meine Eltern sich schon in Grund und Boden schämen, wenn ich wandern gehe.«

Flo wischte sich den kühlen Schnee aus dem Gesicht. Andri stand so nah, dass sie trotz der Dunkelheit selbst die feinsten Wimpern an den äußeren Enden seiner Lider wahrnehmen konnte.

Als er vor zwei Jahren nach Sumbriva zurückgekommen war, hatte er auf Flo so jung und schüchtern gewirkt, so fromm wie die ganze Familie Cavegn, höflich, aufmerksam, aber im Grunde eher verschlossen. Je mehr sie sich kennengelernt hatten, desto mehr Zeit verbrachten sie zusammen, hatten so viel zu reden über das Café und das Hotel, über die Menschen und ihre Eigenschaften. Flo hatte das Gefühl, ihm alles sagen zu können.

Außer eben das eine.

Wie immer.

Und machte das den Rest nicht sinnlos? Falsch?

Andri schien ihr gegenüber nichts zu verbergen. Eines Abends, als er wieder einmal nach dem Melken zu ihr ins Hotel gekommen war, wo Flo hinter dem Empfangstresen noch mit einer schwierigen Rechnung kämpfte, hatte er ihr leise gestanden, dass er hoffte, sein kranker Vater würde bald sterben. Dann würde seine Mutter noch einmal heiraten können, einen anderen Bauern, es war im Grunde auch schon klar, wer es sein würde, und der könne dann den Hof der Cavegns übernehmen und Andri könne zurück nach Bordeaux. Die Landwirtschaft war ihm eine Qual. Aber so etwas durfte man nicht einmal denken, nicht über den eigenen Vater, nicht als frommer Christ, und nachdem Andri es ausgesprochen hatte, stand ihm die Scham in die Augen geschrieben. Er beugte sich vor und sah Flo durchdringend an.

»Bitte glaube nicht, dass ich das will. Ich will nicht, dass er stirbt.«

Flo wollte ihn am liebsten in den Arm nehmen. »Wenn er nur noch Schmerzen hat ... «

»Nein, ich meinte das nicht so.«

»Ich will sowieso, dass du bleibst«, sagte Flo leise. »Ich will nur nicht, dass du dich mit dem Hof so quälst.«

»Du könntest mitkommen. Hotels gibt es in Bordeaux genug.« Er sah sie dabei nicht an, und die Schatten der flackernden Kerzen machten sein Gesicht unlesbar. »Oder Cafés.«

Es wurde immer schwerer für Flo, ihm so nah zu sein und so viel zu lügen.

Denn sie war verliebt. Das hatte sie sich an dem Tag eingestehen müssen, an dem sie sich auf der Brücke unterhalten hatten. Sie hatten über nichts Besonderes gesprochen, über das Wetter, einen interessanten Gast, Croissants und Andris Schwester – aber ihre Ellbogen hatten sich berührt, minutenlang, und sie hatten so getan, als ob nichts wäre.

Sie war verliebt. So sehr, dass sie in großer Gefahr war. Und sie wusste nicht, was sie tun sollte. Tag für Tag schob sie die Entscheidung hinaus und versuchte, die Zeit mit Andri zu genießen, jede Gelegenheit wahrzunehmen, seine schönen Wimpern zu studieren, seine Kuchenkreationen zu essen und nun eben auch mit diesen seltsamen Schneebrettern unterwegs zu sein.

Sie *konnte* nichts tun. Für Andri war sie ein Mann, und wie sollte er für einen anderen Mann Gefühle haben? Männer hatten Gefühle für Frauen. Männer waren in Frauen verliebt. Männer heirateten Frauen. Doch sie hatten da gestanden, und ihre Ellbogen hatten sich berührt. Vielleicht war es nur Zufall gewesen und Andri hatte es gar nicht bemerkt?

Sie atmete tief durch. Sie würde diesen Abend einfach genießen, würde sich mit einem guten Freund amüsieren und nicht an die große Lüge denken, die ihr Leben war.

»Zweitens«, sagte Andri jetzt, um die noch fehlenden Gründe für die abendliche Unternehmung aufzuzählen, »weil die Straße leer sein muss.«

»Und drittens?«

Andri legte Flos Bretter quer auf die Straße und winkte sie zu sich. »Drittens werden wir erst einmal so doof aussehen, dass wir keine Zeugen brauchen können.«

Flo stellte, wie geheißen, einen Fuß auf den flachen Holzklotz in der Mitte des Bretts. Andri griff mit einer Hand um ihr Bein und rückte es zurecht. Flo ließ es geschehen, hatte nicht das Bedürfnis, Reißaus zu nehmen, wie sonst, wenn Menschen ihr zu nahe kamen. Viel zu schnell war der Moment vorbei. Andri befestigte noch eine Schlaufe um ihren Schuh und zurrte sie fest.

»Heb mal an.«

Flo tat, wie ihr befohlen. »Hält fest.«

»Dann der andere Fuß.«

Andris Kopf steckte unter einer dicken Wollmütze. Voller Übermut zupfte sie daran und hielt sie plötzlich in der Hand. Selbst in der Dunkelheit war zu sehen, wie Andris feines, gerade noch platt anliegendes Haar sich erhob und in alle Richtungen abstand.

Sie kicherte. Andri stand auf und nahm ihr die Mütze aus der Hand. »Jetzt bleib so stehen, bis ich auch fertig bin.«

Er setzte sich die Mütze wieder auf. Alles in ihr war flatterig und fröhlich. Er hatte so einen schönen Nacken, und seine Ohren mussten köstlicher schmecken als all seine Cremeschnitten. Sie hatte noch nie jemanden geküsst. Wie es sich wohl anfühlte?

Andri zog sich die Handschuhe über und drehte sich mitsamt den Holzbrettern Schritt für vorsichtigen Schritt so um, dass er neben ihr stand. »Jetzt komm her.«

Die Ski schienen einen Moment am Schnee festzukleben, dann lösten sie sich mit einem dumpfen Geräusch, und Flo kam neben Andri zu stehen.

Das rechte Brett rutschte ein Stück nach vorn, und Flo griff nach Andris Hand. »Das will schon los.«

»Dann wollen wir es nicht länger warten lassen.« Andri schob ein Bein nach vorn und versuchte, irgendwie in Bewegung zu kommen.

Flo hingegen verlagerte ihr Gewicht ein Stück und glitt

von ganz allein los. Als sie an Andris Hand zog, folgte er ihr. Sie nahmen Fahrt auf.

»Ich weiß nicht, wie ich lenken soll«, rief Andri ängstlich.

»Du hast dir das doch ausgedacht! Gewicht verlagern!« Die Dorfstraße rutschte weg, als zöge sie jemand unter ihnen fort, immer schneller wurden sie, ein schabendes Geräusch unter den Brettern, die wackelten und wobbelten. Flo kam gefährlich weit an den Straßenrand und steuerte direkt auf eine Schneewehe zu. Eine winzige Sekunde lang meinte sie abzuheben und zu fliegen. Dabei musste sie Andris Hand loslassen, um sich auszubalancieren und nicht mit der Nase voran zu stürzen. Jetzt kam die Brücke, das Wasser rauschte, die Holzbohlen unter dem Schnee klangen hohl, dann zog das Hotel an ihr vorbei, blitzschnell, plötzlich hatte Andri sie wieder eingeholt, griff erneut nach ihrer Hand.

»Wir müssen anhalten«, rief er, »sonst landen wir unten in der Kurve im Schuppen.«

»Ist nur Heu und Stroh drin«, rief sie zurück, »wäre eine weiche Landung.«

»Aber das Tor ist zu!«

»Dann nach rechts, nach rechts!«

Aneinandergeklammert und mit wackligen Beinen kamen sie im Schatten des Schuppens zum Stehen. Flo hörte Andris schnellen Atem, spürte ihn auf ihrem Gesicht, und nach viel zu langer Stille ließ sie schließlich seine Hände los.

Andri geriet sofort wieder ins Gleiten und ruderte mit den Armen.

Flo griff zu und hielt ihn fest. »Noch mal?«

Sie schulterten ihre Schneebretter, und Andri nahm im Dunkeln ihre Hand. Durch die Fäustlinge spürte Flo seine Wärme. Erst als der Schein einer Laterne, die an einer Hausecke hing, sie erhellte, ließ Andri los, als hätte er schlagartig gemerkt, was er da tat.

Flo konnte kaum schlafen in dieser Nacht, und wenn sie doch einnickte, träumte sie von Vicky und ihren Freundinnen, die ihr Verwünschungen hinterherzischten. Sie träumte von Scotts Entsetzen, als sie ihm die Wahrheit gesagt hatte. Er hatte sich umgedreht und war aus dem Zimmer gestürmt, und sie hatte, immer noch unfähig, sich über dem Nachttopf zu halten, ins Bett gemacht. So etwas Entwürdigendes wollte sie nie wieder erleben.

Flo wälzte sich hin und her und war deshalb auch sofort wach, als nach Mitternacht Geräusche im Foyer zu hören waren. Eilig zog sie sich an und ging nachsehen.

»Entschuldigen Sie, Mr. Fernsby«, flüsterte Henry Brightfield.

Beim Hereinkommen hatte er seine Ausrüstung so ungeschickt auf einer Stufe abgestellt, dass sie unter großem Lärm die Treppe heruntergepoltert war. Flo half ihm, den Rucksack und die schweren Stiefel in die Bel Etage zu tragen.

»Haben Sie den Piz Palü aufgegeben?«, fragte sie.

»Schweren Herzens. Der Schnee ist ja runtergekommen wie ein wilder Teufel. Burgh hat sich gleich auf den Weg nach England gemacht, Couttet ist nach Chamonix. Ich habe mich noch auf dem letzten Stück verlaufen und bin deshalb so spät.«

»Gut, dass Sie hier sind.«

»Allerdings.« Brightfield schnaufte durch, als sie die letzten Stufen erklommen hatten. »Ich sollte niemals allein ohne meine Frau unterwegs sein. Jane kann die Himmelsrichtungen und die Wege fast genauso gut erschnüffeln wie unser Couttet.«

»Sie wird sich freuen, Sie zu sehen.«

Tatsächlich wurde ich wach, so leise Henry auch versuchte, die Tür zu öffnen. Je mehr er sich bemüht, leise zu sein, desto eher stößt er irgendetwas um, oder er weckt einen mit einem Niesen, das er so sehr zu unterdrücken versucht, dass es umso lauter aus ihm herausplatzt. Ich sprang im Nachthemd auf ihn zu, meinen großen, tollpatschigen Bär von einem Mann mit dem zotteligen Bergsteigerbart, und küsste ihn auf die kalten Lippen.

Erst in diesem Moment entdeckte ich Flo, die mit Henrys Rucksack im Korridor stand.

»Ich hole dir schnell warmes Wasser«, sagte ich zu Henry, zog ihm die Jacke aus und hängte sie über eine Stuhllehne. Dann nahm ich Flo den Rucksack ab, stellte ihn in die Zimmerecke und griff nach dem Waschkrug.

»Jane«, flüsterte Flo auf halber Treppe, Dringlichkeit in der Stimme.

Ich hielt inne und sah sie im schwachen Licht an.

»Wie fühlt es sich an, jemanden zu küssen?«

Flos Nacht war schlaflos geblieben, und am nächsten Morgen ging sie, nachdem sie den Frühstückssaal in den guten Händen ihrer beiden erfahrensten Saaltöchter wusste, zum

Gottesdienst. Oft half ihr die Stunde in der Kirche mit der immer gleichen Abfolge und den bekannten Gebeten, Frieden zu finden. Dass Gott sie für ihren Lebenswandel verdammen würde, glaubte sie nicht – das Urteil der Menschen wäre viel schlimmer. Heute jedoch ruhte ihr Blick die ganze Zeit auf Andris Rücken.

Andri saß einige Bänke vor ihr neben seiner Mutter und seiner jüngeren Schwester Cilgia und hielt den Kopf gesenkt, den hellen Nacken entblößt, die feinen Haare mit Wasser gekämmt. Nach dem Segen, während die Orgel noch spielte, setzte er sich aufrechter. An der Kirchentür bedankte sich der Pastor bei allen Anwesenden mit Handschlag, und Flo wartete auf dem Vorplatz, bis auch die Cavegns herauskamen. Sie wusste genau, dass sie den gestrigen Abend am besten ruhen lassen sollte. Es war ein vom Schnee verzauberter Abend gewesen, an dem sie sich so oft berührt, so oft angeschaut hatten wie noch nie. Im sonntäglichen Mittagslicht mit den Augen des Pfarrers und der ganzen Gemeinde auf sich würde Andri ein anderer sein. Das wusste sie, und trotzdem ging sie auf ihn zu, grüßte seine Mutter und Cilgia und zog ihn dann ein Stück zur Seite, damit sie ihn fragen konnte.

»Fahren wir heute Abend wieder den Berg runter?«

Andri sah sie nicht an. »Ich muss meiner Familie helfen.«

»Wir können ganz spät gehen.«

Andris Mutter kam auf sie zu und fragte Flo irgendetwas, das sie zwar hörte, aber nicht aufnahm. Überhaupt schien alles nur noch zu rauschen, bis sie zurück zum Hotel geeilt war, sich in ihrem Zimmer einschloss und die Bettdecke über die Ohren ziehen konnte.

Eine halbe Stunde später stand Mr. Fernsby wieder höflich lächelnd in seinem Foyer und empfing die tägliche Postkutsche.

KAPITEL 16

Sobald es dunkel wird, beginnt das Hotel zu funkeln. Über das Tal blinken die hell erleuchteten Zimmerfenster, auf dem Rondell vor dem Eingang stehen vier Fackelkörbe. Das Foyer wird von Kerzen erhellt und führt die Gäste in den Ballsaal auf der Rückseite des Gebäudes. Gleich wird die Musikkapelle aufspielen, die Tische biegen sich bereits unter den feinen Speisen, Champagnergläser werden klirren, Bläschen blubbern, helles Frauenlachen durch die Luft schwirren, während die weiten Röcke leise wischen und wuschen, die Herren im Frack sich verbeugen, die Damen zum Tanz auffordernd.

Man muss ein bisschen die Augen zusammenkneifen, um all das zu sehen. Man muss auch diesen Geruch nicht so wichtig nehmen, der einem in die Nase steigt, wenn man ein korsettiertes Kleid aus einem Theaterfundus trägt, das ähnlich riecht wie die ausgegrabenen alten Samtvorhänge. Elegant drapiert schmücken sie die Fensterfront, doch der Blick darf noch immer ins Weite gehen, zu den Lichtern von Parvis auf der anderen Talseite – das kleine Parvis, von dem die Gäste im Jahr circa 1870 in Sumbriva noch kaum etwas gehört haben. Denn hier in Sumbriva steht dieses Hotel, von dem alle sprechen, in dem alle haltmachen auf dem Weg über den Pass. Hier finden die Dinnerpartys statt, auf denen sich Menschen aus aller Welt treffen. Eine russische Prinzessin und ein deutscher Fabrikdirektor werden erwartet. Ein französischer Graf und eine englische Bergsteigerin.

Laura und Nora hatten sich von Jonas' Idee im Handumdrehen anstecken lassen, und gemeinsam waren ihre Pläne gewachsen. Es gab, erklärte Laura, eine Wohngemeinschaft aus drei alten Herren in Sumbriva, die regelmäßig mit drei weiteren Freunden als Miniorchester unterwegs seien und sich über jedes Aufspielen freuten. Jonas hat Musik herausgesucht und sie den Herren zum Üben gebracht. Maike fand einen Kostümverleih, der zwar keine passende Kleidung hatte, aber an ein Theater im Engadin verweisen konnte. Robin Hohlfeld hat die alten Vorhänge aus der Mottenkiste geholt, ausgeklopft und aufgehängt, während seine Tochter einen Bekannten anrief, einen Koch, der sich über die alten Rezepte amüsierte und meinte, sie sollten lieber ein Catering bestellen. Aber das kam nicht in Frage.

Als Erstes schreitet ein Gentleman die Treppe herunter, die Haare in Wasserwellen gelegt. Mit einem Zwinkern stellt er sich neben sie.
»Good evening, Mr. Brightfield.«
»Good evening, my dear Ms. Reineke.«
Es folgen zwei ältere Damen, Freundinnen von Esthi Murger, die Maike nicht kennt, so dass sie gar nicht verkleidet wirken, sondern ganz echt mit ihren weißen Handschuhen zu seidenen Ballkleidern. Auch sie halten sich auf-

recht, und die runzligen Hälse ragen aus dem Kragen wie Schwäne.

Maike streckt den Rücken. So ein Korsett ist verdammt interessant. Es macht schöne Kurven, und man spürt seinen Körper viel bewusster. Dafür sorgt auch die Schwere des Kleides, so viele Lagen Stoff, sogar eine Schleppe, die am Ende des Abends ganz schmutzig sein wird, und dazu ein außerordentlich freizügiges Dekolleté und kurze Ärmel.

»Helle Farben waren damals am beliebtesten«, hat Miss Celine vom *Teater Randulin* gesagt, die mit den Kostümen angereist ist, »weil es so dunkel war in den Ballräumen. Das Blau steht Ihnen ausnehmend gut, Maike, Sie sehen aus wie eine Eisprinzessin.«

»Oh, vielen Dank.«

»Auf alles, was drunter ist, achten wir mal nicht genau.«

»Sie meinen, die Damen früher haben keine Ugg-Boots getragen?«

»Und auch nicht das, was wir heute unter Schlüpfern verstehen.«

»Sondern? Diese weißen Rüschendinger?«

»So ähnlich. Vor allem waren sie im Schritt offen.«

Auch das wäre vermutlich interessant. Sie ist jedenfalls gespannt, wie Ravi reagiert. Sie haben sich noch nicht gesehen, weil er sich nach der langen Fahrt in der Ferienwohnung hinlegen wollte, und sie kann immer noch kaum glauben, dass er schon wieder hier ist. Er wollte diese Party nicht verpassen – und hatte Sehnsucht nach ihr –, und hat den langen Weg auf sich genommen.

Gestern hatte er ganz aufgeregt angerufen, und Maike

war schnell aus dem Speisesaal geflüchtet, um Robin und Jonas das laute Zurechtschieben der Tische zu überlassen.

»Ich war im Archiv«, sagte Ravi.

»Und? Und? Und?«

»Ich habe alles gefunden, Füchschen: Geburts- und Heiratsurkunden für alle deine Vorfahren, die deine Mutter und somit auch dich direkt mit Andri Cavegn verbinden.«

»Hammer!« Sie konnte vor Begeisterung nicht stillstehen. »Hammer, Hase! Das heißt, wir haben alles, was wir brauchen?«

»Denke schon, ja.«

»Bringst du das Zeug mit? Und … gehen wir damit zur Gemeinde Parvis?«

»Wolltest du nicht anwaltliche Hilfe holen?«

Maike lief im Kreis und überlegte. »Ich könnte mich gleich Montag auf die Suche machen, nach der Dinnerparty.« Sie blieb stehen. »Dann bist du morgen Abend hier?«

»Wenn du mich dahaben willst.«

»Nur wenn du mit mir tanzt.«

»Dann bin ich da.«

Sie sprang durch die Eingangshalle und rannte alle Treppen hoch, nahm je zwei der knarzenden Stufen auf einmal, bis zum Dachgeschoss, und wieder hinunter. Im ersten Stock blieb sie stehen. Und jetzt? Was sollten sie jetzt mit dem Kasten machen, diesem zauberhaften Kasten? Sie schwang sich auf das Treppengeländer und rutschte mit dem Hintern voran bis hinunter ins Foyer.

Heute geht es vornehmer zu, denkt sie und ertappt sich dabei, wie sie sich zwischen zwei Haarnadeln kratzt. Haltung, bitte, im neunzehnten Jahrhundert.

Nun kommen sie alle hintereinander: Caro Hohlfeld hat sich bei ihrem Robin untergehakt, Laura schreitet hinter ihnen her. Die langen blonden Haare trägt sie offen, wie einen goldenen Umhang über ihre bloßen Schultern. Hübsch sieht sie aus. Esthis Sohn Cla und seine Nina haben ihre Zwillinge mitgebracht, und obwohl die Männer zur Belle Époque schon ziemlich ähnliche Anzüge zu den heutigen trugen, gedeckte Farben, schlanke Silhouette, hat Cla sich geweigert. Stattdessen hat er seinen Hochzeitsanzug angelegt, aus dem er an allen Ecken und Enden herausquillt. Für die Zwillinge hatte Miss Celine leider nichts Passendes, so dass sie nur hübsche weiße Spitzenkragen bekommen haben.

Dann sind da Silvana und Dani.

»O Mann«, sagt sie leise zu Jonas. »Die beiden sind ja wohl unverschämt schön.«

Dani mit dunklem Bart und dunkler Mähne, die er sonst unter einer Strickmütze versteckt hält, sieht in grauer Hose und Jacke aus wie ein Model, Silvana neben ihm in einem hellgrünen, bodenlangen Gewand, das genau ihrer Augenfarbe entspricht, und dazu ein rotes Halstüchlein. Was für ein Glamourpaar.

Kleider machen also tatsächlich Leute. Machen aus Leuten andere Leute. Sie stolzieren an ihnen vorbei, versuchen sich an Knicksen und Verbeugungen und kichern. Lauras Nase kräuselt sich, wenn sie lacht. Mit ausgewählten Worten, die irgendwie altmodisch klingen sollen, lädt

Maike sie ein, den Ballsaal zu betreten. Die ersten Töne des Orchesters erklingen.

»Schubert«, sagt Jonas schwärmerisch und fletscht die Zähne, als ihn eine ganze Reihe falscher Töne erreicht.

»Nun ja, sie hatten nur drei Tage zum Üben.«

»Was spielen sie denn sonst so?«, fragt sie.

»Rockabilly.« Jonas wird zappelig. »Gehst du schon mal mit Nora den Champagner ausschenken, bevor sie sich da drinnen langweilen? Ich kann den Rest hier standesgemäß begrüßen.«

Unfassbar, was sie aus diesem Saal herausgeholt haben. Es passt auch weiterhin nichts zusammen, sie haben keine neuen Möbel kaufen oder die Wände tapezieren können. Aber allein die Menschen, die sich schön gemacht haben und lächeln und plaudern, bringen Leben in die Bruchbude. Vor ein paar Tagen hat sie dieses Wort noch ganz abschätzig benutzt, inzwischen hat sich eine Art Zärtlichkeit in ihre Gedanken geschlichen.

Eigentlich wollten sie nur Kerzen anzünden, für die Atmosphäre. Aber man sah ja nichts. Jetzt funzeln doch die Wandlampen vor sich hin und verbreiten ein ganz gemütliches Licht. Den rechten Teil des Saals haben sie zum Tanzen frei gelassen, und hoffentlich wird sich bald jemand trauen. Im Zweifelsfall werden Maike und Ravi anfangen. Wann kommt er nur?

Im linken Teil des Saals haben sie auf zwei Tapeziertischen unter weißen Tischdecken das Essen aufgebaut. Nora schenkt von der Küchenzeile aus die Getränke aus, ganz professionell. Maike versucht, ihr zur Hand zu gehen, und tritt ihr dabei auf den Rocksaum.

»Oh, sorry! Ich gehe Miss Celine fragen, ob man das flicken kann. Du alter Hase kommst eh besser ohne mich zurecht, oder?«

»Ja, geht schon.«

Maike eilt an Marietta vom Nagelstudio mit einer großartigen Hochsteckfrisur und ihren drei Teenagertöchtern vorbei, bekommt von Miss Celine ein paar Sicherheitsnadeln und hüpft die Treppe wieder herunter, soweit man in einem Ballkleid hüpfen kann.

Jonas schäkert mit zwei älteren Damen, die ein wenig Englisch sprechen. Heute Abend wird Maike wohl alle zweiundzwanzig kennenlernen, die noch in Sumbriva leben.

Da kommt endlich Ravi zur Tür herein. Er trägt einen schwarzen Mantel oder eher ein Cape, bleibt im Halbdunkel stehen und streckt ihr eine Hand entgegen.

»Fasse wacker meinen Zipfel«, sagt er laut.

Sie lacht. »Wie bitte?«

»Da steigt ein Dampf, dort ziehen Schwaden ...« Er hält inne. »Mist, vergessen.«

Sie muss nachdenken. »Faust?«

Er kommt näher und zeigt auf seine linke Wange, wo sie einen scharfen Abdruck sieht. »Ich bin auf deinem *Faust* eingeschlafen. Warum liest du plötzlich Goethe statt Mann?«

Sie küsst ihn auf die verschlafene Wange und den warmen, weichen Mund. »Weil Mann sich natürlich auf Goethe bezieht. Walpurgisnacht.«

Er zieht sie eng an sich. »Ich bin bei *Fasse wacker meinen Zipfel* ausgestiegen.«

Sie kichert. »Den würde ich gern mal wieder anfassen. Du siehst jedenfalls sehr mephistophelisch aus mit deinem Mantel.«

»Das war die Idee.« Er wirft ihn sich über die Schulter. Eigentlich ist es nur eine dunkelblaue Wolldecke aus der Ferienwohnung, kariert und aus der Nähe doch wenig teuflisch.

»Ist das dein Ravi?« Jonas kommt zu ihnen, und Maike stellt die beiden Männer einander vor.

»Darf ich das Manuskript sehen?«, fragt Ravi. »Seid ihr inzwischen durch?«

»Wir haben ein bisschen weitergelesen, aber wegen den ganzen Vorbereitungen sind wir noch nicht durch. Komm.«

Sie zieht ihn, unkostümiert wie er ist in Jeans und Winterjacke, in den Ballsaal. Nora läuft an ihnen vorbei, und Maike hält sie am Arm fest. »Das hier ist übrigens Ravi.«

Die beiden begrüßen sich, und schon ist Nora wieder weg.

Maike knickst vor ihrem Freund. »Gelüstet es Euch nach Champagner, Graf von Ravihausen?«

»Aber selbstverständlich, Baronesse zu Fuchs.« Er hält ihr den Arm zum Unterhaken hin. »Wer hat das denn alles bezahlt? Ist das echter Champagner?«

»Jonas und ich, und ja, es hat alles doppelt so viel gekostet, wie du meinst. Wir sind ja schließlich in der Schweiz. Aber ich finde, es hat sich gelohnt. Nora hat gleich zwei Signature-Cocktails kreiert: den Doppelten Riffelberg und den Rum Doodle.«

Das Orchester verspielt sich erneut und verstummt mit

einem Mal komplett, als zwei der Männer aufspringen und der eine fast seinen Kontrabass von sich wirft. Die anderen johlen.

»Nur eine Maus«, rufen sie, »da läuft eine Maus an der Wand entlang.«

Dani, geht in die Hocke, schnappt das verwirrte Tier am Schwanz und bugsiert es nach draußen.

Die Musiker wechseln flüsternd einige Worte. Als sie wieder zu spielen anfangen, ist Schubert vergessen. Jonas ist schockiert: Rockabilly. Sofort fangen Esthi Murger und ihre Freundinnen an, in den Knien zu wippen. Robin und Cora wirbeln auf die Tanzfläche.

»Perfekt«, ruft Maike Jonas zu. »Ist doch alles perfekt.«

Ravi greift ihr um die Taille. »Darf ich bitten?«

Es ist ein unglaublich schräger Abend mit einer so zusammengewürfelten Gesellschaft und all den alten Leutchen aus Sumbriva, die sie nicht versteht, wenn sie Rätoromanisch sprechen. Aber da herrscht so ein Vertrauen unter ihnen, die sich schon ihr Leben lang kennen.

Eine von Esthis Freundinnen, die Maike vorhin für sich als runzelige Schwäne bezeichnet hatte, versucht, ihr ein paar Sätze beizubringen.

»Ia ... va ... nom ... Moscha.« Sie legt sich eine Hand auf die berüschte Brust.

Mit ein bisschen Französisch und Italienisch kann Maike es sich ableiten. »Mein Name ist Moscha?«

Moscha nickt. »Ia va nom Moscha. Scu vez Vous nom?«

Maike versucht sich an den vielen Vokalen, bis Moscha zufrieden ist und mit ihr anstößt.

Miss Celine bekommt Applaus von allen, als sie schließlich selbst verkleidet in den Ballsaal kommt, und Jonas ist ohnehin der Mittelpunkt des Festes, trotz oder gerade wegen seines britischen Understatements.

»Wir Rätoromanen«, sagt ein Rudi, »sind ähnlich bescheiden wie die Briten.«

»Nur der Humor fehlt uns«, wirft Esthi Murger ein. »Gerade wir alten Leute sind immer so melancholisch.«

Maike wird von Jonas zur Seite gezogen. »Weißt du was?«

»Was denn?« Maike leert ihr Wasserglas. Rätoromanisch macht durstig.

»Ich würde«, sagt Jonas, »zu gern eine zeitreisende Postkarte an Jane schreiben. Liebe Urururgroßmutter, vielen Dank, dass du dieses Hotel für mich gefunden hast und diese lieben Menschen. Dein Jonas.«

»Schöne Idee.«

Laura tippt sie an. »Kannst du helfen, das Dessert anzurichten?«

Die Tapeziertischtafel ist schon reichlich leergeräumt. Noch halten die meisten einen Teller in der Hand oder sitzen und essen. Maike hat eine Menükarte designt, die nun versiebenfacht auf den Tischen steht. Aus der Ochsenschwanzsuppe ist eine vegetarische Brühe mit Grießnockerln oder Tortilla-Chips geworden. Forelle gibt es tatsächlich – Rudi hat sie mit größter Geduld aus dem Paslerbach geholt. Für das Rebhuhn à la Moderne hat Lauras Bekannter als Ersatz Fasan empfohlen – auch der nicht vegetarisch, aber zumindest in all seiner Wildheit geschossen. Nora, die Veganerin, hat ihn und die Forellen abgenickt. Spargel im Winter fand sie sogar noch schlimmer, aber was wäre eine Festtafel im neunzehnten Jahrhundert ohne Spargel? Jetzt fehlt noch das Ananas-Champagner-Sorbet, von dem sie beim Testen fast nichts übrig gelassen haben. Es lagert im Keller in der Tiefkühltruhe, wo Robin und Cora auch ihre im Herbst geschossenen Rehe einfrieren. Bündner Hippies sind anscheinend noch einmal etwas anderes. Ravi, der Wolldecken-Mephisto, hilft ihnen beim Tragen der Sarah-Bernhardt-Torte, die Jonas und Maike zusammen fabriziert haben. Biskuit mit Marzipan, eine Füllung mit Espresso und Vanillepudding, dann noch Kuvertüre drüber.

»Es kann gar nicht sein«, hat Jonas gesagt, »dass du mit einem Zuckerbäcker verwandt sein sollst. Hast du noch nie Kuchen gebacken?«

»Das ist doch kein Kuchen«, hat sie frustriert gerufen, »sondern eine ausgewachsene Torte. Dafür gehe ich in die Konditorei. Marmorkuchen kriege ich hin.«

Neben das Dessert stellen sie die Käseplatten auf die Tische. »Die werde ich im Notfall auch ganz allein aufessen.« Laura seufzt glücklich. »Aber erst brauche ich noch ein bisschen frische Luft. Kommst du mit?«

Die Kerzen in der Eingangshalle sind heruntergebrannt, es ist finster, aber Laura nimmt Maike an der Hand. Sie kennt den Weg genau. Dann stößt sie die Eingangstür auf, und gemeinsam treten sie nach draußen.

»Oh!«, ruft Laura.

Maike läuft los, ohne an ihre Röcke zu denken, streckt die Hände aus und legt den Kopf in den Nacken. »Schnee!«

Vor dem hell erleuchteten Hotel fallen dicke Flocken, die Art Flocken, bei denen alles um einen herum still wird und der Herzschlag sich beruhigt. Maike dreht sich mit dem Kopf im Nacken langsam um sich selbst. Laura streckt die Zunge heraus, um Flocken aufzufangen. Sie müssen beide lachen, dass sie so vorhersehbar reagieren. Aber so macht man das nun einmal, wenn Schnee fällt, mit dem man überhaupt nicht mehr gerechnet hat. Eine dünne Schicht Weiß hat sich bereits auf den Boden gelegt.

Laura hakt sich bei ihr unter und zeigt mit dem Kinn auf das Hotel. »Ist das nicht schön?«

»Sehr.« Sie legt ihren Kopf auf Lauras Schulter, glücklich vom Champagner und vom Schnee und diesem fast kitschigen Anblick vor ihr. Diese Bruchbude. Die Flocken kitzeln auf der warmen Haut. Das Geräusch eines sich nähernden Autos nimmt sie erst gar nicht wahr, bis es direkt hinter ihnen zum Halten kommt.

»Erwarten wir noch Gäste?« Sie dreht sich um.

Da steigt Verena aus dem Wagen, und sofort löst Maike sich von Laura und geht einen Schritt auf ihre Freundin zu.

»Was seid ihr denn für welche?«, fragt die spöttisch und zeigt auf Maikes Aufzug, der ihr mit einem Mal billig und lächerlich vorkommt. Theater statt Ball.

»Was machst du hier?«, fragt sie lahm.

»Ich war neugierig, warum der alte Kasten so hell erleuchtet ist. Da bin ich einfach mal losgefahren.«

»Tja ...« Maike lacht unsicher. »Sumbriva feiert ein kleines Fest. Mit Zeitreise.«

»Ein von Maike organisiertes Fest.« Laura stellt sich neben sie, die Arme vor der hochgedrückten Brust verschränkt.

»Hm.« Verena hält den lauernden Blick auf Maike gerichtet und tut so, als wäre Laura gar nicht da. Maike fühlt regelrecht, wie wütend Laura das macht.

»Kennt ihr euch eigentlich?«, fragt sie schnell. »Laura, Verena. Verena, Laura.«

»Wir sind sogar zusammen zur Schule gegangen«, murmelt Laura.

»Und wie kommt es dazu«, fragt Verena, »dass du hier ein Fest organisierst?«

Maike macht eine unschlüssige Geste. »Lange Geschichte.«

»Erzähl ruhig. Ich hab Zeit, ich bin ja extra hergekommen.«

»Es ist doch gar nicht so überraschend«, mischt Laura sich noch einmal ein, »dass die Erbin des Posthotels Sumbriva hier eine Feier veranstaltet, oder? Da kann man schon mal einen Champagner drauf trinken.«

»Erbin?« Verena vergisst, Laura zu ignorieren. »Wie, Erbin?«

»Ach, hast du das nicht gewusst?«, fragt Laura.

Maike möchte am liebsten davonrennen, über alle Bündner Berge, oder sich unter dem Schnee vergraben. Laura sieht sie von der Seite triumphierend an, und erst als Maike ihren Blick erwidert, senkt sie irgendwann die Lider, dreht sich weg und geht ins Haus.

Verena hingegen wird knallrot vor Wut, als Maike ihr die Sache in knappen Worten erklärt.

»Und was willst du mit dem Schrotthaufen machen?«, fragt Verena schließlich.

»Selbst ein Hotel eröffnen.«

Verena lacht verächtlich.

»Kannst du dir das nicht vorstellen?« Maike geht zwei Schritte auf ihre Freundin zu, aber die weicht zurück. »Wie geil das wäre? Wenn wir hier zusammen was hochziehen würden? Ihr entwickelt den Ort, ich kümmere mich um das Hotel. So wie es ist, bleibt es nicht stehen. Ich will es abreißen und ein richtig modernes Skihotel mit allem Schnickschnack hinstellen.«

Verena lacht noch einmal.

Trotzig stemmt Maike die Hände in die Taille. »Was ist daran so witzig? Ich habe Erfahrung in der Branche, das weißt du doch.«

»Mag sein«, sagt Verena. »Aber du hast keine Ahnung von Graubünden. Du bist hier Skitouristin, sonst nichts.«

KAPITEL 17

Nie, nie, nie konnte ein Mann wichtig genug sein, um dafür ein ganzes Leben aufzugeben. Jeden Morgen war Flo sich dessen bewusst. Jeden Morgen, wenn sie vor dem Spiegel prüfte, ob der Anzug saß und sie sich überzeugend in Mr. Fernsby verwandelt hatte, war sie sich dessen bewusst. Im Foyer traf sie auf Beat Biert, der sich Notizen für den geplanten Umbau machte. In der Küche tobte am Mittag der Koch um die Töpfe, während die Postkutschenpassagiere im Speisesaal auf ihre warme Mahlzeit warteten. Die Saaltöchter holten die Tabletts ab und trugen sie über die Stiegen nach oben.

Flo aß nichts mehr, weil sie im Foyer hin und her lief und wartete, dass Andri kam. Doch der Abend mit den Ski war zu viel gewesen. Flo hatte ständig nach seiner Hand gegriffen, ihn angestrahlt, ihm offen in die Augen geblickt.

»Und es hat ihm gefallen«, rief sie, während wir auf einer der Ruhebänke saßen, die die neuen Wanderwege zierten. Wir hatten nach allen Richtungen eine gute Aussicht, so dass uns niemand belauschen konnte. Flo hatte mich praktisch hergeschoben, weiter und weiter weg vom Hotel. Schleierwolken verdeckten den Herbsthimmel, wir würden schnell anfangen zu frieren.

»Ich glaube wirklich, dass es ihm gefallen hat«, wiederholte sie.

Mit einer Stiefelspitze schabte ich den Schnee unter meinen Füßen zusammen. »Das ist wahrscheinlich das Schlimmste daran.«

Flo fuhr sich durch die Haare. »Er hat Angst, dass er sich von einem Mann angezogen fühlt.«

»Genau. Er hat Angst vor den anderen Leuten, er hat Angst vor seinem Gott.«

»Dann muss ich es ihm sagen.« Sie sprang auf.

Betont langsam strich ich den Schnee, der sich mit den Kieseln darunter vermengt hatte, wieder glatt.

»Was glaubst du«, fragte ich, »wie er reagiert?«

»Ich weiß es nicht.« Sie sah hinauf zum Gipfel des Piz Parüschla. »Was denkst du?«

Andri mit seinem starken Pflichtgefühl seiner Familie gegenüber, seiner Frömmigkeit. »Kannst du dir vorstellen, dass er *nicht* mit seiner Familie drüber spricht? Dem Pfarrer?«

Flo lief vor mir und meinem Misstrauen davon, bevor sie umdrehte und zurückkam. »Ich könnte mit ihm nach Bordeaux gehen. Hotelmanager braucht man überall.«

»Als Mann oder Frau?«

Sie blieb bewegungslos stehen und sah mich nicht an.

Es waren seltsame Tage. Henry schlug vor, nach Hause zu fahren, zu unserem Douglas, doch ich hatte das Gefühl, ich dürfte Flo noch nicht allein lassen – was ich meinem Mann aber nicht sagen konnte, weil ich Flo doch ein Versprechen gegeben hatte. Henry merkte, dass ich ihm etwas verheimlichte. Was konnte so wichtig sein, dass ich nicht endlich zu meinem Sohn zurückwollte? Ich bat ihn, mir zu vertrauen, und das tat er, wie immer.

Vielleicht, sagte ich zu Flo, kommen Männer generell noch schlechter mit deiner Wahrheit zurecht. Nicht dass wir Frauen uns lieber anlügen lassen, wir können nur besser verzeihen. Aber Vicky, erwiderte Flo, war damals in London noch hasserfüllter als Scott selbst gewesen, obgleich er ihr viel näherstand.

Vielleicht, sagte ich auf einem morgendlichen Spaziergang mit Andri, als wir genau an der Bank vorbeikamen, wo Flo zwei Tage zuvor so verzweifelt gewesen war, vielleicht sollte ich das mit den Schneebrettern auch einmal ausprobieren. »Würdest du es mir und Henry beibringen?«

Andri zog eine Grimasse. »Beibringen kann ich euch nicht viel, ich bin sichtbar kein Naturtalent. Flo war viel besser als ich.«

»Dann lass es uns doch zu viert versuchen. Am Abend, wenn es dunkel ist?«

Er sagte zögernd zu.

Als wir zurück in den Ort gingen, kamen eine Frau und zwei Männer die Dorfstraße herunter.

»Hat denn das Hotel geöffnet?«, fragte auf Deutsch der kleinere Mann, den ich gleich als Bergführer erkannte. Er wirkte nur klein, weil sein Begleiter, unzweifelhaft ein Landsmann von mir, riesengroß und spindeldürr war, einen Hut mit Bussardfeder auf dem Kopf.

Die Frau musterte mich neugierig und sprach mich auf Englisch an. »Kennen wir uns?«

Ich hatte sie noch nie gesehen, da war ich mir sicher, denn ich hatte mindestens ein so gutes Gedächtnis für Gesichter wie Flo. Trotzdem hatte auch ich das Gefühl, wir müssten uns schon einmal begegnet sein.

»Elizabeth Burnaby. Das sind Mr. Leslie Stephen und unser Herr Anderegg.«

Sie hatte einen weichen irischen Akzent und musste noch sehr jung sein. Während die Männer sich auf meine Empfehlung hin auf die Suche nach Flo Fernsby machten, blieben wir draußen im Schnee stehen und unterhielten uns so eifrig, als müssten wir Jahre der Bekanntschaft nachholen. Sie war ebenfalls Bergsteigerin – und wie sollten sich so seltsame Frauen wie wir, die sich nicht um ihre zarte, weiße Haut sorgten und gern unter freiem Himmel schliefen, auch nicht wiedererkennen?

»Auf dem Piz Fo waren Sie!« Sie faltete die Hände vor der Brust. »Ich bin so neidisch, Sie müssen mir alles erzählen.«

Andri tippte mich vorsichtig an. »Ich muss zu den Kühen. Bis heute Abend.«

Ich winkte ihm zu und führte Elizabeth ins Hotel, wo Flo den beiden Herren bereits versprochen hatte, drei Zimmer herzurichten. Mein Mann hatte in der Empfangshalle gesessen und sich gleich zu Stephen und Anderegg gesellt. Nun saßen wir den ganzen Tag zusammen und sprachen über die Berge. Leslie Stephen war ein interessanter Charakter und Mitglied des Alpine Club, mit dem Henry schon einmal in London zu Mittag gegessen hatte.

Am Nachmittag holte ich den Herren Tee aus der Hotelküche, damit Flo keines der Dienstmädchen bemühen musste. Da sah ich am Empfang Caspar Laurent Huonder stehen, den Besitzer des Kurhotels Bad Salesch. Seine

Frau wartete daneben. Aus der Entfernung konnte ich nicht hören, was Flo mit ihm besprach. Ob er wieder Hilfe brauchte? Aber hatte das Kurhotel nicht längst seine Saison beendet?

Bergführer Anderegg war ein guter Koch, der uns am Abend etwas in der Küche zubereiten wollte. Er war viel selbstbewusster in unserer Gesellschaft, als Couttet es jemals gewesen ist. Wenn der gute Couttet nur nicht schon wieder ins Wallis gereist wäre, hätte er sich aber in seiner ruhigen Zurückhaltung hoffentlich trotzdem zu uns gesetzt.

Ich nutzte die Gelegenheit und ging, inzwischen völlig vertraut mit allen Zimmern und Wegen hinter den Kulissen des Posthotels, auf die Suche nach Flo. In den Haushaltsräumen fand ich sie schließlich.

»Was machst du?«, fragte ich.

»Wäscheklammern zählen.« Sie ließ die Hände sinken. »Hat Andri etwas gesagt?«

»Nein. Aber was hat der Huonder hier gemacht?«

»Ich wollte ihn nur etwas fragen.«

»Was denn?«

Flo fing erneut an, Wäscheklammern von einem Körbchen in ein anderes zu legen und Striche auf ein Blatt Papier zu machen. Sie versteckte sich. Eine Weile blieb ich neben ihr stehen, aber es gab wohl nichts mehr zu Huonder zu sagen.

»Flo«, begann ich langsam. »Heute Abend will Andri mir seine Schneebretter zeigen.«

Endlich wandte sie sich mir zu.

»Komm doch mit«, sagte ich. »Die Gäste haben gewiss

auch Spaß daran, vor allem Elizabeth. Wenn wir so viele sind, hat er bestimmt keine Angst vor dir.«

Sie lachte schmerzlich. »Angst vor mir.«

Am Abend schaute Andri etwas perplex, als er im Dunkeln mit seinen zwei Paar selbstgebauten Schneebrettern vor dem Hotel stand und wir alle – Elizabeth, Stephen, Anderegg, Henry und ich – schwatzend aus der Tür kamen.

»Das sind also diese Ski«, rief Stephen und rannte mit seinen langen Beinen auf Andri zu. »Wie genau funktionieren die?«

Ich hörte, dass Flo hinter mich trat, um sich noch ein wenig verstecken zu können. Allerdings war ich nicht die unauffälligste Person in unserer Runde: Ich hatte meine Hosen angezogen. Flüsternd hatte ich Elizabeth davon erzählt, die sie gleich hatte sehen wollen. Da sie größer und schmaler war als ich, passte sie nicht hinein, aber sie hatte mich überredet, sie anzubehalten. Henry hatte nur geschmunzelt und mir in einem unbeobachteten Moment an den Allerwertesten gegriffen. Den beiden anderen Männern war meine Verkleidung gar nicht aufgefallen, doch nun merkte ich Andris Bestürzung, er lief rot an, was ich sogar im Mondlicht erkannte. Oder lag es doch an Flo, die sich immer halb hinter mir versteckte?

Andri hatte Flo einmal gestanden, dass er keine Menschengruppen mochte, was nicht besonders zuträglich dafür war, dass er ein Gastgewerbe, ein Café besaß. In Bordeaux war es meist sein Geschäftspartner, der sich um die Gäste kümmerte, während er selbst in der Backstube oder im Büro blieb. Inzwischen war er zwei Jahre lang nicht mehr dort gewesen, und sein Partner hatte sich, wiewohl sie es anders geplant hatten, damit abgefunden, das Café de l'Aube allein zu leiten. Noch wollte er Andri aber nicht aus dem Vertrag entlassen. Noch hatte er Hoffnung.

Flo beobachtete Andri. Hoffnung? Hatte sie Hoffnung?

Der Schnee reichte ihr an diesem Abend bis zum Knöchel. Die Straße rutschte leer und weiß den Berg hinunter, in der Mitte plattgetreten, zwei schmale Spuren hineingefahren von den wenigen Postkutschen, die es nur dank der Ruttner und Weger noch über den Pass schafften. Diese Männer und ihre Pferde mit den schweren steinernen Schneewalzen hielten die Straße in harter Arbeit befahrbar, während sich rechts und links der Schnee türmte und mit Lawinen drohte.

Flo beobachtete Andri, der Henry Brightfields Füße an den Ski festschnallte. Sie wusste, wie es sich anfühlte, Andri so nah zu sein und ihm die Mütze vom Kopf zu zupfen. Brightfield war jedoch damit beschäftigt, sich über sich selbst lustig zu machen, wie ungeschickt er aussah, und dass seine Frau es bestimmt viel besser könne, die jedoch gleich sagen würde, dass es doch nichts ums Können gehe, sondern um den Spaß. Brightfields Schatten fiel über Andris Rücken, der in einem dunklen Wollmantel steckte, grau und glatt wie ein Kiesel aus dem Paslerbach. Wie es sich anfühlen würde, den Kopf darauf abzulegen? Warm und hart, dazu das Auf und Ab seines Atems. Andri roch immer gut, nach Karamell, und wenn er abends nach der Stallarbeit noch einmal ins Hotel kam, nach Heu und warmer Milch. Wenn er doch nur wiederkommen würde.

Nun, ein wenig ging es mir doch ums Können, denn Frauen müssen doch immer eine bessere Figur machen als Männer. Henry nahm meine Hand, Andri versuchte noch, uns übers Vorbeugen und Zur-Seite-Lehnen zu informieren, doch die Schneebretter fuhren bereits ohne unser Zutun los. Ich hörte Elizabeth Burnaby hinter uns juchzen.

Flo stand neben Andri, die Hände in den Taschen. Wann immer Andri den anderen geholfen hatte, die Bretter anzuschnallen, kam er danach zu ihr zurück. Ihr war furchtbar heiß, und ihre Wangen glühten.

Mit den Ski in den Händen kamen Henry Brightfield und Anderegg als Letzte den Berg wieder hochgestapft.

»Das nächste Mal«, sagte Miss Burnaby, »müssen wir das tagsüber machen. Ich würde zu gern ein paar Fotografien anfertigen.«

»Gehen Sie wirklich mit einer Kamera auf den Berg?«, fragte Brightfield ungläubig. »Da müssen Sie ja einiges schleppen.«

»Ach«, sagte sie, »so viel mehr ist das auch nicht, als viele der Herren an Ausrüstung mitnehmen, nicht wahr, Herr Anderegg?«

»Stimmt wohl, stimmt wohl.«

»Stellen Sie sich nur mal vor«, sagte Stephen und reichte Andri seine Ski, »dieser Schneesport würde zum Breitensport werden. Tausende Leute, die im hellen Tageslicht den Berg herunterrutschen.«

»Und sich dabei fotografieren lassen«, rief Miss Burnaby.

Alle lachten, und Andri, der Stephen zu Hilfe gekommen

war, drehte sich zu ihr und ließ seinen fröhlichen Blick auf ihr ruhen. Hoffnung? Hatte sie Hoffnung? Wenn es nach ihrem rasenden Herzen ging: jede Menge davon. Bis Andri sich wieder abwandte und Anderegg das zweite Skipaar aus der Hand nahm: Die Kühe würden morgen in aller Herrgottsfrühe wieder auf ihn warten.

»Trinken wir noch etwas?«, fragte Brightfield. »Mr. Fernsby, dürfen wir es uns noch ein wenig im Herrensalon gemütlich machen? Und dürfen wir unsere Damen mitnehmen?«

»Fühlen Sie sich wie zu Hause«, sagte sie.

»Sie kommen doch hoffentlich mit«, ergänzte Stephen.

»Ich muss noch etwas erledigen.« Sie stopfte die Mütze in die Jackentasche und eilte Andri durch die Dorfstraßen hinterher. Sie hatte keinen Zweifel mehr. Sie brauchte nur noch Mut.

Der Hof der Cavegns lag am anderen Ende von Sumbriva, tiefer im Schatten des Piz Parüschla. Im Haus war alles dunkel, doch aus dem Stall kam ein schwaches Licht. Flo hielt inne und stieß einen der Meisenknödel an, den jemand aus der Familie Cavegn in den kahlen Holderstrauch gehängt hatte. Dann atmete sie tief ein und aus, öffnete die Tür im großen Holztor, trat ein und schloss sie leise quietschend hinter sich. Auf einem Mauerabsatz stand eine Laterne, in der linken Ecke hörte sie ein Rumoren und sah im Schatten Andri, der die Ski gegen die Wand lehnte.

Es war warm und so friedlich still, als ob die Welt draußen noch nicht vorbeigekommen wäre. Auch Flo war noch nie hier gewesen. Drei Kühe standen locker angebunden da und kauten vor sich hin. Ein Pferd hob den Kopf und klopfte mit einem Huf gegen seinen Holzverschlag.

»Der will eine Karotte.« Aus einem Korb neben der Laterne fischte Andri eine Rübe und einen Apfel, gab Flo den Apfel und reichte dem Pferd die Rübe auf der flachen Hand. Flo stellte sich neben ihn und verfütterte den Apfel. Das Krachen und Schmatzen vermengte sich mit dem Wiederkäuen der Kühe.

Sie tastete mit ihrer herunterhängenden Hand nach Andris, erspürte seinen kleinen Finger, den er sofort zurückzog.

»Die Tiere sind das Beste an der Hofarbeit«, sagte er hastig. »Denen soll es immer gut gehen.«

»Sie sehen zufrieden aus.« Flos Stimme klang dünn und heiser.

Andri holte noch eine Rübe und gab sie dem Pferd. Er hatte ihr den Rücken zugewandt, den Kopf hielt er gebeugt. »Ich kann das nicht, Flo. Es geht nicht. Es ist falsch.«

Lang herrschte Stille. Ein Mäuschen raschelte im Stroh, Flo wollte sich gern zu ihm gesellen und durch irgendein Loch verschwinden. Doch sie musste Andri gestehen, was sie empfand, so schwer es auch war.

»Es ist nicht falsch«, sagte sie und war nicht einmal überrascht darüber, wie zuversichtlich sie klang. Sie brauchte nur Mut.

Er blieb reglos stehen.

»Andri, schau mich bitte an.«

Langsam drehte er sich um, Flo ging langsam auf ihn zu, er wich nach hinten aus, bis die schulterhohe Trennwand ihn aufhielt. Hinter ihm schnaufte das Pferd, streckte den

Kopf vor und knabberte mangels Rübe an Andris Haaren.

Seine Augen, eigentlich von einem hellen Braun, schienen schwarz, so groß waren seine Pupillen. Angst vor dem Urteil der Menschen, Angst vor seinem Gott. Angst vor sich selbst und was er wollte. Denn Flo sah, was er wollte. Sie griff nach den Aufschlägen seines Mantels und beugte sich vor, bis sie seinen schnellen Atem an ihren Lippen spürte. Sie wollte nichts mehr als ihn küssen. Wie fühlte es sich an zu küssen?

»Hubi«, flüsterte Andri.

Flo zog sich zurück. »Wie bitte?«

Das Pferd knabberte dem gegen die Trennwand gedrückten Andri inzwischen am Ohr und schnaubte Flo ins Gesicht. Sie trat einen Schritt zurück und musste lachen.

Doch zu ihrem Kuss würde es nun nicht mehr kommen. Vermutlich nie mehr. Andri würde sich nur noch mehr bemühen, ihr aus dem Weg zu gehen, wenn er ihr nicht sogar direkt sagen würde, dass sie ihn mit ihrem sündigen Lebenswandel in Ruhe lassen solle.

Da kam er auf sie zu und zog sie mit einem Arm so dicht an sich heran, dass sich erst ihre Nasen trafen, dann ihre Lippen. Karamell und warme Milch, ein Hauch von Puderzucker auf der Zungenspitze. Flo wollte zubeißen. Doch schon ließ er sie wieder los und gab einen Laut zwischen Ärger und Verlangen von sich, den Flo noch nie so gehört hatte.

»Es geht nicht«, wiederholte er, die Hände abwehrend erhoben. »Ich kann das nicht.«

»Du musst keine Angst vor mir haben.« Sie zerrte an

ihrem Schal, um ihren Hals freizulegen, ihren weißen, schmalen Frauenhals, öffnete die Jacke, zog sie aus, öffnete das Hemd, eilig die oberen Knöpfe. »Ich bin eine Frau, Andri. Ich bin eine Frau. Ich verkleide mich nur, ich bin eine Frau.«

Sie riss einen Knopf ab, um das Hemd ganz abzustreifen und an ihre Brustbinde zu kommen, um deren Anfang zu finden und sie abzuwickeln, eine so oft ausgeführte Geste, dass sie sie im Schlaf konnte, nur nicht mit so viel Ungeduld, nur nicht außerhalb ihrer eigenen Räume.

Da stand sie vor ihm, bis zur Hüfte entblößt, und sah an sich selbst hinunter. Helle Brüste mit bläulichen Adern, schmale Taille, trotz der Wärme von Gänsehaut überzogen, wie sie sich noch nie jemandem gezeigt hatte.

Sie traute sich kaum, Andri anzusehen, der noch immer in seiner Verteidigungshaltung dort stand, doch sie spürte genau, wie er ihren Anblick in sich aufnahm, von der Halskuhle über die Schlüsselbeine und die schmalen Schultern über die Brüste bis hinunter zum Bauchnabel. Langsam ließ er seine Hände sinken. Langsam atmete er ein, schloss die Augen, öffnete sie wieder. Flos Kiefer zitterte.

»Ich bin eine Frau«, wiederholte sie so leise, dass sie es selbst nicht hörte.

Andri schloss sie in die Arme.

KAPITEL 18

»Die Eingangstür zur Verwaltung ist etwas versteckt.« Laura setzt den Blinker und biegt auf den Schulparkplatz ein, der gegenüber der Tourismusinformation von Parvis liegt. Ihre distanzierte Höflichkeit ist zurück, und Maike hält es kaum aus. »Hast du Verena denn noch nie bei der Arbeit besucht?«

»Nein.« Maike schnallt sich los. »Wir treffen uns meist zum Skifahren oder im Café oder Restaurant. Ich war auch schon seit Jahren nicht mehr bei ihr zu Hause.«

Du bist hier Skitouristin, sonst nichts.

Aber sie sind doch auch Freundinnen, oder? Und könnten großartige Geschäftspartnerinnen sein. Hoffentlich hat Verena das auch eingesehen, nachdem sich ihre Wut etwas abgekühlt hat. Maike hat seitdem nichts mehr gegessen vor Magenschmerzen, und Ravi wollte sie gar nicht allein lassen, musste aber zurück nach Hamburg.

Laura stellt den Motor ab, und sie steigen aus. Seit Samstagnacht ist der Winter zurück, als wollte er sich über sie lustig machen. Die Saison ist vorbei, alle Hotels stehen leer, das ganze Val Paluonda leckt sich die Wunden, und jetzt fällt der verdammte Schnee. Ab und zu fährt ein Windstoß durch die Flocken und wirbelt alles noch mehr durcheinander.

»Soll ich dir mit deiner wertvollen Fracht helfen?«, fragt Maike.

»Nein, das passt schon. Schau.« Laura geht zwei Schritte vom Auto weg und zeigt auf die andere Straßenseite. Die Tourismusinformation hat eine breit verglaste Front, und die schmale Tür daneben fällt kaum auf. Die Tourismussache ist Verenas Hauptjob, das Gemeindezeug macht sie nur nebenher, so dass sie eher hier anzutreffen ist als irgendwo in der Gemeindeverwaltung.

»Guten Morgen, Frau Hohlfeld!« Eine Gruppe Grundschülerinnen stürmt an ihnen vorbei, ein Mädchen stolpert hinterher, gleich drei Schneebälle in der Hand.

»Guten Morgen!« Laura dreht sich noch einmal zu Maike. »Da an der Seite geht es rein. Die Verwaltung ist im ersten Stock.«

»Okay.« Maike steckt die Hände in die Taschen und bleibt stehen. Es muss etwa halb zehn sein.

»Frau Hohlfeld!« Nun kommt eine ganze Horde auf sie zu gerannt. »Haben Sie die Ballons dabei?«

Zum ersten Mal an diesem Morgen hellt sich Lauras Gesicht auf. Sie öffnet wortlos die Rückklappe des Wagens.

»Wooooah!«

Gemeinsam mit den vier vorn stehenden Jungs stürzt sich eine Windböe in den Kofferraum, und fünf blaue Ikea-Taschen mit aufgeblasenen Ballons purzeln aus dem Auto, wie Hundewelpen in Zeitlupe. Die Kinder kreischen vor Freude und versuchen, die Ausreißer einzufangen, die sich durch die ganze Aufregung nur noch schneller auf dem Parkplatz verteilen. Maike sieht ihnen belustigt zu, beugt sich vor zu einem Ballon, der in ihre Nähe treibt – und greift ins Leere, als kurz vorher jemand dagegen tritt und ihn erneut in die Luft jagt.

»Wohin so früh unterwegs?«

Maike richtet sich auf. Wie aus dem Nichts steht Verena neben ihr, in einer rosafarbenen Daunenjacke, harmlos und hübsch sieht sie aus und schaut dem Ballon hinterher, den sie Maike aus den Händen gekickt hat.

»Na, vielen Dank«, sagt Maike nur. Sie läuft dem Ballon hinterher und hält ihn vorsichtig fest.

»Wolltest du etwa zu mir?« Verena lächelt sie süß an – dieses harmlose Lächeln, das sie bis jetzt immer nur anderen geschenkt hat, um sie gleich danach fertigzumachen.

»Nachdem du vorgestern so schnell davongerast bist? Ja. Ich wollte mit dir reden.«

»Tja, danke noch mal für die spontane Einladung zu eurem ... Fest ... – ich konnte leider nicht bleiben. Ich hatte zu viel Angst, dass das Dach einstürzt.«

Ihnen fallen die dicken Flocken auf Kopf und Nase. Maike wischt sich mit dem Jackenärmel durchs Gesicht und dreht dann in einer beschwichtigenden Geste die Handflächen nach oben. »Ich wollte dir sagen, dass es mir leidtut, dass ich dir nicht früher davon erzählt habe. Wir sind schließlich Freundinnen.«

Verenas Lächeln wird noch fake-herzlicher.

»Es tut mir wirklich leid«, wiederholt Maike. »Aber wir haben alle Unterlagen zusammen, die zeigen, dass das Posthotel meiner Mutter gehört, und das lassen wir uns jetzt offiziell bestätigen. Ihr könnt nicht einfach damit machen, was ihr wollt. Trotzdem würde ich gern mit euch zusammenarbeiten und dieses neue Sumbriva entwickeln.«

»Ja, ja, die Unterlagen.« Verena sieht ihr fest in die Augen. »Ravi hat mir schon von seinen Nachforschungen erzählt.«

Noch immer sind Ballons auf der Flucht. Laura hat alle Hände voll damit zu tun, sie zurück in die Taschen zu legen, aber Maike sieht, dass sie aufmerksam zuhört. Außerdem merkt sie genau, was Verena da vorhat: Maike soll sich fragen, wie und wann Ravi und Verena gesprochen haben. Aber sie wird darauf nicht eingehen. Sie vertraut Ravi.

»Und ist es nicht spannend«, sagt Verena, »dass diese Flo eine Frau war? Bewundernswert, wie sie allen etwas vorgemacht hat, oder? Die hat sich durchgebissen.«

»Allerdings.« Jetzt weiß Maike doch nicht, was Verena will. Auch wenn irgendetwas nicht stimmt.

»Na ja. Schön, dass du hier warst. Ich würd dir ja mal das Büro zeigen, aber die anderen sind schon eifrig am Arbeiten.«

»Ganz nah am Paradies.«

Verena lacht perlend. »Hashtag Sumbriva. Das neue Sumbriva. Ciao, Maike, vielleicht sieht man sich ja mal wieder auf der Piste.«

Maike seufzt. »Schon gut.«

Ihre Freundin überquert die Straße und verschwindet hinter der schmalen Eingangstür. Maike starrt ihr ratlos hinterher. War das eine Drohung?

Wild wie ein Schweizer Rumpelstilzchen ist Verena Samstagnacht wieder in ihr Auto gestiegen und hatte die verkleidete Maike allein im fallenden Schnee vor dem Posthotel zurückgelassen. Maikes Herz schlug so schnell, dass sie erst einmal durchatmen musste. Sie stellte sich auf die Brücke oberhalb des Hotels, wo ihr der Wasserfall Nebel ins Gesicht sprühte.

Ihr schauderte, und sie ging wieder hinein zu den anderen, die noch immer tanzten und Champagner tranken. Maike nimmt einen Rum Doodle von Nora entgegen, der mehr aus Rum als Doodle besteht.

Bald ist ihr wieder warm, aber statt sich ins Gewimmel zu stürzen, bleibt sie am Rand sitzen und beobachtet, wie sich Laura mit ihren Eltern über die Käseplatte hermacht. Marietta vom Kosmetiksalon tanzt Swing mit Jonas. Ihr jüngstes Kind ist in einer anderen Ecke des Saales auf dem Schoß der Ältesten eingeschlafen, die den ganzen Spaß filmt. Moscha hat ein Glas Champagner zu viel für ihren Kreislauf getrunken und bekommt von Silvana einen starken Kaffee gereicht.

Erst als gegen zwei Uhr die Gäste weg sind und niemand Lust aufs Aufräumen hat, spricht Laura sie an. »Tut mir leid wegen vorhin. Das war gemein.«

Maike legt ihr eine Hand auf den Arm. »Schon vergessen. Jetzt weiß sie es halt.«

»Wer weiß was?« Ravi setzt sich zu ihnen, dann kommen auch Jonas und Nora. Der Tisch steht voll mit leeren Tellern, eine Cocktailtomate schwimmt in einem Wasserglas, dessen Rand mit Lippenstift in einem passenden Rot verziert ist.

Maike erzählt ihnen von Verenas kurzem Zwischenspiel.

Jonas macht eine Grimasse. »Gut, dass sie nicht reingekommen ist und uns allen die Laune verdorben hat.«

Maike zieht die Brauen hoch.

»Aber ist es denn so schlimm«, fragt er, »wenn Parvis Bescheid weiß?«

»Sie wollen eben etwas ganz anderes aus Sumbriva machen«, sagt Laura wütend. »Und Verena scheint es voranzutreiben. Jetzt bestimmt noch mehr.«

»Dann wissen wir wenigstens«, sagt Jonas und lacht, »gegen wen wir kämpfen.«

Als niemand reagiert, sieht er langsam zwischen ihnen hin und her. »Ich glaube, ich bin zu betrunken und zu müde, um das zu verstehen.«

»Wir wissen nicht«, sagt Laura und fixiert Maike, »gegen wen wir sonst noch so kämpfen.«

Maike springt auf, läuft in Ugg-Boots und schwerem Ballkleid zur Fensterfront und rüttelt an der Tür, bis sie sich öffnet. Laura hat am Nachmittag ein selbstgemaltes Schild aufgehängt: *Bitte geschlossen lassen*. Aber Maike braucht Frischluft und tritt einen Schritt hinaus ins Freie.

»Nicht!« Laura kommt auf sie zugerannt. »Viel zu gefährlich.«

Maike saugt tief die kalte Luft ein.

»Maike, bitte!«

Sie dreht sich um. »Und das willst du alles so bewahren? Irgendwann stürzt dir das alles ein!«

Maike weiß ganz genau, dass sie gar nicht auf Laura böse ist, sondern nur auf Verena – und sich selbst.

Schon schreit Laura zurück. »Dann hat es aber wenigstens ein gutes Leben gehabt. Du willst alles ohne Rücksicht zerstören und so ein hässliches, angeberisches Ding hier hinsetzen, das Scheiße aussieht, keine Seele hat und überhöhte Preise verlangt!«

»Das stimmt doch gar nicht! Ich will …« Maike dreht sich um und zeigt auf Parvis und das Infinity, dessen Flachdach mit einer blauen Lichtleiste umkränzt ist. »Meine Eltern haben sich mit ihrem Hotel einen Traum erfüllt. Vierzig Jahre lang machen sie das schon und sind glücklich damit. Warum hätten sie sich auch etwas von mir sagen lassen sollen, wenn sie noch längst nicht so weit sind, sich zurückzuziehen?«

Ravi ist der Einzige, der das versteht, aber das ist ihr egal, sie kann nicht aufhören zu reden.

»Und dann Flo Fernsby, die sich ihr Leben lang versteckt hat, um das Posthotel zu leiten. Ihr großer Traum. Wie soll ich das übernehmen können? Es ist eine besondere Bruchbude, das verstehe ich inzwischen auch. Unser Fest war so schön. Aber es ist nicht *meine* Bruchbude, verstehst du, Laura? Ich will etwas, das mir gehört, und damit muss ich ganz von vorn anfangen. Ich glaube auch nicht, dass ein neues Haus keine Seele haben kann. Es kommt immer auf die Menschen darin an, auf die Gäste, auf das Personal, das Atmosphäre schafft. Genauso wie die richtige Hotelleitung. Ich würde etwas daraus machen.«

Ravi ist aufgestanden und streckt ihr eine Hand entgegen, damit sie über die splitternde Holzkante wieder zurück in den Raum steigt. Laura schließt hastig die Glastür, und Maike nimmt ihre beiden Hände. »Ich will dir nicht weh tun. Dir nicht alles kaputt machen. Ich mag dich. Euch alle. Ich mag Sumbriva. Aber die meisten von euch wollen doch auch etwas Neues, oder etwa nicht?«

Laura löst sich mit starrem Gesicht von Maike und fängt an, Zeug zusammenzuräumen. Jonas steht stöhnend auf und hilft ihr.

»Noch ist ja nichts entschieden«, sagt Maike.

Niemand antwortet.

KAPITEL 19

Andri schloss sie in die Arme, und sie trat ein in eine fremde Welt. Zwei Hände lagen auf ihrem nackten Rücken. Noch nie hatte jemand sie so angefasst, und kurz konnte sie nicht entscheiden, ob Andris Hände kalt oder warm waren. Dann begann er sie langsam zu streicheln, eine Gänsehaut folgte seinen Fingern.

Ein hektisches, zittriges Einatmen. Ihres. Noch nie hatte sie jemand so angefasst.

Sie drückte sich von ihm weg. Hielt sich die Hände vor die Brust. Sah ihm nicht in die Augen, sondern auf seine vom Schnee durchnässten Stiefel.

»Ich habe das noch nie gemacht«, flüsterte sie.

»Schau mich an, Flo«, sagte Andri und wiederholte damit genau das, worum sie ihn vor nur wenigen Minuten gebeten hatte.

Da lag all das in Andris Blick, von dem sie sich nie sicher gewesen war, ob sie es sich nur eingebildet hatte. Seine Worte waren jedoch viel zarter. »Ich auch nicht.«

Flo umklammerte nur noch nervöser ihre eigenen Ellbogen. »Gibt es keine schönen Französinnen in Bordeaux?«

»Jede Menge.« Sein Grinsen geriet schief. »Aber keine ist so schön wie du.«

Sie sahen sich an und hätten ewig so stehen bleiben können, doch da zog die nächste Gänsehaut über Flos Rücken, eine, die diesem Drängen in Andris Augen nur zu gern nachgab. Sie ließ die Arme sinken.

Jeden Abend fanden sie sich im Stall, und Flo erzählte Andri ihre ganze Geschichte: der Onkel und der Matrosenanzug, ihre Privatlehrer, ihre Ausflüge mit George, die Vorträge in London, die Mädchen in London. Scott und das Hotel Bristol. Der verletzte Fuß, Scotts Entsetzen, Vickys Hass, Agnes' Hilfe. Paris und das Café Colani. All die Wünsche, die sie als Kind ans Leben gehabt hatte. Sie wollte nicht daheim bleiben, und wo es anfangs darum gegangen war, einfach nur die Umgebung von Georges Haus zu erkunden, ging es später darum, selbst zu entscheiden und alles machen zu können, was sie wollte. Statt im Haus zu bleiben und jemanden zu heiraten, der alles machen konnte, was er wollte.

»Ich liebe dein Kichern«, sagte Andri, »eigentlich hätte ich es daran merken können.«

»Eigentlich hättest du es an so viel merken können«, entgegnete Flo übermütig.

Er strich ihr mit einem Finger über den Unterarm. »Vor allem daran, wie sehr du mich anziehst.«

Flo setzte sich auf seinen Schoß. Wie fühlte es sich an, jemanden zu küssen? War es immer so, dass man irgendwann nicht mehr wusste, wer man selbst war und wer der andere?

Und dann war es ihr zu viel, zu nah, und sie musste sich von ihm lösen, musste Hubi eine Rübe geben und manchmal auch aus dem Stall schlüpfen und nach Hause rennen, immer im Dunkeln, durch die schwärzesten Schatten im Dorf. Sobald sie im Bett lag, vermisste sie ihn. Sie lag wach, sie war aufgewacht, ihr Körper, über den sie bislang so wenig wie möglich nachgedacht hatte. Jetzt berührte sie sich vorsichtig selbst, sah sich im Spiegel an, bevor sie sich tagsüber wieder unter ihrer Männerkleidung versteckte.

Am weichsten war Andris Haut an den Schläfen, hinter den Ohren, in den Armbeugen. Haarig war seine Haut auf der Brust, an den Beinen. Harte Knochen, weicher Bauch. Überall roch er anders und doch überall wie er selbst. Sie wollte hineinbeißen und tat es auch, bis er sich lachend beschwerte. Sie hinterließ rot-blaue Male.

»Gefällt dir das?«, fragte er flüsternd.
»Ich bin mir nicht sicher …« War es angenehm, ein Kitzeln, das keins war, ein Druck, den sie erwidern wollte.
»Versuch es noch einmal.«
So intim, sein Atem an ihrem Ohr.

Er gestand ihr, wie sehr er sich gequält hatte. In einen Mann verliebt zu sein, das war Sünde. So stand es geschrieben. Mit niemandem habe er darüber reden können. Einmal habe er Hubi ins Ohr geflüstert: Ich glaube, ich werde verrückt.

Nach ihrem gemeinsamen Abend auf den Ski habe er nicht aufhören können zu zittern. Habe im Stall geschlafen, der festen Überzeugung, dass er sein Bett im Hause der Eltern nicht wert sei.

Und am nächsten Morgen im Gottesdienst beschlossen, alles zu vergessen.
Ein anständiges Leben zu führen.
»Aber ich habe dich nicht aus dem Kopf bekommen.«

»Gefällt dir das?«, fragte sie flüsternd. »Und das?«

KAPITEL 20

Gegen halb eins ist Käsis Pizzeria gut besetzt. Maike sieht Nick an einem der hinteren Tische sitzen und winkt ihm zu, aber er wendet den Blick ab und schiebt sich eine riesige Portion Lasagne in den Mund. Gott, Maike hat Hunger.

»Hi, Käsi, wie gehts? Ich setze mich zu Nick, ja?«

Käsi nimmt die Hände aus dem Teig und wischt sie an einem Handtuch ab. Mit gerunzelter Stirn sieht er sie an.

»Kannst du mir eine große mit Thunfisch machen?«, fragt sie.

»Na«, sagt Käsi, »geh mal lieber.«

»Wie bitte?«

»Geh mal lieber.«

»Aber ich habe Hunger.«

»Im Supermarkt haben sie gute Fertigpizza.«

»Meinst du das ernst? Wegen Verena?«

Käsi beginnt wieder den Teig zu kneten.

»Einmal Patate e rosmarino, einmal Margherita glutenfrei«, sagt eine der Kellnerinnen.

»Wie im Kindergarten«, ruft Maike. »Mit der reden wir nicht mehr! Dabei sterbe ich gleich vor Hunger!«

Sie hat Jonas vor dem Posthotel getroffen und nicht zu

Wort kommen lassen. Obwohl sie den ganzen Weg nach Sumbriva gelaufen ist, hat ihre Wut noch nicht nachgelassen. Wahrscheinlich hätte Verena nicht einmal anders reagiert, wenn Maike ihr alles sofort erzählt hätte.

»Komm doch mit zu Esthi«, sagt Jonas. »Sie hat mich zu einem Abschiedsessen eingeladen. Es gibt eine Bündner Spezialität. Capuns.«

»Ich glaube nicht, dass Esthi mich sehen will.« Maikes Bauch knurrt. »Capuns ... die hat doch sogar Jane in einer ihrer Reisebeschreibungen erwähnt.«

»Die gute alte Jane.« Jonas lächelt ihr zu. »Gut, dass wir uns über sie kennengelernt haben.«

Maike greift nach seiner Hand. »Du darfst noch nicht gehen.«

»Ich habe meine sogenannte Geschäftsreise leider schon längst überstrapaziert.«

Ein Auto kommt auf den Vorplatz gefahren, eine Frau mit hochhackigen Schuhen steigt aus. »Sind Sie Laura Hohlfeld?«

»Nein.«

»Laura?«, fragt Jonas. So viel hat er von dem Deutschen verstanden. »Sie ist drinnen, ich hole sie.«

»Sie ist im Hotel?« Maike reibt sich den Nacken. »Sie will mich wohl echt nicht sehen.«

Jonas verschwindet hinter der Vordertür.

»Worum geht es denn?«, fragt Maike die Frau in High Heels, aber die schüttelt den Kopf.

Als Laura kommt, überreicht sie ihr einen Brief und fährt gleich wieder davon. Stirnrunzelnd reißt Laura den Umschlag auf und liest. »Die Gemeinde Parvis fordert uns auf, das Hotel endgültig zu räumen, weil es nächste Woche abgerissen wird.«

»Nächste Woche?« Maike versucht, Laura das Schreiben aus der Hand zu zupfen. »Die spinnen doch.«

»Das ist vom Anwalt.«

Maike würde den Wisch am liebsten zerreißen. »Das kommt jetzt nur so schnell, weil Verena sauer auf mich ist. Aber das dürfen sie nicht. Wir holen uns auch anwaltliche Hilfe.«

»Kommt ihr zum Essen?«, sagt Esthis Stimme hinter ihr.

Maike sieht Laura fragend an, bis die mit den Schultern zuckt. »Komm halt mit.«

Während sie bei Esthi um den Küchentisch sitzen und die fett mit Käse überbackenen Mangoldröllchen vor sich stehen haben, googelt Maike. »In Thusis gibt es eine auf Erbrecht spezialisierte Anwältin. Da versuche ich gleich mal, einen Termin zu machen.«

Laura schiebt sich die volle Gabel in den Mund.

»Kommt ihr denn mit?«, fragt Maike. »Ich will da nicht allein hin.«

Esthi sieht Laura an, die langsam den Kopf schüttelt. »Das musst du allein machen. Schließlich soll es doch *dein* Hotel sein.«

Von Parvis aus läuft sie den steilen Weg in den Wald hinauf. Die Luft ist feucht, es tropft um sie herum, wie schlecht gelaunte Bergkobolde treffen die fettesten Tropfen sie genau im Nacken. Ein schmaler, steiler Pfad geht den Berg hinauf, völlig schnee- und eisfrei. Ihr Herzschlag wird schneller, und ihre Smartwatch bestätigt es ihr. Fünfzehn, zwanzig Minuten, ihr Atem bleibt regelmäßig, das Blut fließt durch ihren Körper und füttert die Muskeln. Weiter, sagt er, weiter, weiter. Fast tritt sie in einen toten Maulwurf, schwarz wie ein Loch am Wegesrand.

Der Nebel wird noch einmal dichter, bevor sie genug Höhe erreicht und hinaus in die Sonne tritt. Es scheint ihr, als ob sie zum ersten Mal heute die Augen öffnet. Über dem Tal liegen die Wolken wie eine flauschige Decke, und an einem der Berghänge entdeckt sie eine Burgruine, die ihr noch nie aufgefallen ist. Kein Wunder, so weit ab von der Piste. Sie kennt das alles nur im Schnee, nur aus der einen Perspektive. Die triefenden Wiesen funkeln.

Das Posthotel Sumbriva ist in den Wolken versteckt. Zu gern würde sie es sehen, wie es da am Hang ausharrt – und darauf wartet, dass jemand dem Ort neues Leben einhaucht.

Das Schönste an dieser Bruchbude, denkt Maike, sind die Menschen, die sie kennengelernt hat, und das darf ruhig ein bisschen pathetisch klingen. Wie neugierig sich das Dorf auf die Dinnerparty eingelassen hat.

Da schauen die zwei Türmchen des Hotels aus den Wolken. Diese zwei bescheidenen Türmchen, die vermutlich Flo Fernsbys ganzer Stolz gewesen sind.

Beneidenswert. Flo hat sich ihr Traumhotel gebaut. Flo hat vor allen verheimlicht, dass sie eine Frau war, nur damit sie dieses Hotel leiten konnte. Damals war es keine Bruchbude, sondern etwas Besonderes. Das hatte Laura gleich zu Beginn gesagt, und jetzt versteht Maike es eher.

Dennoch … rein wirtschaftlich gesehen …

Ihr Magen knurrt, und sie dreht um.

Bei der Anwältin geht am nächsten Tag alles ganz schnell. Maike hat sich eine Vollmacht von ihrer Mutter geben lassen, und so setzt die Anwältin eine einstweilige Verfügung auf, die besagt, dass Ruth Reineke höchstwahrscheinlich die Eigentümerin des Posthotels Sumbriva ist und es bis zur endgültigen Entscheidung nicht angerührt werden darf. Die Anwältin ist überzeugt, dass die Gemeinde auch so nicht einfach mit einem Bagger angefahren gekommen wäre, aber Maike braucht diese Versicherung. Jetzt kann Flos Hotel erst einmal nichts mehr passieren. *Ihrem* Hotel.

KAPITEL 21

»Was machst du hier?«, flüsterte Flo. »Es ist noch hell.« Andri drückte sie im schmalen Gang zu ihren Privaträumen gegen die Wand. Er brummte leise. »Mach die Augen zu, dann ist es ganz, ganz dunkel.«

Flo kicherte, bis er seine Lippen auf ihre legte, seine mehlverstaubten Hände an ihrem sahneweißen Rücken, das Hemd hastig aus der Hose gerissen, sein Duft machte ihre Knie so schwach, dass sie sich an ihn klammern musste.

»Warte, warte.« Sie konnten das hier nicht machen. Es waren Menschen im Hotel. Andri war hier, um eine neue Kuchenkreation auszuprobieren, für die er in der Hotelküche mehr Platz hatte als bei seinen Eltern.

Flo befreite sich, zog sich Hemd und Hose zurecht und richtete sich das Halstuch. Es war ganz neu, sie hatte es von Agnes aus England geschickt bekommen.

Andris Schweigen war so schwer, dass sie meinte, etwas sagen zu müssen.

»Findest du, dieses Tuch steht mir?«

Andri fuhr sich durch die Haare, die sich wie immer aufluden und seinen Kopf zum Flirren brachten. »Ja, es ist schön. Aber wie schön du in einem Kleid aussehen würdest … Kannst du eins für mich anziehen?«

»Ich habe keins«, sagte Flo entschuldigend. »Kein einziges.«

Was sie nicht aussprach: dass sie Angst hätte, es anzuziehen.

Mit der Postkutsche fuhren sie gemeinsam nach Chur. Es war kein Reisewetter, doch sie hatten beide das Bedürfnis, der Enge von Sumbriva für eine Weile zu entkommen. Andri vermisste Bordeaux, und Flo hatte auch das Gefühl, unter unbekannten Menschen besser atmen zu können. Sie besuchte ihren Weinhändler, der ihr eine Flasche Gruaud Larose zum Kosten mitgab, den sie am Abend im Hotel tranken.

Zwei ganze Nächte hatten sie in einem Bett. Sie hatten zwei Einzelzimmer gebucht, verbrachten aber keine Minute getrennt. Noch nie hatten sie gemeinsam in einem Bett gelegen. In der ersten Nacht wachte Flo mehrmals auf und schmiegte sich nur noch enger an Andri, in der zweiten Nacht musste sie ihn wecken, und sie schliefen erst im Morgengrauen wieder ein.

Am letzten Tag blieb Andri auf dem Weg zur Pferdestation an einem Juweliergeschäft stehen. Er wolle, so erklärte er dem Juwelier mit hochrotem Kopf, einer Dame einen Antrag machen und bräuchte einen passenden Ring, mit Gravur bitte: *Floriana und Andri*. Sein Freund hier solle ihm bei der Auswahl helfen.

Zwei Wochen später kam der Ring mit der Post nach Sumbriva, und am Abend im Stall – sie mussten sich nach den weichen Kissen und Decken erst einmal wieder daran gewöhnen – schob Andri ihn ihr auf den Finger.

»Ich kann dich kaum fragen«, sagte er, »ob du mich heiraten willst. Aber ich würde es mir wünschen. Es ist ein Wunschring.«

Er hatte auch eine Goldkette dazu gekauft, die Flo unter ihrer Kleidung um den Hals trug, den Ring daran befestigt. Er behielt stets ihre Körperwärme, selbst wenn sie ihn abnahm, um sich zu waschen.

Sie gingen spazieren, sprachen darüber, in Sumbriva ein Café zu eröffnen, und versteckten sich hinter Bäumen und Büschen, ganz gleich, wie kalt oder herbstnass es draußen war. Sie verbargen sich zwischen dunkelgrünen Fichten, funkelnd tropfendem Regen. Hastig, hastig.

Flo ließ sich von Andri gegen einen Stamm drücken, aus dessen weichem Moos eiskalte Tropfen traten, da ertönte ein seltsames Zirpen, das zu keinem einheimischen Vogel passte. Ein aufgeregtes Schnaufen, ein helles Zirpen. Trotz all ihrer Begierde merkte Flo auf, und da stand Elvezias Bruder, der Adi Biert, und zupfte an der Haut seines ausgebeulten Halses. Die Geräusche kamen aus seinem Mund, und als er sah, dass Flo und Andri ihn bemerkt hatten, verstummte er. Eine Weile blieb er zupfend stehen, einen ausgehungerten Ausdruck in den Augen, während Flos Herz ihr bis in die Ohren klopfte. Dann lief er davon, sein pfeifender Atem war noch eine Weile zu hören.

»Was machen wir jetzt?«, fragte Flo, überrascht, dass ihre Stimme funktionierte.

Andri war bleich, sogar im waldigen Schummerlicht. »Er spricht doch nicht ... Wie soll er da etwas verraten?«

»Du hast recht.« Flo zog sich die Kleidung gerade. »Du hast recht.«

Am Abend, im Stall, blieb Andri distanziert und sah sie grübelnd an. Sie zog ihren Anzug aus, so schnell sie konnte, damit sie sich nackt an ihn drücken konnte. Nur dieser Moment, es zählt nur dieser Moment. Die Stallwände klagten unter einem Herbststurm, und sie drückte sich an Andri, knöpfte seine Hose auf, flüsterte ihm Dinge zu und flehte: Nur eine Frau. Ich bin nur eine Frau.

Liebe Jane, schrieb sie, *ich hoffe, dass ihr gut wieder in Yorkshire angekommen seid und es deinem Dougie gut geht. Bitte hab Geduld mit mir, wenn ich nicht schreibe. Ich vergesse dich nicht, aber ich möchte jede Minute mit Andri verbringen. Ich bin so glücklich. Deine Flo*

Die Tage wurden kürzer, die Adventszeit kam, Sumbriva traf sich zum Singen in der Kirche und eines Sonntags am Brunnen auf dem Dorfplatz. Es war dunkel, sie hatten Laternen mitgebracht, Carlotta Palli hatte die schönste Stimme, die in Form melancholischer rätoromanischer Lieder bis in den Himmel stieg. Was aus Giovanni geworden wäre, überlegte Flo, wenn er nicht so früh gestorben wäre? Sie konnte ihn sich nicht anders vorstellen denn als Jungen in seinem zu großen Hemd, auf das er so stolz gewesen war. Er würde immer noch die Forellen mit einem angespitzten Stock fangen und mit schmutzigen Füßen über die Dorfstraße rennen. Sie besaß noch die Glasmurmel, die er ihr zum Abschied mitgegeben hatte.

In dieser träumerischen Stimmung ließ sie ihren Blick

über die restlichen Anwesenden wandern. Andri stand neben seiner Schwester und seinen Eltern. Den Vater hatten sie auf einen Holzstuhl gesetzt und in zwei warme Decken eingepackt. Früher war er ein meisterhafter Sänger gewesen, doch nun ließ ihn seine geschädigte Lunge kaum noch atmen, seine ehemals breite Brust war eingefallen. Andri hielt die Hand des Alten, und Flo durchzog schmerzhaftes Mitleid. Sie wusste, wie sehr er seine Familie liebte.

Nun sei es ja wohl doch richtig gewesen, hatte er neulich zu Flo gesagt, dass er zurückgekommen war. Die Familie sei doch viel wichtiger als ein Café in Bordeaux. Dann hatte er Flo zärtlich über die Wange gestrichen. »Und du auch.«

Sie fühlte sich so weit von ihm entfernt und wollte sich neben ihn stellen. Zu ihm stellen. Sie gehörte doch zu ihm. Stattdessen trat sie unwillkürlich einen Schritt zurück. Es ging nicht und würde hier niemals gehen.

Ein Mädchen der Murgers trug ein wollenes Kopftuch und hatte rot geränderte Augen. Sie waren die Läuse nicht losgeworden, und die Eltern hatten ihr und den beiden Brüdern die Haare geschoren, wie ihren Schafen.

Elvezia und Beat Biert hatten Adi in die Mitte genommen und hielten ihn an je einer Hand fest. Er genoss die Gesänge und stieß ab und zu einen seiner Laute aus. Als eine Pause eintrat und nur noch leises Gemurmel zu hören war, sah Adi sich um – und Flo ins Gesicht. Seine Augen wurden groß und so gierig wie vor Wochen im Wald. Adi ließ Elvezias Hand los, zeigte auf Flo, zeigte auf Andri, und machte schmatzende Geräusche.

Beat beugte sich zu ihm herunter. »Wir singen noch ein Lied, Adi, ja? Danach gibt es etwas Warmes.«

Adi spitzte die Lippen, und aus dem Schmatzen wurde ein Kussgeräusch. Er fasste sich zwischen die Beine, den Kopf hochrot, und Flo wollte im gefrorenen Erdboden versinken, unter Pflaster und Alpengestein. Es durfte nicht sein, dass Adi sie verriet.

Andri, dort hinten bei seiner Familie, starrte in die Flamme der Laterne, die seine Schwester in der Hand hielt. Flo konnte seinen Herzschlag fast hören, die Luft um ihn herum schien im schnellen Rhythmus zu pulsieren.

Beat hielt Adis Arm fest und legte ihm eine Hand auf den Rücken. »Komm, Adi, hör auf, ja? Sei gut.«

Elvezia sah Flo an, folgte Flos Blick zu Andri, und wandte sich an Beat. »Bringen wir ihn heim. Ihm ist kalt.«

Flo blieb starr neben dem Brunnen stehen und lauschte Carlottas Sopran.

Am nächsten Tag nahm sie all ihren Mut zusammen – es war doch schon einmal richtig gewesen, Mut zu zeigen – und ging zu den Bierts, die gegenüber von den Pallis wohnten. Im Winter zog Elvezia stets aus dem Hotel zurück ins Haus. Der Balken über der Tür war mit filigranen Schnitzereien verziert, die der Tischler Beat in wochenlanger Arbeit hergestellt hatte. Ein frommer Spruch hieß die Gäste willkommen.

Doch Flo war froh, dass sie nicht klopfen und eintreten musste. Elvezia stand mit dem Reisigbesen auf der Straße, ruhig und freundlich wie immer. Sie trug grobe Stiefel und ein wollenes Tuch um den Oberkörper gewickelt und sah bei weitem nicht so fein aus wie im Sommer im Hotel. Doch es passte beides zu ihr, Bäuerin und Hausdame.

»Ein schöner Liederabend gestern«, sagte Flo.

»Sehr schön.«

»Ist denn … geht es denn dem Adi wieder besser?«

»Ja, danke.« Elvezia nahm das Fegen wieder auf. »Ihm war nur kalt.«

»Gut. Gut.« Flo wollte weiterfragen, wusste aber trotz all der Stunden, die sie in der Nacht darüber nachgedacht hatte, nicht wie.

Elvezia hielt mit dem Kehren inne und stützte sich auf dem Besen ab. »Ich arbeite sehr gern für Sie, Mr. Fernsby.«

»Das …« Flo blickte ihr in die strengen, aber ehrlichen Augen. »Das freut mich. Ich wüsste auch nicht, was ich ohne Sie machen sollte.«

»Alles andere geht mich nichts an. Auch niemanden sonst.«

Erleichtert schlich Flo sich am Abend in den Stall, um Andri davon zu erzählen. Doch sobald sie die knarrende Holztür öffnete, hörte sie eine weibliche Stimme: Andris Schwester war mit bei den Tieren.

»Guten Abend, Herr Fernsby«, sagte sie überrascht und strich sich die Schürze glatt.

»Guten Abend.« Mehr wusste Flo nicht zu sagen.

»Cilgia hilft heute mit dem Vieh«, sagte Andri.

Die junge Frau streichelte dem schnaubenden Hubi die weichen Nüstern. »Muss mich wieder dran gewöhnen.«

»Wieso das?« Flo stellte die Frage, obgleich sie die Antwort in diesem Moment bereits kannte.

»Der Andri muss zurück nach Bordeaux. Nächste Woche fährt er.«

»Man braucht mich im Café.« Andri nestelte im Halbdunkeln an irgendetwas herum, was furchtbar wichtig zu sein schien.

»Glauben Sie«, fragte Cilgia, »dass Sie einen neuen Konditor für Ihr Hotel finden, Herr Fernsby? Die Leute mochten Andris Gebäck so gern.«

Flo lockerte ihre Hände, die sie zur Faust geballt hatte. Sie zwang sich, den Mund zu öffnen. »Bis zum Sommer habe ich ja noch Zeit zum Suchen.«

Cilgia lächelte Andri an. »Vielleicht findet er ja auch endlich eine Frau.«

Andris Gesicht war nicht zu erkennen.

»Das hört er nicht gern.« Cilgia neckte weiter.

»Wir würden es ihm natürlich alle wünschen«, sagte Flo steif. »Hab eine gute Reise, Andri. Gute Nacht, Cilgia.«

Sie stürzte aus dem Stall und rannte den Weg hinauf zum Hotel und auf die Brücke, unter der sich der Bach silbern in die Tiefe stürzte. Sie griff mit beiden Händen um das Holzgeländer und zog sich einen Splitter in den Finger. Er hatte es ihr nicht einmal selbst sagen können! Sie drückte noch fester zu, so dass sich das Holz tiefer in die Haut bohrte.

Da spürte sie von hinten zwei Arme, die sich um sie schlangen und festhielten.

Sie wollte sich befreien und zu ihm umdrehen, doch er hielt sie viel zu fest. Sie hörte nur noch seinen vom Laufen beschleunigten Atem im linken Ohr, der Bach war verstummt.

»Es tut mir leid«, flüsterte er schließlich. »Es tut mir so leid. Ich liebe dich, Floriana. Aber ich kann das hier nicht.«

Sie blieb stumm und bewegte sich nicht.

Dann war er wieder verschwunden.

KAPITEL 22

Ihr Hotel ist erst einmal sicher, niemand wird es abreißen. Aber Maike fühlt sich unwohl im Val Paluonda. Jonas ist weg, und sonst will niemand mehr mit ihr sprechen. Verena antwortet nicht auf Nachrichten. Laura schon, aber sie ist so höflich und zurückhaltend, als würde sie nur darauf warten, dass Maike selbst die Bagger ruft.

Dienstagabend nach dem Termin bei der Anwältin wollte Maike gerade eine Zugfahrt nach Hamburg buchen, als Ravi anrief und sagte, er wolle noch einmal runterkommen, eine Sache für seinen Artikel müsse er noch recherchieren.

»Kannst du das nicht online machen?«

»Nur noch ein paar Tage, ja?«

Und so hat Maike sich die letzten Tage nur durchs Dorf geschlichen, wenn es gar nicht anders ging, mit gesenktem Kopf durch den Supermarkt. Ausnahmslos alle scheinen sie griesgrämig anzusehen, und dann hat sie zurück in der Wohnung gemerkt, dass der Kassierer mit dem Pferdeschwanz sie um zehn Franken betuppt hat. So ist sie daheim geblieben und hat endlich einmal wieder an ihrer Arbeit geschrieben. Selbst wenn ihnen das Erbe zugesprochen wird, und Maike ein eigenes Hotel baut, will sie die Diss fertig schreiben – das ist sie dem so übersehenen

Dienstpersonal im *Zauberberg* und den anderen Romanen irgendwie schuldig. Und auch sich selbst.

Um ihren Bewegungsdrang zu stillen, ist sie durch die feuchten Februarwälder und so weit hoch auf den Piz Splerin gestiegen wie möglich. Der Schnee ist wieder weggetaut, der Februar ist auch hier ein blöder Monat, wie ein alter, ungewaschener Typ, der einem an der Kasse zu nahe kommt. Die Nässe beißt in jeden Zentimeter Haut, den sie findet. Einmal meinte Maike, vor sich Nora laufen zu sehen, aber sie hat nicht versucht, sie einzuholen.

Freitagabend kommt Ravi nach einer ewig langen Autofahrt an, der verrückte Kerl. Statt gleich ins Bett zu fallen, sieht er sich in der vertrauten Ferienwohnung um und schiebt die Hände in die Taschen.

»Wie wäre es, wenn wir ganz ins Hotel ziehen?«

Skeptisch sieht sie ihn an.

»Wäre doch lustig.«

Sie verschränkt die Arme. »Du hast aber nicht vor, mich da irgendwie zu …«

»Zu was?«

»Zu beeinflussen?«

»Inwiefern?« Er spielt den Blöden.

»Schon gut.«

Er sieht sie zärtlich an. »Würde es denn etwas bringen? Hast du so große Zweifel?«

Ihr steigen die Tränen in die Augen. »Ich will das so sehr, Ravi. Ich will so sehr ein eigenes Hotel.«

»Ich weiß.« Er streicht ihr über den Kopf wie einer Katze. »Ich weiß doch. Und ich verspreche dir, ich werde nicht versuchen, dich irgendwie zu beeinflussen.«

Beim Packen überlegt sie, was eigentlich aus ihnen beiden werden soll, wenn sie hier so viel Zeit verbringen wird. Fernbeziehung? Kann das gut gehen? Sie würden sich nicht einmal jedes Wochenende sehen. Ravi würde garantiert nicht seine gute Stelle aufgeben, um hier bei irgendeinem Käseblatt zu arbeiten.

Sie schluckt und schluckt.

Das wird schon irgendwie.

Es muss irgendwie.

Drüben in Sumbriva angekommen, sagen sie den Hohlfelds Bescheid, um niemanden zu erschrecken, und ziehen wieder in Zimmer 30 mit dem Doppelbett und Dusche und WC fast gleich nebenan. Nummer 34 von Jane beziehungsweise Jonas steht leer. Genauso wie der Rest des Gebäudes. Alles leer, alles alt. Alles Flos. Ob die sich hat vorstellen können, was aus dem Ding geworden ist? Warum sie es Andri geschenkt hat, wissen sie immer noch nicht. Maike hat schon seit Tagen nicht mehr in Janes Manuskript gelesen.

In der Nacht auf Samstag, während Maike und Ravi eng umschlungen im Bett liegen, geht ein Wintergewitter über dem Val Paluonda ab. Man hört Bäume brechen und Dinge poltern. Selbst das Wetter will ihr Übles.

Am Morgen machen sie sich im Schlafanzug ein ausgiebiges Frühstück.

»Reden Nick und Käsi eigentlich wieder mit dir?«, fragt Ravi.

»Nein.«

Ravi legt ihr noch ein Brötchen auf den Teller. »Das wird schon wieder.«

»Hast du mit Verena gesprochen?«, fragt sie.

»Nein, sie ignoriert mich.«

»Hm«, sagt Maike. Also hat er versucht, sie zu erreichen.

Es klopft an der offenen Tür, und Laura kommt in den Speisesaal. »Es ist eine ganze Reihe Dachziegeln vom rechten Türmchen gefallen. Habt ihr das gehört?«

Überraschend ist das nach diesem Sturm nicht. Sie ziehen sich schnell an und gehen nach draußen, wo sie von der Straße aus sehen, dass dort oben ein großes Loch klafft. Maike nimmt sich den Reisigbesen und fegt Trümmer und Splitter von der Straße.

»Ich habe eine Freundin angerufen«, sagt Laura. »Kati ist Dachdeckermeisterin. Sie kennt das Hotel gut, ich frage sie immer wieder mal, wie lang es noch durchhält.«

Gegen Mittag ist Kati Frei da und begutachtet den Schaden von innen und außen. Am Ende stehen sie im Foyer, und Kati notiert sich noch ein paar Sachen auf ihrem Klemmbrett. Vor lauter Nervosität knetet Maike Ravis Hand. Es fühlt sich an, als bekäme sie gleich selbst eine Diagnose.

»Langsam wird es dringend, Laura«, sagt Kati in tiefem Schweizerdeutsch. Maike muss sich anstrengen, um es zu verstehen, will sie aber auch nicht bitten, Hochdeutsch zu sprechen.

»Du hattest uns letztes Jahr«, sagt Laura, »schon mal einen Kostenvoranschlag gemacht …«

Kati zieht den Kuli von ihrem Klemmbrett und tippt sich damit wiederholt gegen die Nase. »Ich fürchte, damit kommen wir nicht mehr hin.«

»Klar, wird ja alles teurer«, sagt Maike.

Kati spricht weiter zu Laura. »Die Arbeitskosten kann ich euch jetzt schon sagen, aber das Material ist das Problem. Wir könnten erst im Frühjahr loslegen, und bis dahin kann noch so viel passieren. Die Preise schwanken so krass, dass man gar keine Vorhersagen treffen kann.«

»Aber ihr hättet noch Kapazitäten im Frühjahr?«, fragt Laura.

»Eigentlich nicht«, sagt Kati.

Ravi drückt Maikes Hand, und sie versteht: Sie warten auf ein Aber.

Für dieses Aber wendet Kati sich zum ersten Mal an Maike. »Meinen Urgroßvater«, sagt sie, »den habe ich als Kind noch kennengelernt. Er war Konduktör auf den Postkutschen, und hier war immer der Pferdewechsel.«

Maike lächelt sie an und sieht dann zu Laura. Die kennt die Geschichte wohl schon und bleibt ernst. »Wie spannend. Wir haben schon ein paar Erinnerungen gelesen und durchforsten die alten Bücher im Keller, aber es ist immer so interessant, solche persönlichen Geschichten zu hören. Der alte Rudi hier aus dem Dorf hat erzählt, sein Großvater habe in der Telegraphenstation gearbeitet.«

»Eine Schande«, sagt Kati Frei, »dass das arme Haus so heruntergekommen ist.«

»Eine richtige Bruchbude …« Maike hört selbst, dass es fast zärtlich klingt.

»Na.« Kati klopft mit dem Bleistift auf ihre Notizen. »Das würden wir schon irgendwie hinbekommen im Frühjahr. Ist zwar ein großes Dach, aber bis auf die Türmchen recht unkompliziert. Ich schiebe noch ein paar Termine hin und her. Morgen kommen wir und decken es so ab, dass es über den Winter hält. Freundschaftspreis für Laura.«

Maike weiß genau, dass Laura nicht hören will, was sie zu sagen hat. Aber was soll sie machen? »Abdecken reicht ja eigentlich.«

»Aber nicht dauerhaft«, sagt Kati warnend.

Lauras Lippen zittern. »Maike lässt es ja doch abreißen.«

Sie dreht sich um und rennt davon. Die Eingangstür fällt langsam hinter ihr zu und sperrt das bisschen Licht wieder aus.

Maike geht rennen, Ravi seine letzten Fragen klären: Welche Folgen hat die abgekürzte Saison? Was werdet ihr in Zukunft machen? Warum sind wir alle so schlecht darin, endlich angemessen auf den Klimawandel zu reagieren?

Was soll's, denkt Maike sich, läuft nach Parvis und zum Infinity. Eigentlich findet sie das Hotel gar nicht so besonders, aber es kommt dem, was sie sich vorstellt, hier in der Gegend doch am nächsten. Sie schlendert in der hellen, weitläufigen Halle umher und sieht mit geübtem Blick, wie sich die Menschen bewegen, wo sie gern bleiben, wen am Empfang sie besonders gern ansteuern. Dann schummelt sie sich mit ein paar Gästen in den Aufzug, kann einen Blick in eines der hellen, schlichten Etagenzimmer und in einen der Wäscheräume werfen, klettert bis auf die Dachterrasse und lässt sich in den Keller zum Pool und Wellnessbereich fahren. Einige Sachen gefallen ihr, andere gar nicht.

Bei einem heißen Kakao tippt sie im Restaurant eifrig in ihr Handy und bricht wieder auf. Ihre Stimmung ist schon viel besser – all die Ideen, die sie umsetzen könnte. Sie rennt in die Dunkelheit unter dem Piz Parüschla hinein. Die fehlende Sonne in Sumbriva wird ein Problem sein, aber da muss man viel mit Glas und hellem Holz arbeiten.

Zurück im Posthotel zieht sie Ravi an sich und küsst ihn ausgiebig.

»Welches Zimmer probieren wir denn als Nächstes aus?«

Wann hat man schon einmal ein ganzes verlassenes Hotel für sich? In einigen Zimmern finden sie weitere Kunst an den Wänden, die Ravi fotografiert, um Laura nach den Namen der so begabten Sommergäste zu fragen.

Immer wieder für Unterhaltung sorgen auch die Sicherungen. Jeden Tag schmeißt es sie mehrfach. Nach der Dachdeckerin sollten sie auch mal eine Elektrofirma fragen, wie die Leitungen aussehen. Aber auch die würden nur von horrenden Kosten sprechen. Maike kann sich nicht vorstellen, dass es sich finanziell lohnen würde, den Kasten stehen zu lassen und die ganze Elektrik neu zu verlegen. Im Hotel Reineke war auch mal irgendwas mit irgendwelchen Kabeln, und die Rechnungen waren echt schmerzhaft.

Ob Mama ihr das Posthotel komplett überlassen würde? Ob sie investieren würde? Wahrscheinlich ist das nicht, aber die Hoffnung stirbt ja bekanntermaßen zuletzt, und Maike könnte es sich irgendwie ganz schön vorstellen, mit ihren Eltern doch auch geschäftlich ein wenig verbunden zu bleiben.

In den letzten Jahren mag sie aufrichtig gedacht haben, dass sie mit der ganzen Hotelsache abgeschlossen hat, aber das war falsch.

Ein eigenes Hotel. Ein ganz besonderes.

Wenn nur nicht alle anderen gegen diese Idee wären. Selbst Verena. Immer noch überlegt Maike, was sie an ihrem letzten Gespräch so irritiert hat. *Ravi hat mir von euren Nachforschungen erzählt. Hashtag das neue Sumbriva.* Irgendetwas hätte sie verstehen müssen, abgesehen von all den blöden Drohgebärden.

Sonntagnachmittag in der Dämmerung packen sie ihre Sachen ins Auto. Sie wollen morgen ganz früh losfahren, schon um fünf, falls sie es im bitterkalten Dunkeln aus dem Bett schaffen. Maike freut sich auf Hamburg.

In den Häusern von Sumbriva brennt bereits Licht, und im fast schwarz wirkenden Brunnenwasser auf dem Dorfplatz bricht es sich und funkelt. Auf dem Brückengeländer hocken zwei Krähen, das Gefieder dick aufgeplustert, genauso stumm wie der Piz Parüschla. Nur der Bach plappert laut wie immer.

Vor drei Wochen war sie zum ersten Mal hier, und inzwischen kommt ihr alles so vertraut vor. Könnte sie hier leben? Würde sie von irgendjemandem akzeptiert werden?

»Ciao, ihr zwei.« Nina Murger kommt ihr mit den Zwillingen entgegen, die in ihren Winterklamotten wie zwei bunte Pfeile an ihr vorbeizischen.

»Hi.«

»Wie geht's?«

»Ganz gut.« Maike weiß nicht einmal, ob das so stimmt. »Wir sind jedenfalls erst mal wieder weg.«

»Da wünsche ich euch eine gute Fahrt.«

»Danke«, sagt Ravi.

»Sag mal ...«, fängt Maike zögerlich an. »Esthi hat erzählt, du arbeitest im Marketing für den Tourismusverein, oder?«

»Ja, Cla und ich beide.«

»Mama!«, rufen die Söhne, schon unten an der Kehre angekommen.

»Ich hab gehört ...« Maike will Verena eigentlich gar nicht erwähnen, aber hier wissen ja eh alle immer alles. »Verena hat erzählt, dass ihr eine neue Kampagne für das Tal entwickelt.«

Ninas Augen leuchten auf. »Ja, für den Sommer. Die wird richtig gut. Ich darf noch nichts verraten, aber ich mag sie sehr. Wir versuchen, die üblichen Zielgruppen einzubeziehen, aber den Fokus ein wenig mehr auf Nachhaltigkeit zu setzen. Du weißt schon ...«

»Mama, kommst du!«, brüllt einer der Zwillinge.

Nina verdreht die Augen. »Entschuldige. Sie müssen sich noch ein bisschen austoben, bevor es dunkel wird.«

»Kein Problem. Ich war heute nicht laufen und weiß, wie sie sich fühlen. Aber nur kurz: Sumbriva spielt noch keine Rolle, oder?«

»Nein, das ist noch viel zu früh. Noch ist ja nichts passiert, womit man werben könnte. *Sumbriva: in drei oder vier Jahren bestimmt interessant!* Gute Reise, ihr zwei.«

KAPITEL 23

Im März 1871 verschüttete eine Lawine einen Teil von Parvis, und Sumbriva eilte mit Stäben, Spaten und Schaufeln zum Helfen auf die andere Talseite. Drei Menschen konnten nicht mehr lebend geborgen werden, ein Kind war dabei. In denselben Stunden brach der Stall des Cavegn-Hofs zusammen, und Andris kranker, alter Vater, der allein daheim geblieben war, verausgabte sich beim Versuch, die Tiere zu retten, so stark, dass er wenig später verstarb.

Wäre Andri noch da gewesen, wäre er vermutlich mit allen anderen zum Helfen nach Parvis geeilt, so dass sein Vater trotzdem allein gewesen wäre. Doch wäre Andri noch da gewesen, hätte er in der Zwischenzeit das Dach repariert gehabt, und der Stall wäre nicht in sich zusammengesackt. Eine der drei Kühe war von einem Balken getroffen worden und musste erschossen werden. Der hungrige Wallach Hubi hatte mit einer Fleischwunde überlebt, und Flo hatte ihn bei sich in den Hotelställen aufgenommen.

In den Wochen nach Andris Abreise hatte sie so oft eine wilde Wut überfallen, dass sie im tiefen Schnee den Berg hinaufgestapft war und in ausreichender Entfernung laut geschrien hatte, in den Schnee, der ihre Hilflosigkeit geschluckt hatte, in das Eis des leise gluckernden Baches. Sie hatte sich an die Bohlenwand einer Hütte gelehnt und überlegt, einfach stehen zu bleiben. Ob ihre Schreie im Frühjahr auftauen, hinunter nach Sumbriva fließen und dort zwischen den Häusern noch einmal zu hören sein würden?

Der Winter hatte aus dem geschäftigen Posthotel Sumbriva ein Grab gemacht. So mussten sich die alten, toten Pharaonen fühlen, wenn sie in ihren Pyramiden umherwandelten und den Ausgang nicht fanden. Flo hatte in London genug archäologische Vorträge gehört, um in den leerstehenden Zimmern Juwelen zu vergraben und im klammen Geschirrzimmer aus den Tellern und Tassen vergüldete Schätze zu machen.

Sie war froh, wenn die Post kam oder Handwerker da waren. Flo hatte Beat Biert beauftragt, auf den Etagen je zwei Badezimmer einzubauen, drei Suiten sollten sogar ihre eigenen Toiletten und Lavabos mit fließendem Wasser bekommen. Bei Temperaturen unter dem Gefrierpunkt war das kein einfaches Unterfangen, aber Flo hatte darauf bestanden, nicht erst im Frühling zu beginnen, wenn der Tischler jede Menge andere Aufträge zu erledigen hatte und ihren großen Auftrag ständig unterbrechen müsste. Das ging nie gut. Beat war froh um das zusätzliche Geld, Flo zahlte anständig.

Die Lawine löste etwas in ihr. Sie packte eine Reisekiste, die wenige Tage später vor dem Hotel in die Postkutsche geladen wurde. Es war noch kalt, der Frühling rumpelte weiter an den Hängen und ließ in der Nacht sein böses

Brüllen hören. Auch der Paslerbach kollerte und dröhnte. Erste purpurne Blüten zeigten sich auf den windgeschützten Wiesen.

Der Postillion stand zu Scherzen aufgelegt auf dem Vorplatz und kaute an einem Brotkanten. »Endlich kommen Sie mal raus, guter Fernsby, und sehen auch wieder etwas von der Welt.«

»Ich hoffe, Sie verfahren sich nicht, Pepi.« Flo stellte ihre Umhängetasche in die Kabine.

Caspar Laurent Huonder wartete unterdessen vor der Tür des Posthotels, ungeduldig, es endlich zu übernehmen.

Bereits im Herbst hatte Flo die Huonders gefragt, ob sie sich so etwas vorstellen könnten, falls einmal etwas passieren sollte.

»Was sollte denn passieren?«, hatte Huonder neugierig gefragt.

Flo machte eine unentschiedene Geste. »Falls ich mal wegmuss. Oder krank werde, ich könnte ja auch krank werden.«

»Werden Sie schon nicht, Fernsby, Sie sind doch noch ein junger Mann. Wann heiraten Sie eigentlich endlich? Aber ...« Huonder sah sich geradezu gierig in der Eingangshalle um. »Sicher kann ich aushelfen. Sicher, sicher. Annamaria kann sich ja ganz gut um das Kurhotel kümmern, zumindest im Alltag, wenn es keine großen Entscheidungen zu treffen gilt.«

Nichts an Annamaria Huonders Gesichtsausdruck änderte sich.

»Ich würde mich allerdings freuen«, sagte Flo, »wenn Sie, Frau Huonder, sich regelmäßig um die Blumendekoration kümmern und prüfen würden, ob die Bediensteten glücklich sind. Frauen sind ja so gut mit den Details.«

Sie hoffte, dass Annamaria verstand, was sie eigentlich sagen wollte: Ihnen würde ich mein Hotel viel lieber anvertrauen.

»Sicher, sicher«, hatte Huonder wiederholt.

Annamaria hatte nur gleichgültig genickt, hatte wohl geglaubt, dass es ohnehin nie dazu kommen würde. Doch nun stand sie hinter ihrem Mann in der Tür. Flo machte es ein wenig Angst, wie schnell sie hier gewesen waren, wie begehrlich sie sich die Bücher zurechtgeschoben, den Empfangstresen neu geordnet, die Schlüssel entgegengenommen hatten.

Aber es war nur ein Hotel.

Als Letztes verabschiedete Flo sich von Elvezia Biert, deren Sorgenfalten auf der Stirn nicht mehr verschwanden, seit Flo ihr von ihrem Entschluss erzählt hatte – viel zu vage war ihre Erklärung, als dass sie ihre so vertraute Mitarbeiterin hätte zufriedenstellen können.

»Ich muss eine Weile weg. Ich weiß noch nicht, wie lang. Wenn ich könnte, würde ich Ihnen sofort die Leitung des Posthotels übertragen. Niemand kennt sich hier so gut aus wie Sie. Versprechen Sie mir, dass Sie bleiben, mindestens ein halbes Jahr, und die Huonders unterstützen.«

Elvezia hatte mit ernsthaftem Gesichtsausdruck zugestimmt und mehr Geld kategorisch abgelehnt und drückte ihrem Chef nun fest die Hand, ohne noch etwas zu sagen.

Die Postpferde setzten sich auf Pepis Schnalzen hin in Bewegung. Flo teilte sich die Kutsche mit drei Mitreisenden, die versuchten, sie in ein Gespräch zu verwickeln, doch sie sah aus dem Fenster, wo die letzten Häuser davoneilten.

Sieben Jahre war es inzwischen her, dass sie in ihre Heimat zurückgekommen war. Unfreiwillig war sie aus London abgereist, irgendein Faden hatte sie am Herzen nach Sumbriva gezogen, und dort hatte sie ihn aufgewickelt, festgesteckt. Sie kannte die Sprache der Berge und des Dorfs, die Farben der Regenwolken und der Frösche im Schilf. Sie kannte die Bierts: die treue Elvezia, den schlauen Beat und den zwitschernden Adi. Sie kannte die Pallis, denen sie regelmäßig im Morgengrauen einen Korb mit Essen vor die Tür stellen ließ, in Erinnerung an Giovanni immer mit einem Glas Honig, den er so gern gegessen hatte. Sie kannte die Kühe und Geißen, die die Hänge begrasten. Sie kannte den Paslerbach wütend und fröhlich. Sie kannte den Piz Parüschla, der sich in Wolken hüllte, bevor er doch alles wieder abschüttelte und sich im Himmelsblau suhlte. Mit jeder Meile spulte der Faden sich weiter ab und zupfte an ihr. Willst du wirklich gehen?

Wenig später erhielt ich einen Brief.

Liebe Jane, entschuldige bitte, dass ich dir diesen Winter eine so schlechte Freundin war. Andri ist schon vor Wochen zurück nach Bordeaux, und ich werde ihm nun folgen. Gleichwohl muss ich in Genf haltmachen – und ich brauche deine Hilfe. Sag, könntest du kommen? Ich weiß, dass das viel verlangt ist, aber ich kann sonst niemanden fragen. Ich werde ab dem

3. April in der Pension du Lac in der Rue du Rhône sein. Bitte komm! Deine Flo.

Als ich die Pension du Lac erreichte, stürmte Flo auf die Straße, als hätte sie hinter dem Fenster auf mich gewartet. Sie umarmte mich, und zwei männliche Passanten sahen uns argwöhnisch dabei zu.

»Ich habe schon den ganzen Tag nach dir Ausschau gehalten.«

Ich konnte mich vor Erschöpfung kaum noch auf den Beinen halten.

Henry hatte mir verbieten wollen zu fahren. Da mochte er mir noch so sehr vertrauen und Flo ebenfalls als Freund betrachten, aber warum wollte seine Frau für einen im Grunde fremden Mann all die vielen Meilen, all die vielen Stunden von Eggborough nach Genf auf sich nehmen? Das war viel. Zu viel. Ich hatte ihm versprochen, alles zu erklären, wenn ich wiederkam.

Was Flo wollte, ahnte ich bereits. Als sie mich am Abend einweihte, wurde meine Ahnung bestätigt, und am nächsten Morgen zog sie ihren liebsten Anzug an, zupfte das Halstuch zurecht, bis es perfekt saß, kämmte sich die dichten Haare, die sie in der letzten Zeit etwas länger hatte wachsen lassen und nun hinter die Ohren streichen konnte. Die Enden lockten sich, und sie konnte sich gar nicht daran erinnern, dass das früher auch schon so gewesen war. Sie setzte ihren Hut auf und klopfte an meine Tür.

Wir verbrachten den Tag damit, dass ich mich von fünf Schneiderinnen zu neuen Stoffen beraten ließ. Danach spazierten wir am See entlang und warfen den Möwen Brot zu, das Flo vor Nervosität nicht essen mochte.

Am Tag darauf kehrten wir zu der vierten Schneiderin zurück, Madame Louise Chiron – sie erschien uns am sympathischsten. Ein Risiko blieb dennoch. Wir warteten an der Straßenecke, bis wir sahen, dass der Laden leer war. Er hatte ein großes Schaufenster, war aber durch Regale und einen Vorhang mit dicken Troddeln recht privat gehalten.

Die Schneiderin war etwa Mitte vierzig mit endlos langen Gliedern. Sie erkannte uns vom Tag zuvor. »Ah, *madame*, willkommen zurück. Haben Sie sich entschieden, welcher Stoff Ihnen am besten gefällt?«

Flo holte tief Luft. »*Ich* habe mich entschieden. *Ich* möchte mir gern ein paar Kleider schneidern lassen.«

Madame Chiron zog die Augenbrauen hoch und brauchte eine Weile.

»Für mich.« Flo klang außer Atem. »Ich bräuchte auch Wäsche und ein Korsett, wenn Sie mich da beraten könnten.«

Madame Chiron legte sich eine Hand an die Wange und sah Flo mit großen Augen an. »Aber natürlich«, sagte sie dann – und nichts weiter. Höflich. Diskret. Wir hatten die richtige Wahl getroffen.

Es wurden Maße genommen, Stoffrollen abgerollt, aufgerollt, ausgetauscht. Flos Nervosität blieb, ich hörte es in ihrer Stimme und sah, wie unangenehm es ihr war, dass die Schneiderin ihr so nahe kommen musste.

»Du hättest auch Agnes bitten können herzukommen«, sagte ich, um Flo ein wenig abzulenken.

Flo schnaufte amüsiert. »Ich glaube nicht, dass sie groß hätte helfen können. Agnes trägt seit dreißig Jahren dieselben schwarzen Kleider.«

»*Mon dieu*«, flüsterte Madame Chiron.

»Sollen wir sie auch zu Ihnen schicken?«, fragte ich.

»Sie wäre wohl eine noch größere Herausforderung als ich«, sagte Flo. Ein Scherz, wenn auch immer noch mit zittriger Stimme.

»Ich liebe Herausforderungen.« Madame Chiron legte den Stift weg. »Jetzt habe ich alles, was ich brauche.«

Nun hieß es warten. Wir streunten durch Genf, und Flo berichtete mir von ihrem schlimmen Winter voller Sehnsucht, nachdem Andri abgereist war. Von ihrer Offenbarung im Viehstall.

Ich musste schmunzeln. Im Viehstall.

Flo lachte. »Ich weiß. Der vornehme Mr. Fernsby zwischen Ochs und Esel. Aber ich glaube, im Hotel hätte ich nie etwas verraten können.«

Sie stand auf und ging die paar Schritte zur Uferkante. Das blaue Wasser des Genfer Sees schwappte gegen die Steine. Ich folgte ihr, und wir sahen zusammen auf die betriebsamen Wellen.

»Glaubst du, ich habe die richtige Entscheidung getroffen?«, fragte sie.

Ich atmete tief durch.

»Er hat«, beeilte Flo sich zu sagen und stolperte fast über ihre Worte, »er hat gesagt: Ich kann das *hier* nicht. *Hier*, in Sumbriva. Aber in Bordeaux? Wenn ich dort als Frau lebe?« Sie sah mich flehentlich an. »Bitte sag etwas, Jane!«

Ich wusste es nicht. Ich kannte ihn doch so wenig. Ich wusste nicht, wie er in Bordeaux lebte. Doch Flo brauchte Hoffnung. Es *war* möglich. »Er liebt dich.«

Die Schneiderin Louise Chiron schickte uns einen Buben in die Pension du Lac, mit der Nachricht, dass die Kleider für Mrs. Jane Brightfield für eine letzte Anprobe bereit seien und am Nachmittag niemand sonst im Geschäft sein würde.

Wenige Stunden später stand Mr. Fernsby als Floriana vor mir, verschnürt und verpackt wie all wir Frauen um diese Zeit. Sie wirkte größer als im Anzug, schmal und hübsch.

Und ich? Vermisste unvermittelt Mr. Fernsby und seine unbedingte Bestimmtheit.

Floriana hingegen war zittrig und unsicher. »Ich kann das alles gar nicht. Ich fühle mich so verkleidet. Die Leute werden sich totlachen über mich.«

Madame Chiron drückte ihr sanft die Schultern nach unten. »Orientieren Sie sich an Ihrer Freundin. Wie sie sich hält und wie sie geht.«

Ich hob abwehrend die Hände. »Meine Mutter beschwert sich immer über meine fehlende Eleganz.«

»Das tut doch jede Mutter«, sagte die Schneiderin. »Stehen Sie auf. Gehen Sie ein wenig herum.«

Ich kam mir lächerlich vor und dachte an all die Berge, die ich in groben Stiefeln erklommen hatte, und an meinen Garten in Yorkshire, den ich selbst bewirtschaftete, bis ich dem Dreck unter den Fingernägeln kaum noch beikam. Doch Madame Chiron hatte ja recht. Ich hatte gelernt, mit geradem Rücken zu gehen, mich im Korsett zu bewegen, keine ausladenden Gesten zu machen, die den Männern Raum und Relevanz wegnahmen, und tat all das ganz selbstverständlich. Sie wies Flo auf subtile Details hin, die mir selbst gar nicht auffielen. Nach einer Weile stolperte ich über meine eigenen Füße.

»Mach dir keine Sorgen«, sagte ich. »Du wirst dich schnell umgewöhnen.«

»Und die Kleidung hilft dabei«, ergänzte Madame Chiron. »Darf ich Ihnen empfehlen, sich die Augenbrauen zupfen? Das würde Ihr Gesicht noch etwas feiner machen. Sie haben ein schönes Gesicht.«

»Danke.« Flo sah an ihr vorbei in den Spiegel, sich an sich selbst gewöhnend. Wie es aussah, fand sie sich alles andere als schön.

»Was werden Sie mit Ihren Haaren machen?«, fragte Madame Chiron.

»Ich dachte an große Hüte.« Flo sah Madame und mich abwechselnd an. »Nicht besonders modern ...«

»Es wird für den Anfang gehen«, sagte ich.

Die Schneiderin sah sich Flos Haar genauer an. »Ich habe eine Freundin, die Haarteile zum Anstecken anfertigt. Da könnten Sie in ein paar Monaten schon etwas mit machen.«

Flo lehnte ab. Nicht noch mehr Verkleidung.

In den kommenden Tagen übte sie ihr Auftreten – und arbeitete daran, es nicht mehr als Verkleidung zu sehen. Denn die Verkleidung hatte sie doch aufgegeben. Wir aßen zusammen, und sie achtete darauf, wie ich mich zu Tisch verhielt. Wir gingen spazieren, und sie ahmte mich nach:

Wohin kamen die Hände? Wie sehr neigte man den Kopf, wenn ein Herr grüßte? Wie grüßte man zurück?

»Fühlst du dich sicher genug?«, fragte ich sie eines Morgens.

»Das würde Jahre dauern«, sagte sie. »Aber ich denke, ich werde fahren. Ich will ihn endlich wiedersehen. Ich schreibe ihm noch heute.«

Es war gut, dass sie ihn vorwarnte, damit er nicht vor Schreck in den Teigbottich fiel. Zwei Tage später, Anfang Mai war es inzwischen, blickte ich am Bahnhof dem Zug nach, bis mir die Augen tränten. Ich schickte meiner Freundin alle guten Wünsche hinterher.

KAPITEL 24

Manchmal wacht Maike auf und glaubt, irgendetwas Wichtiges vergessen zu haben. Dann liegt sie im Dunkeln und weiß ganz genau, dass es ihr nie wieder einfallen wird und …

Ruft da jemand? Sie hebt den Kopf aus dem Kissen und schiebt Ravis Arm zur Seite. Kurz muss sie sich orientieren: Sie sind immer noch im Posthotel, Zimmer 30. Ihre letzte Nacht vor der Reise nach Hause.

Da ruft jemand. Eiskalter Fußboden. Sie läuft zum Fenster und öffnet es. Das Val Paluonda ist pechschwarz, es muss zwei oder drei Uhr nachts sein. Maike schnuppert. Wer macht denn mitten in der Nacht Feuer?

Sie schließt bibbernd das Fenster – jetzt ist sie viel zu wach, um wieder einzuschlafen, verdammt. Da hört sie das Rufen erneut. Sie stürzt zur Tür und bleibt noch einmal stehen. Ein Einbruch? Aber das würde niemand mit lauten Rufen ankündigen.

Sie öffnet die Tür.

»Maike! Ravi!« Es schallt den Korridor entlang und hört sich an, als stünde jemand weiter vorn Richtung Treppenhaus.

»Hallo?« Auf Zehenspitzen eilt Maike auf die Rufe zu.

»Maike!«

Jetzt erkennt sie Esthis Stimme und riecht erneut den Rauch.

»Was ist los? Wo sind Sie?«

»Hier. Ich bin gefallen.«

»Esthi, o Mann.« Maike hockt sich zu ihr. Die alte Frau liegt der Länge nach auf dem ausgetretenen, schmutzigen Teppich.

»Es brennt, Maike, es brennt im Dachstuhl, ihr müsst hier raus.«

»Was?« Sie mag zwar wach sein, aber besonders schnell ist sie noch nicht.

»Im Dachstuhl brennt es.« Esthi versucht, sich zu bewegen, sie stöhnt auf. »Ich habe schon die Feuerwehr gerufen.«

»Was tut Ihnen weh?«, fragt Maike.

»Das Bein. Ich habe nur meine Schlappen an und bin gestolpert. Vielleicht ist es gebrochen.«

»Okay. Scheiße. Warten Sie.« Sie rennt zurück ins Zimmer, will das Licht einschalten, aber nichts passiert. Sie rüttelt an Ravi, bis der sich benommen aufsetzt.

»Esthi liegt im Flur, ist hingefallen.« Sie wirft ihm Jeans und Pulli hin. »Außerdem sagt sie, das Dach brennt, und es riecht nach Rauch, der Strom funktioniert nicht, und ich glaube, wir müssen raus. Schnell!«

Sie zieht sich Stiefel und Winterjacke an und greift nach dem Handy, um einen Krankenwagen anzurufen. Ravi steht senkrecht und schwankt. »Was?«

»Zieh dich an, Hase. Welche Notrufnummer für Krankenwagen gilt denn in der Schweiz?«

»112.« Jetzt ist Ravi wach.

Maike reißt sich die Jacke herunter und nimmt stattdessen zwei Pullis. Die Jacke braucht Esthi. Sie rennt damit den Korridor hinunter und spricht mit dem Mann in der Rettungsleitstelle. In einer Viertelstunde soll der Wagen da sein.

»Das dauert aber.« Maike hockt sich neben Esthi, die sie im Dunkeln kaum erkennen kann.

»Lassen Sie sie am besten liegen«, sagt der Disponent. »Legen Sie ihr ein flaches Kissen unter den Kopf. Und bewahren Sie Ruhe.«

»Okay, danke.«

Ravi kniet sich hustend an Esthis andere Seite. »Tut Ihnen noch etwas weh? Der Kopf? Wie sind Sie auf den Boden aufgekommen?«

»Ich weiß nicht mehr ...« Esthi stöhnt leise. »Aber mir tut nur das Bein weh, und die Hände brennen, als wären sie aufgeschürft.«

»Ich schalte mal die Taschenlampe an«, sagt er. »Erschreckt euch nicht.«

Esthis linke Hand ist wahrhaftig in Mitleidenschaft gezogen. Sie versuchen, ihren Kopf zu untersuchen, aber da wird Esthi ärgerlich. »Mein Kopf ist in Ordnung. Nur das Bein nicht. Aber wir können hier nicht liegen bleiben. Es brennt.«

»Was hat denn die Feuerwehr gesagt?«

»Dass sie sofort kommen.«

Maike springt auf und rennt los. »Ich geh nachgucken ...« Dann bleibt sie doch stehen und bemerkt, dass ihr der Rauch in der Nase kratzt. »Ich kann euch aber nicht hier lassen.«

»Wir können Esthi tragen«, schlägt Ravi vor.
»Ich bin doch viel zu schwer.«
»Die Feuerwehr wird Sie auch raustragen. Wollen Sie lieber auf die warten?«
Maike meint, ein Schmunzeln auf Esthis Gesicht zu sehen. »Die sind bestimmt stärker als ihr zwei.«
Ravi lacht. Und hustet.
Maike fragt sich, warum sie eigentlich nicht in Panik gerät. Sie hat schon Angst, wenn jemand so verrückt ist, echte Kerzen an den Weihnachtsbaum zu stecken. Sie hasst offene Kamine, in denen die Holzscheite knacken. Das, was sie immer lauter zu hören meint, klingt wie ein Lagerfeuer auf Speed.
»Wir versuchen, Sie auf unsere verschränkten Hände zu setzen, okay? Können Sie sich aufrichten?«
Ravi schaltet die Taschenlampe aus und steckt das Handy ein. Sie beide müssen kaum miteinander reden, wissen auch so, was passieren soll. Esthi gibt sich alle Mühe. Maike hört sie vor Schmerzen schnaufen, sie riecht nach Schweiß, aber es gelingt ihr, die Arme um Maikes und Ravis Hals zu legen. Maike hilft ihr in die Jacke, dann schieben sie ihre Hände unter Esthis Po und richten sich langsam auf. Esthi wimmert. Es muss weh tun, dass das gebrochene Bein in der Luft schwebt und nicht mehr vom Boden in Position gehalten wird.
»Sorry, Esthi, sorry ...« Maike und Ravi versuchen, schnell, aber nicht hastig zu laufen. Der Korridor ist gerade breit genug, Maike stößt nur einige Male an die Wand, was sich sofort an Esthi übertragen muss, die einen ganzen Schwall rätoromanischer Wörter ausstößt.

»Beten Sie?«, fragt Ravi.

»Ich fluche und verwünsche den Teufel.«

Im Treppenhaus ist es etwas heller, aber man sieht ganz deutlich den Rauch hindurchschleichen, und es riecht nach …

»Benzin«, sagt Ravi.

Jetzt kommt die Angst doch. Etwas kracht und poltert zweimal nach. Maike versucht, ruhig zu atmen, aber der scharfe Geruch bringt sie zum Husten. Esthi wird mit jedem Meter schwerer.

Draußen hören sie die Motoren großer Fahrzeuge und wie sie vor dem Hotel zum Halten kommen.

»Das ist die Feuerwehr.« Ravi klingt erleichtert.

Während sie die breite Treppe heruntergehen, zählt er mit heiserer Stimme, eins, zwei, eins, zwei, damit sie die Füße im Takt setzen. Maikes Herz klopft erst mit und wird doch immer schneller. Sie will rennen, weit weg rennen.

Esthi hat wohl in ihrer Eile die Eingangstür nicht hinter sich geschlossen. Sie steht weit offen, und nun kommen ihnen zwei Feuerwehrleute in voller Ausrüstung, mit starken Lampen und Wasserschlauch im Anschlag entgegen.

»Ich habe Sie gerufen«, ruft Esthi in den Lichtstrahl. »Das sind die zwei jungen Menschen, die hier wohnen. Sonst ist das Haus leer.«

In diesem Moment versteht Maike, was eigentlich gerade passiert. Ihr Hotel! Ihr Hotel brennt! Das Ding, das sie abreißen lassen will, um etwas Eigenes zu bauen. Aber es ist Flos Hotel, und noch steht es, und all die Erinnerungen schweben darin – Erinnerungen an ihre eigene Dinnerparty, aber vor allem an all die Gäste aus über hundertfünfzig Jahren und an einen der besten Hoteliers, wie Jane es in ihrem ...

»O nein!« Maike sieht einen der Feuerwehrleute mit aufgerissenen Augen an. »Können Sie ... können Sie Esthi nehmen? Bitte?«

Einer der Männer übernimmt ihre Position. Es schmerzt, ihre Finger aus Ravis zu lösen, so eng hatten sie sie verschränkt.

Esthi schreit auf.

»Sorry, Esthi, sorry, tut mir leid.«

»Was machst du?«, fragt Ravi.

Maike rennt los. Ihre Augen brennen, sie blinzelt, aber jegliche Tränenflüssigkeit scheint vertrocknet zu sein.

»Stopp«, ruft der andere Mann dumpf. »Halt, Sie müssen raus.«

»Bin sofort wieder da.«

Maike rast in den Speisesaal, stolpert über eine Delle im Boden, steht wieder auf und stürzt im Stockdunkeln auf einen der sieben Tische zu, an dem sie gestern Abend in Janes Manuskript gelesen haben. Maike greift mit schmerzenden Fingern nach den zwei Heften, ertastet sie mehr, als dass sie sie sieht.

»Was machen Sie da?« Der Feuerwehrmann ist ihr gefolgt, überraschend schnell trotz seiner schweren Ausrüstung.

»Das sind wertvolle Schriften. Aber jetzt habe ich alles.«

Der schimpfende Mann besteht darauf, ihr eine Fluchthaube über den Kopf zu ziehen, und erst jetzt bemerkt Maike, dass es eine Frau ist, die unter der ganzen Ausrüstung steckt. Maike umklammert ihr wertvolles Manuskript, hustet heftig in den Stoff und lässt sich nach draußen begleiten.

Die Ambulanz ist bereits da, Esthi liegt auf einer Trage und wird versorgt. Ravi steht neben einem der Notfallwagen und zieht Maike an sich, als die Feuerwehrfrau ihr die Haube vom Kopf nimmt und streng befiehlt, sich von einer Kollegin untersuchen zu lassen.

»Bist du verrückt«, murmelt Ravi in ihre Haare.

»Ich musste Jane und Flo retten.«

Sie lässt sich von ihm halten. Seine Arme zittern.

»Ist ja nichts passiert«, flüstert sie.

Er lässt die Arme hängen und schüttelt sie aus. »Das sind nur die Muskeln. Shit, kann eine kleine, alte Frau schwer sein.«

Maike lacht schrill, fast hysterisch.

Atmet durch.

Erst dann traut sie sich, ihren Blick auf das Hotel zu richten und zum Dach zu heben.

KAPITEL 25

Das Café de l'Aube war nach der Morgendämmerung benannt, weil schon in den frühesten Stunden des Tages Sonnenstrahlen in die Räume der Konditorei fielen und die Nachbarinnen genauso früh davorstanden, um das beste Brot des Viertels am alten Stadttor zu kaufen.

Nun war es bereits nach elf, Bordeaux war nach der morgendlichen Geschäftigkeit wieder etwas ruhiger geworden, und nach einigem Zögern hatte Flo ihren Mut zusammengenommen und war geradewegs hermarschiert.

Die Lider damenhaft gesenkt trat sie ein.

Allein das war unanständig, ohne männliche Begleitung. Doch sie ging schnurstracks auf den hochgewachsenen Herrn mit Schürze und einem immensen Backenbart zu, der hinter der Gebäcktheke stand, und fragte ihn so zwingend nach Andri Cavegn, dass er sie ohne Zweifel ins Büro führte.

Da saß er. Ihr Andri, ihr lieber Andri. Er sprang auf. Wenn es nach den dunklen Schatten unter seinen Augen ging, hatte er nicht mehr geschlafen, seit er ihren Brief erhalten hatte.

»Das ... das ...«

Flo sah ihm an, dass er sich bereits etwas ausgedacht hatte, aber die Worte noch nicht recht herausbekam.

»Das ist eine mir bekannte Dame aus Amerika.«

Der Herr mit Schürze verbeugte sich vor ihr. »Ich bin Pierre Bernard, angenehm. Herzlich willkommen in Bordeaux.«

Flo hob ihre Hand so, dass er ihr einen angedeuteten Kuss darauf geben konnte.

Bloß nicht als Dame jemandem die Hand schütteln.

Das war also Pierre, Andris Partner und Miteigentümer des Cafés, der sie nun abwartend ansah. Durchschaute er sie? Aber was war zu durchschauen? Sie war eine Frau. Sie sah aus wie eine Frau. Es gab nichts zu durchschauen.

Da wandte er sich an Andri. »Möchtest du mir den Namen deiner Bekannten verraten?«

»Oh.« Andri neben ihr, so nah neben ihr, versteifte sich noch weiter, falls das überhaupt möglich war.

»Agnes«, sagte Flo. »Agnes Grey.«

Flo war eine Frau, aber noch immer nicht sie selbst.

»Sehr erfreut.« Pierre sah sich um. »Entschuldigung, da kommen neue Gäste.«

Sobald er den kleinen Raum verlassen hatte, ließ Flo sich in Andris Arme fallen, die sie sofort umschlossen. Andri küsste sie, hielt sie fest, drückte sie an sich, schob sie wieder von sich, um sie und ihr neues Aussehen in Augenschein zu nehmen.

»Ich liebe dich auch«, flüsterte sie.

Es waren die Worte, die sie seit Monaten hatte sagen müssen, aber sie merkte sofort, dass sie den stummen Zauber brachen. Andri schob sie ein Stück von sich weg und zupfte an seinem Kragen.

»Wir müssen vorsichtig sein«, sagte er eindringlich.

»Man kennt sich hier doch. In Bordeaux gibt es mindestens drei Familien aus Parvis, in einem Umkreis von gerade mal fünfzehn Minuten. Man hat sogar von einem jungen Herrn aus London gehört, der vor ein paar Jahren in Paris bei den Colanis war und zu den Pallis gehören soll. Die romanischen Familien kennen sich alle, Flo.«

Sie hörte ihn, hatte jedoch Schwierigkeiten, ihm zu folgen. Ihr Liebster. Er war noch immer ihr liebster Andri mit seinen feinen Haaren und den langen Wimpern und dem schlaksigen Gang, mit dem er durch Sumbriva geeilt war. Er war derselbe, ganz gleich, ob er Mist schaufelte oder ein Café führte.

So, wie sie auch dieselbe war, ob in Männer- oder Frauenkleidern.

Aber stimmte das denn?

Aus Mr. Fernsby war nur kurz Floriana geworden. Nun hieß sie Agnes Grey. Eine neue Maske, an die es sich zu gewöhnen galt. Aber dass sie Amerikanerin sein sollte, war kein schlechter Gedanke gewesen – Amerikanerinnen waren doch immer ein wenig anders und so modern, dass nicht einmal ein versehentliches Händeschütteln ein Skandal gewesen wäre.

Als Pierre ihr seine Frau Élodie vorstellte, begriff Flo, dass sie nun die ganze Zeit Französisch sprechen musste, auch mit Andri.

»Kommen Sie mit, Mademoiselle Grey«, sagte Élodie, »ich zeige Ihnen unser Café.«

»Agnes, bitte«, murmelte Flo. Wie sollte sie sich jemals daran gewöhnen, auf einen so fremden Nachnamen zu hören?

»Vorsicht«, rief Élodie wenig später, als Flo mit dem Rock in einer zufallenden Tür hängen blieb. Das passierte nicht zum ersten Mal.

»Es wäre doch eine Schande um Ihr schönes Kleid, Agnes.«

Am Abend brachte Andri sie zurück in ihr Hotel, und es gelang ihnen, ungesehen in ihr Zimmer zu schleichen.

»Endlich, endlich, endlich.« Andri küsste sie, und sie ließ sich an ihn sinken. Endlich waren sie allein, endlich waren sie wieder zusammen.

»Endlich sehe ich dich im Kleid.« Andri nahm sie an der Taille, so dass sie sich um ihre eigene Achse drehen musste. »So schön siehst du aus, wunderschön.«

»Willst du mich ohne Kleid sehen?«, flüsterte sie.

Sie zog umständlich an den Schnüren des Korsetts, bis Andri ihr nervös zu Hilfe kam. Dann stand sie im weißen Leinenhemd vor ihm. Endlich war sie nicht mehr kostümiert, denn so fühlte sie sich immer noch. Obgleich sie wusste, dass Andri sie immer hatte im Kleid sehen wollen, so hatte sie doch gehofft, dass es ihm eigentlich nicht wichtig war.

Nackt, im Bett, mit Andri, das war trotz der mehrwöchigen Trennung vertraut und immer noch aufregend. Später in der Nacht war alles still. Der Kerzenstummel würde bald heruntergebrannt sein.

Flo strich über eine neue Brandnarbe an Andris linkem Daumengelenk.

»Was machen wir jetzt?«, fragte sie.

»Schlafen?«

»Das meine ich nicht.«

Er drückte sie an sich. »Ich bin so froh, dich hier zu haben. Deinem Brief habe ich nicht geglaubt. Ich dachte mir, du würdest dein Hotel nicht allein lassen.«

»Es ist nur ein Hotel.« Sie seufzte. »Aber durchdacht habe ich es nicht. Jetzt bin ich Agnes Grey, eine Amerikanerin, die dir schöne Augen macht.«

»Da bist du nicht die Einzige.« Er grinste. »Es ist anstrengend, all den alleinstehenden Damen genug Aufmerksamkeit zu schenken. Einige sind mit Pierre zufrieden, aber ...«

Flo zog ihn am Ohr. »Angeber.«

Er strich ihr sanft über den Arm, und eine Weile spürte sie nur seiner Berührung nach.

»Ich muss wissen«, sagte sie dann, »was wir machen. Bleiben wir hier? Gehen wir weg?«

»Wohin?«, fragte er überrascht.

»Paris? London? Irgendwohin, wo uns niemand kennt und ich wieder Flo Fernsby sein kann. Floriana«, fügte sie hastig an.

Er schwieg.

»Aber ich würde auch Agnes Grey bleiben.« An der dunklen Zimmerdecke bildete die Reflexion des Spiegels ein Rechteck. »Damit du dein Café behalten kannst. Du passt so gut hierhin, viel besser als nach Sumbriva.«

»Ich bin hier daheim«, sagte er schlicht und zögerte dann. »Weißt du ... ich weiß nicht, wie wir all deine Papiere in Ordnung bringen können und all das ... aber wie wäre es, wenn wir dich als meine Verlobte vorstellen?«

Sie zog die Brauen hoch.

»Ich meine ... Warte ...« Andri stemmte sich auf den rechten Ellbogen. »Willst du mich heiraten?«

Konnte ihr Herz Gänsehaut bekommen? So fühlte es sich jedenfalls an. »Ja, das will ich.«

Sie sahen sich lächelnd an, im letzten flackernden Licht, blaue Augen und braune Augen, und so sollte es für immer bleiben. Flo küsste ihn. Mund, Nase, linkes Auge, rechtes Auge, Stirn, Schläfe, beide Ohren, Kuhle am Hals, Schlüsselbein.

Erst viel später sprachen sie weiter, als sie wieder nebeneinanderlagen und Andri ihr mit den Fingerspitzen über die Flanke strich.

»Denkst du, sie werden damit zufrieden sein?«, fragte Flo. *Sie* – die rätoromanischen Zuckerbäckerfamilien, die in Bordeaux lebten und genauso konservativ waren wie daheim in Sumbriva und Parvis, und vor allem Pierre und Élodie. »Reicht es, verlobt zu sein, oder müssen wir innerhalb von zwei, drei Monaten heiraten?«

»Da du Amerikanerin bist …«

»Vielleicht habe ich meinen Pass verloren, und über den Atlantik …«

»… ist es furchtbar schwierig, an neue Papiere zu kommen.«

»Genau.«

Es waren immer noch Lügen, und Lügen flogen irgendwann auf.

Andri schien das Gleiche zu denken.

»Sonst müssen wir wirklich nach Amerika.« Flo kuschelte sich in seine Armbeuge. »Könntest du dir das vorstellen?«

Er vergrub seine Nase in ihrem Haar.

»Eine Konditorei ist eigentlich immer ein Familiengeschäft«, erklärte Élodie ihr, wohl in der Annahme, Flo würde sich wundern, dass Élodie mit im Café stand.

»Ich würde auch gern mithelfen«, sagte Flo. »Wenn ich darf?«

»Du musst nicht«, sagte Andri schnell.

»Aber ich ...«, begann Flo und merkte, dass sie wenig damenhaft klang. »Ich würde gern. Ich glaube, daran hätte ich Freude.«

»Meinetwegen«, sagte Pierre. »Wie könnten wir Andris Verlobter etwas abschlagen?«

»Danke«, sagte Flo bescheiden.

In einem Hotel lernte man seine Gäste kennen. Man hieß sie willkommen und umsorgte sie mehrere Wochen lang so, dass sie sich wie daheim fühlten. Der Kontakt in einer Konditorei mit einem angeschlossenen Café war kürzer.

Die gute Gesellschaft trank einen Kaffee oder eine Schokolade und genoss dazu eine Cremeschnitte oder ein Stück Sarah-Bernhardt-Torte.

Sonntags saßen an den hinteren Tischen oft Dienstmädchen in ihren hübschesten Kleidern, die mit Freundinnen die Köpfe zusammensteckten.

Am Nachmittag kamen Gouvernanten mit den ihnen anvertrauten Kindern, die mit den Fersen gegen die Stuhlbeine trommelten, bis die geschlagene Sahne kredenzt wurde und sie in süßen, weißen Wolken versanken – bis nach wenigen Minuten alles verputzt war und sie das Café nicht schnell genug wieder verlassen konnten.

Die erwachsenen Gäste blieben eine Stunde oder zwei,

je nachdem, wie viel sie sich zu sagen hatten. Dann verschwanden sie ebenfalls.

Andri nahm sie mit zu seiner Tante und seinem Onkel, bei dem er das Handwerk gelernt hatte. Er stellte Flo als seine Verlobte vor, aber die beiden waren nicht begeistert. Machten sich nicht einmal die Mühe, ihre Überraschung zu verbergen.

»Wir haben doch genug Mädchen aus der Heimat, von denen du dir eines hättest aussuchen können«, sagte der Onkel sogar.

Doch Andri wollte nicht weiter zuhören. »Agnes wird meine Frau.«

Er schenkte ihr einen schmalen, goldenen Verlobungsring, den sie sichtbar am Finger tragen konnte und nach dem sie Hunderte Male am Tag tastete. Den Wunschring, und das hatte sie Andri noch nicht gestanden, hatte sie abgelegt, als sie noch in Sumbriva beim Packen an der Kette hängen geblieben und sie gerissen war. Er lag gut verstaut in einem Kästchen tief hinten im Wandschrank.

Andri lebte im ersten Stock über dem Café, Pierre und Élodie im zweiten. Flo konnte zwei saubere Zimmer im Nebengebäude beziehen, und in der Dunkelheit ließ es sich ganz prächtig von Haustür zu Haustür huschen.

Fast täglich stand sie nun im Café, während Andri im Hinterzimmer sich um Bestellungen und Rechnungen kümmerte. Flo genoss die Gespräche mit den Gästen und hieß sie alle gleichermaßen willkommen, genauso wie es ihr in ihrem Hotel wichtig gewesen war, das Arbeiterehepaar aus Sheffield neben deutschem Adel unterzubringen.

»Die Leute unterhalten sich viel mehr als früher«, sagte Pierre eines Tages.

»Das ist doch gut, oder nicht?«, fragte Flo.

»Sie kommen auch öfter wieder.«

»Danke, Pierre, dass ihr mich hier aufgenommen habt. Ich mache das unheimlich gern.«

»Du hast großes Talent. Andri weiß schon, was er an dir hat.«

Sie senkte den Blick. Langsam gewöhnte sie sich an die damenhafte Zurückhaltung, aber leicht fiel es ihr nicht. Immerhin konnte sie nachts mit Andri sie selbst sein, und ihm gefiel es, wenn sie im Bett sagte, was sie wollte. Danach sprachen sie oft noch über das Café und die Konditorei und was man alles anders, besser, größer machen könnte.

Auch Bordeaux lernte Flo langsam kennen. Sie kannte nur ganz große Städte wie London und Paris, in denen mehrere Millionen Menschen lebten – und ganz kleine Orte wie Sumbriva oder Onkel Georges Dorf in Hertfordshire. Bordeaux war anders. Es war auf jeden Fall eine Stadt, und man sah, wenn man einmal die eigene Straße verlassen hatte, nur fremde Gesichter. Aber man konnte es zu Fuß erlaufen, gerade im hellen, freundlichen Frühling und dem immer wärmer werdenden Sommer.

Sie ging regelmäßig an der Garonne entlang in den Norden der Stadt, wo sie ein Postamt gefunden hatte, an das sie sich nun ihre Briefe schicken ließ. Sie hatte der guten, alten Agnes in England – der wahren Agnes – ihre neue Adresse gegeben, und auch Elvezia Biert schrieb an Mr. Fernsby und berichtete von den Huonders, die das Posthotel Sumbriva ein wenig tollpatschig zu verwalten schienen.

Auf dem Rückweg schlenderte sie über die Märkte mit all den frischen Lebensmitteln, von denen man in den Bündner Bergen nur träumen konnte. Rüben und Kohl würde sie hier nicht essen. Die Gemüsehändlerinnen gewöhnten sich daran, dass Flo gern viel kaufte, aber auch Preise herunterhandeln konnte. Wie ein Mann, scherzte eine von ihnen.

Es gab schmale Gassen und große Plätze, auf denen der Wind den Damen die Sonnenschirme aus den Händen zupfte. Gegenüber des Großen Theaters auf dem Place de la Comédie stand ein stattliches, dreistöckiges Gebäude, klar und rechteckig mit regelmäßigen Fenstern, nur im Erdgeschoss mit hohen Bogen verziert. *Café de Bordeaux* stand auf den Markisen, unter denen sich Tische und Stühle drängten. Alle Plätze waren besetzt, und livrierte Kellner eilten und servierten. Wenn im Erdgeschoss ein Café dieser Größe untergebracht war, was war dann in den oberen Stockwerken? Ein Hotel?

Neugierig ging sie näher und trat durch eine offen stehende Tür in einen großen Raum, der kaum von Tageslicht erhellt wurde.

»Wir haben geschlossen«, sagte eine körperlose Stimme.

Flo versuchte, in der Dunkelheit etwas zu erkennen. »Verzeihung, ich war nur so neugierig. Ist das hier ein Hotel?«

»Zumindest hätte es das sein sollen«, erwiderte die Stimme. Sie klang garstig und alt.

»Was ist denn passiert? Es ist so ein wunderschönes Gebäude.«

Flo trat ein paar Schritte ins Dunkle. Dort saß ein alter Mann auf einem Stuhl an der Wand, den Gehstock zwischen die Beine gestellt, und trug einen altmodischen Frack und Hut.

»Das Grand Théâtre direkt gegenüber«, sagte Flo. »Ein wunderschöner, weitläufiger Platz und das Café, das anscheinend großartig läuft. Es müsste doch wunderbar sein, hier zu übernachten.«

»Das hat die Bank anders gesehen.«

»Ah. Ja, so sind Banken leider oft. Manchmal muss man sich alternative Finanzierungsmöglichkeiten suchen. Eine Aktiengesellschaft zum Beispiel. Ich weiß von einem Haus im Wallis in der Schweiz, wo …«

Der Mann klopfte mit seinem Stock auf den Boden. »Gehen Sie heim, Madame, und überlassen Sie die Finanzen Ihrem Mann.«

Flo verschluckte sich fast. Sie hatte ganz vergessen, dass sie nicht als Mr. Fernsby hier stand. Sie löste die Arme, die sie vor der Brust verschränkt hatte. Sogar ihre Stimme war instinktiv wieder tiefer geworden.

»Viel Erfolg mit Ihrem Hotel«, sagte sie leise und bitter.

Ich möchte nicht lang stören mit meinen eigenen Erlebnissen in diesen Monaten. Bevor Flo aus Genf abgereist war, hatte ich sie gefragt, ob ich Henry von ihr erzählen dürfe. »Du sollst keine Geheimnisse vor deinem Mann haben«, hatte sie gesagt, »und wenn du ihm vertraust, vertraue ich ihm auch.« Es schien ihr auch alles nicht so wichtig, in Erwartung ihres neuen Lebens in Bordeaux.

Henry hatte ähnlich wie ich reagiert: sehr überrascht, ein wenig entsetzt. »Eine fremde Frau«, meinte er, »würde ich verurteilen. Aber Flo ist dein Freund … deine Freundin … Na, wenigstens weiß ich jetzt, dass ich wirklich nicht eifersüchtig sein muss.«

Ich hatte ihm den weichen Bärenbauch getätschelt. »Das sowieso nicht.«

Dann kam der nächste Sommerurlaub, und wir bestiegen mit Couttet den Piz Palü, aber das ist eine Geschichte für sich. Selbstverständlich hatten wir ein Zimmer im Posthotel Sumbriva angefragt, bekamen jedoch – viel zu spät, Wochen nach unserer Anfrage – eine Nachricht, dass alles ausgebucht sei. Im Kurhotel Bad Salesch seien jedoch noch wenige Zimmer frei. Jegliche persönliche Ansprache, jegliches Bedauern fehlte, die Huonders hatten nicht mehr gewusst, wer ich war. Selbst die Unterschrift fehlte.

Im Nachhinein hätte ich hinfahren und nach dem Rechten sehen müssen, und bis heute weiß ich nicht, warum ich das nicht getan habe. Möglicherweise wollte ich Sumbriva einfach nicht ohne meine Freundin Flo sehen, die selbst nicht wusste, ob sie jemals zurückkehren würde.

Mein Verleger bestand auf einem weiteren Buch, und die Besteigung des Piz Palü würde einen wunderbaren Höhepunkt abgeben. Doch ich hatte nur wenig Lust und überlegte, ob ich nicht stattdessen einen Roman verfassen sollte. Über Flo konnte ich damals noch nicht schreiben. Ich musste warten.

Erst jetzt sitze ich hier und schreibe ihre Geschichte.

Weil sie nicht mehr unter uns ist, und ich sie so sehr vermisse. Ich schreibe, um sie wieder eine Weile bei mir zu haben.

Die harmonische Beziehung mit Pierre und Élodie Bernard hielt nicht lang an, und als Flo mir davon schrieb, konnte ich ihren Stoßseufzer regelrecht hören: *Es ist so schwer, eine Frau zu sein. Bescheiden, zart, empfindlich. Wie machst du das nur, liebe Jane?*

Nun, ich habe einen guten Mann, der meine Meinung ernst nimmt.

Andri nahm Flo auch ernst, aber er hatte eben auch einen Geschäftspartner und konnte nicht allein entscheiden, wie es weitergehen sollte. Finanziell lief es ausnehmend gut, und obzwar sie einen Teil ihres Gelds zu ihren Familien schickten, hatten sie mehr als genug zum Investieren.

»Wir könnten noch eine Filiale eröffnen«, sagte Andri, als sie nach Geschäftsschluss zu viert Ordnung ins Café brachten und liegen gelassene Dinge einsammelten: Pierre fand einen weißen Kinderschuh, Élodie einen Hut mit Feder, die wohl einmal durch die Sahnetorte gezogen worden war. »Und zwar westlich des Grand Cimetière.«

»Wie kommst du denn darauf?«, fragte Pierre.

Der große Friedhof, den Andri meinte, lag im Norden der Stadt – und es war Flo gewesen, die auf einem ihrer Streifzüge dort vorbeigekommen war.

»Dort wird gerade ein ganz neues Stadtviertel entwickelt«, erklärte Andri. Wenige Tage nach ihrer Entdeckung hatte sie ihn mitgenommen, damit er sich die Gegend ansehen konnte. »Und es fehlt noch an Geschäften.«

»Da lebt aber niemand aus Graubünden.« Pierre stellte die Stühle auf die Tische. »Wir sind doch alle hier unten ansässig.«

»Ist das denn so wichtig?«, fragte Flo.

Pierre nahm den nächsten Stuhl.

»Die Miete wäre viel niedriger als hier«, fuhr sie fort. »Ich habe mich schon erkundigt. Wir könnten viel höhere Gewinne erzielen.«

»*Du* hast dich erkundigt?«, fragte Élodie verblüfft.

Flo biss sich von innen auf die Wange. Zu viel Initiative.

»Nur weil sie dort zufällig vorbeigelaufen ist«, sagte Andri. »Es wäre ein schöner Laden.«

»Du hast schon einen Laden gefunden?« Pierre sah ihn empört an.

Flo hatte den Laden gefunden, aber das musste er nicht auch noch wissen.

»Es wäre zumindest eine Möglichkeit«, sagte Andri. »Wir können am Wochenende zusammen schauen gehen.«

Doch sie gingen nie schauen. Élodies dritte Schwangerschaft war mit einem Mal gefährlich für Mutter und Kind geworden, und Pierre war in Gedanken nur noch bei ihr. Andri und Flo schmiedeten allein Pläne, doch Andri war zögerlich, weil er seinen Geschäftspartner nicht hintergehen wollte.

Flo wurde es im Café de l'Aube mit jedem Monat langweiliger. Die Morgendämmerung war zu einem dauerhaften Grau geworden. Dann kam das erschöpfende Weihnachtsgeschäft, an den Feiertagen schliefen sie lang und waren bei Andris Onkel und Tante eingeladen, die nachfragten, wann denn nun endlich die Hochzeit stattfände.

Anständig sollten sie leben. Aber wie sollten sie das machen? Noch immer wussten sie nicht, wie sie Flos Papiere in Ordnung bringen sollten.

Im Januar 1872 erhielt sie eine Nachricht von Elvezia Biert: Princess Mary Adelaide, Duchess of Teck, wolle in diesem Sommer im Posthotel Sumbriva absteigen. Sie würde für ihre Gefolgschaft das gesamte Gebäude brauchen und freue sich, Mr. Fernsby wiederzusehen. Nun wollten jedoch die Huonders die Prinzessin zurück nach Bad Salesch locken, wo sie viel größerer Luxus erwarte. Noch hätten sie ihr nicht geschrieben, weil sie jegliche Korrespondenz, erst recht englischsprachige, stets verschoben, und Elvezia hoffte, dieses Schreiben würde Mr. Fernsby rechtzeitig erreichen.

Flo stand im Postamt und faltete den Brief langsam wieder zusammen.

Der Beamte stützte sich auf den Unterarmen ab. »Schlechte Nachrichten?«

Sie verzog den Mund. »Das ist eine gute Frage.«

Er unterdrückte ein Gähnen. »Nett von Ihnen, dass Sie immer die Post für Mr. Fernsby erledigen. Grüßen Sie ihn doch einmal unbekannterweise von mir.«

Auf dem Weg zurück nach Hause kam sie wieder über den Place de la Comédie. Das Café de Bordeaux war geschäftig wie immer, und einige der Fenster in den Etagen darüber standen offen. Jemand schien das Gebäude zu nutzen, aber ein Hotel war es nicht geworden.

Wenn Prinzessin Mary Adelaide länger im Posthotel bleiben würde, könnte Flo sich vorher nach besonderen Wünschen erkundigen und sogar die Zimmer ein wenig umbauen lassen. Sie erinnerte sich an den Aufenthalt in Bad Salesch, wo die Prinzessin Tag und Nacht nach Süßigkeiten verlangt hatte. Andri könnte für den Sommer mitkommen und seine Cremeschnitte backen ...

Doch Flo wusste, dass das nicht passieren würde. Seine Familie würde erwarten, dass er mit seiner Verlobten Agnes Grey kam, und genau das war völlig unmöglich.

Ihre Lügen waren nicht mehr lösbar.

Flo verließ so abrupt jeglicher Mut, dass sie stehen bleiben und durchatmen musste. Was hatten sie sich nur gedacht?

Beim späten Abendessen erzählte sie Andri von Elvezias Brief.

»Du willst zurück«, sagte er heiser, mit dem Buttermesser noch in der Hand.

»Nur um zu sehen, was die Huonders machen und ob mich mein schlechtes Gefühl täuscht. Nur für den Sommer, solange die Prinzessin da ist. Wenn das Erfolg hat, ist das unglaubliche Werbung für das Posthotel.«

Andri legte sein Messer ab.

»Ich vermisse es alles so«, sagte Flo. »Mein Hotel, meine Eigenständigkeit.«

»Du bist eine Frau«, sagte Andri laut, aber seine Stimme brach beim letzten Wort.

Flo gab einen verzweifelten Laut von sich. »Du weißt, dass das ...«

»Ich weiß.« Andri sprang auf und zog sie hoch, um sie in die Arme zu nehmen, ließ sie jedoch gleich wieder los. Aus seinem Blick sprach Verzweiflung. »Dann verliere ich dich wieder.«

Sie schüttelte den Kopf.

»Was soll ich machen«, fragte er, »wenn du nicht wiederkommst?«

»Ich komme wieder«, sagte sie leise.

»Du hast deine Herrenanzüge nie weggeworfen.«

Flo merkte, dass ihr die Röte ins Gesicht stieg. Sie hatte nicht gewusst, dass er davon wusste. Drei Anzüge lagen ganz unten in einer Truhe. Sie hatte nichts Konkretes damit vorgehabt, aber wegwerfen, das ging auch nicht.

»Was soll ich machen«, wiederholte Andri, »wenn du nicht wiederkommst?«

Mit all der Liebe, die sie empfand, sah sie ihm in die Augen. »Ich verspreche es dir: Ich werde immer wiederkommen.«

KAPITEL 26

In den Scheinwerferkegeln der Feuerwehrwagen tanzen einzelne, kleine Schneeflocken. Oder ist es die Asche von Maikes Hotel?

Sie beobachtet, wie Cla Murger zu seiner Mutter Esthi in den Krankenwagen steigt, der sich mit Blaulicht, aber ohne Sirene entfernt. Das muss ein gutes Zeichen sein: Esthis Bein ist wahrscheinlich gebrochen, aber ansonsten scheint es ihr nicht ganz schlecht zu gehen.

Vor lauter Feuerwehrleuten und Fahrzeugen ist es Maike nicht gelungen, noch einmal mit der alten Frau zu reden. Es kommen immer noch mehr Wagen, kleine, große, Polizei, die beidseitig die Straße absperrt, noch ein Rettungswagen, aber vor allem hat die Feuerwehrfrau, die sie aus dem Speisesaal gejagt hat, die ganze Zeit ein Auge auf sie, damit sie nicht wieder wegrennt.

Maike starrt immer wieder auf die Flammen, die am höchsten aus dem rechten Türmchen schlagen, das in dem Sturm seine Dachziegel verloren hat. Sie hatten Angst vor einem Wasserschaden, und nun brennt das Haus wie eine Fackel, die das ganze Dorf beleuchtet.

Die Murger-Zwillinge klammern sich an Ninas Bein und starren mit großen Augen auf die Löschfahrzeuge und die Männer und Frauen in ihren orangefarbenen Helmen und gelb reflektierenden Uniformen. Nina spricht mit Esthis Nachbarin Maria, Rudi und Dani scheinen zu fachsimpeln, wie Männer das machen, wenn es um Baustellen, Bagger oder Brände geht.

Gegen den Schein der Flammen sieht Maike, wie zwei oder drei Feuerwehrleute auf der ausgefahrenen Drehleiter stehen und den Wasserstrahl auf den Dachstuhl richten. Es riecht nach einem außer Kontrolle geratenen Grillabend, nach Räucherspeck, aber auch immer noch nach Benzin.

Maike hat einen riesigen Kloß im Hals und manchmal das Gefühl, sie könne nicht richtig atmen. Am Rauch liegt das nicht, sie hat von der Notärztin ein wenig Sauerstoff bekommen und wurde für gesund erklärt.

Ravi hält sie im Arm, aber sie hat trotzdem das Gefühl, gar nicht hier zu sein. Jemand berührt sie an der Schulter, sagt hey.

»Laura!« Maike drückt Laura fest an sich. Sie schluchzt zweimal, dreimal, wischt sich dann über Augen und Nase. »Ich habe Janes Manuskripte gerettet. Aber die ganzen Gästebücher liegen noch drinnen.«

»Ist doch nicht so wichtig.« Laura streicht ihr über den Rücken. »Hauptsache, ihr seid in Sicherheit.«

Ravi nickt beruhigend.

»Und Esthi ...« Maike schluchzt noch einmal.

»Die habt ihr ja auch gerettet.«

»Vor allem hat sie uns gerettet«, sagt Ravi.

Die Flammen werden unter der Wucht des Wassers immer kleiner und sind bald nicht mehr zu sehen. Dennoch wird der Schlauch weiter daraufgehalten.

»Hey«, sagt noch jemand, und Maike dreht sich um.

Nora mit einem in alle Richtungen abstehenden Pony stellt sich neben sie.

»Wo kommst du denn her?«, fragt Maike verwundert. »Hat man das Feuer drüben in Parvis gesehen?«

»Ich war bei ...« Sie dreht sich um und zeigt auf Marietta, die mit ihren drei Töchtern gekommen ist, und wird so rot, dass man es sogar in diesem merkwürdigen Dunkel sieht, das immer wieder von Blaulichtern und grellen Scheinwerfern durchschnitten wird.

Maike nimmt sie in die Arme. »Ich habe Janes Manuskripte gerettet.«

Die Bewegungsmuster und Rufe der Feuerwehrleute ändern sich.

»Was ist jetzt?« Maike geht bang ein paar Schritte auf das Hotel zu.

Aber da steht schon wieder ihre Leibwächterin vor ihr, die ihre Atemschutzmaske abgenommen hat und plötzlich aussieht wie eine Achtzehnjährige. »Der Brand ist gelöscht. Aber rein dürft ihr heute nicht mehr. Könnt ihr irgendwo anders schlafen?«

»Bei uns«, ruft Caro Hohlfeld.

»Gelöscht?«, wiederholt Maike. »Das heißt ... Was heißt das?«

»Ich schätze, hauptsächlich Wasserschaden im Dachstuhl.«

»Und der Rest ist gerettet?« Ihr treten schon wieder Tränen in die Augen.

»Der Rest ist gerettet.«

Sie fällt der Frau um den Hals und lässt sie wieder los, um sich die Nase zu putzen.

»Liegt dir wohl viel an dem Schuppen, hm?«
Maike betrachtet ihre Bruchbude zärtlich. »Scheint so.« Sie sieht erst die Feuerwehrfrau an, dann Ravi, dann Laura. Die Feuerwehrfrau grinst etwas ungläubig, Ravi hat es eh immer gewusst, und Laura? Laura beißt sich so fest auf die Unterlippe, dass sie anfängt zu bluten.
»Aber ...« Maike dreht sich noch einmal zu ihrer freundlichen Leibwächterin. »Warum hat es so nach Benzin gerochen?«
Sie wüsste eine Erklärung, aber vielleicht gibt es ja irgendwelche chemischen Prozesse, wenn alte Elektrik in Brand gerät und uraltes Holz abfackelt, die dann wie Benzin riechen.
»Sagen wir mal so – allermeistens findet die Kripo in solchen Fällen später raus, dass es Brandstiftung war.«
Also doch. Das ist die Erklärung.
Maike öffnet den Mund, aber will es nicht sagen.
Dann spricht Laura es aus. »Verena.«
»Scheiße«, ruft Maike. »Scheiße, Scheiße, Scheiße!«
Die freundliche Leibwächterin sieht sie betroffen an. »Das wäre eine Straftat. Hat sie gewusst, dass ihr dort schlaft?«
»Das würde Verena nicht machen«, sagt Ravi.
Maike explodiert. »Du hältst ja sowieso immer zu ihr!«
»Ich halte zu ihr? Was soll das denn heißen?«
»Warum hast du ihr zum Beispiel von unseren Nachforschungen erzählt?«, ruft Maike. Es ist ihr egal, dass alle es mitbekommen, ganz egal.
»Ich weiß auch nicht ... Sie hat gefragt ...«
»Aber du wusstest doch, dass sie sauer auf mich ist und nicht aus freundschaftlicher Neugier fragt.«

»Ja …« Er wird immer leiser, als er sieht, dass die Hohlfelds sie beobachten, während die freundliche Leibwächterin sich verlegen weggedreht hat. »Es tut mir leid. Ich hätte das nicht machen sollen. Sie ist halt Verena. Sie lächelt einen an, und man erzählt ihr was.«

»Männer«, sagt Laura trocken.

Ravi wühlt sich mit beiden Händen durch die Haare. »Ich habe nicht groß nachgedacht. Es tut mir leid.«

»Hast du was mit ihr?«

Die Leibwächterin flüchtet endgültig.

»Nein«, sagt Ravi fest, »nein, das weißt du.«

Maike ist mit einem Mal kaputt. Kein Adrenalin mehr im Blut. Sie schließt die Augen. Fast hätte sie Flos Hotel verloren. Ihr Hotel. Ihnen hätte etwas passieren können, und Esthi ist im Krankenhaus. Ob Verena es war, weiß sie nicht. Das wäre schon heftig und eine Straftat, die Feuerwehrfrau hat natürlich recht. Und sie hört Ravi, sie hört, was er sagt. Sie muss ihm nur glauben.

KAPITEL 27

Um die Mitte des Monats Januar 1872 erreichte ein junger Herr die französisch-schweizerische Grenze. Offenkundig hatte er eine neue Frisur, denn wenn man ihn länger beobachtete, fuhr er sich manchmal durch die Haare, als erwartete er sie anders geschnitten. Er trug einen nicht mehr ganz modischen, aber gut passenden Anzug. Die Schulterpolster seines Gehrocks waren ein wenig breit geraten, so dass man denken konnte, er sei ein wenig eitel. Er war freundlich und zurückhaltend, und man schenkte ihm nicht viel Beachtung, als er wie alle anderen ausstieg, um kontrolliert zu werden. Er hatte für die Familie Leckereien im Gepäck, für die er Zoll zahlen musste. Ein Kleid und Korsett, das er, wie er sagte, einer Cousine mitbrachte, waren gebraucht und somit zollfrei. Nach einer halben Stunde Frieren im Freien ging es weiter.

»Gute Fahrt, Herr Fernsby«, sagte der Beamte, der die Ausweise kontrolliert hatte.

Vier Tage später erreichte Herr Fernsby den Ort Sumbriva in den Schweizer Alpen. Die Pferde erklommen die letzte Steigung, und Flo reckte den Kopf, um einen ersten Blick auf ihr geliebtes Posthotel zu werfen. In der Wintersonne wirkte die blaue Fassade grau und ermüdet. Ein Schreck durchfuhr sie, als sie sah, dass im zweiten Stock eine Fensterscheibe zerbrochen und von innen mit Holzbalken vernagelt worden war. Voller Unruhe wollte sie tief durchatmen, doch ihre eng geschnürte Brust verbot es ihr.

Die Kutsche hielt. Sie war die einzige Passagierin, die ausstieg.

»Willkommen daheim, mein Freund.« Pepi half ihr beim Abladen ihrer Reisetruhe.

»Ich danke Ihnen.«

»Mr. Fernsby!« Der Pferdeknecht strahlte Flo an. »Sie sind wieder da.«

»Wie geht es den Tieren?«

»Sehr gut. Sie fressen sich dick und rund am Hafer.«

»So soll es sein.«

Flo ging auf die große Eingangstür zu, griff nach der Klinke – abgeschlossen.

»Ist niemand hier?«, rief sie dem Pferdeknecht zu.

»Die Huonders hab ich seit den Weihnachtsfeiertagen nicht mehr gesehen.« Er schob den Kopf unter einem Pferdehals hindurch. »Ist gut, dass Sie wieder da sind, wenn ich das sagen darf. Die Reisenden beschweren sich.«

Flo runzelte die Stirn. Sie ging auf die andere Straßenseite und sah sich um. Alles schien unverändert und doch fremd. Ihr war schwindelig von der klaren Luft. Der alte Palli kam mit einem Holzschlitten vorbei, auf dem leere Milchkannen klapperten. »Wieder da?«

Flo grüßte zurück. »Wie geht es Ihnen? Alle gesund?«

Der Mann blieb stehen, schob seinen Kautabak von der linken Wange in die rechte. »Die Kinder waren traurig, dass im Sommer kaum Gäste da waren.«

Flo wurde wütend.

»Diesen Sommer«, sagte sie, »wird eine englische Prinzessin kommen, mit vielen, vielen Extrawünschen. Lassen Sie die Kinder das wissen.«

Der alte Palli brummelte. »Noch nicht. Sonst legen sie sich jetzt schon auf die faule Haut.«

Flo deutete mit dem Kinn auf ihr Hotel. »Es braucht mal einen neuen Anstrich, oder?«

»Wie wäre es mit Gelb?«

»Gelb?«

»Ich mag Gelb.« Er hob die Hand zum Abschied und zog seine klappernden Milchkannen weiter.

Flo sah, dass Pepi und der Pferdeknecht ihre Reisetruhe vor der geschlossenen Tür des Hotels abgestellt hatten. Die Postkutsche war wieder aufgebrochen. Sie stapfte durch den Schnee hinauf zur Brücke und sah hinunter auf den Fluss. Er war zugefroren, sogar der Wasserfall hing unbeweglich da. Die Dämmerung zog ins Tal ein, und Gänsehaut kletterte Flo über den Rücken. In Bordeaux fror es im Winter kaum einmal. Was Andri wohl gerade machte? Vermisste er sie schon? Sie tastete nach der Halskette mit dem Verlobungsring, den sie nicht in Bordeaux hatte lassen wollen und nun wieder tief verborgen unter der Kleidung trug.

Manchmal stockte ihr der Atem, so sehr vermisste sie Andri körperlich.

Den Fußstapfen des alten Palli folgend ging sie zu den Bierts. Auf ihr Klopfen hin öffnete Elvezia die Tür – und die Erleichterung, die Flo in ihrem Gesicht sah, sagte mehr als alle Briefe, die sie geschrieben hatte.

»Ist es so schlimm?« Flo versuchte, amüsiert zu klingen.

Elvezia nahm ihren großen Schlüsselbund vom Haken, legte sich ein Wolltuch um und stieg in die Winterstiefel. »Kommen Sie mit.«

Flo folgte ihr.

»Es ist nicht *so schlimm*«, sagte sie, als sie ein paar Schritte gegangen waren. »*Er* ist hoffnungslos, aber die Annamaria *kann* ein Hotel führen, wenn sie denn will. Nur ist ihnen das Posthotel einfach *egal*. Sie haben ihr eigenes in Bad Salesch. Sie sind einfach nicht *Sie*.«

So verärgert hatte Flo ihre gute Hausdame noch nie erlebt. »Danke, dass Sie sich gekümmert haben, Elvezia.«

Die Frau schnaufte und ging weiter, ohne sich umzusehen. »Es gibt immer viele Gründe zu gehen. Aber es gibt auch viele Gründe zurückzukommen.«

Eigentlich gab es nur einen Grund, dachte Flo. Einen zum Gehen, einen zum Zurückkommen. Sie wusste nur noch nicht, welcher wichtiger war.

Elvezia öffnete die Tür, die protestierend knarrte, als hätte auch sie Flo vermisst. Es roch abgestanden, aber das war im Winter nichts Ungewöhnliches.

»Ich bin wieder da«, flüsterte Flo in die Empfangshalle und schickte ihren Gruß die große Treppe hinauf bis in alle Zimmer, bis in die Bibliothek mit ihrem gemütlichen Kamin, bis hinunter in die Küche und die Wirtschaftsräume, in denen es nach Kernseife roch.

»Soweit ich weiß«, sagte Elvezia, »haben die Huonders der Prinzessin immer noch nicht geschrieben. Zumindest nicht von hier. Aber lassen Sie uns nach den Durchschlägen sehen.«

Die Öllampe auf dem Empfangstresen war leer. Sie zündeten Kerzen an – billige Kerzen waren es, die entsprechend rußten – und holten sich die Bücher, die hinter den Schiebetüren unterhalb des Tresens lagen. Flo blätterte aufmerksam und sog entsetzt die Luft ein, als sie sah, wie oft Rechnungen nur halb eingetragen waren. Mal fehlten Namen, mal die Beträge.

Elvezia zeigte ihr das Korrespondenzbuch mit dem Kohlepapier, das als Kopie aufbewahrt wurde. »Letzten Sommer haben sie sogar Mrs. Brightfield und ihrem Mann abgesagt. Kein Zimmer mehr frei. Dabei stand das halbe Hotel leer.« Sie legte ihm den schweren Schlüsselbund auf das Buch. »Hier, nehmen Sie, Herr Fernsby.«

»Ich muss mir den Rest ansehen.«

»Es ist nichts für den Winter eingemottet«, sagte Elvezia hastig. »Ich habe anfangs noch versucht, mich wenigstens um die Daunendecken zu kümmern, aber dann hat die Huonder gesagt: Sie werden dafür nicht bezahlt, Frau Biert, gehen Sie nach Hause.«

»Aber Sie haben Ihr Geld bekommen?«, fragte Flo entsetzt.

Elvezia biss die Lippen zusammen. »Ja.«

»Aber?«

»Nicht die Zulagen, die Sie immer bezahlen. Trotzdem hätte ich mich um die Wäsche kümmern müssen.«

Flo gab einen wütenden Laut von sich. »Sie trifft doch keine Schuld. Natürlich bekommen Sie Ihr Geld noch. Jetzt muss ich erst einmal nach dem Fenster im zweiten Stock schauen. Kann Ihr Bruder eine neue Scheibe besorgen?«

»Die steht schon bei uns und wartet nur auf den Einbau.«

»Danke.«

»Ich muss mich um Adi kümmern gehen«, sagte Elvezia, »er ist allein daheim. Aber rufen Sie mich, wenn Sie wissen, wo Sie anfangen wollen.«

»Danke«, wiederholte Flo. »Von Herzen.«

Sie öffnete die unauffällige Tür hinter dem Tresen, die in ihre Privatzimmer führte. Im schmalen Flur roch es noch seltsamer. Fremd. Fast traute sie sich nicht, aber dann ging sie doch hinein und war bestürzt, wie sehr die Huonders sich breitgemacht hatten. Eigentlich konnte sie es ihnen nicht verdenken. Sie hatten das Hotel ja leiten, hatten hier Zeit verbringen sollen. Trotzdem tat es weh, all diese fremden Sachen zu sehen, die durcheinander auf Tisch und Sofa lagen, die weiße Gardine war halb zugezogen, das breite Bett nur flüchtig gemacht. All das musste seit mindestens zwei Wochen so aussehen, als die Huonders laut dem Pferdeknecht zum letzten Mal hier gewesen waren.

Flo eilte zurück zum Empfangstresen und nahm sich einen Papierbogen aus der Mappe, doch nach der Grußformel hielt sie bereits wieder inne.

Was ist, wenn du nicht wiederkommst? Das hatte Andri gefragt.

Aber nur weil sie sich hier und jetzt entschied, dass die Huonders ihr geliebtes Hotel nicht haben sollten, hieß das nicht, dass sie es nicht jemandem anders übergeben konnte. Bis zum Herbst würde sie auf jeden Fall bleiben müssen, aber das war auszuhalten, oder?

Sie schrieb nach Bad Salesch.

Flos Telegramm erreichte mich während eines seltenen Wintergewitters, das aus dem Moor nördlich unserer Siedlung ein vor Elektrizität zischendes Fass machte. Als mir der Postbote den Umschlag gab, zuckten wir beide von der Entladung zurück.

»Heute sprühen die Funken«, sagte er und war schon wieder verschwunden.

++ JANE, BITTE KOMM NACH SUMBRIVA ++ HUONDERS ERPRESSEN MICH ++ FLO ++

Ich spürte Henrys Atem an meinem Ohr. »Erpressen? Glaubst du ... «

»Sie haben es herausgefunden.«

Mit hochgezogenen Brauen sah er mich an.

»Ich muss hinfahren«, sagte ich.

»Aber was willst du dort machen?«

»Ich weiß es noch nicht. Ihr zur Seite stehen. Edward soll die Reisetruhen vom Dachboden holen.«

»Reisetruhen?« Douglas kam die Treppe heruntergepoltert. Er konnte sich genauso wenig leise fortbewegen wie sein Vater, so oft ich ihn auch ermahnte. »Wohin fahren wir?«

»*Ich* fahre nach Graubünden«, sagte ich und rief nach unserem Diener Edward.

Doch ich hatte nicht mit dem Starrsinn meines Mannes und unseres Sohnes gerechnet – wenige Tage später saßen wir zu dritt im Zug Richtung Süden.

»Können wir mit den Schneebrettern von Andri fahren?«, fragte Douglas alle halbe Stunde, die Wangen rot vor Aufregung. Henry versuchte, die Berge im Winter zu beschreiben. Ich sah aus dem Fenster und sorgte mich um Flo.

Nach Flos Schreiben nach Bad Salesch hatte es keine vierundzwanzig Stunden gedauert, bis Caspar Laurent und Annamaria Huonder im Posthotel standen. Flo und Beat Biert waren gerade im zweiten Stock zugange, um die zerbrochene Fensterscheibe zu ersetzen. Flo hielt den Rahmen fest, während der Tischler ihn auf die Scharniere setzte.

»Jeden Tag«, sagte Beat, öffnete und schloss das Fenster, gab noch etwas Öl ans Scharnier, »wenn ich zurück ins Dorf kam, habe ich dieses verrammelte Fenster gesehen. Dem Huonder war es egal.«

Da ertönten Rufe von unten. »Fernsby! Sind Sie da?«

»Ist er das?«, fragte Beat verblüfft. »Wenn man vom Teufel spricht.«

»Ich habe ihm geschrieben, dass ich das Hotel wieder übernehme.« Flo wischte sich die Hände an einem Lappen ab. »Mal sehen, was er dazu sagt.«

»Ich sage: bravo.«

Sie war so froh, dass das Dorf sich über ihre Rückkehr freute. Auf dem Weg hierher hatte sie befürchtet, dass alle sie längst vergessen hatten, den Engländer, der so viel Unruhe nach Sumbriva gebracht hatte.

Das Foyer war leer. Flo folgte der offenen Tür in ihre Privaträume.

Annamaria saß auf dem Sofa und blätterte in einer Zeitschrift. Caspar Laurent Huonder lief auf und ab und gähnte mit aufgerissenem Mund.

»Da sind Sie ja.« Ein seltsames Lächeln zog sich über sein Gesicht, und Flo hatte jäh das Gefühl, einen großen Fehler begangen zu haben. »Willkommen zurück, Floriana.«

Flo sah die bittere, gierige Freude in seinen Augen.

Annamaria blätterte in der Zeitschrift, als ginge sie das alles nichts an.

Es war genauso wie damals mit Scott – Flo wusste nicht, wie sie reagieren sollte. Sie hätte sich längst eine Strategie zurechtlegen, eine Reaktion einüben sollen, ob die nun aus Bestreiten oder Verteidigen bestanden hätte. Oder Weglaufen. Das wollte sie in diesem Moment am liebsten tun. Huonder sah sie abwartend an, und in der Stille konnte Flo sich mit einem Mal nur noch auf das Ticken der Standuhr zwischen den zwei Fenstern konzentrieren, die bereits im Schmugglergasthaus gestanden hatte.

»Ihnen hat es wohl die Sprache verschlagen«, sagte Huonder schließlich. »Aber es muss ja niemand erfahren.«

»Ich weiß nicht, wovon Sie reden«, sagte Flo wie von selbst.

»Ach, kommen Sie«, rief Huonder. »Es sieht doch jeder, dass Sie viel zu weibisch sind, um ein Mann sein zu können. Alle reden.«

»Das stimmt nicht.« Das hätte sie gemerkt.

Annamaria hob die rechte Hand und öffnete sie so, dass Flo sah, was in ihrer Handfläche lag: ihr Ring. Ihr Wunschring.

»Floriana und Andri«, sagte sie.

Die Gravur.

Flo konnte es kaum glauben, aber sie mussten in ihrem

Wandschrank gewühlt und das winzige Kästchen unter einer Wolldecke gefunden haben. Ihr wurde schwindelig.

Es war ihre eigene Schuld. Sie hätte ihn dort nicht lassen dürfen.

»Wir haben immer gedacht«, sagte Huonder, »Sie seien Sodomit – wäre das ein besseres Gerücht, das wir über Sie in Umlauf bringen könnten, Floriana?«

Jetzt wurde sie wütend. Wenn sie Andri mit in diese Sache hineinziehen wollten, würde Flo ihn mit Krallen und Zähnen verteidigen.

»Was wollen Sie denn eigentlich?«, fragte sie mit gepresster Stimme. »Sie haben das Hotel doch wirklich nicht gut geführt. Wenn Sie es übernehmen wollen, sollten Sie es nicht herunterwirtschaften.«

»Wir schließen es. Die Gäste kommen alle nach Bad Salesch.«

»Das Kurhotel ist viel zu weit vom Pass entfernt«, sagte Flo überzeugt. »Die Leute wollen vorher noch einmal haltmachen.«

Huonder winkte ab. »Eine kleine Gaststätte reicht. Hat früher auch gereicht. Ein Hotel ist unnötige Konkurrenz.«

Darum ging es. Konkurrenz. Das hätte sie früher begreifen können – allein wenn sie daran dachte, wie überrascht die beiden gewirkt hatten, als sie zum ersten Mal hier gewesen waren: So ein elegantes Haus? Was war aus dem Transithotel geworden, der reinen Pferdewechselstation? Konkurrenz. Natürlich. Irgendwo im Inneren hatte sie es wahrscheinlich auch gewusst – aber sie hatte ja unbedingt zu Andri gewollt.

Annamaria legte die Zeitschrift beiseite, stand auf, strich sich den Rock glatt.

»Hat ja alles keine Eile«, sagte Huonder. »Bis zum Sommer. Kommen Sie uns gern besuchen, wenn Sie so weit sind.«

KAPITEL 28

Mit Krankenhäusern hat Maike keine Probleme, und sie fühlen sich auch alle irgendwie gleich an – ob die Uniklinik Hamburg oder das Spital in Parvis. Beim Mountainbiken hat sie sich auch schon einmal ein Bein gebrochen und beim Inlinern eine heftige Gehirnerschütterung zugezogen, trotz Helm. Danach sind ihr die einfachsten Dinge nicht eingefallen, und es hat zwei Wochen gedauert, bis das Wort Haferflocken zurückkam.

Ravi wird immer langsamer, je näher sie dem Haupteingang des Spitals kommen. Er quetscht den kleinen Blumenstrauß, den er in der Hand hält, viel zu fest zusammen, und sie nimmt ihn ihm ab.

Die Stimmung zwischen ihnen ist immer noch merkwürdig. Caro Hohlfeld hat es beim Frühstück vermutlich bereut, sie eingeladen zu haben, so verkrampft und wortkarg, wie sie sich da verhalten haben. Aber Esthis Gesicht hellt sich auf, als sie ihr Zimmer betreten, und Maikes Laune wird auch gleich besser.

Esthi zeigt auf ihr eingegipstes Bein. »Meine Enkel sind schon künstlerisch tätig geworden.«

»Sehr talentiert.« Maike lobt die bunten Filzstiftkrakeleien beflissen und legt das Blumensträußchen auf den Nachttisch.

Esthi gluckst. »Sie sind ja erst fünf.«

»Wie geht es Ihnen?«, fragt Ravi.

Esthi rückt sich im Bett zurecht. »Sie sagen, es ist ein unkomplizierter Bruch, und wenn alles gut geht, darf ich in ein paar Tagen wieder raus.«

»Ganz tapfer ist sie«, sagt die Frau im Nachbarbett, die Maike erst jetzt wahrnimmt. Sie liegt da wie ein vergnügter Geist mit ihren weißen Haaren in ihrem weißen Bett. Mit einem dicken Ärmchen hält sie sich an dem Triangelgriff fest.

Esthi verdreht, von ihr abgewandt, die Augen. »Das ist die Barbara.«

»Bibi, bitte.«

»Hallo«, sagt Maike, »moin«, sagt Ravi.

»Sind das die beiden Deutschen, die du erwähnt hast, Esthi?«

»Das sind sie.«

Bibi richtet sich ein wenig auf. »Die Hotelbesitzerin?«

»So ist es.«

Die Frau sieht Ravi neugierig an. »Und woher kommen Sie?«

Na prima. Instinktiv nimmt sie Ravis Hand.

»Hamburg«, sagen sie beide.

»Ich meine … «, fängt Bibi noch einmal an.

Esthi unterbricht sie. »Nina und Cla haben gesagt, es ist gar nicht so schlimm mit unserem Hotel?«

»Es geht. Heute kommt die Kriminalpolizei, um wegen der Brandstiftung zu ermitteln.«

»Brandstiftung«, ruft Bibi. »Wer macht denn so etwas?«

»Eine, die mich hier nicht haben will«, murmelt Maike.

Esthi streckt die Hand nach ihr aus. »Das wird schon. Ihr gehört doch jetzt zu uns.«

Maike muss Tränen wegblinzeln, so heftig ist die unvermittelte Rührung. *Du bist hier Skitouristin, sonst nichts*, hat Verena gesagt.

Der wird sie es zeigen.

»Wir müssen los, Esthi. Ich frage draußen schnell nach einer Vase. Morgen kommen wir wieder, ja?«

»Jederzeit.«

Maike beugt sich vor und nimmt sie fest in die Arme. »Danke, dass Sie uns geweckt haben. Sie haben uns echt das Leben gerettet.«

»Gleichfalls. Wollen wir endlich du sagen?«

Draußen regnet es noch immer. Ravi spannt den riesigen bunten Regenschirm auf, den Robin Hohlfeld ihnen gegeben hat, und Maike hakt sich bei ihm unter.

»Ob Esthi allein in ihrer Wohnung leben kann«, sagt er, »wenn sie mit dem Gips nach Hause kommt?«

»Gute Frage. Wir könnten ihr ein Zimmer im Hotel fertig machen.«

»Das wäre ihr bestimmt nicht recht. Man will doch immer am liebsten in der eigenen Umgebung sein, oder?«

»Dann müssen wir ihre Pflege organisieren. Reihum etwas kochen, reihum bei ihr vorbeigucken.«

Bevor sie auf den matschigen Spazierweg einbiegen, der sie nach Sumbriva bringen würde, hält Maike an. »Wollen wir mit Verena reden? Haben wir noch genug Zeit, bevor wir der Kripo aufschließen müssen?«

Ravi dreht sofort um, und sie gehen die paar Meter Richtung Tourismusinformation. Die Grundschule gegenüber hat Pause, die Kinder rennen durch die Pfützen, die Lehrerinnen haben sich die Kapuzen tief über die Stirn gezogen. Maike sucht von der Straße aus nach Laura, findet sie aber nicht.

Sie klingeln an der halb versteckten Tür und werden ohne Nachfrage hineingesummt. Maike nimmt Ravi den zusammengefalteten Regenschirm ab. Im ersten Stock empfängt sie ein helles Büro mit Dachfenstern, viel Holz und perfekten Landschaftsaufnahmen. Das Val Paluonda ist einfach verdammt schön, im Winter wie im Sommer.

Sie fragen einen Mitarbeiter nach Verena, und wenige Sekunden später steht sie vor ihnen, genauso klein, genauso stupsnasig wie eh und je, aber Maike muss die Fäuste ballen, um nicht vor Wut zu zittern.

»Willkommen«, sagt Verena mit eisiger Stimme. »Möchtet ihr einen Kaffee? Wollt ihr euch setzen?« Sie zeigt auf eine Sesselgruppe mit Glastisch in der Mitte.

Maike hat keine Lust mehr auf diese indirekten Anfeindungen und bleibt mitten im Eingang stehen. »Hast du gehört, dass das Posthotel gebrannt hat?«

»Stand in der Zeitung.« Verena sieht sich betont gelangweilt um.

»Stand da auch, dass Brandstiftung vermutet wird?«

»Möglich.«

»Hast du damit etwas zu tun?«

Ihre ehemals so gute Freundin sieht sie endlich an. Starrt sie an. »Meinst du das ernst?«

»Ich wüsste nur sonst niemanden, die sich an mir rächen wollen würde.«

Verena lacht dieses völlig unschuldige, ach so fröhliche

Lachen. »An dir rächen? Ach Maike ... Nichts daran wäre mir so wichtig, dass ich den alten Kasten abfackeln würde. Auch wenn ich dem Val Paluonda damit garantiert einen Gefallen tun würde.«

Maike sieht sie an. Tut so, als ob sie auf noch etwas wartet, obwohl sie einfach nicht weiß, wie sie reagieren soll.

Ravi kommt ihr zur Hilfe. »Die Kripo untersucht jedenfalls alles. Aber du kannst dann ja beruhigt schlafen.«

»Du auch, mein Lieber, du auch. Du hast mir ja schon geholfen.«

»Wie meinst du das?«

Verena zwirbelt ihren blonden Pferdeschwanz. »All deine Infos über Geburtsurkunden und Erbscheine und blabla. Ach, und dass diese Fernsby rechtlich gesehen nicht Eigentümerin des Posthotels hat sein können.«

Maike sieht genau, wie Verena es genießt, aber natürlich muss sie trotzdem nachfragen. »Wie bitte?«

»Tja, am besten lässt du das unsere Anwälte klären, aber es ist nun einmal so, dass Frauen im neunzehnten Jahrhundert in Graubünden keine solchen Geschäfte tätigen durften. Sie durften keine Immobilien, keine Grundstücke kaufen und besitzen, nicht selbständig ein Unternehmen leiten. Somit gehörte ihr das Hotel rechtmäßig gar nicht. Somit durfte sie es auch nicht rechtmäßig an Andri Cavegn verschenken. Somit seid ihr keine Erben.«

Es fühlt sich an, als ob Verena sie gegen eine Wand geworfen hätte. Maike hat keine Luft mehr in der Lunge und kein Gefühl mehr in den Händen.

»Das ist widerlich«, sagt Ravi.

Endlich, endlich versteht Maike, warum sie das Gespräch mit Verena neulich so irritiert hat. Schon da hat sie gesagt: *Und ist es nicht spannend, dass diese Flo eine Frau war? Bewundernswert, wie sie allen etwas vorgemacht hat, oder?* Das konnte sie nur von Ravi haben, denn das steht nur in Janes Manuskript.

Maike dreht sich um und rennt nach unten, auf die Straße, den Berg hinauf, sie will immer höher durch die Ferienapartmentsiedlung, Richtung Bannwald und hindurch, bis auf den Gipfel des Piz Splerin.

Aber Ravi ist ihr auf den Fersen.

»Es tut mir so leid«, schnauft er. »Schatz, es tut mir so leid, ich habe echt Mist gebaut. Ich hab ihr das erzählt, ich Idiot!«

Sie läuft weiter, ohne sich umzudrehen.

»Füchslein, bitte ... Es tut mir leid. Aber wir kriegen das wieder hin. Wir haben doch eine gute Anwältin und ... «

Er hört auf zu reden, und bald hört Maike ihn nicht mehr schnaufen. Da hält auch sie an. Der Regen ist ihr längst in den Nacken gelaufen, und das Herz klopft ihr zwischen den Ohren. Der Weg verschwindet im Wald, dunkel und eisig, Nebel scheint ihr entgegenzuwabern.

Ravi steht hundert Meter unter ihr, mit hängenden Armen und hastigem Atem.

Langsam geht sie wieder zu ihm.

»Ich habe echt Mist gebaut«, wiederholt er. »Mir ist das auch erst klargeworden, als sie das gesagt hat. Was für ein bescheuertes Argument.«

Maike zeigt mit dem zusammengebundenen Regenschirm auf ihn. »Hast du was mit ihr gehabt?«

»Nein!« Er geht drei Schritte auf sie zu. »Nein, nein, nein. Damals nicht, heute nicht. Nie. Sie hat nur irgendwie so eine Art, mich zu fragen, so ganz harmlos irgendwie, dass ich immer wieder auf sie reinfalle und ihr irgendwas erzähle. Das ist mir so peinlich. Du merkst viel eher, wenn sie etwas im Schilde führt. Gott, Maike, ich liebe dich, nur dich, das weißt du.«

Er hat Mist gebaut. Aber es ist so erleichternd, ihm glauben zu können, dass sie sich fallen lässt, und er sie auffängt. Er hat Mist gebaut, aber er hat sie nicht betrogen.

Wie unfassbar von Verena. Wie unfair, wie unsolidarisch irgendwie, gerade auf dieses Argument zu setzen: Frauen dürfen nicht. Frauen können nicht. Frauen sollen nicht. Flo Fernsby hat gemacht, was ihr wichtig war. Flo Fernsby war erfolgreich damit.

Dass niemand außer Jane und Andri gewusst haben, dass sie eine Frau war, kann Maike sich kaum vorstellen. Sie glaubt eher, dass es mehr Leute im Dorf gewusst haben, Elvezia Biert zum Beispiel, aber dass es ihnen gleich war. Sie wollten Flos Leben nicht zerstören. Irgendwie hofft Maike sogar, dass es so war.

Und jetzt kommt Verena und zerstört all das im Nachhinein und macht es einer weiteren Frau – ihr, Maike – unmöglich, das Hotel wieder zum Leben zu erwecken. Was, wenn die Rechtslage sich bis heute nicht geändert hätte? Dann könnte auch Verena ihren ganzen beschissenen Ehrgeiz nicht ausleben.

Der wird sie es zeigen.

Plötzlich spürt sie ein Stupsen in der Kniekehle. Als sie

nach unten sieht, steht da ein nasser, schwarzer Hund mit blanken Knopfaugen und freut sich.

»Exgüsi«, sagt der dazugehörige Spaziergänger und pfeift nach dem Zotteltier, das röchelnd hinter ihm her hüpft.

Ravi sieht sie an. »Der zeigen wir es, oder?«

»Aber so was von.«

KAPITEL 29

Als wir das Posthotel Sumbriva erreichten, stürmte Flo auf die Straße, als hätte sie hinter dem Fenster auf uns gewartet. Statt mich zu umarmen, wie sie es in Genf getan hatte, blieb sie in großer Entfernung stehen. Erst aus der Nähe erkannte ich, wie blass und hohlwangig sie aussah.

»Ich habe schon den ganzen Tag nach dir Ausschau gehalten«, sagte sie mit gepresster Stimme.

Dabei wusste sie doch genau, wann die Post zu erwarten war.

Ich hätte sie gern in die Arme genommen, aber hier war sie Mr. Fernsby, Körperkontakt unmöglich. Die anderen Passagiere eilten im Schneeregen zielstrebig ins Hotelrestaurant.

Douglas war aus dem Wagen gesprungen und mit riesigen, runden Augen stehen geblieben. Seit Chur hatte er in der Kutsche kaum noch etwas gesagt, sondern aus dem Fenster auf die Alpenkulisse gestarrt. Wir waren mit ihm bereits im Peak District zum Wandern gewesen, was ihn leidlich begeistert hatte. Dass ihn die Bündner Alpen nun so faszinierten, freute mich umso mehr.

»Das ist mein Dougie«, sagte ich zu Flo und strich ihm über die Haare.

»Douglas Brightfield«, sagte mein Siebenjähriger und reichte Flo seine immer klebrige Hand.

»Sehr erfreut. Flo Fernsby. Willkommen in Sumbriva.« Wir hatten Douglas nicht erzählt, dass Flo sich lediglich als Mann ausgab, hatten nur gesagt, ein Freund brauche Hilfe.

»Wir wollen gern Ski fahren«, sagte mein Sohn. »Wenn das wohl möglich ist.«

Ich verkniff mir ein Lächeln. Seit Douglas wusste, dass er nächstes Jahr aufs Internat gehen würde, versuchte er, sich besonders erwachsen zu geben.

Henry begrüßte Flo auch, und ich sah, wie er sie musterte: Wo war die Frau unter diesem Mann, und warum habe ich sie nie entdeckt? Mir war Flo auf diese Weise – kurzhaarig, im Anzug – viel vertrauter als damals in Genf, als ich sie in Kleid und Korsett verabschiedet hatte.

»Ich werde Douglas erst einmal die Umgebung zeigen«, sagte Henry, »und ihr zwei könnt euch unterhalten.«

Doch die Pflicht rief, das Personal war aufgrund einer Grippewelle im Tal knapp, und Flo musste sich um ihre Gäste kümmern. Erst am Abend konnten wir uns zusammensetzen. Zum ersten Mal ließ Flo mich in ihre Privaträume.

»Ich fühle mich gar nicht mehr sicher hier. Alles kommt mir beschmutzt vor.« Sie goss mir eine Tasse Tee ein. Ihre Hände waren ruhig, die Arbeit hatte sie tagsüber gut abgelenkt.

Ich sah mich um. »Da müssen sie ja alles durchstöbert haben.«

Flo eilte zum Kleiderschrank, öffnete ihn und zeigte mir

ganz genau, in welcher Ecke unter welchen Stoffen sie das Kästchen mit dem Ring versteckt hatte. Inzwischen stand es auf dem Tisch vor mir, Flo öffnete es und schaute den schmalen Goldring liebevoll an. »Wenn er nur ein wahrer Wunschring wäre, dann könnte ich mir wünschen, dass das alles nicht passiert.«

»Was willst du jetzt machen?«

Endlich setzte sie sich zu mir, und ihre Schultern sackten nach vorn. »Ich könnte zurück zu Andri gehen. Wir könnten nach Paris ziehen oder London und ein Café eröffnen. Am liebsten möchte er in Bordeaux bleiben, weil er sich dort daheim fühlt, aber ich denke, er würde es machen. Wir haben in Bordeaux zu viele Lügen erzählt.«

Ich trank einen Schluck des starken Schwarztees. »Ihr würdet beide etwas aufgeben.«

»Um zusammen zu sein«, sagte Flo dringlich und sah mich fragend an. »Du findest das nicht richtig?«

Noch bevor ich Luft holen konnte, verbrannte Flo sich die Zunge an ihrem heißen Tee, stöhnte und erhob sich.

»Aber ich will mein Hotel nicht aufgeben«, rief sie. »Ich liebe Andri, aber ich will es nicht aufgeben. Ich will auch nicht mehr weg hier.«

Nun klang sie wieder wie damals auf unserer Rückreise von Bad Salesch, wo sie mir so überzeugt dargelegt hatte, dass sie alles Recht der Welt haben sollte, ihr Hotel zu leiten.

»Was soll ich nur tun?« Sie wischte sich über die Wangen.

»Was passiert, wenn du zugibst, dass du eine Frau bist? Dann haben die Huonders nichts mehr gegen dich in der Hand.«

»Dann muss ich das Hotel aufgeben«, sagte Flo.

»Vielleicht nicht.«

»Niemand wird es mir lassen, nicht, wenn der Huonder ein Interesse daran hat, es loszuwerden. Er hat Einfluss, er kennt Anwälte. Und er ist ein Mann.«

»Heirate Andri«, schlug ich vor. »Dann gehört es ihm.« Böse sah sie mich an. »Es ist *meins*!«

Ich hob beschwichtigend die Hände. »Flo, ich versuche doch nur, eine Lösung zu finden.«

»Entschuldige bitte.«

»Hast du ihm schon geschrieben?«, fragte ich.

»Andri? Ich will nicht, dass er mit hineingezogen wird und seine Familie etwas erfährt.«

Ich versuchte, Flo zu beruhigen, dass uns bis zum Sommer etwas einfallen würde, und schlug vor, am nächsten Morgen gemeinsam mit Henry noch einmal nachzudenken. Allerdings muss ich gestehen, dass ich, ohne Flos Erlaubnis, noch vor dem Frühstück die wenigen Schritte ins Telegraphenamt eilte, um Andri eine Nachricht zu senden.

Eine Woche später war er da. Ohne seine Verlobte, wie das ganze Dorf verwundert feststellen musste. Sie sei ein wenig kränklich. Niemand verstand, warum er dieses Mal den weiten Weg auf sich genommen hatte – sie waren alle gesund, es stand keine Hochzeit, keine Beerdigung an, es war Winter. Seine Familie wunderte sich, wie viel Zeit er mit Mr. Fernsby verbrachte, und bis heute weiß ich nicht, wie die Gerüchte in Sumbriva in Umlauf kamen. Mein Verdacht war, dass jemand Verwandte in Bad Salesch hatte und die Huonders etwas gesagt hatten. Aber warum dann nicht gleich die Wahrheit?

Wie eine Lawine kamen sie über das Dorf, diese Gerüchte.

Mach uns keine Schande, sagte Andris Schwester Cilgia, geh zum Pastor. Der kam schon von selbst und bat Andri um eine Unterredung. Sodomie sei eine Sünde; sich als Mann zu Männern hingezogen zu fühlen, eine Krankheit, eine Abart. All das, was Andri sich damals selbst gesagt hatte, bevor Flo ihr Geheimnis verraten hatte, und Andri versicherte allen, dass sie nur befreundet seien, einfach nur befreundet. Nie würde er auf so eine schändliche Idee kommen.

Ich schickte Henry mit Douglas weg. Andri hatte ihnen die Schneebretter aus dem Schuppen geholt, wo sie seit der letzten Benutzung von eifrigen Spinnen zugewebt worden waren. Meine beiden Männer stapften jeden Morgen ein Stück auf den verschneiten Piz Parüschla hinauf und fuhren ein Stück hinunter. Wieder hinauf, wieder hinunter. Am Abend berichteten sie mir glücklich, wie man die Schneebretter am besten steuerte. Ihre Gesichter und Hände bräunten sich. In England gab es solch einen Winter nicht, da war es stets klamm, feucht, dunkel. Hier konnte man trotz des Schnees und des Frosts oft zur Mittagszeit ohne Mantel in der Sonne sitzen.

»Ich könnte«, sagte ich eines Tages zu Andri, als wir in der leeren Eingangshalle des Foyers standen und warteten, dass Flo ihren Brief an Prinzessin Mary Adelaide beendete. »Ich könnte behaupten, dass ich mit Flo eine Liebesaffäre hatte. Oder mit dir. Nur um zu zeigen, dass …«

Andri lief knallrot an. »Jane, das geht doch nicht. Du setzt deine Ehre aufs Spiel.«

»Das interessiert doch hier niemanden.«

»Und deine Ehe. Was würde Henry sagen? Und dein Sohn?«

»Ich sage ihnen, dass es nicht stimmt.«

»Nein, Jane, nein. Das geht nicht.«

In diesem Moment kam Flo mit einem dicken Briefumschlag hinzu, und Andri berichtete unter Stottern, welch verrückte Idee ich hatte.

»Um Himmels willen, Jane«, rief auch Flo. »Bloß nicht.«

»Ich will doch nur helfen.«

»Nein.«

KAPITEL 30

Maike steht auf der Brücke des Paslerbaches, und der Wasserfall kommt ihr in Form feiner Tröpfchen entgegen. Es ist früh, Sumbriva liegt noch im Februarschatten. Bald wird die Sonne über den Berg strahlen.

Ravis hübsche Augen leuchten. Er legt den Arm um sie. »Hast du gesehen«, fragt sie, »dass die Feuerwehr das Wasser zum Löschen aus dem Bach geholt hat?«

Sie drückt sich an ihn. Er muss zurück nach Hamburg, das Auto ist gepackt, und sie will ihn nicht gehen lassen. »Ob es zu Flos Zeiten hier wohl auch mal gebrannt hat?«

»Achtzehnvierzig ist fast ganz Sumbriva abgebrannt, bis auf die Kirche.«

»Natürlich weißt du das.« Sie küsst ihn. »Und meinst du, dass sie damals auch das Wasser aus dem Bach geholt haben?«

»Möglich.«

»Interessant, oder? Derselbe Bach, nur Jahrhunderte früher.«

»Willst du wirklich hier bleiben?«, fragt er leise.

»Ich muss doch.« Sie blickt zu ihm hoch. »Ich muss warten, bis das Dach repariert ist. Aber Kati Frei hat versprochen, dass es schnell passiert, damit es nicht weiter reinregnen kann.«

»Ich meine …« Er zögert. »Willst du so ganz hier bleiben? Das Hotel renovieren?«

Sie legt ihre Stirn gegen seine. »Ich muss es ausprobieren, Hase. Es fühlt sich alles so richtig an. Mein Hotel, das habe ich mir immer gewünscht.«

»Was wird aus uns?«, flüstert er.

»Ich will unbedingt und auf jeden Fall, dass wir zusammenbleiben.« Sie rückt ein Stück von ihm weg, um ihm in die Augen schauen zu können. »Unbedingt.«

»Das will ich auch.«

»Dann schaffen wir das«, sagt sie.

»Dann schaffen wir das«, wiederholt er.

»Wenn das Dach dicht ist, komme ich auf jeden Fall erst mal wieder nach Hamburg. Versprochen.«

Gemeinsam schlendern sie zurück zum Posthotel, und nach einem langgezogenen Abschied mit vielen Küssen fährt Ravi schließlich davon.

Auch wenn sie ihn sofort vermisst, fühlt sie sich dieses Mal weniger allein. Flo ist da, die ihr wie ein guter Geist durch die Räume zu folgen scheint. Maike durfte zurück ins Hotel. Die Polizei war mit ihrer Bestandsaufnahme schnell fertig. Nicht nur weisen irgendwelche Überreste am Holz auf Benzin hin, nein, es lag sogar ein Kanister dort oben, als ob sich jemand über sie lustig machen wollte. Ravi und Maike haben beide den Konflikt mit der Gemeinde und auch Verenas persönliche Wut auf sie erwähnt, aber es hat sich nicht gut angefühlt. Maike hofft sehr, dass Verena es nicht war und ein gutes Alibi hat.

Zum Glück muss sie an anderes denken. Esthis Rundum-die-Uhr-Pflege ist fast durchorganisiert, aber sie ist noch einmal mit der alten Moscha verabredet. Sie holt sich ihre Umhängetasche und läuft los.

Sumbriva ist leer. Samstagvormittag, wahrscheinlich sind sie alle beim Einkaufen drüben in Parvis oder in der nächsten Migros.

Bevor sie zu Moscha geht, denkt sie endlich einmal daran, auf dem Friedhof hinter der Kirche nach Flos Grab zu sehen. Sie schreitet die Reihen ab, das Geviert ist nicht groß, und findet nichts. Es muss Unterlagen geben, aber wahrscheinlich ist ihr Tod einfach zu lang her, und das Grab wurde aufgelöst.

Moscha wohnt in der anderen Richtung, den Weg hoch, an dessen Ende Danis und Silvanas Hof liegt. Die Straße ist immer schmutzig, aber das gehört halt zur Landwirtschaft dazu. Sie meint schon die Schafe blöken zu hören. Über die Wiese stapft eine Figur, die Maike bald als Laura erkennt.

»Allegra, Maike. Ich war gerade mit dem Hund unterwegs.« Der helle Labrador von Robin und Caro Hohlfeld kommt fröhlich aus den Büschen gewedelt.

»Kommst du mit zu Moscha?«, fragt Maike. »Wir wollen noch mal gucken, ob wir Esthi gut versorgt haben. Sie kommt Dienstag heim.«

»Moscha? Da gibt es die beste heiße Schokolade.«

Als sie vor der Tür stehen, fällt Maike das Namensschild ins Auge. »Moscha heißt Palli mit Nachnamen?«

»Ja, wieso?«

»Giovanni Palli – das war doch Flos Kindheitsfreund.«

»Ach, das habe ich gar nicht zusammengebracht. Lass sie uns fragen.«

Moscha hat nicht nur Kakao gemacht, sondern auch ihren berühmten Honigkuchen. Bevor sie sich nach Moschas Vorfahren erkundigen können, klopft es an der Küchentür, und Silvana tritt ein.

»Du bekommst Kaffee, wie immer«, sagt Moscha. Sie bewegt sich in ihrer Küche, wie man sich nur in Räumen bewegt, die man seit Jahrzehnten in- und auswendig kennt.

Silvana lächelt Maike an. »Wie geht es dem Hotel?«

»Die Erbschaftssache ist noch längst nicht geklärt.« Maike trinkt einen Schluck der heißen Schokolade. »Mh, ist das gut.«

»Danke«, sagt Moscha kokett, »ich weiß.«

»Na ja, und die Anwältin hat mich schon gewarnt, es kann ziemlich langwierig werden. Aber das ist dann eben so. Ich habe Geduld.«

»Und das Dach?«

»Das ist auf dem Türmchen so kaputt, dass ein bisschen Abdeckfolie doch nicht mehr reicht. Das werden wir reparieren lassen. Wird auch kosten, aber es hält sich in Grenzen. Mit dem Rest warten wir, bis es eine Entscheidung gibt.«

»Kati kommt Montag.« Laura grinst. »Mit ihrem Dachdeckertrupp. Ich würde empfehlen, dass ihr alle am Montag irgendetwas ganz Wichtiges in der Nähe des Hotels zu tun habt.«

Maike runzelt die Stirn. »Wieso das?«

»Es sind sehr hübsche Jungs.«

»Ooooh«, sagt Moscha und wackelt mit den Augenbrauen, »also, ich habe Montag unbedingt etwas ganz Wichtiges in der Nähe des Hotels zu tun.«

Laura kichert. Sie wirkt gelöst.

»Schön, dass wir das Hotel retten konnten«, sagt Silvana. »Wenigstens das.«

Moscha nickt.

»Wie meinst du das?«, fragt Maike. »Wenigstens?«

»Ach, wenn Sumbriva umgebaut wird ... das neue Sumbriva ... So bleibt uns wenigstens das Hotel.«

»Aber ...« Maike sieht die drei Frauen ratlos an. Dass Laura gegen das neue Sumbriva ist, war ihr klar. »Aber ihr sagt doch alle, wie gut es wird, wenn Leben ins Dorf kommt.«

Silvana trinkt ihren Kaffee, Moscha rührt in ihrer Tasse. Und dann erklären sie Maike in einfachen Worten, als wäre sie eins von Lauras Schulkindern, dass sie es vielleicht wollen *sollen*, das neue Sumbriva, aber wahrscheinlich wird es doch so kommen, dass sie jahrelang die ganze Arbeit haben, den ganzen Ärger – bis das neue Vorzeigeprojekt endlich fertig ist und die Gewinne an die Gemeinde gehen. An Parvis. Auf der nächsten Versammlung wird bestimmt endlich jemand etwas sagen.

Maike kommt kaum hinterher mit ihren Gedanken. Wenn Sumbriva doch nicht für den Skisport ausgebaut und so klein bleiben würde wie bisher, ohne Läden, ohne Restaurants, wer würde dann hier übernachten wollen? Mit Ravi hat sie in den letzten Tagen viel darüber gesprochen, wie man den Hotelbetrieb möglichst nachhaltig gestalten könnte, aber was nutzt Solarstrom und vegetarische Küche, wenn sie keine Gäste haben? Welche Alternative gibt es?

Laura scheint genau zu wissen, was in ihr vorgeht. »Plötzlich kein Interesse mehr?«

Maike springt auf und stört damit den Hund, der unter dem Tisch liegt und aus dem Tiefschlaf geweckt auf die Beine kommt.

»Zumindest«, sagt Maike, »müsste ich umdenken. Aber eins verstehe ich nicht: Warum sagt ihr nichts? Wenn niemand in Sumbriva ein neues Sumbriva will, dann kann doch auch niemand eins bauen, oder?«

KAPITEL 31

Flo hatte keine Wahl.
Es war fast März, als sie mit Andri nach Bad Salesch fuhr.

Caspar Laurent Huonder und seine Frau wohnten außerhalb der Saison in einem Privathaus, das mit aufwendigen Sgraffiti verziert und eines der größten Häuser im ohnehin wohlhabenden Kurort war.

»Haben Sie sich entschieden, Floriana?«, fragte Huonder und zog Flos Namen genüsslich in die Länge. »Oder soll ich Frau Fernsby sagen?«

»Ich habe mich entschieden«, sagte Flo, »dass ich mein Hotel behalten werde.«

Huonder verschränkte die Arme vor der Brust. »Dann wird das ganze Tal die Wahrheit erfahren. Wenn schon Ihr sodomitisches Verhalten nicht reicht ...«

Flo unterbrach ihn, angeekelt von seinem Genuss, so mit ihr umgehen zu können. »Was wollen Sie dafür haben?«

»Das Hotel«, sagte Huonder. »Das wissen Sie doch.«

»Das bekommen Sie nicht. Alles andere können Sie haben. Wie viel?«

Huonder schnaufte, aber er schien nicht abgeneigt, sich mit genug Geld zufrieden zu geben. Das war Andris Vorschlag gewesen. Geld überzeugt alle, hatte er gesagt, und saß nun stumm neben Flo. Am liebsten hätte sie seine Hand gehalten, aber das hätte sie schwach gezeigt.

Flo nannte eine Zahl.

Huonder kratzte sich am Ellbogen. »Bisschen bescheiden, oder?«

»Das erwirtschafte ich in einer Saison im Posthotel.«

»Ich weiß. Ich kenne ja Ihre Bücher.« Ein Blick zu Annamaria verriet, dass er mit Flos Büchern wenig hätte anfangen können, wenn seine Frau ihm nicht geholfen hätte.

Auch das hatte Andri vorausgesehen: Eine einmalige Zahlung war sinnlos. Was hielt Huonder davon ab, immer mehr zu verlangen?

»Zwanzig Prozent aller zukünftigen Einnahmen«, schlug Flo vor.

Jetzt wurde es interessant für Huonder. »Fünfzig.«

»Dreißig.«

»Vierzig und die Prinzessin.«

»Die Prinzessin?«, fragte Flo verblüfft.

»Die englische Prinzessin, die zu Ihnen kommen will. Die bekommen wir.«

»Fünfunddreißig und die Prinzessin.«

»Einverstanden.« Huonder stand auf und lachte Flo an, als hätten sie gerade ein faires Geschäft abgeschlossen. Dann musste sie auch noch seine Hand schütteln.

Auf der Rückfahrt in der überfüllten Kutsche wurde ihr übel, und sie bat den Chauffeur durch eindringliches Klopfen anzuhalten. Sie stieg aus, lief ein Stück den Hang hinauf und wollte so laut brüllen wie damals, als Andri sie allein gelassen hatte. Doch dieses Mal war Andri an ihrer Seite. Er zog sie hinter einen großen Findling, so dass man sie von der Straße aus nicht mehr sah, und nahm sie in die Arme.

»Uns fällt noch etwas Besseres ein, versprochen«, sagte er.

Flo biss die Zähne zusammen.

Immerhin war er da. Andri war da.

Sie atmete ein paarmal durch, bis sie sich wieder gefasst hatte. Gemeinsam gingen sie zurück zur Kutsche, wo die Pferde geduldig warteten, aber der Kondukteur sie zur Eile antrieb.

»Fünfunddreißig Prozent«, sagte Flo, als alle anderen Passagiere ausgestiegen waren und sie das letzte Stück allein nach Sumbriva fuhren. »Wie soll ich denn da noch wirtschaften? Und wieso soll ich überhaupt noch wirtschaften, wenn ich weiß, dass ich damit nur den Huonders Geld in die Tasche schiebe?«

Unter dem Mantel verborgen hielt Andri ihre Hand und strich mit dem Daumen darüber.

»Und die Prinzessin«, rief Flo. »Das war meine Prinzessin!«

»Es tut mir leid«, sagte Andri leise. »Es tut mir so leid.«

Flo sah ihn an. »Nichts muss dir leidtun. Ich will mit dir zusammen sein. Dafür mache ich alles. Wen interessiert die Prinzessin?«

Am Nachmittag waren sie zurück in Sumbriva. Flo setzte sich blass und unglücklich an ihren Sekretär. Huonder hatte gesagt, Flo könne ihm doch gleich einmal einen angemessenen Betrag zukommen lassen, und so holte Flo einige Wechsel aus ihrem Sekretär, schob sie langsam in einen Umschlag und setzte sich mit Federhalter und Tinte zu Andri an den Tisch.

Wen interessiert die Prinzessin? Sie schrieb die Adresse des Kurhotels auf den Umschlag.

Doch dann hielt sie inne. Sie zog die Wechsel wieder hinaus und zerriss den Papierumschlag. »Nein«, sagte sie mit einem Mal. »Nein. Es ist nicht einmal das Geld. Sie drohen mir. Sie hassen mich und mein Hotel und wollen doch davon profitieren.«

»Was willst du machen?« Andri war leichenfahl, und Flo konnte seine Angst spüren.

Sie setzte sich auf seinen Schoß und legte ihm die Arme um die Schultern. Mit all der Liebe, die sie hatte, sah sie ihn an. »Ich überschreibe dir das Hotel.«

Nicht ein Muskel bewegte sich in seinem Gesicht.

Warum sagte er nichts?

»Nimmst du es an?«, fragte Flo eindringlich. »Nimmst du es und lässt mich es leiten?«

Er neigte den Kopf, zögerlich zustimmend.

Sie nahm sein Gesicht zwischen ihre Hände und küsste ihn zärtlich auf den Mund.

Henry und Douglas wollten am nächsten Tag noch einmal mit den Schneebrettern auf den Berg und baten mich mitzukommen. Wir hatten nicht mehr viel Zeit, da Henry in London erwartet wurde, und ich konnte zwar da sein für Flo, aber ihr nicht helfen.

»Aus diesen Schneebrettern könnte man etwas machen«, sagte Henry beim Frühstück, während er Douglas den Honig wegnahm, von dem er viel zu viel in seine heiße

Milch laufen ließ. »Wanderungen auf Ski wie in Norwegen sind hier wegen der wenig horizontalen Landschaft kaum möglich. Aber man könnte den Hang besser vorbereiten, Ski zum Ausleihen parat haben, Gewürzwein anbieten, so ähnlich wie beim Eislaufen, das mögen die Leute doch auch.«

»Ja, warum nicht«, sagte ich unkonzentriert, als ich Flo in den Speisesaal kommen sah. Sie setzte sich zu uns und berichtete, dass sie zum Ammann fahren und Andri das Hotel überschreiben würde.

Douglas nutzte die Gelegenheit, noch einmal beim Honig zuzugreifen. Wir sahen alle zu, wie die zähe Flüssigkeit gemächlich in die Tasse tropfte.

»Weißt du noch«, sagte ich nach einer Weile, »wie du meintest, ich solle ruhig die Hose tragen, um auf den Piz Fo zu klettern?«

»Ja?« Flo wusste nicht, worauf ich hinauswollte. Auch Henry sah mich fragend an.

»Du meintest: Vielleicht kommen Hosen für Frauen ohnehin bald in Mode. Ich dachte, das ist absurd und glaube es auch immer noch.«

»In Hosen kann man viel besser Ski fahren«, warf Douglas ein.

Henry schmunzelte.

»Natürlich«, fuhr ich fort, »ist ein Tag in Hosen nicht vergleichbar damit, dein Hotel aufzugeben …«

»Ich verstehe immer noch nicht«, sagte Flo.

»Vielleicht wird in Zukunft irgendwann einmal eine Frau das Hotel führen. Stell dir vor, Andris Schwester bekommt Kinder, die erben das Hotel, und in hundert Jahren

oder meinetwegen zweihundert haben Frauen endlich das Recht, Geschäfte zu führen und Immobilien zu besitzen.«
 »In Hosen«, sagte Douglas.
 »In Hosen«, wiederholte ich.

KAPITEL 32

Maikes erster Frühling in den Alpen. Sie fühlt sich wie Heidi, die aus dem Wagen springen und über die Blumenwiesen kullern will. Der Himmel knallt blau, die ehemals schwarz-weißen Winterberge schäumen vor Grün. Ihr kleines Herz platzt fast vor Glück, als Paps das Auto hoch nach Sumbriva lenkt. Mama neben ihm schaltet das GPS aus. Maike sitzt mit Ravi auf dem Rücksitz, schick in Rock und Bluse, und drückt nach jeder Biegung seine Hand.

Sie kommen vom Nachlassgericht. Ihrer Mutter wurde offiziell das Posthotel Sumbriva zugesprochen. Danach waren sie gleich beim Notariat, wo Mama das Hotel ihrer Tochter Maike Bettina Reineke überschrieben hat.

Diese Maike Reineke ist nun endlich, endlich Eigentümerin einer ganz besonderen Bruchbude in einem ganz besonderen Dorf in den Schweizer Alpen.

»Da ist es, da links.« Maike öffnet das Fenster und fuchtelt mit dem Arm, als ob ihre Eltern das größte Gebäude des Dorfes sonst übersehen würden. Die kühle Luft gibt ihr fröhliche Ohrfeigen.

»Alles zugeparkt«, sagt Paps. »Wo soll ich hin?«

Das Rondell vor dem Gebäude ist mit drei Wagen der Dachdeckerfirma besetzt, und Maike lenkt Paps weiter die Straße hoch, einmal drehen und am Rand halten. Das muss erst einmal so gehen. Der Paslerbach begrüßt sie gesprächig wie immer. Als sie zum Hotel runtergehen, stolpert Mama fast, den Blick auf einen der Dachdecker gerichtet.

Kati Frei, die sich sehr über den großen Auftrag gefreut hat, winkt vom Gerüst. »Alles erledigt?«

Maike reckt beide Daumen in die Luft. »Und der Denkmalschutz ist auch aufgewacht.«

»Hab mich schon gefragt, wann das passiert«, ruft Kati. »Das wird spannend.«

»Grüezi«, sagt Mamas Dachdecker und wischt sich mit dem Unterarm über die Stirn.

»Grüüüzi«, quiekt Mama, und Ravi versucht, seine Heiterkeit unter einem Husten zu verstecken.

Sumbriva hat sich ziemlich einhellig gegen ein neues Skigebiet in ihrem Dorf ausgesprochen. Sie wollen das nicht. Parvis hat getobt, aber Laura Hohlfeld und Esthi Murger, die Wortführerinnen, hatten einen anderen Vorschlag: Wenn ihr Geld ausgeben wollt, setzt es für den Umweltschutz im Tal ein. Renaturiert den Fluss drüben in Parvis, der zwei Kilometer lang durch eine traurige Betonrinne schießt. Betreibt die Bergbahn mit Solarstrom. Entwickelt Tourismuskonzepte abseits vom Skifahren.

Skifahren ... Ein paar Jahre wird es noch gehen, wird es noch den einen oder anderen Winter geben, in dem genug Schnee fällt, und die will Maike auch genießen.

Das Interesse am Hotel ist damit, wie zu erwarten war, in Parvis erloschen. Der Anwalt der Gemeinde hat seine

Klage zurückgezogen, und so war die Entscheidung eigentlich nur noch Formsache. Dass Flo Fernsby biologisch eine Frau war, macht heute keinen Unterschied mehr, die Richterin war vielmehr beeindruckt und erklärte, Andri Cavegn habe allein durch Ersitzung – durch die lange Zeit, die ihm die Immobilie gehörte – ein Eigentumsrecht erworben, und alles davor sei hinfällig.

Ravi will einen Zeitungsartikel über Flo schreiben. Janes Manuskript haben sie inzwischen mehrfach gelesen, und Maike meint, es könnte ein Buch daraus werden. Aber sie muss noch näher über das Projekt nachdenken. Zumindest weiß sie, was sie kann, seit ihre Diss im Druck ist.

Im Moment ist sie einfach nur froh, dass es am Nachlassgericht letztendlich so einfach war.

Stolz führt sie Mama und Paps durch ihr Hotel. Laura hat die Glasscheiben in der Eingangstür geputzt und einen Blumenstrauß auf den Empfangstresen gestellt. Im Speisesaal liegt auf einem der Tische ein Zettel: *Kuchen im Kühlschrank.* Mama sieht gleich neugierig nach: Käsekuchen mit Mandarinen.

Ravi läuft hinter ihnen her und checkt die sozialen Medien. Seine Einstellung zu Maikes Projekt wechselt manchmal von Minute zu Minute, und sie weiß nicht immer, wie sie damit umgehen soll. Wenn er nur mit ihr herkommen könnte.

Sie steigen bis ins oberste Geschoss und hören die Dachdecker hämmern. Alles sieht so aus wie im Winter – abgenutzt, unästhetisch zusammengewürfelt, staubig.

Alles ihres.

»Die oberen Etagen«, sagt Maike, »wollen wir für den

normalen Betrieb herrichten. Das größte Problem werden die wenigen Bäder sein.«

»Der Denkmalschutz hilft bestimmt auch nicht«, sagt Mama. »Aber vielleicht gibt es ja Fördergelder für historische Gebäude?«

Es fühlt sich toll an, einfach nur Stichworte in den Raum werfen zu können, und sie wissen sofort, wovon Maike redet.

»Und weiter unten?«, fragt Paps.

»Wir gründen eine Stiftung.« Sie gehen in die erste Etage, und ihre Schritte werden wieder lauter als das Hämmern. Hier haben sie sich vor dem Feuer retten müssen, hier haben sie Esthi getragen. Ihr geht es zum Glück längst wieder gut, das Bein ist verheilt.

»Eine Stiftung?«, wiederholt Paps.

Maike dreht sich um sich selbst und bleibt vor der Treppe stehen. »Laura erkundigt sich gerade, wie das rechtlich alles läuft, aber wir stellen uns vor, dass wir eine Stiftung für künstlerisch begabte junge Menschen gründen und Stipendien vergeben, so dass sie hier eine Weile wohnen und arbeiten können.«

»Wie schön.« Mama klingt positiv überrascht.

»Findest du?« Maike ist erleichtert. »Wir haben ja noch die Remise nebenan, wo wir Ateliers unterbringen können. Man müsste nur genug Licht reinbringen.«

»Denkmalschutz«, merkt Mama erneut an.

»Ja ... und dann ist da noch die Dependance ein paar Schritte die Straße runter, in der wir ein Café einrichten wollen und einen Lebensmittelladen mit Produkten aus dem Ort.«

»Da habt ihr euch viel vorgenommen.«

»Ja, aber warte mal ab, bis du Laura und Nora kennenlernst. Die beiden haben Energie für zehn.«

»Und du auch.« Paps legt ihr einen Arm um die Schultern. »Wenn du Geld brauchst, sag Bescheid. Über eine offizielle Beteiligung unsererseits reden wir noch.«

»Danke.« Sie gibt ihm einen Kuss auf die Wange. »Jetzt ist da allerdings akut noch eine Sache, die erledigt werden muss.«

»Was denn?«

»Standesgemäß müssen wir jetzt alle das Treppengeländer herunterrutschen.«

»Um Himmels willen«, ruft Mama, und Paps schmunzelt.

»Ravi, du zuerst.« Maike schiebt ihn nach vorn.

Er steckt gehorsam das Handy in die Hosentasche, schwingt ein Bein über das Holzgeländer und lässt sich auf dem Bauch heruntergleiten. Unten steigt er ab und verbeugt sich.

Maike klatscht. Sie rechnet damit, dass ihre Eltern sich würdevoll weigern werden, doch da dreht Mama ihre Umhängetasche so, dass sie ihr auf dem Rücken hängt, schwingt ihr Bein hinüber und rutscht langsam, aber durchaus elegant das Treppengeländer hinunter. Paps gleich hinterher, er wartet gar nicht erst, bis Mama angekommen ist. Seine Hände quieken, er sieht aus, als ob das Pferd unter ihm davon galoppiert und er sich festklammern muss, aber auch er landet heil im Foyer. Maike besticht durch Eleganz und Geschwindigkeit, wie auf der Piste.

»Das ist erledigt«, sagt Paps und wischt sich die Hände

an der Hose ab. »Jetzt hätte ich gern eine Pizza von diesem Käsi.«

Maike sieht Ravi an, und Ravi zuckt mit den Schultern: Er wird uns wohl nicht rauswerfen, wenn wir mit deinen Eltern ankommen. Aber Maike will das Risiko nicht eingehen und schlägt vor, welche zu holen und hier im Speisesaal zu essen. Sie nimmt Paps' Auto und ist in wenigen Minuten drüben in Parvis.

Käsi hat wie üblich die Hände im Teig, einige Tische mit ihren rot-weiß karierten Decken sind selbst zu dieser späten Mittagszeit besetzt, alles wirkt gemütlich und gleichzeitig routiniert.

Sie versucht so zu tun, als hätte es ihren letzten Rausschmiss nicht gegeben. »Hey, kann ich fünf Pizzas zum Mitnehmen haben? Einmal Spinat, zweimal Fungi, zweimal Margherita, eine davon mit extra Käse für meinen Paps?«

Und er reagiert genauso. »Kommt sofort.«

Sie wartet, während sein Kollege die in Sekunden belegten Pizzas in den Ofen schiebt.

Irgendwann ist ihr die unangenehme Stille zu doof. »Läuft ganz gut, oder?«

»Kann nicht klagen.« Käsi sieht sie an und lächelt dann sogar.

»Schön.« Der Autoschlüssel klimpert in ihrer Hand. »Und wie geht es Verena?«

»Auch ganz gut, denke ich. Die neue Kampagne läuft, wir haben gute Buchungszahlen für den Sommer.«

»Schön, freut mich.«

»Und du? Das Hotel?«

»Ist jetzt offiziell meins.«

»Gratuliere.«

Und schon schiebt Käsis Kollege ihr die fünf Pizzas im Karton hinüber, sie zahlt mit Karte und bedankt sich. »Wir sehen uns, Käsi.«

Die fünfte Pizza ist für Jonas, aber sein Flug hat Verspätung, und Maikes Eltern ziehen sich bereits für die Nacht zurück. Zimmer 22, möglichst weit weg vom lauten Paslerbach. Nicht nur russische Fürstinnen wollen es ganz ruhig haben. Dann kommen Laura und Nora vorbei, werden geherzt und gedrückt, und sie setzen sich mit einem Bier in den Speisesaal.

»So spät hat Jonas eh keinen Hunger mehr, oder?«, fragt Nora und öffnet den Pizzakarton.

Erst kurz nach zehn kommt er mit dem Mietwagen aus Zürich an. Sie stürmen zu viert nach draußen. Die Berggrate sind noch als Umrisse vor dem dunkelblauen Himmel zu sehen, aber in Sumbriva herrscht schon tiefe Nacht.

Jonas steigt aus. »Guten Abend«, sagt er auf Deutsch. »Guten Abend, guten Abend.«

»Zimmer 34 ist fertig, der Herr!«

»Buna seira, Jonas!«

»Guten Abend, guten Abend.« Er strahlt über die begeisterte Begrüßung, seine Grübchen scheinen sich selbständig zu machen. »Ich habe ganz tolle Neuigkeiten!«

»Komm erst mal rein«, sagt Nora. »Wir haben Pizza. Zumindest noch ein bisschen.«

Aber er bleibt stehen. »Nein, nein, das muss ich hier

draußen unter den Bergen sagen. Weil Jane die Berge so wichtig waren.« Er macht eine Kunstpause. »Ich habe einen Verlag gefunden, der ihre Geschichte drucken will.«

»Ach wie toll!«

»Großartig!«

Laura hat das Manuskript nach dem Hotelbrand eingescannt, und sie haben alle eine Kopie der Datei auf ihren verschiedenen Computern gespeichert. Das Original liegt in einem Schließfach in der Parviser Bankfiliale, wie das wertvolle Relikt, das es ist. Jonas wird es wieder mit nach England zu seiner Familie nehmen.

Während er bei Kerzenschein und Funzellicht seine halbe Pizza isst und ein Bier dazu trinkt, will er alles hören, was in den letzten Monaten passiert ist.

»Die neueste Neuigkeit«, sagt Laura, »von der ich vorhin erst gehört habe – es gibt Nachwuchs. Silvana ist schwanger.«

»Oh, wie schön!«, ruft Maike. »Geht es ihr gut?«

»Ja, sie war hier und hat hallo gesagt. Sie sieht glücklich und aufgeregt aus.«

»Sumbriva vergrößert sich.« Jonas grinst. »Da braucht es gar keine Infrastrukturmaßnahmen ... Was ist eigentlich bei den Ermittlungen wegen der Brandstiftung herausgekommen?«

»Wurden eingestellt«, sagt Maike knapp. »Konnte niemandem nachgewiesen werden.«

»Und Maike ist ganz froh darüber«, ergänzt Ravi.

»Wirklich?«, fragt Jonas.

»Wegen Verena.« Maike schiebt ihre Kaffeetasse hin und her. »Was, wenn sie es war? Wäre sie ins Gefängnis gekommen? Meine Freundin? Ich will das am liebsten alles vergessen.«

»Ich finde schon, dass der Täter bestraft werden müsste«, murmelt Laura. »Oder die Täterin.«

»Es wird bestimmt nicht noch einmal geschehen«, sagt Ravi. »Wenn es jemand von der Gemeinde war, haben sie jetzt eh kein Interesse mehr an der Bruchbude.«

Jonas wiegt den Kopf hin und her und schiebt sich noch ein Stück kalte Pizza in den Mund.

»Wir haben übrigens noch eine Frage an dich, Jonas«, sagt Maike.

»Was denn?«, fragt er kauend.

Maike zeigt auf Nora. »Das musst du erklären.«

»Wir würden gern«, sagt Nora, »ein Kletterprogramm für Mädchen entwickeln. Mein Sohn ist inzwischen groß genug, dass ich wieder Lust aufs Klettern und Bergsteigen bekomme und es anderen jungen Frauen beibringen will. Der ganze Sport ist immer noch zu männerdominiert, und wir brauchen einen safe space.«

»Nette Idee.«

»Wir würden es gern nach Jane nennen. Das Jane-Brightfield-Kletterprogramm.«

Jonas haut links und rechts neben seinem Teller auf den Tisch, so dass alle zusammenfahren. »Großartig.«

»Ja?«

»Absolut. Ich denke, ich muss vorher meine Familie fragen, aber wer sollte etwas dagegen haben? Meine Frau freut sich übrigens schon sehr, im Sommer auch mal herzukommen. Vielleicht kannst du sie in die Berge mitnehmen, Nora.«

»Du hast eine Frau?« Ravi sieht Jonas überrascht an.
»Ja?«
»Echt?« Maike kann es genauso wenig glauben.
»Als ich heute Mittag losgeflogen bin, hatte ich sie jedenfalls noch. Sie heißt Joanna und ist mein Ein und Alles.«

Jonas und Joanna. Süß. Er hat sie nie erwähnt und wirkte auf Maike wie ein ewiger Junggeselle. So kann man sich täuschen.

Der verheiratete Mann wischt sich den Mund ab und sieht zwischen ihr und Ravi hin und her. »Aber was ist mit euch beiden?«

Tja. Sie lächeln sich an. Es fühlt sich empfindlich an, es nur auszusprechen. Ravi traut sich als Erstes. »Wir versuchen es mit einer Fernbeziehung. Viel pendeln. Viel fliegen, leider, aber man kann nicht mal für zwei, drei Tage rauf- und runterfahren.«

»Nein, natürlich nicht«, sagt Jonas.

»Aber wir schaffen das«, flüstert Maike.

»Wir schaffen das.«

Maike hat plötzlich große Sehnsucht danach, mit Ravi im Bett zu liegen. Sie sagen den anderen gute Nacht und steigen in die Bel Etage. Sie haben sich in ihrem vertrauten Zimmer 30 eingerichtet und kuscheln sich aneinander. Maike kennt Ravis Armbeuge so genau und den nackten Brustkorb, über den sie ihren linken Arm legt.

»Ich muss morgen nach dem Frühstück übrigens gleich los zu meinem Unterricht«, sagt sie.

»Was für ein Unterricht?«

»Ia emprend rumantsch.«

»Wie bitte?«

»Ich lerne Rumantsch. Rätoromanisch. Bei Esthi und Rudi.«

»Wirklich?«

»Ein bisschen zumindest. Verena meinte doch: Du hast keine Ahnung von Graubünden.«

»Mh.«

»Und sie hat recht. Dass Arthur Conan Doyle früher hier Ski fahren war und Autos erst ab 1925 durch den Kanton fahren durften, ist ein Anfang. Aber ich will mehr wissen, und ich glaube, dafür ist es wichtig, dass ich mich mit den Leuten unterhalten kann.«

»Wäre es da nicht besser, Schweizerdeutsch zu lernen?«

Maike schnauft. »Das kann man nicht lernen. Höchstens besser verstehen lernen, aber das fällt mir eigentlich nicht so schwer.«

»Ich verstehe schon.« Ravi drückt sie an sich. »Und ich finde es eine gute Idee.«

»Ena buena idea.«

»So heißt das?«

»Ich glaube nicht.« Sie lacht. »Wir werden sehen.«

KAPITEL 33

Die Gerüchte in Sumbriva erstarben bald wieder, diese Gerüchte, die ohnehin von einem viel zu großen Schrecken begleitet gewesen waren. Jemand der Ihren sollte zu so etwas Abgründigem fähig sein?

Nicht nur war Mr. Fernsby ein hochgeschätzter Hotelier, der dem Ort zu nicht unbedeutendem Wohlstand verholfen hatte und nun auch noch sein altes Kindermädchen Agnes zu sich holte, um sich im Alter um sie zu kümmern. Vor allem war die Familie Cavegn in all ihrer Bescheidenheit hochgeachtet, und niemand wollte, dass ihr solches Gerede schadete.

Im Sommer wurde eine Doppelhochzeit gefeiert: Andris Schwester Cilgia heiratete ihren Verlobten, Andris Mutter einen ebenfalls verwitweten Nachbarn, so dass sie ihre Wirtschaften zusammenlegen konnten und Andri den Hof wieder in guten Händen wusste.

Was die Huonders anging, so bekam Flo überraschende Hilfe von Prinzessin Mary Adelaide. Sie weigerte sich, wieder im Kurhotel Bad Salesch abzusteigen, und als Flo ihr ganz vage erklärte, dass die Huonders sie dazu nötigten, zeigte sich, dass die so einfältig wirkende Adlige ganz genau durchschaute, was um sie herum passierte.

Halten Sie H. bis zum Sommer mit Zahlungen hin,

wenn Sie können, schrieb sie, *und stehen Sie Ihren* <u>Mann</u>. Das letzte Wort war unterstrichen, und Flo rätselte lang, ob das etwas zu bedeuten hatte.

Als die Prinzessin im Sommer kam, hatte sie sogar Geschenke für Mr. Fernsby dabei: eine Tabakpfeife, besten englischen Tee sowie Handschuhe aus weichstem Leder. Nachdem sie sich drei Tage lang von der Reise erholt hatte und der Kurarzt Dr. Bonifaci ihr eine gute, ja hervorragende Gesundheit bescheinigt hatte, warf sie sich ihren Nerzmantel um die royalen Schultern, schob ihre Hofdamen und ihren Gastgeber in ihre luxuriöse Equipage und ließ sich in allem Prunk nach Bad Salesch fahren.

Als sie ankamen, schwitzte sie heftig und ließ den Mantel in der Kutsche zurück. Währenddessen kamen bereits die Huonders aus dem schneeweißen Hotel geeilt, völlig überrascht von dem hohen Besuch. Caspar Laurent scharwenzelte um sie herum und ließ sich von Flo dolmetschen, als wären sie die besten Freunde.

Im lauschigen Schatten einer Veranda ließ die Prinzessin sich schließlich nieder und ächzte zufrieden, die Füße von sich gestreckt. Flo wartete still neben ihr. Sie wusste nicht, was passieren würde und konnte nur abwarten.

»Es ist mir wirklich eine Ehre, Königliche Hoheit«, sagte Huonder. »Wir hätten Sie so gern hier empfangen, aber natürlich verstehe ich, dass das Posthotel auch etwas Charmantes an sich hat.«

Erwartungsvoll sah er Flo zum Übersetzen an, aber Prinzessin Mary hob die Hand.

»Es gibt einen Grund«, sagte sie plötzlich in makellosem Deutsch, »für meinen Besuch.«

Flo schloss den Mund. Die Prinzessin sprach Deutsch. Es hätte all ihrer Hilfe vor zwei Jahren überhaupt nicht gebraucht. Sie biss sich auf die Unterlippe, um nicht zu lachen.

Bei den Huonders dauerte es offenbar ein wenig länger, bis sie begriffen. Caspar Laurent hüstelte auf einmal und hielt sich ein Spitzentüchlein vor die Lippen. Doch sagen musste er ohnehin nichts.

»Sie haben bestimmt schon von Baronin Alexandra von Hannover gehört, nicht wahr?«

Huonder nickte eifrig.

»Nun.« Mit einem breiten Lächeln beugte die Prinzessin sich vor. Flo konnte nicht anders, als sich vorzustellen, dass sie nun genauso beherzt in Huonders Kopf beißen würde, wie sie sich jedes Mal bei Tisch auf ihr Essen stürzte. »Die Baronin ist eine entfernte Cousine von mir, bei der ich meine Reise hierher für eine Weile unterbrochen habe. Sie ist derzeit auf der Suche nach einem neuen Hofoffizianten.«

Huonder nickte noch immer und strich sich eine Falte aus der Hose. Flo sah genau, dass er nicht wusste, worauf sie hinauswollte. Flo selbst wusste es ja auch nicht.

»Ich habe ihr jemanden empfohlen«, sagte die Prinzessin.

Huonder hörte auf zu nicken. Gab es auf, verständig auszusehen.

»Ich habe ihr meinen werten Herrn Huonder empfohlen. Hätten Sie Interesse an dieser Stelle? Eine große Ehre, wie Sie sich denken können.«

Annamaria, die stumm dabeigestanden hatte, atmete scharf ein. Huonder selbst sprang auf.

»Ich? Mich? Sie haben …« Flo sah, wie ihm diese anscheinend so große Ehre durch den ganzen Körper rieselte. Wie er verstand, was die noch immer schwitzende Prinzessin ihm da anbot.

Auf dem Rückweg nach Sumbriva herrschte Stille im Wagen, bis Prinzessin Mary schließlich schnaufend lachte. »Haben Sie gesehen, wie seine Frau ihm am liebsten den Hals umgedreht hätte?«

Flo lächelte ein wenig gezwungen. »Es ist das Hotel ihrer Familie.«

Sie hatte Mitleid mit Annamaria und musste sich in Erinnerung rufen, dass sie sie erpresst hatte. Sicher, ihr Mann hielt die Fäden in der Hand, aber Annamaria hatte keine Sekunde so ausgesehen, als täte es ihr leid.

»Jetzt wird er«, sagte sie langsam, »sich in noch mehr Seide kleiden und seine Nase noch höher tragen.«

»So gefallen Sie mir, Fernsby.«

»Was wird denn Ihre Cousine dazu sagen?«

Sie winkte ab. »Alexandra war mir noch einen großen, großen Gefallen schuldig. Glauben Sie mir. Und schon sind wir wieder in Sumbriva. Da ist Ihr Hotel, Fernsby.«

Bevor die Prinzessin ausstieg, lehnte sie sich noch einmal genüsslich zurück und lachte mit bebendem Busen. »Dieser Huonder. Ich werde mir einen Papageien besorgen und ihn Caspar nennen.«

Andri blieb nicht mehr lang in Bordeaux. Sein Geschäftspartner entschied sich, nach Nizza zu ziehen, denn seine Frau hatte die Geburt des dritten Kindes nur knapp überlebt und sollte durch einen Luftwechsel genesen. So hätte

Andri das Café de l'Aube allein führen müssen, entschied sich jedoch, einen Strich unter die ungelenken Lügen zu ziehen, mit denen er dort hätte leben müssen. Seine angebliche Verlobte, Agnes Grey, habe ihm den Laufpass gegeben und sei nach Amerika zurückgekehrt. Die Familien in Sumbriva mit unverheirateten jungen Töchtern horchten auf, doch er zog bald nach Genf.

Genf war eine ausreichend große Stadt, in der es kaum eine rätoromanische Gemeinschaft gab, und so konnte Flo ihn oft besuchen, ohne dass sie an jeder Ecke vor bekannten Gesichtern flüchten mussten.

Sie sahen sich monatelang gar nicht, vor allem nicht zur Hochsaison, doch wenn sie dann zusammen waren, genossen sie wohl jede Minute, denn ich erhielt wochenlang keine Nachrichten von Flo, die eigentlich eine eifrige Briefeschreiberin war. Sie hatten viel zu verhandeln, viele Kompromisse einzugehen, konnten aber auch immer wieder über sich selbst lachen.

Einmal speisten sie in Genf im Beau Rivage, einem Luxushotel am Quai du Mont-Blanc mit Blick auf den geschäftigen See mit seinen vielen Ausflugsdampfern.

Flo starrte ständig an die Decke, bis Andri sich räusperte und sie fragend anschaute.

»Diese pastellfarbenen Blumenmuster ...« Flo seufzte glücklich. »So etwas hätte ich auch gern im Hotel.«

Andri zog die Nase kraus. »Das ist doch kitschig.«

Gespielt pikiert steckte Flo sich ihr vornehmes Hütchen zurecht. »Ich denke, als Frau habe ich einen besseren Geschmack für solche Details.«

Andri grinste.

»Aber«, fuhr Flo mit einem Augenaufschlag fort, »natürlich gehört dir das Hotel. Du entscheidest.«

Nun musste er laut lachen und zog die Blicke der Menschen am Nebentisch auf sich.

»Als ob du dir da auch nur im Geringsten reinreden lassen würdest«, sagte er. »Mal deine Decken nur so an, wie du willst.«

Er schaute Flo in die Augen und ergriff ihre Hand. Laut lachen war vielleicht nicht angemessen. Wenn man jedoch die Hand seiner Frau in die eigene nahm, erschreckte das niemanden.

Nun muss ich nur noch ein paar Briefzeilen zitieren, bevor ich das Ende der Geschichte erreicht habe.

Liebste Jane, schrieb Flo mir vor zwei Jahren, *dass das Schicksal manchmal merkwürdige Wege geht, wissen wir gut genug, oder? Noch im Sommer war ich bei dir, und wir haben lange Spaziergänge durchs Moor unternommen. Nun, wenige Monate später, verkündet mir hier ein Arzt leider sehr schlechte Neuigkeiten.*

Mir steigen jedes Mal wieder die Tränen in die Augen, wenn ich versuche, Flos plötzlich müde gewordene Schrift zu entziffern. Der letzte Brief kam nur Wochen später.

Danke, liebe Jane, für deine so treue Freundschaft, für dein Vertrauen und alles, was du für mich und Andri getan hast. Ohne dich hätte ich diese schweren Zeiten niemals so gut überstanden.

Es hat ein wenig gedauert, bis ich alles zu Papier bringen konnte.

Ich vermisse meine Freundin noch immer unendlich.

In Sumbriva war sie bis zuletzt hochgeschätzt, ihr Hotel mit seinen immer interessanten Angeboten und neuesten Annehmlichkeiten jede Saison ausgebucht.

Nun gehört es Andri, der anfangs mit Elvezias Hilfe versuchte, es aus der Ferne am Laufen zu halten, aber ohne Flo fehlte dem Haus die Seele. Er schafft es seit ihrem Tod kaum, überhaupt noch nach Sumbriva zu kommen. Ich kann es ihm nicht verdenken. So liegt das Hotel gewissermaßen in einem Dornröschenschlaf, doch es wird gewiss noch einmal geweckt werden, möglicherweise von Cilgias Kindern, bei denen es sich allerdings um vier Jungs handelt.

Mein eigener Junge, der kleine Douglas, ist inzwischen dreißig, so alt wie ich war, als ich zum ersten Mal in Sumbriva übernachtete. Wir fahren noch immer regelmäßig in die Alpen zum Wandern, auch wenn Couttet, Henry und ich inzwischen langsamer unterwegs sind als damals. Ab und an stellen wir uns an einen Hang und fahren mit diesen seltsamen Skibrettern hinunter, die fürwahr immer beliebter werden.

Falls auch Sie, geneigte Leserin, geneigter Leser, einmal in den Alpen Urlaub machen, machen Sie doch im Val Paluonda Rast und denken Sie an meine liebe Freundin Flo.

DANK

Aus meiner anfänglichen Geschichte eines alten Hotels hätte ich vermutlich drei ganz verschiedene Romane schreiben können. Dank meiner unerschütterlichen Lektorin Cordelia Borchardt ist es mir gelungen, aus dieser Fülle Flo herauszuschälen, und ich bin sehr glücklich, dass wir diese für mich ganz besondere Figur gemeinsam kennengelernt haben.

Ich danke außerdem Basil Vollenweider für die Hotelführung, Conradign Netzer für den Einblick in seine Skiwerkstatt und Christel Howe für die Begleitung in die Schweiz und fast dreißig Jahre Freundschaft.

Susanne Tägder, Markus Hildbrand und Martin Kayser haben mir freundlicherweise mit rechtlichen Informationen geholfen, Esther Krättli beim Rätoromanischen und Paula Spanel mit Einblicken in einen Feuerwehreinsatz.

Esther Saner, Felix Rasumowsky und Papa danke ich fürs gewissenhafte Testlesen, Anja für die bedingungslose Unterstützung, meiner Familie dafür, dass sie die beste Familie der Welt ist, und Uwe für seine große, große Geduld.

Susanne Popp
Loreley
Die Frau am Fluss

Bacharach 1817. Die mittellose Waise Julie arbeitet als Magd im Gasthaus ihres Vormunds. Ein geheimnisvoller Zauber geht von ihr aus, und ihre außergewöhnliche Schönheit sorgt immer wieder für Eifersucht und Streit.
Auch Johann hat Eltern und Geschwister verloren. Er will in Karlsruhe bei der Rheinbegradigung sein Auskommen zu finden. Nach einem entsetzlichen Ereignis verlässt er die Großbaustelle und wird Schiffer auf dem breiten Fluss.
Julie und Johann lernen sich kennen. Sie ahnen nicht, welche Schatten die Vergangenheit auf sie werfen wird. Am sagenumwobenen Loreley-Felsen nimmt das Schicksal seinen Lauf.

Roman
464 Seiten, Klappenbroschur
978-3-596-70913-7

Weitere Informationen finden Sie auf
www.fischerverlage.de

Peter Prange
Die Rebellin
Roman

London, 1851. Emily ist die engste Mitarbeiterin ihres Vaters Joseph Paxton. Gemeinsam bauen sie einen Traum aus Licht, Glas und Stahl: den gigantischen Kristallpalast für die Weltausstellung. Emily ist erfüllt vom Glauben an den Fortschritt. Doch dann trifft sie Victor wieder, den Freund aus Kindertagen. Die beiden verlieben sich – und Victor zeigt ihr seine Welt. Erschüttert sieht sie Hunger, Armut, Krankheit und Tod mitten in London. Emily muss sich entscheiden: für ihrem bewunderten Vater oder für den Mann, den sie liebt.

560 Seiten, broschiert

Weitere Informationen finden Sie auf
www.fischerverlage.de

AZ 596-29941/1

Micaela Jary
Die Lindenterrasse
Ein Juwel am Elbstrand

Nienstedten bei Hamburg 1790: Tradition trifft auf Revolution, Liebe auf Vernunft. Ein Unglück nimmt Maria Burmester den Ehemann und ihren Kindern den Vater. Trotz der ererbten Schulden möchte sie die Konditorei am Hochufer der Elbe behalten, doch ein Konkurrent bedrängt sie und schreckt dabei nicht vor Erpressung und Tätlichkeiten zurück. Da bietet ihr der reiche Hamburger Kaufmann Joachim Graaf einen Kredit an, wenn sie ein Fest für seine Angebetete ausrichtet. Rund um die Gründung des berühmten Hotels Louis C. Jacob erzählt Micaela Jary zwei mitreißende Liebesgeschichten.

Roman
464 Seiten, Klappenbroschur
978-3-596-70920-5

Weitere Informationen finden Sie auf
www.fischerverlage.de